미래
未來

味래

미나토 가나에 지음

김은모 옮김

소미미디어
Somy Media

차
례

서
장

바짝 타는 목이 더 타라는 듯, 벌린 입으로 숨을 잔뜩 들이마시며 온 힘을 다해 달리고, 달리고 또 달렸다…….

　역이 보였다. 고속버스 승차장에는 대형 버스가 한 대 서 있었다. 이미 표 확인을 시작한 모양이다. 버스 출입문 앞에 사람들이 길게 줄을 서 있었다.

　여름방학 기간이라고는 하나 평일이라 그런지 가족 동반보다 고등학생이나 대학생으로 보이는 그룹이 더 많았다. 80퍼센트가 여자다. 앞으로 약 여덟 시간이나 버스를 타고 밤새 달려야 하는데 대부분이 머리와 화장에 잔뜩 힘을 줬고, 벌써부터 곰 귀가 달린 머리띠를 한 사람도 있었다. 모두 웃는 얼굴이다. 즐겁게 이야기를 나누는 목소리도 끊이지 않았다.

　한낮의 패스트푸드점과 비슷하게 떠들썩해서 오후 11시경이라고는 느껴지지 않을 정도였다.

그래서 오히려 눈에 띄었다. 대합실 제일 안쪽 벤치에 등을 웅크리고 앉은 그녀의 모습이. 야구 모자를 깊이 눌러쓰고 있어도 표정이 어두운 것을 알 수 있었다.

나를 보자 그녀는 달려왔다. 내내 기다렸던 연인이라도 나타난 것처럼. 내 오른쪽 어깨를 양손으로 잡고 매달렸다.

"저, 저기, 있지. 나……."

앉아 있었을 텐데도 숨소리가 나보다 거칠었다. 그녀 역시 금방 도착했는지도 모르겠다. 나는 왼손 검지를 세워 내 입술에 댔다.

"괜한 이야기는 할 것 없어. 버스에 타자."

목소리를 낮추어 그렇게 말하자 그녀는 조용히 고개를 끄덕였다. 짧아진 줄의 제일 뒤로 다가가 등에 멘 백팩의 주머니에서 버스표를 꺼내자 그녀도 따라 했다.

나는 버스표를 두 장 사서 미리 그녀에게 한 장 주었다. 만약 한 명이 못 오더라도 혼자 버스에 탈 수 있도록. 하지만 이렇게 둘이 함께 탈 수 있었다.

버스에는 2열 시트가 양쪽에 줄지어 있었다. 우리 자리는 운전기사 쪽 열의 뒤에서 두 번째 좌석이었다. 제일 뒷좌석은 짐칸이라 승객이 없었다. 나는 그녀에게 창가 자리를 양보했다.

"멀미 안 하겠어?"

이런 상황에서도 무뚝뚝한 말투로 신경 써주는 그녀가 새삼 좋았다.

"고마워. 약 가져왔어."

멀미가 난 뒤에 먹어도 효과가 있는 약이다. 이거라면 집에서 먹고 오지 않아도 된다. 백팩을 발치에 놓고 둘이 나란히 앉았다. 우등 버스는 아니지만 말라깽이 여자애 둘이서 앉기에는 공간이 충분한데도 그녀는 왼쪽 어깨를 내 오른쪽 어깨에 착 붙였다. 떨림이 전해져 왔다. 나는 그녀에게 가까운 쪽의 손으로 그녀의 손을 꼭 잡았다.

푸쉭, 하고 버스 출입문이 닫히는 소리가 났다. 그럼 출발하겠습니다, 라는 남자 승무원의 안내 방송과 함께 버스가 천천히 움직였다.

"이제 괜찮아. 아무 생각 말고 자면 돼."

내가 그렇게 말하자 그녀는 다시 조용히 고개를 끄덕인 후, 야구 모자를 쓴 채 작은 머리를 창문에 대더니 눈을 몇 번 깜박이다 감았다.

역 로터리를 빠져나온 버스는 고속도로에 진입하기까지 어두운 시골길을 잠시 달렸다. 마치 지금의 우리 같았다. 하지만 암흑이 영영 계속되는 건 아니다.

밤길을 몇 시간이고 달리다 새벽과 함께 다다를 곳은 빛이 넘치는 꿈나라, 미래의 내가 인도해 준 장소다.

잡고 있던 그녀의 손을 살짝 놓고 그녀가 깰 낌새가 없는 걸 확인한 후, 나는 백팩 지퍼를 열고 안쪽 주머니에서 편지를 한 통 꺼냈다…….

열 살의 아키코에게.

안녕, 아키코. 나는 20년 후의 너, 서른 살의 아키코야.

즉 이건 미래에서 보내는 편지야. 넌 분명 누가 장난치는 거 아니냐고 생각하겠지. 정말 좋아하는 아버지(넌 파파라고 불렀지)를 잃은 지 얼마 되지도 않은 날 놀리다니 너무하다고 화낼지도 모르겠다.

하지만 이건 정말로 미래에서 보내는 편지야.

자꾸 의심이 들면 편지를 읽어주지 않을지도 모르니까 증거품을 같이 보낼게. 아버지가 퇴원하면 꼭 너랑 같이 가겠다고 약속했던 도쿄 드림마운틴의 캐릭터, 드림캣의 책갈피야.

오른쪽 아래편에 새겨진 글씨를 읽어보렴.

TOKYO DREAM MOUNTAIN 30th Anniversary

영어는 아직 모르려나? 도쿄 드림마운틴 30주년 기념이라는 뜻이야.

그래, 30주년. 네가 올해 설날에 아버지에게 받은 세뱃돈으로 사서, 아버지 병실의 침대에 누워 둘이 함께 몇 번이나 보았던 최신 가이드북에는 10주년이라고 쓰여 있었을 거야.

가짜가 아니야. 드림 캐릭터를 허가 없이 사용하는 걸 엄하게 단속한다는 건 네가 제일 잘 알겠지.

내 기억에도 생생히 남아 있어.

넌 3학기 만들기 시간에 작은 나무 상자의 뚜껑에 드림캣을 조각했어. 가이드북의 표지에 실린 티롤리언 모자를 쓴 드림캣 일러스트를 잘 베껴서, 모자의 깃털 장식과 고양이의 보들보들한 털 한 가닥, 한 가닥까지 크고 작은 둥근칼과 세모칼을 사용해 가며 끈기 있게 팠지.

완성품을 아버지에게 선물하고 싶었거든. 아버지가 퇴원하면 가족이 다 함께 도쿄 드림랜드와 드림마운틴에 놀러 가서 상자를 기념사진으로 가득 채울 거라며 넌 빨간 벨벳 조각을 상자 안쪽에 한 면씩, 주름 하나 잡히지 않도록 꼼꼼하게 붙였어.

넌 드림랜드보다 마운틴 쪽이 기대됐어. 왜냐하면 드림마운틴이 문을 연 9월 9일이 네 생일이었으니까.

완성한 나무 상자는 본드를 말리기 위해 교실 밖 복도에 늘어놓은 책상 위에 잠시 놓아두기로 했어. 반 아이들 대부분이 네 상자 앞에 서서 굉장하다고 떠들어댔지.

"기념품 매장에서 파는 진짜 같아."

드림마운틴에 실제로 가봤던 아이가 그렇게 말하자 넌 자랑스러웠어.

"아키코는 글쓰기뿐만 아니라 만들기도 잘하는구나."

그런 칭찬도 들었지. 스스로 말하기는 그렇지만 너와 나의 장점은 상상력과 집중력 아닐까.

쉬는 시간에 교실이 아무리 시끄러워도 책을 넘기는 손은 멈추지 않았지. 무엇보다 교과서에 실린 문장 정도는 세 번 소리 내어 읽으면 외울 수 있었어.

국어 시간에 아버지가 걱정돼 한눈을 팔고 있던 네게 선생님이 책 읽기를 시켰어. 당황해서 일어섰지만 교과서도 펼쳐놓지 않았지. 옆자리 남자애가 첫 문장을 작게 말해주자 넌 '아, 거기구나.' 하고 추운 계절인데도 이마에 맺힌 땀을 손등으로 닦으며 앞을 봤어. 그리고 교과서를 내려놓은 채 한 단락을 외워서 교실에 있는 모두가 눈이 동그래지며 놀랐지.

그 후로 너는 천재 소녀라고 불렸어. 부끄러움을 많이 타는 너는 "그러지 마. 평소대로 앗코라고 불러주는 게 좋아." 하고 얼굴을 붉히며 애써 부탁했지.

그런 점은 지금도 똑같아.

그런 네게 심술궂은 소리를 하는 아이도 있었어. 넌 지금 자기가 얌전한 탓에 성격이 어둡다는 오해를 받아서, 반의 중심에 있는 활발한 여자애들이 자기를 멀리하는 거라고 고민하고 있을지도 모르겠다. 하지만 어른이 된 나는 그게 전혀 틀린 생각이라는 걸 알아.

넌 질투를 받고 있을 뿐이야. 그래서 반장인 미노리가 이렇게 말한 거지.

"아마추어가 돈을 벌려고 만든 게 아니라도 드림 캐릭터를 멋대로 사용하면 안 돼. 우리 사촌 오빠가 아는 사람이 다니는 초등학교에서 졸업 기념으로 체육관 벽에 다 함께 드림랜드의 메인 캐릭터 드림베어의 그림을 그렸더니, 미국의 드림사에서 연락이 와서 당장 지우라고 항의했대."

그 순간 네 얼굴은 얼어붙었지. 나무 상자를 압수당하는 것으로 모자라 규칙 위반으로 벌금을 내면 어쩌나. 그것보다 드림랜드와 마운틴에 출입 금지를 당하면 어쩌나 걱정돼서.

너는 울면서 담임인 시노미야 마이코 선생님에게 상의하러 갔어. 그러자 선생님은 "아직 안 들켰으니까 괜찮아." 하고 웃으며 널 위로하고 벌써 백 점 만점을 매겼다며 그날 나무 상자를 가지고 돌아가라고 했지.

"엄청 잘 만들었다고 파파에게 칭찬받았어요."

집에 돌아가는 길에 병원에 들렀던 너는 다음 날 아침, 선생님에게 기쁜 표정으로 알렸어.

하지만 그 나무 상자에 사진을 담지는 못했어. 나무 상자를 완성하고 그다음 주에 아버지는 천국으로 여행을 떠났으니까.

한 달 전의 일이로구나.

그때 이 편지를 보낼 수 있었다면 좋았으련만…….

미래에서 과거로 편지를 보내기는 쉽지가 않단다. 언제, 누가, 누구에게 어떤 목적으로 보내는지 철저하게 심사하거든.

잘 생각해 보렴. 쉽게 보낼 수 있다면 복권 당첨 번호를 알려 줄 수도 있겠지? 모두가 그랬다가는 어떻게 되겠어? 이건 평범한 예지만, 어쩌면 불행한 미래를 일부분 알고서 그걸 피하려는 사람도 생길지 몰라.

모르고 그 단계를 넘어서면 나중에 커다란 행복이 기다리고 있을 수도 있는데.

내가 이 편지에 지금의 내 성씨와 직업을 적지 않은 것도, 그건 금지됐기 때문이야. 앞으로 네가 좀 더 크면 자신이 왜 이 세상에 태어났는지를 지금까지보다 더 진지하게 고민할지도 모르겠구나.

누군가와 만나기 위해, 뭔가를 하기 위해 고민하거나 여러 가지 방법을 시험하면서 인생은 스스로 헤쳐나가는 법이야. 그런데 미래의 일을 미리 알게 돼서, 누군가가 정한 인생을 걸어갈 뿐이라고 받아들이면 살아가면서 전혀 노력하지 않을지도 몰라. 아니면 일부러 반발하려 들지도 모르고.

미래는 모르는 편이 나아.

그래도 내가 네게 편지를 쓰기로 한 이유는 네 미래가 따스하니 희망으로 가득 찼다는 걸 알려주고 싶어서야.

다정했던 아버지를 잃고 슬퍼하는 건 너뿐만이 아니란다. 장례식 날 어머니는 너무나 큰 슬픔을 견디지 못하고 쓰러지고 말았어. 너는 그런 어머니 대신에 자기가 아버지를 보내줘야 한다는 듯 꿋꿋이 눈물을 참으며 가족석에 혼자 앉아 있었지.

어머니는 그 후로도 가끔 일어나지 못하곤 했어. 아버지가 다니던 직장의 사장님 부부와, 같은 맨션에 사는 사람들이 네게 어머니를 잘 챙겨줘라, 어머니를 도와주라고 했지만 네가 어머니를 지탱하기 위해 열심히 애쓰고 있다는 건 내가 제일 잘 알아.

저녁으로 먹을 도시락을 사러 가거나 쓰레기를 내놓는 등의 집안일뿐만이 아니야. 울렁증이 있는데도 어머니가 기뻐하기를 바라는 마음으로, 6학년 송별사 담당을 반에서 한 명만 뽑을 때 스스로 손을 들고 후보로 나섰지.

네게는 지난주에 있었던 일이야. 누군가 추천해 주기를 기다리고 있던 미노리도 놀라서 평소처럼 불평을 하지 않았지.

노력한 끝에 맞이하는 미래에는 즐거운 일이 기다리고 있다. 이건 아버지가 자주 했던 말이야. 넌 눈물이 나려 할 때마다 어금니를 꽉 깨물고 마지막까지 당당하게 송별사를 읽어나갔어.

공개 행사였던 그 자리에 어머니의 모습은 없었지만, 체육관에 울려 퍼진 커다란 박수 소리는 분명 천국에 계신 아버지에게도 들렸을 거야.

넌 이대로 어머니 상태가 안 좋아지면 어쩌나 걱정하고 있을지도 모르겠다. 얼마 전까지 매일 밤 이불 속에서 울어서 눈이 새빨갛게 부은 채 등교했지? 선생님한테는 괜찮다고 억지로 웃음을 지으면서. 그리고 지금은 울었다는 걸 들키면 주변 어른들이 어머니한테 정신 단단히 차리라고 직접 말하러 갈까 봐 무서워서 아무도 없는 곳에서도 눈물을 참게 됐어.

부디 그렇게 슬퍼하지 말렴. 너 자신을 몰아붙이지 마.

외로울 때는 책을 읽으면 돼. 가슴속에 떠오른 걸 글로 써봐도 좋고.

아버지가 네 이름에 무슨 마음을 담았는지 알아? 네가 나중에 알 사실을 여기 적는 건 규칙 위반일지도 모르겠다. 하지만 난 지금 네게 그걸 전하고 싶어.

말에는 사람을 위로하는 힘이 있어. 마음을 강하게 하는 힘이 있지. 용기를 주는 힘도 있고. 위로, 격려, 사랑을 전달할 수도 있어. 하지만 입에서 나온 말은 눈에 보이지 않아. 바로 사라져버리지. 귓속에, 머릿속에 새겨놓고 싶은 말조차 시간이 지나면 모습이 애매해지고 말아.

그래서 사람들은 옛날부터 중요한 일은 적어서 남겨. 말을 형태가 있는 것으로 만들기 위해. 영원한 것으로 만들기 위해.

그게 '문장(文章)'이야.

아버지는 10대 때 소설가가 되고 싶었대. 집을 잘 찾아보면 아버지가 쓴 소설이 있을지도 모르겠다.

네 어머니 이름 아야노(文乃)에는 '글월 문(文)'이라는 한자가 들어가. 그래서 아버지는 네 이름에 '글 장(章)'이라는 한자를 넣기로 했지. 초등학교에 입학했을 때 좀 더 예쁜 이름이 좋다고 아버지한테 떼를 썼던 거 기억하지?

"왜 이렇게 이름을 지었는지 아키코가 좀 더 어른이 되면 가르쳐줄게."

아버지는 그렇게 말했어. 지금 쓴 글이 그 대답이야.

아키코(章子)의 '장'은 문장의 '장'. 그런 네게 글자가, 말이, 문장이, 그리고 이야기가 힘이 되어주지 않을 리 없어.

미래에서 편지를 보냈다는 증거품으로 수많은 드림 굿즈 중에서 내가 책갈피를 고른 이유도 알겠지?

직업이 뭔지는 가르쳐줄 수 없다고 적었지만, 네가 책을 읽고 문장을 쓰는 건 결코 지금의 외로움만을 달래기 위한 행동이 아니라 널 미래의 너, 즉 내게로 이끌어줄 소중한 역할을 할 거야.

아키코, 20년 후의 너는 가슴을 펴고 행복하다고 말할 수 있는 인생을 살고 있어.

슬픔의 끝에는 반짝이는 미래가 기다리고 있단다. 그걸 네게 전하고 싶었어.

기운 내, 아키코! 이 편지가 네 인생에 조그마한 응원이 되기를 바라며.

서른 살의 아키코가.

추신. 책갈피는 아무한테도 보여주지 마. 너와 나만의 비밀이
니까.

5분 후에 불을 끈다는 안내 방송이 나왔다.

편지지를 봉투에 넣고 손끝으로 납작한 판처럼 생긴 금속의
감촉을 확인한 후 편지를 백팩에 집어넣었다. 다시 그녀의 손을
잡고 천천히 눈을 감았다……

이 편지를 받은 건 초등학교 4학년이 끝날 무렵인 3월 말이었
다.

3학기 종업식을 마치고 혼자 맨션으로 돌아오자 우편함에 편
지가 한 통 들어 있었다. 하얗고 길쭉하니 어느 문구 코너에나
있을 법한 가장 특징 없는 봉투에 '사에키 아키코 님'이라고 검은
색 펜으로 적혀 있었다. 주소도, 보낸 사람의 이름도 없었고 우
표도 붙어 있지 않았다.

우편으로 보낸 것이 아니다. 문득 이 편지는 엄마가 쓴 게 아
닐까 싶었다. 엄마는 내게 이 편지를 남기고 집을 나간 것 아닐
까. 파파를 뒤따라가려고. 아직 쌀쌀한 계절인데도 겨드랑이에
식은땀이 났다.

봉투에 적힌 글씨가 엄마 글씨체인지 당장은 구분이 되지 않
았다.

내 소지품에 이름을 쓰거나 학교에 서류를 제출할 때는 늘 파
파가 펜을 잡았기 때문이다. 당연히 파파의 글씨체와는 달랐다.

파파가 죽은 후에는 제출물에 필요 사항을 기입해 달라고 밤에 엄마에게 부탁하고 식탁에 프린트물을 올려놓아도, 아침에 보면 백지였다. 하는 수 없이 스스로 기입했다. 글씨를 조금 뭉개거나 이어 붙여서 어른이 쓴 것으로 보이게끔.

나는 심장이 쿵쿵 뛰는 걸 느끼며 머뭇머뭇 편지에 손을 뻗었다. 뒷면에는 아무것도 적혀 있지 않았다. 봉투 입구는 어린아이의 가느다란 손가락을 넣을 틈새도 없을 만큼 풀로 단단하게 붙여놓았다. 그게 조금 엄마답지 않다는 느낌에 안도해 숨을 푹 내쉬었다. 그리고 누가 보면 안 되는 것도 아닌데, 한 손으로 편지를 파카 안쪽에 숨기듯이 들고 다른 손으로 호주머니에서 열쇠를 꺼내 집에 들어갔다.

다녀왔습니다, 하고 평소보다 더 크게 말해보았다. 대답은 없었다.

문을 열어둔 거실에 쌓아둔 두툼한 패션잡지가 눈사태가 일어난 것처럼 무너져 복도를 막고 있었다. 잡지를 넘으며 거실을 들여다보자 엄마가 있었다. 애용하는 등나무 의자에 창가를 향해 앉아 어디가 먼 곳을 보고 있었다.

한순간이나마 걱정했던 것이 우스웠다. 엄마가 혼자 밖에 나갈 수 있을 리 없다.

왜냐하면 지금 엄마는 인형이니까.

아주 상태가 좋을 때, 아주 상태가 나쁠 때. 엄마의 몸 상태는 이 두 종류뿐이다. 파파와 나는 앞쪽을 사람 또는 온(on)으로, 뒤쪽을 인형 또는 오프(off)로 불렀다. 사람일 때가 20퍼센트, 인형일 때가 80퍼센트 정도였다.

그러나 사람일 때 엄마가 활발했던 것은 아니다. 침대에서 일어나 간단한 집안일을 하는 정도였다. 최고 수준이 과자 만들기였다. 파파, 그리고 나와 함께라면 외출도 가능했다. 하지만 대개 다음 날에는 인형으로 돌아간다. 침대에서 일어나지도 못하거나 의자에 앉아 멍하니 하루를 보낼 뿐인 인형으로.

엄마 상태를 확인하고 식사 준비는 미뤄도 되겠다 싶어 다다미 넉 장 반*짜리 내 방으로 향했다. 담임 시노미야 선생님의 이야기가 길었던 탓에 배가 고팠지만 편지의 내용이 궁금했기 때문이다.

혹시 시노미야 선생님이 반 아이들 모두에게 편지를 쓴 걸까. 그런 생각이 들었지만 일 년간 거의 매일 보았던 시노미야 선생님의 칠판 글씨는 큼지막하고 각진 것이 남자다운 느낌이었다. 이건 물 흐르듯이 반듯하니 여자다운 글씨였다.

그런데 열어보고 깜짝 놀랐다. 설마 미래의 내가 보낸 편지였을 줄이야.

설령 열 살짜리 아이일지라도 쉽사리 믿을 법한 일은 아니다. 하지만 믿는 동안은 이 편지가 진짜 미래에서 온 편지가 된다는 걸 그 무렵의 나는 알고 있었다. 그래서 그날 밤부터 답장을 쓰기로 했다.

미래의 내게―.

---

* 다다미 한 장은 약 0.5평, 1.65제곱미터다.

아
키
코

未來

서른 살의 어른 아키코에게.

　편지 고마워. 종업식을 마치고 돌아와서 우편함을 들여다보니 편지가 있어서 놀랐어. 그것도 미래의 내가 보낸 편지라니!

　내 앞으로 오는 우편물은 연하장이나 광고물 정도였거든.

　밤이 되고 나서도 믿기지가 않아. 하지만 파파가 '의심하면 즐거운 꿈 하나 사라진다'고 했으니까 이건 말도 안 된다, 누군가의 장난이라고 생각하는 건 그만둘게. 파파가 내게 그 이야기를 한 건 작년, 지금은 3월이니까(복잡하네) 정확하게는 재작년? 3학년 때 크리스마스가 되기 전이었는데 어른 아키코는 기억나?

　급식 시간에 같은 조 아이랑 올해는 산타 할아버지에게 뭘 부탁할까 이야기를 하고 있으니, 옆 조의 아리사가 갑자기 "바보 같기는. 산타클로스는 없어."라고 하지 뭐야. 거짓말하지 말라고 받아치는 아이도 있었고, 자기 오빠도 그렇게 말했다며 아리사를 편드는 아이도 있었어.

나는 정말로 있다고 믿었거든. 그래서 충격으로 아무 말도 하지 못하고 아이들이 웅성웅성 떠드는 걸 듣고만 있었어.

놀란 건 산타클로스를 믿는 아이들에게도 두 종류가 있었다는 거야. 하늘 저편에 산타 나라가 있다고 믿는 아이(나는 이쪽)와 핀란드의 산타클로스 마을에서 선물을 보낸다고 믿는 아이.

아리사도 "그런 산타라면 인정해 줄게." 하고 약간 깔보듯이 웃었어. 동화파랑 현실파라나.

앗코는 어떻게 생각하느냐고 산타클로스를 믿는 아이가 묻길래 "해마다 산타 할아버지에게 쓴 편지를 파파가 보내줘." 하고 대답했지.

"아이가 있는 부모에게만 알려주는 산타 우체통에 편지를 넣고 올게."

나는 어릴 적부터 파파의 그 말을 믿었지만 그 편지가 어디로 가는지 깊이 생각한 적은 없었어. 하늘 저편에 있는 산타 나라, 숲속의 산타 공장에서 수많은 산타들이 선물을 준비한다······. 그게 지도에 있는 어느 나라일 거라고 생각한 적도 없었지.

산타에게 편지를 써본 아이는 나뿐만이 아니었어. 동화파(어쩐지 싫은 표현이지만)든 현실파든 산타를 믿는 아이는 대부분 해마다 편지를 쓴다고 했어. 편지를 나처럼 부모님에게 맡기는 아이도 있었고, 베개 밑에 놔두는 아이, 침대 옆에 매단 커다란 양말에 넣어두는 아이, 칠석 단자쿠*처럼 끈을 꿰어서 트리에 매

---

* 글씨를 쓰거나 물건에 매다는 데 쓰는 조붓한 종이.

달아 두는 아이도 있었지.

유치원 때부터 영어 회화를 배운 미노리는 산타가 외국인이 니까 영어로 편지를 쓴다고 자랑했어. 사이좋은 친구들이 대단 하다고 얼마나 감탄했는지 몰라.

편지 이야기를 떠들고 있자니 또 아리사가 바보 아니냐고 이 번에는 한숨을 쉬면서 말하더라. 아리사는 가끔 어른처럼 보이 곤 해.

"그거야말로 아빠 엄마가 선물을 준비한다는 증거잖아."

급식을 먹는 도중인데도 일어서서 양손을 허리에 대고 의기 양양하게 말했지.

"거짓말 같으면 절대로 속을 보지 말라고 하고 봉투에 아무것 도 안 쓴 편지지를 넣어서 줘봐. 그럼 분명 난처한 표정으로 다 시 쓰는 게 어떻겠느냐고 할 테니까. 그거, 속을 봤다는 뜻이잖 아? 선물을 산타가 준비한다면 부모님은 편지를 읽을 필요가 없 는데."

산타를 믿지만 나도, 다른 동화파 아이들도 그럼 그렇게 해보 겠다고는 대답하지 않았어. 아무 대꾸도 못 하고 고개를 푹 숙인 채 스튜를 입에 넣었지. 완전히 식어서 어쩐지 울고 싶은 기분이 었어.

아리사 혼자만 우쭐한 표정이었지만 피구 시합 때 반에서 제 일 활약했을 때와는 표정이 다르더라고. 피구 때는 입술 오른쪽 이 위로 올라갔지만, 그때 아리사의 입술은 한가운데가 살짝 튀 어나와 있었어.

그다음부터는 아무도 학교에서 산타 이야기를 꺼내지 않았어. 하지만 나는 꼭 확인하고 싶었지. 집에 돌아가자마자 엄마에게 물어볼까 했지만, 그날 엄마는 인형이라서 파파에게 물어보기로 했어. 엄마가 인형인 날은 파파가 일찍 들어왔거든.

"파파, 산타는 정말로 있어?"

저녁을 먹고 부엌에서 파파가 씻은 그릇을 옆에서 헹구면서 은근슬쩍 물어봤지.

저기, 어른 아키코. 파파가 어떻게 대답했는지 기억나?

어릴 적에 있었던 시시한 일은 잊어버렸어도 파파가 가르쳐 준 중요한 일은 분명 어제 들은 것처럼, 파파의 목소리와 말투도 그대로 귓속에 남아 있겠지만, 내가 지금 파파 목소리를 듣고 싶으니까 여기 쓸게.

"산타는 산타를 믿는 아이의 집에만 온단다."

그 한마디로 충분했어. 산타가 있다는 말이든, 없다는 말이든 더 이상 입 밖에 꺼내면 내 마음속에서 산타클로스가 사라져버릴 것 같아서 알았다고만 대답하고 그릇을 정리하는 데 집중했지. 아마 파파는 거품을 낸 수세미를 들고 있지 않았다면 내 머리를 쓰다듬어주지 않았을까.

파파는 책을 다 읽으면 나를 불러서 책갈피를 끼운 페이지를 펼치고 여기를 읽어보라고 시켰잖아? 어른용 책이라서 어려웠지만 어떻게 느꼈는지를 열심히 말하면 빙긋 웃으며 머리를 쓰다듬어줬어.

"앗코는 영리한 데다 남의 기분까지 헤아릴 줄 아는 착한 아이구나."

그렇게 말하면서. 역시 눈물이 나네. 어른 아키코는 이제 파파를 생각해도 슬프지 않아? 아참, 산타 이야기였지.

나는 그날 밤, 바로 산타에게 편지를 썼어. 마라톤 대회에서 빨리 달릴 수 있는 신발을 달라고. 그게 산타가 마지막으로 준 선물이었지만.

세 달 전, 작년 크리스마스에는 파파의 병을 고칠 약을 달라는 편지를 써서 입원한 파파에게 가지고 갔지. 산타 우체통에 넣으러 갈 수 있을지 걱정했더니, 엄마에게 부탁할 테니 걱정 말라고 파파는 웃으며 말했어. 그 무렵 엄마는 계속 사람이었으니까(파파가 병에 걸린 후로 엄마는 힘내서 사람으로 지냈잖아) 마음이 놓이더라.

하지만 그때 귓속에서 아리사의 목소리도 들린 것 같았어.

결국 크리스마스 아침에 머리맡에 놓여 있던 건 머플러와 장갑이었어. 카드에는 "추위에 지지 말고 올해도 마라톤 대회 힘내!"라고 컴퓨터로 친 글씨가 적혀 있었지.

이건 내가 원한 선물이 아니야. 부탁한 선물이 오지 않은 건 정말로 산타가 없기 때문일까. 내가 조금이라도 산타는 없다고 생각했기 때문일까.

어른 아키코의 편지도 내가 의심하면 미래에서 온 편지가 아니게 되겠지.

그리고 누가 장난친 거라고 해도 이렇게 자세하게 쓸 수 있는 사람이 어디 있겠어. 파파랑 드림랜드와 마운틴에 가기로 약속한 건 반 아이들에게도, 선생님에게도, 그야말로 아무에게도 말하지 않았단 말이야.

엄마는 알지만······.

사실은 편지를 읽는 동안 가슴이 두근거렸어. 이건 파파가 보낸 편지일지도 모른다 싶었거든. 파파는 병이 낫지 않을 때에 대비해서 나를 격려하기 위해 편지를 썼을지도 몰라. 그걸 회사나 병원 사람에게 맡겨서 종업식 날에 보내준 거지.

지금의 나는 모르는, 내 이름의 유래를 어른 아키코가 어떻게 알았는지는 안 적혀 있었지만 파파가 편지를 썼다면 대답은 간단해.

하지만 파파는 학교에서 미노리가 내 나무 상자를 보고 불평했다는 걸 몰라. 수업을 마치고 매일 파파 병문안을 가서 이야기도 많이 했지만, 조금이라도 걱정시킬 만한 이야기는 절대로 안 했거든. 물론 엄마한테도 재미있었던 일밖에 말 안 하니까 엄마가 알려줬을 가능성도 빵 퍼센트야.

그리고 무엇보다 드림마운틴의 책갈피.

파파의 노트북 컴퓨터는 해약하지 않았으니까 인터넷에서 드림 굿즈를 검색해 봤거든. 하지만 가짜가 나돈다는 이야기는 없었어. 하긴 뭘 하러 드림마운틴 30주년 기념 굿즈를 가짜로 만들겠어? 드림랜드도 30주년을 맞이하는 건 다음다음 해고.

그러니까 난 역시 이건 진짜 미래에서 온 편지라고 믿기로 했어.

파파가 해준 이야기가 더 있어.

파파가 어릴 적에는 휴대전화가 없었고, 설마 전화를 손쉽게 가지고 다니는 시대가 올 줄은 상상도 못 했대. 휴대전화 메일도 처음에는 글자 몇 자를 보내는 게 전부였는데, 얼마 지나지 않아 긴 문장을 주고받을 수 있게 됐지. 그러다 사진이랑 동영상도 보낼 수 있게 됐고. 그게 겨우 십몇 년 사이에 벌어진 일이니까 앞으로 더욱 굉장한 일이 생겨도 이상하지 않을 거랬어.

시간과 공간을 넘어서 편지를 보내는 것도 지금은 상상할 수 없는 일이지만, 그게 당연한 시대가 오더라도 이상할 건 없겠지.

어른 아키코가 있는 20년 후는 아직 당연하지는 않은 모양이네. 심사가 있다고 했고, 이쪽에서 답장을 보내는 방법은 적혀 있지 않았어. 하지만 그렇게 머지않아 좀 더 간단하게 편지를 주고받을 수 있는 날이 오지 않을까 싶기도 해.

그러니까 나는 산타 우체통 같은 미래 우체통이 어디 있는지 알 때까지, 편지를 조금씩 써서 나무 상자에 넣어둘게.

아키코의 '장'은 문장의 장이잖아.

어른 아키코가 날 응원하는 것처럼 나도 어른 아키코를 응원할게.

둘 다 힘내자.

열 살의 아키코가.

어른 아키코에게.

오늘부터 5학년이야.

엄마는 아직 하루의 대부분을 침대 속에서 지내지만 조금씩 기운을 차리는 것 같아. 파파가 돌아가신 직후에는 식사를 전혀 못 하고 겨우 인스턴트 수프를 먹는 정도였지만, 지금은 조금씩이나마 보통 반찬을 먹게 됐거든.

파파가 돌아가시고 생활비는 어쩌나 걱정했는데, 파파가 일했던 인쇄 회사의 사장님 부인이 파파가 좋은 보험을 들어두었으니까 걱정할 것 없다고 말해줬어. 하지만 돈이 얼마나 있는지는 몰라. 돈이 필요할 때 엄마한테 말하면 침대 옆 서랍에서 봉투를 꺼내서 만 엔을 주지. 그래도 매일 편의점 도시락이랑 슈퍼에서 산 반찬만 먹으면 역시 돈이 드니까 재료를 사서 직접 만들려고 애쓰고 있어.

파파한테 카레 만드는 법은 배웠고, 스튜랑 해시라이스도 만들 줄 알아. 루와 맛간장으로 고기감자조림을, 루와 콩소메로 포토푀를 만드는 방법도 알아냈어. 엄청난 대발견이라 "아키코 천재!" 하고 스스로를 칭찬했지.

엄마는 포토푀가 마음에 드는지 큼지막하게 자른 감자랑 당근도 안 남기고 다 먹었어. 정말 기쁘더라.

어른 아키코는 더 많은 요리를 배우지 않았을까. 혹시 요리사가 됐다든가? 만약 그렇다면 케이크 전문점의 제과사가 좋겠어.

엄마 상태가 아주 좋을 때 마들렌을 만들어줬던 거 기억나? 학교 급식 시간 때 나눈 사소한 대화를 편지에 적었을 정도니까 잊어버릴 리 없나.

"늘 마들렌이니까 가끔은 다른 과자가 좋은데."

파파에게 몰래 그렇게 투정한 적이 있어. 파파는 요리뿐만 아니라 과자 만들기도 특기였거든. 만들기 어려워 보이는 치즈케이크나 시폰케이크도 가게에서 파는 상품처럼 멋지게 만들어줬으니까 엄마에게 가르쳐주거나 같이 만들면 좋겠다고 생각했지.

하지만 엄마가 조금 무거운 짐을 들려고만 해도 서둘러 뛰어가는 파파가, 어째선지 마들렌을 만들 때는 전혀 도와주려 하지 않았어. 엄마가 오븐의 뜨거운 철판을 만지다가 손가락을 데었을 때도 반창고는 붙여주었지만 자기가 대신 굽겠다고는 하지 않았지.

"파파는 엄마가 구운 마들렌이 제일 좋으니까 다른 과자를 구워달라고 하면 안 돼. 아키코가 좋아하는 과자는 파파가 만들어줄게."

파파가 그렇다면 나도 마들렌을 제일 좋아하는 과자로 삼아야겠다고 생각했지.

"엄마가 구워주는 마들렌이 제일 좋아."

선언하듯이 엄마한테 말하자 엄마는 기쁘다며 웃었어. 다른 누구 엄마보다 우리 엄마가 더 예쁘다고는 생각했지만 그렇게 활짝 웃는 엄마는 그때 처음 봤어. 텔레비전에 나오는 배우보다 예쁘다고 감동했다니까.

마들렌 스마일이야!

맞다, 다음 휴일에 엄마한테 마들렌을 만들어달라고 할까. 그럼 더 기운이 날지도 몰라.

새 반에는 어른 아키코가 편지에 썼던 미노리와 아리사가 있어. 둘 다 거북한 타입. 오늘 아침에 학교에 가자마자 미노리가 내 자리에 와서 "앗코, 힘든 일 있으면 뭐든지 나한테 말해." 하고 끌어안았을 때는 뭐랄까, 진심으로 싫었어.

원래부터 손을 잡고 싶어 하는 아이나 몸을 여기저기 만지는 아이는 거북했지만, 그런 것과는 또 다르게 싫은 기분이었지. 자기가 착한 아이라는 걸 드러내고 싶어서 수업 중에 부탁하지도 않았는데 공부를 못하는 아이한테 큰 소리로 답을 알려주는 아이 있잖아. 바로 그럴 때 느껴지는 감정이었어.

학교에서는 속만 답답했지만 지금은 문장으로 표현할 수 있어.

야, 착한 아이라는 티를 내려고 돌아가신 우리 파파를 이용하지 마. 나를 불쌍한 아이로 몰아가지 말라고.

어른 아키코, 역시 글을 쓰는 건 중요하구나. 마음을 형태가 있는 걸로 바꿔서 내놓으니까 속이 후련해졌어.

오늘 아리사하고는 말을 안 했어. 아리사는 평소에 말이 없거든. 하지만 산타클로스 이야기를 했을 때처럼 느닷없이 말을 쏟아내기도 해. 아마 아리사도 엄마 정도는 아니지만 아주 상태가 좋을 때와 나쁠 때의 차이가 큰 사람이 아닐까 싶어.

별로 좋아하지 않는 아이가 엄마와 닮았다고 인정하기는 싫지만, 그렇다면 아리사도 아주 괴로운 일을 겪은 적이 있는 걸까.

파파가 그랬지.

엄마는 온(사람)일 때와 오프(인형)일 때가 있단다. 오프(인형)일 때 엄마가 상대해 주지 않아서 앗코는 슬플지도 몰라. 걱정될지도 모르고. 하지만 그건 앗코가 좀 참아주련? 엄마는 어릴 적에 아주 괴로운 일을 겪었거든.

파파 생각에 사람의 마음은 눈에 보이지 않지만 아주 보드라워. 그래서 맛있는 걸 먹거나 별이 총총하니 예쁜 하늘을 보는 둥, 일상 속의 사소한 일을 받아들이고 감싸서 행복을 느낄 수 있지. 그와는 반대로 보드라워서 쉽게 상처를 입기도 하고. 앗코도 나쁜 말을 들으면 눈물 날 때가 있잖니. 그래도 다친 마음은 행복한 일로 고칠 수 있단다.

파파는 이 이야기를 하면서 마시멜로를 띄운 따뜻한 코코아를 타줬어. 그래서 난 마음의 상처를 치료하는 약은 코코아라고 생각해.

파파는 함께 코코아를 마시면서 말을 계속했어.

"만약 행복한 일이 하나도 없고 힘든 일만 있으면 마음은 어떻게 될까?"

"부서져."

난 국어 문장 문제를 대답하는 기분으로 그렇게 말했지. 내 상황에 대입하지 않고 남의 이야기를 하듯이. 하지만 그건 엄마 이야기였어.

마음이 보드라운 상태로 힘든 일만 계속되면 마음이 부서지니까, 엄마는 마음을 지키기 위해 마음을 돌처럼 단단하게 바꾸기로 했어. 그렇다기보다 마음이 저절로 그렇게 바뀌어간 거지.

무슨 긴급 자동장치 같다, 그렇지?

단단해진 마음은 잘 부서지지 않는 대신 행복도 받아들일 수 없게 됐단다. 하지만 영원히 단단한 건 아니야. 천천히 녹일 수 있어. 그걸 할 수 있는 사람은 파파와 앗코뿐이야.

파파와 앗코뿐. 난 그 말이 마음에 들었어. 하지만 거기서 파파가 사라지고 남은 건 앗코뿐.

앗코만 남은 뒤로 아직 엄마는 온, 사람이 된 적이 없어…….

아니지, 이래서는 안 돼. 새 학기 첫날은 즐거운 이야기를 들려주려고 했는데.

담임은 하야시 유토 선생님이야. 기억하지? 대학을 졸업한 지 얼마 안 된, 젊고 멋진 선생님이니까. 운동을 좋아하고 성격이 밝아서 반 분위기도 좋아질 것 같아.

그렇지만 슬픈 일을 하나 더. 4학년 때 담임이었던 시노미야 선생님이 퇴직하는 건 알고 있었지만 이임식에도 못 오는 모양이야. 하는 수 없지. 전근을 간 다른 선생님들은 시내에 있는 학교로 이동했는데, 시노미야 선생님은 도쿄로 갔으니까. 대학 다닐 때 사귀었던 사람과 결혼한다는 소문도 있으니까 선생님에게는 슬픈 일이 아니려나.

시노미야 선생님은 이 동네 출신이니까 또 어디선가 딱 마주치면 좋겠다.

그런데 미노리는 선생님이 이 동네에 다시는 안 돌아올 거라고 엄마한테 들었다고 떠들어대더라. 옛날에 좋지 않은 짓을 했다는 게 들통났다나. 옛날은 언제일까. 선생님은 아직 20대인데.

혹시 날라리 학생이었나. 하지만 어른이 돼서 자기 할 일을 제대로 하는 사람에게 옛날 일은 상관없겠지.

다른 아이 말로는 단 하나뿐인 가족이었던 할머니가 돌아가셔서 더는 이 동네에 살 이유가 없기 때문이래. 난 그쪽을 믿기로 했어.

난 시노미야 선생님이 좋았어. 나무 상자를 몰래 들려 보내주기 전부터. 친한 척하며 이것저것 참견하려 들지 않는 점이 마음에 들었지. 미노리는 선생님이 차갑다고 자주 투덜댔지만 그건 자기를 특별히 예뻐해 주지 않기 때문 아닐까.

"상대가 바라지 않는 선의는 그저 참견이에요."

미노리가 뭘 어쨌을 때 시노미야 선생님이 그렇게 말했더라? 어른 아키코는 기억해? 하긴 지금의 내가 기억하지 못하는 일을 어른 아키코가 기억해 낼 수 있을까?

있을 수도 있겠다. 혼자서는 생각이 안 나는 일도 4학년 때 같은 반이었던 아이와 이야기하다가 생각나거나, 그 아이가 기억하고 있다가 가르쳐주거나 할 수도 있잖아.

그리고 단순히 시간의 차이.

어른 아키코의 편지에서 한 군데 어라, 싶었던 부분이 있어. 시노미야 선생님의 이름이 한자로 적혀 있는 거야. 난 '마이코'라는 이름은 알아도 '真唯子'라는 한자는 몰랐는데 어른 아키코는 어떻게 알고 있나 했지.

혹시 다음에 다시 만나나 기대했는데 좀 더 단순하더라고. 오늘 받은 선생님의 이동을 알리는 프린트물에 이름이 한자로 적혀 있었어.

작은 기대는 어긋났지만 어른 아키코의 편지는 내게 아주 큰 용기를 줬어. 편지를 받은 직후에는 몰랐지만 봄방학에 몇 번이고 다시 읽다가 알아차렸지.

미래에서 편지를 보내는 건 쉬운 일이 아니야. 어쩌면 한 사람당 한 번뿐일지도 모르지. 그럴 경우에 얼마나 과거의 자기에게 편지를 쓸까. 사람마다 다를지도 모르지만 어른 아키코는 나야. 그렇다면 가장 힘들었을 때의 자신에게 쓰겠지.

힘내라, 힘내라. 여기만 뛰어넘으면 괜찮아져. 그렇게 응원하려고.

파파가 죽은 것보다 더 슬픈 일은 상상이 안 돼. 하지만 세상에는 나랑 비슷한 나이에 비슷한 일을 겪은 아이가 많을 테고, 더 어릴 적에 부모님을 잃은 아이도 있겠지.

나만 슬픈 게 아니야. 더 이상 슬픈 일은 일어나지 않아.

그렇게 스스로를 격려하며 열심히 지내보려고.

어른 아키코도 힘내!

어른 아키코에게.

난 천재일지도! 책 암기가 아니라 과자 만들기, 정확하게는 마들렌 만들기의 천재야. 아니, 달인인가?

엄마를 위해 마들렌을 구우려고 파파의 노트북으로 레시피를 검색했는데, 오렌지 필이나 말린 살구같이 근처 슈퍼에는 안 팔

것 같은 재료가 필요한 레시피만 나와서 반쯤 포기했어.

애당초 엄마 마들렌에서 과일 맛이나 향기가 난 기억은 없는걸.

그런데 갑자기 엄마가 늘 종이를 보면서 마들렌을 만들던 게 생각났지, 뭐야. 왜 그걸 깜빡했을까. 맛이 똑같은 마들렌을 만들려면 그 방법이 제일인데. 종이가 어디 있는지는 엄마에게 물어보면 금방 알겠지만 그럼 재미없지.

침대에 누워서 졸거나, 반년이나 예전의 옛날 패션잡지(새 잡지를 사 올까 물어봤지만 그거면 된대)를 보고 있는데 부엌에서 버터 냄새가 풍겨온다. 이거 혹시! 그런 깜짝 선물이면 더 좋아하겠지?

보물찾기는 생각보다 쉬웠어. 찬장 서랍에 들어 있더라고. 잡지 부록 같은 꽃무늬 클리어파일 속에, 인쇄하는 데 사용하는 누르스름한 종이에다 인쇄한 레시피가 한 장. 학교 조리 실습 때 받은 프린트물 같았어.

엄마는 서른 살. 와, 어른 아키코랑 동갑이잖아! 지금 알았어.

기름 얼룩이 묻은 프린트물을 10년도 넘게 소중히 보관한 셈이야.

재료는 근처 슈퍼가 뭐야, 우리 집 냉장고에 들어 있을 법한 것들뿐이더라. 버터는 마가린이 섞인 토스트용을 쓰기로 했고, 바닐라에센스도 냉장고 안쪽에 있었어. 상하지 않았을까 걱정돼 조금 핥아봤더니 웩! 그래도 맛만 약품 같지 상하지는 않은 것 같아서 그냥 쓰기로 했어.

틀도 찾아서 속에 깔 종이만 샀지.

파파가 과자를 만들 때 도운 적이 있으니까 계량은 식은 죽 먹기. 밀가루, 마가린, 달걀, 우유, 그리고 바닐라에센스 약간을 볼에 넣고 섞어서 종이를 깐 틀에 붓고 오븐에다 구우면 끝.

구운 지 5분도 지나기 전에 온 부엌이 고소하니 좋은 냄새로 가득 찼어. 그러자 앗싸, 엄마가 왔어!

"마들렌 굽는 중이니?"

그러고 오븐을 들여다보며 달콤한 냄새를 들이마시듯 심호흡을 하더니 커다란 눈을 가늘게 뜨며 내게 웃음을 지었어. 정말 기쁜 마음에 눈물이 핑 돌아서 손으로 닦았더니 가루가 묻었는지 눈이 따끔따끔해서 세면실로 달려갔지.

거기서 조금 울다가 세수를 하고 부엌으로 돌아갔더니 엄마가 컵을 두 개 꺼내서 홍차를 끓여놨더라고. 티백을 넣고 포트 속 뜨거운 물만 부으면 되지만, 어른 아키코는 그게 얼마나 대단한 일인지 알지?

데면 안 된다며 엄마가 오븐에서 철판을 꺼내줬어.

둘이서 함께 테이블에 앉는 건 파파가 돌아가시고 처음이었지. 갓 구워낸 마들렌은 엄마가 만들어준 거랑 똑같은 맛이었어.

"엄마는 중학생 때 처음으로 마들렌을 만들었는데 아키코는 초등학생 때 만들었구나. 장하다."

엄마가 자기 이야기를 해준 건 언제가 마지막이었을까. 엄마가 날 칭찬해 준 건 언제가 마지막이었을까. 어쩌면 처음이었을지도 모르겠네.

그 뒤에 엄마가 학교 일을 물어봐서 도서 위원이 된 거랑, 가정방문 통지서를 받았다는 이야기를 했어. 1학년 때부터 가정방문 날에는 파파가 회사를 쉬고 엄마와 함께 선생님과 이야기를 했으니까 혼자서 괜찮을까 걱정이었지만, 엄마는 통지서를 보며 현관을 정리해야겠다고 말했어.

난 마들렌을 한입 가득 먹었어. 안 그러면 소리 내어 울 것 같았거든. 하지만 입을 막았더니 대피할 곳을 잃은 눈물이 뚝뚝 흘러내리더라. 눈물을 운동복 팔꿈치 부분으로 닦으려고 했더니 엄마가 먼저 소맷자락으로 닦아줬어. 며칠이나 같은 옷을 입었을 텐데 좋은 냄새가 났고 분홍색 천이 부드러워서 정말로 기분 좋더라.

"고마워, 아키코. 이제부터는 엄마도 힘낼게."

그런 말까지 해줬다니까.

마들렌을 여덟 개 구워서 네 개씩 먹었어. 날씬한 엄마가 네 개나 말이야.

난 가게에서 파는 마들렌은 안 먹어봤는데 어른 아키코는 먹어봤어? 텔레비전에 소개되는 유명한 양과자점의 마들렌같이 맛있는 마들렌은 많을지도 모르지만, 나한테는 우리 집에서 만드는 마들렌이 세계 최고야.

파파가 한 말은 이런 뜻이었겠지.

그리고 가정방문도 무사히 성공했어.

파파의 장례식은 회사 사장님이 치러줬고, 사장님 부부가 가족이라 여기고 뭐든지 상의하라고 했지만, 엄마가 연락하는 것 같지는 않았어. 원래 사람일 때도 파파 없이는 다른 사람을 대하는 걸 힘들어했는데 인형인 상태로 어떻게 연락을 하겠어. 장례식을 치러줘서 고맙다는 인사를 했는지도 의심스러울 정도야. 하지만 그분들도 엄마 사정은 잘 아니까 가만히 놔두는 것 같아.

하야시 선생님은 파파가 돌아가신 걸 학교의 다른 선생님에게 들어서 알고 있었어. 하지만 엄마가 사람일 때와 인형일 때가 있다는 건 모르는데도(분명 다른 선생님도 전부 그렇지만), 첫 번째 가정방문 때 시에서 한부모가정에 지원해 주는 제도를 엄마가 신청하지 않았다는 걸 알고는 가정방문 마지막 날 우리 집에 한 번 더 왔어.

인터넷에서 조사한 자료를 일부러 출력해서 시청 어느 창구에 가야 한다 등등의 내용을 알기 쉽게 적어주기까지 했지. 점심시간에 책을 읽고 싶은 날도 있는데 반 아이들 모두를 데리고 피구를 하자거나 해서 조금 귀찮았었지만, 지금은 하야시 선생님이 정말 좋아.

마들렌을 먹은 뒤로 계속 사람 상태인 엄마(굉장하지!)는 다음 날 혼자 시청에 가서 신청하고 왔어. 와, 진짜 기적이야.

황금연휴에는 시민 공원에서 열리는 벼룩시장에 다녀왔어. 파파가 좋아해서 매년 갔지만 올해는 안 되겠다고 포기했었는데 엄마가 먼저 가자고 하더라고.

찻잔을 세 개 샀어. 하지만 아빠가 매년 샀던 유리 세공품은 안 샀고. 절약해야 하거든.

파파는 유리 세공품을 좋아했잖아. 파파의 불단은 아직 없지만 새, 동물, 열대어 등의 유리 세공품을 놓아둔 진열장에 위패를 놓아두면 기뻐하지 않을까 싶을 만큼.

파파에게는 엄마도 유리 세공품이었을지 모르겠네.

엄마는 마음을 돌처럼 단단하게 만들었어. 하지만 사실 그건 돌이 아니라 유리라, 단단하기는 하지만 강한 충격에는 약하니까 소중하게 지켜야 해.

그래도 엄마는 시청에도 벼룩시장에도 파파 없이 갈 수 있게 됐어. 파파는 천국에서 서운해할지도 모르지만 난 안심하라고 말하고 싶어.

어른 아키코, 난 분명 앞으로도 작년 이맘때는 파파랑 이걸 했는데 하면서 몇 번이고 쓸쓸해하겠지. 하지만 엄마와 함께 하나씩 극복해 나갈 수 있을 것 같아.

다음 주 소풍 때 먹을 도시락도 엄마가 만들어주겠대.

제일 슬픈 시간은 지나갔다고 생각하면 기운이 나.

고마워, 어른 아키코.

어른 아키코, 잘 지내?

난 잘 지내지만 엄마는 또 인형이 되고 말았어. 사람인 날이 지금까지보다 길었던 걸 기뻐해야겠지만 역시 기분이 축 처지네.

파파가 일찍 들어온다는 낙도 없고. 반려동물을 키우고 싶지만 우리 맨션에서는 금지인가 봐. 게다가 집 안이 더 이상 어질러지면 곤란해. 엄마는 파파가 사준 물건을 버리기 싫어해. 게다가 파파의 머리카락과 냄새가 집에서 사라진다며 사람으로 돌아와도 청소를 안 하는 데다 나도 못 하게 해. 마음은 이해가 가지만.

어른 아키코는 어떤 곳에 살아? 귀여운 고양이랑 같이 사는 게 아닐까 내 멋대로 부러워하곤 해.

하지만 어른 아키코는 미래의 나인걸. 이렇게 하고 싶은 일을 종이에 적어두면 나중에 하나씩 이루어나갈 수 있을 거라고 믿어.

엄마는 소풍 전날 인형으로 돌아갔어. 도시락 재료를 사려고 혼자 슈퍼에 갔을 때 무슨 일이 생겼는지도 몰라. 엄마가 직접 불쾌한 일을 당했다기보다는, 고함을 지르며 불만을 제기하는 사람을 봤을지도 모르겠어.

"엄마는 다른 사람의 괴로운 일도 자기 일처럼 받아들이는, 착한 사람이거든."

파파가 그렇게 말했었지.

하야시 선생님이 "여러분은 이제 5학년이니까 신문이랑 텔레비전 뉴스 방송을 꼼꼼히 챙겨 보며 오늘날 일본과 세계가 어떻게 돌아가고 있는지 관심을 갖도록 합시다."라며 조례 시간 때 당번이 '오늘의 한 줄'을 발표하도록 시켰어. 자기가 제일 관심을 가진 일을 신문 헤드라인 방식으로 모두의 앞에서 발표하는 거야.

하지만 우리 집에서는 텔레비전으로 뉴스를 못 봐. 살인사건이나 화재 같은 뉴스를 보면 엄마는 그저 사람에서 인형으로 변하는 걸 넘어서 깨지기 쉬운 유리 인형이 돼버리거든.

파파는 매일 아침 신문을 꼼꼼히 읽었으니까 요즘은 나도 그러고 있어. 절약하려면 신문은 끊는 게 낫지 않을까 싶었지만 엄마를 통해 절차를 밟아야 하는 일은 시간이 걸려. 이번에는 그점 덕분에 오히려 좋은 결과가 나온 것 같아.

지금까지 가짜 드림마운틴 책갈피를 만든 사람이 체포됐다는 기사도 없었고 말이야.

하지만 솔직히 정치도, 미국 대통령도 어찌 되든 나하고는 상관없어. 하루하루 열심히 살아가는 것만으로도 벅차거든.

엄마가 인형일 때 파파가 엄청 힘들었으리라는 걸 이제야 알았어. 파파는 내가 체육복을 가방에 처박아 놔도 꺼내서 빨고 다시 가방에 넣어줬지. 그런데 나는 고맙다고 말한 적이 있었나? 아니, 없어. 빨지 않은 체육복을 세 번 연속으로 입은 날, 남자아이들 체육복보다 누리끼리하게 더럽다는 걸 알고 부끄러워서 어딘가로 도망치고 싶었을 때야 파파가 생각났으니까.

미래로 편지를 보낼 수 있는 날이 빨리 왔으면, 그리고 천국에도 편지를 보낼 수 있으면 좋겠다.

결국 소풍 도시락은 내가 쌌어. 삼각김밥과 찌그러진 달걀말이, 칼집을 넣어서 구운 비엔나소시지, 전자레인지에 데운 미트볼, 방울토마토. 간단한 것뿐이지만 엄마가 하트 달린 도시락픽을 사놓은 덕분에 내가 싼 것치고는 제법 귀엽다고 생각했는데…….

"어, 돌아가신 거 엄마였나?"

이 말, 어떻게 생각해?

올해는 옆 동네의 싱글벙글 목장으로 소풍을 갔어. 버터 만들기 체험 참 재미있었지. 점심시간에는 잔디 광장에 모두 모여 도시락을 펼쳤어. 그런데 가까이에 앉은 미노리가 몸을 내밀어 내 도시락을 보더니 그러더라고.

얼마 전까지는 동정하는 태도였는데 계속 무시했더니 이번에는 그러지 뭐야. 미노리의 도시락을 슬쩍 보니까 반찬이랑 후리카케*로 드림캣 모양을 만들어 왔더라고. 20년 후에도 캐릭터 모양으로 도시락을 만들고 그래?

"내가 만들었거든."

하고 싶은 말은 엄청 많았지만 그렇게만 대답했어. 미노리는 요즘 텔레비전 드라마에 영향이라도 받았는지 장래에 변호사가 되고 싶은 모양이야. 그래서인지 툭하면 말싸움을 걸고는 자기가 이길 때까지 물러나지 않아. 그래 놓고 논리적으로 승리했다고 으스대지만, 다들 상대하기 싫으니까 받아치지 않을 뿐이야.

"어, 소풍인데? 왜? 불쌍해."

미노리는 반 아이들 모두에게 들릴 만큼 크게 말했어.

내가 하야시 선생님 쪽을 보려는데 어떤 애가 도와줬어. 놀랍게도 아리사가.

"나도 내가 만들어 왔는데. 봐봐."

아리사의 도시락을 보니 반찬은 나와 거의 똑같았지만, 자른

---

* 생선 분말, 김, 깨, 소금 등을 섞어서 만든 가루 모양의 식품. 밥에 뿌려서 먹는다.

김을 아기자기하게 붙인 주먹밥은 축구공 모양, 삶은 달걀은 하얀 껍데기를 뒤집어쓴 병아리 모양이었어.

근처에서 예쁘다고 감탄하는 소리가 들리자 미노리가 훼방을 놓으려는 듯 숨을 들이마셨지만, 하야시 선생님이 먼저 크게 말했지.

"직접 만든 도시락이라면 선생님도 질 수 없지. 혼자 사니까 아침 일찍 일어나서 직접 싸 왔어. 짜잔, 폭탄 주먹밥!"

하야시 선생님이 큼지막하고 동그란 주먹밥을 한 손에 하나씩 들어 올렸어. 김을 빈틈없이 붙여서 확실히 폭탄 같아 보이기는 하더라.

"밥을 뭉친 것뿐이잖아요."

가까이에 있던 남자아이가 놀리자 선생님은 의기양양하게 주먹밥을 덥석 베어 물더니 모두에게 보여줬지.

"햄버그스테이크야. 참고로 이쪽은 달걀말이, 이쪽은 연어던가?"

선생님은 주먹밥을 빙글빙글 돌리며 설명했어. 그리고 또 덥석 먹었지.

"틀렸다, 치즈네."

나도, 다른 아이들도 선생님의 주먹밥이 재미있고 부러워서 나 같으면 뭐랑 뭐를 넣겠다느니 치즈는 반칙이라느니 목소리를 높였어.

많은 사람들이 왁자지껄 떠들어도 한 명이 숨 쉴 틈도 없이 말하는 건 아니니까 이야기에 빈틈이 느껴질 때가 있잖아.

나는 그 틈에 말을 쏙 집어넣기가 어려워서 하고 싶은 말이 있어도 다른 화제로 넘어갈 때가 많지만, 하야시 선생님은 끼어들기를 잘하는 것 같아.

그러니 초등학교 선생님이 될 수 있었겠지만.

주먹밥 이야기에 아주 살짝 빈틈이 생겼을 때 하야시 선생님이 크게 손뼉을 쳤어.

"집에서 도시락을 싸준 사람은 그걸 당연하게 받아들이면 안 돼. 직접 도시락을 싸 온 사람도 음식을 쉽게 마련할 수 있는 걸 당연하게 받아들이면 안 되고. 우리가 당연하게 여길 수 있는 건 수많은 사람이 뒷받침해 주기 때문이야. 그러니 감사하는 마음으로 남기지 말고 다 먹도록 하자."

그 후에 미노리는 나한테 아무 말도 안 하더라. 난 엄마가 도시락을 싸주지 않은 게 슬퍼서 나만 가엾다고 생각했는데, 그런 생각을 하기보다는 아리사랑 선생님처럼 더 재미있는 도시락이나 요리를 만들 수 있도록 노력해야겠어. 엄마에게 폭탄 주먹밥을 만들어주면 기쁘게 먹어주려나. 인형이 돼서 또 밥맛을 잃었거든.

하야시 선생님은 아이들 앞에서 우리 집 사정을 언급하지 않고 자기 주먹밥 쪽으로 이야기를 돌렸지만(분명 그런 게 아닐까 싶어), 버스가 학교에 도착해 다들 집으로 돌아갈 때 슬며시 내 옆으로 와서 "엄마, 몸이 안 좋으시니?" 하고 물어봤어. 괜찮다고 대답하자 더는 엄마 이야기를 하지 않고 오늘은 참 기특했다며 머리를 쓰다듬어주더라.

파파 말고 다른 어른이 머리를 쓰다듬어준 건 처음이야. 나는 사촌이나 친척을 만나본 적이 없지만, 아이들이 가끔 이야기하는 사촌 오빠나 친척 아저씨는 이런 느낌이려나.

하야시 선생님은 나 다음으로 아리사한테도 가서 역시 머리를 쓰다듬었어. 아리사네 집에 무슨 힘든 사정이나 슬픈 일이 있는지는 모르지만, 남들이 몰랐으면 하는 건 나나 아리사나 마찬가지일 거야.

그래도 하야시 선생님이 있으면 나도, 아리사도 걱정 없을 것 같은 기분이 들더라.

미노리가 선생님 뒤에다 대고 "흥, 편애하기는." 하고 중얼거렸지만 난 미노리의 마음을 잘 모르겠어. 드림캣 모양 도시락을 만들어주는 가족이 있는데 선생님의 관심까지 받고 싶어 하다니.

소중한 사람은 한 명이면 충분해. 내게 그 사람은 엄마려나.

어른 아키코에게 가장 소중한 사람은 누구야? 결혼했어? 아이는 있고? 심사에 통과하기가 쉽지 않을지도 모르지만 또 편지 줘.

세탁기가 다 돌아갔으니(비가 내려서 밖에 못 널어) 오늘은 이만 줄일게.

어른 아키코에게.

매일 덥네. 온난화라는 말을 매년 듣는 것 같은데 20년 후에는 더 더울까. 일본이 하와이처럼 된다거나? 가 본 적은 없지만.

요즘은 텔레비전으로도 뉴스를 가끔 봐. 엄마가 요 며칠 사람 상태이기 때문이랄까, 엄마가 먼저 바깥세상 일에 흥미를 가지기 시작했거든.

소풍을 다녀온 후에 하야시 선생님이 가정방문을 왔어. 그때 선생님이 엄마한테 휴대전화 번호를 물었지.

시업식 날 나누어준 프린트물에 올봄부터 학교와 학급에서 연락할 때는 전화가 아니라 메일로 일제히 보내기로 했다고 나와 있었잖아. 그래서 거기다 휴대전화 번호와 메일 주소를 적어서 제출해야 했는데, 엄마는 휴대전화가 없으니까 내가 '유선전화로 연락 희망'이라는 곳에 동그라미를 쳐서 제출했어.

마침 그 무렵에 엄마는 인형이었으니까. 파파의 휴대전화는 아직 해지하지 않았으니 그 번호와 메일 주소를 적어서 내가 직접 연락을 받는 편이 낫지 않을까 싶었지만, 노트북과 달리 휴대전화는 메일을 열거나 하지 않아도 만지는 것 자체에 거부감이 있었거든. 어떻게 할까 망설이던 끝에 파파의 책상 서랍에 그냥 넣어뒀지.

"휴대전화……는 없는데요."

엄마가 늘 그렇듯 멍하게 대답하자 하야시 선생님이 엄청 놀라더라.

엄마는 바깥세상이 돌아가는 형편을 거의 몰라. 예능 프로그램이랑 음악 프로그램은 가끔, 그리고 패션잡지는 꼼꼼히 보니까 연예인, 가수, 모델의 이름은 알지도 모르지만, 우리나라 총리가 누군지는 모르지 않으려나.

어려운 일은 파파가 안다. 지금까지는 그걸로 충분했겠지만 앞으로는 그걸로 안 되겠지. 내가 아무리 신문을 읽어봤자 엄마가 계속 이 상태라면 우리 집은 점점 다른 집들에 뒤처질 것 같아.

실제로 선생님이 휴대전화 이야기를 한 것도 5학년 1반에서 유선전화 연락에 동그라미를 친 게 우리 집뿐이었기 때문이야.

선생님도 걱정돼서 가정방문을 왔다기보다는 한 집만 전화로 연락하기가 귀찮아서, 휴대전화가 있는데도 개인 정보가 걱정돼서 그러는 게 아닐까 착각하고(다른 반에는 그런 사람이 몇 명 있나 봐) 설득하러 온 게 아닐까 싶어.

선생님은 자기 휴대전화로 학교 홈페이지에 들어가서 어떤 식으로 이런저런 소식을 전달하는지 엄마와 나한테 보여줬어. 긴급 연락 말고도 소풍과 6학년 수학여행에 관한 보고문도 올라와 있더라. 소풍 부분을 보고 엄마는 미안해, 하고 작게 중얼거렸어.

그러자 하야시 선생님은 자기 엄마도 병약했다고 하더니, 마지막으로 하지만 이렇게 잘 컸다며 흰색 반소매 폴로셔츠 밖으로 드러난 팔로 알통을 만들었어. 나도 엄마한테 선생님이 만든 주먹밥이 아주 재미있고 맛있어 보였다고 하니까, 그거라면 자기도 만들 수 있을 것 같다면서 엄마가 웃었지.

그리고 엄마는 휴대전화를 장만하기로 했어. 하야시 선생님이 휴대전화 매장에 같이 가겠다고 했지만, 엄마가 혼자서도 괜찮다고 딱 잘라 거절해서 좀 놀랐어. 그러고 보니 엄마는 아무것도 못 하는 것치고는 남에게 전혀 의지하지 않아. 파파는 회사의 사장님 부부를 부모님처럼 믿는다고 했지만, 엄마는 그 두 사람을 그렇게 느끼는 것 같지 않고 말이야.

휴대전화 매장은 주말에도 여니까 결국 나랑 둘이서 가기로 했어.

그날 집을 나설 때 내가 지갑이랑 문 잠그는 걸 확인해 주지 않으면 잊어버리는 엄마가 파파의 휴대전화와 노트북을 준비한 걸 보고 깜짝 놀랐어. 있는지조차 모르는 줄 알았는데. 게다가 시청에서 서류까지 받아 왔더라고.

그보다 더 놀란 건 해지한 파파 물건들을 엄마가 필요 없다고 했다는 거야. 파파가 생전에 남긴 말과 친구 목록을, 설령 보지 않는다 하더라도 포기하다니 나로서는 꿈에도 상상 못 할 일인데.

"노트북은 저한테 주세요."

난 노트북을 점원 손에서 낚아채다시피 받아서 품에 꼭 끌어안았어. 엄마는 아무 말도 하지 않고 휴대전화를 고르는 데 집중했지.

어쩌면 엄마는 휴대전화와 컴퓨터에 저장 기능이 있다는 걸 모르는지도 모르겠어.

난 억지로 그렇게 받아들이기로 했어. 패션잡지에 '스토커 대책으로 악질적인 메일도 저장해 둔다'고 나와 있었던 것도 같지만 엄마는 그런 기사를 안 읽는다, 오히려 이게 올바르게 처분하는 방법이라고 스스로를 달래면서.

사람 상태였지만 엄마는 점원의 설명을 5분도 채 듣지 못했어. 먼저 해지 절차를 밟은 탓에 하루의 에너지를 다 써버린 거겠지. 그래서 내가 엄마 옆에서 몸을 내밀어 휴대전화 화면을 보고 "이야, 그렇구나. 이 버튼은 뭐예요?" 하고 크게 물어봤지.

얼마 지나지 않아 내가 도맡아서 쓰지 않을까, 그런 생각도 하면서.

엄마도 외울 수 있는 비밀번호랑 메일 주소를 설정하고 즉시 개통된 휴대전화를 받았을 때는 내 머릿속도 새하얗더라. 그런데……

"이 노트북, 알맹이를 전부 지우고 처음 샀을 때의 상태로 되돌릴 수 있나요?"

엄마는 내가 테이블 옆에 놓아둔 노트북을 가리키며 또박또박한 말투로 점원에게 물었어. 눈도 초점이 또렷하더라.

엄마가 파파나 나 말고 남의 눈을 똑바로 보며 이야기하는 건 처음 봤어. 초기화는 집에서도 간단히 할 수 있다는 대답을 들은 순간 촛불이 꺼진 것처럼 변했지만.

그래도 집에 돌아오자마자 엄마는 새로 산 휴대전화로 하야시 선생님한테 연락했고, 통화 중에 노트북을 초기화하는 방법을 배우면서 노트북을 만지작거리기 시작했어.

"잠깐만. 파파의 일기 같은 게 있을지도 모르잖아."

"어? 아, 그래? 그런 것도 쓸 수 있어?"

엄마는 놀란 듯이 손을 멈췄지만 이미 초기화가 시작된 후였지. 역시 빨리 가르쳐줄 걸 그랬다고 몹시 후회했어.

"그리고 노트북이 있으면 요리법 같은 것도 알아볼 수 있고 뉴스도, 아니…… 그건 됐지만."

최대한 불평처럼 들리지 않게 엄마 앞에서 아쉬워하자 요리책을 사 오라며 천 엔을 주더라. 그것도 기뻤지만 더 엄청난 일이 일어났어.

"앞으로는 뉴스도 텔레비전으로 같이 보자."

엄마는 바깥세상으로 눈을 돌리는 노력을 시작한 거야.

저녁으로 엄마랑 소면(이것도 엄마가 만든 거야. 조금 오래 삶은 것 같지만)을 먹으면서 텔레비전을 보는데 드림마운틴 특집이 나왔어.

10주년 이벤트도 이번 여름휴가 중에 끝난다, 이벤트 기간에 이런 이벤트를 하고 있으니까 꼭 가족이 다 함께 놀러 오라는 내용의 특집이었지.

파파랑 몇 번이고 읽은 가이드북은 지금도 자기 전에 가끔 펼쳐봐. 하지만 기운을 차렸다고는 하나 엄마랑 둘이서 드림마운틴에 가기는 아직 힘들 것 같으니 전혀 흥미가 없다는 표정으로 소면을 먹었지.

"어디 놀러 갈까?"

잘못 들은 줄 알았어. 그런데 한 번 더 들렸지. 목소리가 들린 방향으로 고개를 돌리자 엄마랑 눈이 마주쳤어. 엄마가 사람 상태일 때 한순간 눈이 마주치는 정도는 드문 일이 아니야. 하지만 속으로 다섯을 헤아려도 엄마가 눈을 돌리지 않아서 오히려 내

가슴이 두근거리더라.

빨려 들어갈 것 같아 무서웠거든.

왜 내 눈은 엄마 눈의 절반 크기밖에 안 될까. 뭐, 파파를 쏙 빼 닮았으니까 어쩔 수 없지만.

"어디가 좋아?"

내 가슴이 쿵쿵 뛰는 줄도 모르고 엄마가 물었어.

"휴대전화로 예약할 수 있으려나."

엄마는 쿡 웃더니 그렇게 말했어. 이게 뭘까, 혁명?

해마다 여름방학 때면 가족끼리 현 경계에 있는 '기요세 계곡 캠핑장'에 갔었잖아.

빌린 회사 차에 파파와 둘이서 바비큐 재료와 도구를 싣고, 준 비가 다 끝나면 엄마를 달래서 조심스레 차에 태웠지. 큰 강 옆 에 있는 캠핑장의 방갈로에서 엄마는 나랑 파파가 바비큐를 준 비하는 모습을 조용히 바라볼 때도 있었고, 캠핑장에 있는 내내 이불을 덮어쓰고 잘 때도 있었지. 아마 잘 때가 더 많았을 거야.

그런데 엄마가 예약을 한다니!

하지만 내일 인형이 될지도 몰라. 어쩌면 지금 아주 무리해서 사람 상태를 유지하느라 엄청난 부작용이 올지도 모르지.

일단 기요세 계곡 캠핑장에 가기로 결정했어. 차는? 바비큐 는? 걱정됐지만 역 앞에서 가는 버스가 있고 바비큐가 딸린 패 키지 상품도 있다는 모양이야. 캠핑할 때 엄마가 즐거워 보인 적 은 별로 없었지만, 잠만 자더라도 엄마 나름대로 즐거운 시간이 었나 봐. 그걸 처음으로 깨달았어.

파파는 그걸 알고 있었을까. 내가 염려할 일은 아닌가. 아니, 파파가 말했어.

"엄마한테는 파파와 아키코의 모습이 보이지 않을지도 몰라. 목소리가 들리지 않을지도 모르고. 그렇게 불안해질 때도 있겠지. 하지만 엄마는 표정과 목소리로 드러내지 않을 뿐 속으로는 우리를 듬뿍 사랑해 주고 있단다."

파파 말은 옳았어. 그야 당연하지. 파파가 틀린 말이나 거짓말을 한 적은 한 번도 없었는걸.

엄마와 캠핑을 하면 재미있을까?

우리는 캠핑을 갔을까. 어떤 시간을 보냈을까. 어른 아키코는 알겠지. 확실히 정기적으로 편지를 주고받을 수 있으면 재미없을지도 모르겠네. 사전 정보가 없어야 찡하게 감동을 먹겠지.

선물 사 올게. 내가 뭐래니, 하하. 그래도 내 마음 알지?

어른 아키코, 여름방학도 이제 일주일밖에 안 남았어.

숙제는 대충 끝냈어. 자유 과제인 수채화는 기요세 계곡 캠핑장에서 바비큐를 하는 장면을 그렸어. 응, 다녀왔어.

그 이야기가 나온 뒤에 엄마는 인형이 되지 않았지. 인형이 되기는커녕 아주 밝아져서 캠핑 준비도 엄마가 거의 다 했을 정도야. 안 믿기지? 휴대전화로 인터넷 쇼핑을 해서 집에 운동화가 배송됐을 때는 정말 깜짝 놀랐다니까.

일단 엄마랑 내 운동화가 색깔만 다를 뿐 한 세트였다는 점.

그리고 엄마가 운동화를 신는다는 점. 지금까지 캠핑을 할 때 엄마는 늘 샌들을 신었는데 말이야. 게다가 운동화를 산 이유는 캠핑 때 아빠가 많이 움직인 게 생각나서래.

나는 지금까지 너무 많이 걸으면 엄마의 가느다랗고 하얀 다리가 부러질 거라고 믿어왔거든. 너무 활기차게 움직이다가 쓰러지면 어쩌나 걱정되더라. 난 아직 엄마를 업을 자신은 없어.

하지만 캠핑장에 도착했을 때 엄마와 단둘만의 여행에 한 사람이 더 늘었어.

하야시 선생님이 있더라고. 미리 약속한 건 아니야. 선생님은 대학 시절 친구 다섯 명과 차를 타고 왔는데 우리를 보고 엄청 깜짝 놀랐어.

이웃한 방갈로라 선생님이 짐을 옮기는 걸 도와줬지.

엄마도 처음에는 낚시를 하겠다며 의욕을 보였지만 캠핑장에 사람이 너무 많아서 피곤했나 봐. 인형 상태까지는 되지 않았지만 방갈로 안 침대에 누워서 조용히 쉬고 싶다더라. 결국 평소와 똑같았지. 하지만 나하고 놀아줄 파파는 없어.

그때 하야시 선생님이 말을 걸어줬어. 나를 데리고 계곡을 산책하러 갔지. 산책로 옆에 자란 꽃과 나무, 그리고 산의 이름을 가르쳐줬어. 재미있었지만 어쩐지 편애를 받는 것 같아서 조금 마음이 불편하더라. 선생님의 친구는 리프팅을 한다고 했는데 실은 같이 가고 싶지 않았을까 싶어서 미안하기도 했고.

하야시 선생님이 나한테 파파는 어떤 분이셨느냐고 물었어. 실은 학교에서 좀 더 일찍 물어봐야 했다며 사과했지만, 선생님은 아무 잘못도 없는걸.

나는 파파에 대해 실컷 이야기했어. 엄마가 인형이 된다는 건 숨겨놓고, 맛있는 밥을 만들어준 것, 공부를 가르쳐준 것, 해마다 벼룩시장과 캠핑장에 데리고 간 것만. 이야기하다 보니 눈물이 나서 말이 막혔는데, 그러자 이번에는 선생님이 선생님의 엄마에 대해 이야기해 줬어.

잘 만드는 음식은 고기감자조림. 파파는 크로켓. 좋아하는 색깔은 오렌지색. 파파는 녹색. 그렇게 서로 말을 주고받다가 선생님도 울었지. 선생님의 엄마도 선생님이 중학생 때 돌아가셨대.

밤에는 엄마도 기운을 차려서 선생님 일행과 함께 바비큐를 했어. 참 맛있었지. 다 먹고 나서는 선생님이랑 엄마랑 나, 셋이서 별을 봤고. 눈을 깜박이는 게 아까울 정도로 별이 총총한 하늘은 정말 예뻤고 선생님이 별자리를 가르쳐주었지만, 그때는 엄마랑 단둘이 있는 편이 좋았을 텐데.

하룻밤만 자고 오는 짧은 여행이었지만 무사히 다녀와서 정말 다행이야.

엄마는 역시 피로가 쌓였는지 돌아온 다음 날부터 인형이 돼버렸어. 매일 저녁마다 내가 밥을 차려. 그래 봤자 소면뿐이지만. 뭐 어때, 이 지역 명물인걸.

오본*에는 파파의 유골 앞에도 이것저것 공양했어. 무덤은 아직 없으니까.

파파도 엄마도 이 지역 사람이 아니고, 고향에는 파파의 부모

---

* 한국의 추석과 비슷한 일본의 가장 큰 명절.

님도 엄마의 부모님도 안 계시니까 돌아갈 이유가 없다고 예전에 파파가 그랬어.

친구들은 설날과 오본에 할아버지 할머니 댁에 가는데 나는 왜 안 가냐고 물어봤을 때였나.

파파와 엄마가 자란 동네를 한번 보고 싶었지만 데려가겠다는 말은 못 들었지.

"누구나 태어난 고향에서 행복하게 살기는 어려우니까."

파파는 내게 상냥하게 말했어. 행복하게 살지 못한 건 엄마 아닐까 상상이 갔으니까 더는 부탁하지 않았어. 결국 동네 이름이 뭔지도 몰라. 당연히 엄마한테는 못 물어보고.

맞다, 중요한 일을 깜박했네.

파파의 무덤이 왜 지금까지 없었는지 어제 알았어.

파파는 병에 걸리고 나서 엄마와 나 모르게 죽은 뒤를 준비한 모양이야. '수목장'이라는 걸 신청해서 미리 돈도 냈는지, 나무를 심기에 적당한 계절이 되면 기요세 계곡 근처의 수목 공동묘지 '輪'('린'이라고 읽어)에 뼈를 가지고 가기로 되어 있다나.

어제 오랜만에 집을 찾아온 사장님 부부가 서류를 보여줬어.

"아키코의 아버지는 생전의 굴레를 끊고 자연으로 돌아가는 길을 선택한 거야."

사장님이 그러더라. 늘 웃는 얼굴이었던 파파에게도 힘든 일이 있었구나. 그제야 그런 생각이 들었는데 혹시 엄마와 나 때문이었으면 어쩌나 불안해졌어. 하지만······.

"이제 병과 싸울 필요도 없으니까."

사장님의 부인 말을 듣고 흠칫 놀랐어. 병원에서도 파파는 내가 가면 늘 싱글벙글 웃었지만, 고통을 참으며 억지로 웃는 게 아닐까 싶었던 적이 있었다는 게 생각났거든.

나무가 되면 더 이상 고통을 느끼지 않아도 돼.

무슨 나무일까?

어른 아키코는 분명 파파 나무에 성묘를 하러 많이 갔을 테니 알겠지. 나무는 많이 컸어? 파파한테 많이 컸느냐니 이상한가.

파파를 생각하면 괴로우니까 웬만하면 생각하지 않으려고 하지만, 그러면 이번에는 쓸쓸해져. 파파같이 듬직하고 따뜻한 나무가 있으면 괴로움 없이 추억할 수 있을지도 모르겠네.

어쩐지 나무를 심는 날이 기다려져.

어른 아키코가 지금 제일 기대하는 일이 뭔지도 알 수 있으면 좋을 텐데.

그럼 또 쓸게.

어른 아키코, 잘 지내?

지난주 일요일에 파파 나무를 심으러 다녀왔어. 깊이 판 구덩이에 뼛가루를 뿌리고 그 위에 나무를 심는 거야.

엄마는 여전히 약간은 인형이야. 드러눕지는 않았지만 멍한 상태라 하야시 선생님이 차로 태워다 줬어. 선생님이 학교에서 느닷없이 나무는 심었느냐고 묻길래 어떻게 알았는지 깜짝 놀랐는데, 그러고 보니 캠핑장에서 파파 이야기를 했을 때 선생님이 법사(法事)는 어떻게 하느냐고 물어봤었어. 그런 건 파파가 다니던 회사의 사장님이 해준다고 대답했더니 만약을 위해서 회사 이름을 가르쳐달라고 하더라고. 가르쳐줬으니까 아마 사장님에게 연락을 해본 거겠지.

보호자가 엄마뿐이어서 선생님도 걱정이 됐나 봐.

수목장에는 사장님 부부도 참석해서 마음이 놓였어. 어째서일까. 하야시 선생님, 엄마, 그리고 나, 이렇게 셋이서 나무를 심기가 싫었다는 뜻일까. 왜 그런 생각이 든 걸까.

나무는 포플러였어.

스무 종류 정도 되는 나무 중에서 파파가 골랐대. 장미나 동백나무처럼 꽃이 피는 키 작은 나무도 고를 수 있는 모양이야. 나 같으면 뭐로 할까 생각했지만, 그런 이야기를 하는 건 바람직하지 않을 것 같아서 입 다물고 있었어.

그런데 멍하니 서서 나무를 심는 모습을 보고 있던 엄마가 불쑥 말했어.

"나도 나무가 되고 싶어. 꽃이 피지 않는 작은 나무가."

오싹했지. 엄마도 죽고 싶다는 것만 같아서. 나도 속으로는 같은 생각을 했으면서. 하지만 하야시 선생님이 불안한 마음을 지워줬어.

"저는 벚나무가 좋겠네요. 여기 오는 길을 인터넷으로 찾아볼 때, 다른 안내문도 살펴봤는데 벚나무가 제일 인기인가 보더라고요. 무슨 마음인지 알 것 같아요. 아무 실적도 없는 초보 교사가 말하기에는 주제넘지만, 꽃 피는 계절이 되면 제자들이 제 나무 아래에서 연회를 열었으면 좋겠어요."

엄마 목소리가 들렸는지 안 들렸는지는 모르겠어. 하지만 선생님은 즐거운 목소리로 그렇게 말했지.

"어머나, 앞날이 창창한 젊은이가 무슨 늙은이 같은 소리를."

사장님 부인이 웃으면서 말했어.

"난 11월생이니까 단풍나무가 좋겠군."

이건 사장님.

"그럼 나는 모란으로 할까."

"좋아, 누구 한 사람을 더 불러서 이노시카초*를 만들까."

"어머, 당신. 그 역할을 맡기고 싶은 여자라도 있는 건 아니겠지?"

"멧돼지 역할을?"

사장님과 부인이 무슨 이야기를 하는지 이해가 하나도 안 되더라. 그러자 선생님이 화투 이야기라고 가르쳐줬어. 하지는 말라면서.

결국 나는 무슨 나무가 좋을지 말하지 못하고 넘어갔지만, 팸플릿에 실린 나무 중에서는 하얀 꽃산딸나무가 예뻐 보였어. 빨간색이 드물어서 인기가 있는 모양이지만 난 빨간색이라는 이미지가 아니니까.

어른 아키코라면 어떻게 대답할래? 꽃산딸나무가 아니라야 20년 동안 뭔가 추억의 나무나 꽃이 생긴 걸까 상상의 나래를 펼칠 수 있어서 재미있는데.

---

* 싸리와 멧돼지, 단풍나무와 사슴, 모란과 나비가 그려진 세 장의 화투짝으로 만드는 화투의 족보를 가리킨다.

그리고 이건 빅뉴스야! 전부 알고 있는 어른 아키코에게 이렇게 쓰는 게 이상하다는 건 알지만, 역시 빅뉴스!

　엄마가 병원에 다니기로 했어.

　하야시 선생님이 아는 사람이 정신건강의학과 의원을 운영한다는데, 수목장을 치르고 다 함께 밥을 먹으러 갔을 때 거기 다녀보지 않겠느냐고 제안했어.

　엄마는 가기 싫은 모양인지 그래도……, 하고 난처한 얼굴로 중얼거렸지만, 사장님 부부도 권하니까 하는 수 없다는 듯이 고개를 끄덕였지.

　"아키코를 위해서도, 꼭."

　사장님 부인이 하는 말을 들으니까 파파한테 미안하더라. 이거, 나로서는 엄마를 지켜주지 못한다는 소리잖아.

　솔직히 병원에 다녀서 엄마가 쭉 사람 상태로 지낼 수 있다면 나도 가는 편이 나을 것 같아. 하지만 파파라면 이 제안에 반대했을지도 모른다고 생각하니 마음이 조금 무겁기도 해. 병원에 다녀서 쉽게 나을 것 같으면 파파가 벌써 보냈겠지. 그런데도 그러지 않았던 건, 병원에 다니면 엄마에게 뭔가 힘든 일이 생기기 때문일지도 몰라.

　하지만 선생님과 사장님 부부가 이야기를 쭉쭉 진행시켜서 나도, 엄마도 뭐라고 끼어들 수가 없었어.

　내가 엄마를 위해 할 수 있는 일은 뭘까.

　일단 다음 주에 있을 운동회 때 최선을 다할래. 달리기가 별로 빠르지 않다는 건 어른 아키코도 모르는 바가 아니겠지만. 그랬던 걸 까먹을 만큼 놀라운 기적이 앞날에 기다리고 있지는 않아? 뭐, 운동 실력은 평생 변하지 않으려나.

그래도 해마다 온 힘을 다해 달리기로 파파와 약속했으니까. 마지막까지 포기하지 않는 마음이 중요하다는 파파의 말을 가슴속에 단단히 새겨놓을 거야.

엄마가 도시락을 싸주겠다고 했지만 직접 싸기로 했어.

아리사가 운동회 날 도시락은 어쩔 거냐고 물어봤거든. 모르겠다고 했더니 직접 싸 와서 서로 보여주자길래 내 실력을 보여주기로 했어.

하야시 선생님 흉내를 내서 폭탄 주먹밥을 만들까도 했지만, 그럼 아리사가 단순하다고 무시할 수도 있으니까 초대형 샌드위치로 할까 지금 생각 중이야.

그래도 역시 운동회랑 마라톤 대회가 없는 어른이 부러워.

아아, 빨리 어른이 되고 싶다.

어른 아키코에게.

엄청 성질나는 일이 있었어. 아참, 깜박했네. 잘 지내? 가을을 지나쳐서 갑자기 겨울이 온 게 아닐까 싶을 만큼 오늘은 추워. 온난화는 어디로 가버린 걸까.

어른 아키코가 살고 있는 일본은 기후가 어때? 아니지, 어쩌면 외국에 살지도 모르지만 지금 그건 제쳐놓고…….

오늘 학교에서 미노리가 이상한 소리를 했어. 아침에 교실에 들어가니까 내 자리에 미노리가 앉아서 기다리고 있더라고.

하야시 선생님이랑 앗코네 엄마 사귀어? 같이 차에 타고 가는 걸 봤는데.

아아, 진짜. 이런 일은 문장으로 쓰기도 싫지만 들어줄 사람은 어른 아키코밖에 없으니까. 그렇다기보다 친한 아이(라고 부를 정도는 아니지만 얌전한 그룹에 속한 유이나 마호)에게도 이런 이야기는 하고 싶지 않아. 그냥 몰랐으면 좋겠어.

하지만 미노리는 걸어 다니는 스피커니까 아이들에게 떠들어 대겠지. 걔는 휴대전화도 있는데. 아, 어쩌면 좋아.

물론 반박은 했어. 선생님이 엄마를 병원에 데려다주느라 차를 같이 탄 거라고. 사실 엄마가 아프다는 것도 말하기 싫었지만 이렇게 된 이상 어쩔 수 없지.

엄마는 치료하기 어려운 마음의 병에 걸려서 지난달부터 선생님이 아는 의사한테 일주일에 한 번씩 진료를 받아. 병원이 조용한 변두리에 있어서 전철이나 버스로는 가기가 힘들고, 엄마는 운전면허도 없어서 선생님 도움을 받는 거야. 나도 한 번 같이 갔었는데 구불구불한 산길을 지나갈 때 멀미를 해서 다음부터는 집에 있기로 했어. 하지만 그딴 식으로 오해하는 걸 보니 다음 주부터 다시 따라가야겠네.

그렇게까지 말했는데 미노리는 못 믿겠다는 눈치더라.

그래도 학부모 한 명만 특별 취급해서 차를 태워주는 건 역시 이상해. 그러더라니까.

특별 취급이라니. 즐거운 곳에 가는 것도 아닌데. 그렇게 하야시 선생님과 드라이브를 하고 싶으면 미노리도 같이 가면 되겠네. 효과가 좋은 멀미약과 비닐봉지 꼭 챙겨. 그렇게 말했더니 겨우 물러났어. 하긴 나도 심술궂었긴 해.

소풍 날 미노리가 버스를 타고 돌아오는 길에 속이 안 좋아서 게운 걸 알고 그렇게 비꼰 거거든. 지금까지 멀미를 해본 적이 없는 나도 속이 안 좋았으니까 미노리는 절대로 못 가. 미노리가 가겠다고 할 리 없다는 걸 전제로 말했다는 건 인정할게.

하지만 그 정도야 뭐 어때. 정말로 화가 났단 말이야. 엄마랑 하야시 선생님이 사귄다니. 파파가 죽은 지 아직 일 년도 안 됐고, 몇십 년이 지나도 엄마는…… 파파를 좋아했으면 해.

그래도 엄마가 병원에 그만 가면 좋겠다는 생각은 안 해.

선생님의 대학교 친구의 누나라는 의사 선생님은 엄마한테 무리해서 건강해지려고 하지 않아도 된다고 상냥한 목소리로 말했어. 그 후에 엄마는 진찰실에 들어갔으니까 무슨 치료를 했는지는 모르지만, 내가 보기에 엄마는 병원에 갈 때마다 건강해지는…… 사람다워지는 것 같아.

그 증거로 얼마 전에 과자를 구워줬어. 마들렌 말고. 카눌레라고 알아? 들어본 적도 없는 과자를 휴대전화로 검색하면서 만든 모양이야.

끈적끈적하고 약간 탄 마들렌 같은 맛이었지만, 엄마가 새로운 일에 도전하다니 엄청난 발전이지?

정말로 기뻤는데 미노리 그 바보, 멍청이, 똥개, 결국 욕을 해버렸네.

하지만 우리는 아무 잘못도 없으니까 더 이상 신경 쓰지 않으려고.

맞다, 운동회 도시락. 벌써 한 달 넘게 지났지만 결국 샌드위치를 만들었어. 엄마도 같이 만들고 싶다길래 삶은 달걀을 으깨서 참치마요를 만들어달라고 했어. 이건 아리사한테는 비밀이야.

다른 재료는 햄과 오이. 평범하지만 모든 재료를 함께 끼워 넣자 스페셜 샌드위치 완성! 먹는 게 고생이었지만.

아리사는 웬걸, 폭탄 주먹밥이었어. 내가 전혀 놀리지 않았는데도 선생님이랑은 다른 재료를 넣었다며 어찌나 강조하던지 귀엽더라니까. 하나씩 바꿔서 먹었어. 만두가 맛있었지. 성격이 별로라서 지금까지는 거북했었는데 제대로 이야기해 보니까 그렇지도 않은 것 같아.

마음을 말로 잘 표현하지 못하는 걸까. 하지만 그건 나도 똑같아. 아니지, 나는 머릿속에서는 말로 표현하지만 입 밖에 꺼내지를 못하는 거구나.

어른 아키코는, 그거 극복했어?

반 대항 계주는 2등으로 배턴을 받았지만 한 명한테 추월당해서 3등으로 다음 주자에게 넘겼어. 마지막 주자 미노리가 달릴 때는 상당히 벌어져서 꼴찌인 4등이 됐지. 혹시 그게 속상해서 나한테 화풀이를 한 건가.

그래도 이렇게 불만을 문장으로 적으니까 화가 가라앉네.

들어줘서 고마워.

어른 아키코에게.

답답하고 짜증 나는 일이 생겼어.

앗, 또 잊어버렸다. 잘 지내? 난 몸은 건강해. 엄마도 최고 기록이 아닐까 싶을 만큼 사람인 상태가 오래 계속되는 중이야. 병원에 다니는 덕분일지도 모르겠어.

놀랍게도 요즘은 정리와 청소도 한다니까. 표지에 손가락 자국이 하얗게 남을 만큼 오래된 패션잡지를 끈으로 묶어서 현관에 놓아두는 걸 보자 드디어 엄마의 시간이 움직이기 시작했구나 싶어 기뻤어. 하지만 그 옆에 파파가 샀던 문고본까지 끈으로 묶어서 놓아둔 걸 보고 가슴이 꽉 조이는 것처럼 아팠지.

파파가 소중히 아끼던 물건은 버리지 마.

엄마에게 그렇게 말하면 잡지는? 퍼즐책은? 옷은? 속옷은? 양말은? 책상 밑의 먼지에는 파파의 머리카락이 섞여 있을지도 모른다며 우리 집은 다시 쓰레기장으로 되돌아가겠지. 그건 막아야 해.

다행히 엄마가 쓰레기를 내놓는 법을 잘 몰라서 아직 회수된 물건은 없었어. 나는 내 공부 책상을 정리해서 제일 큰 서랍을 비우고 거기에다 파파의 물건을 보관하기로 했어.

이 서랍에 들어갈 만큼만 남겨놓고 나머지는 싹 버리는 거야.

그러려면 정말 신중하게 골라내야 하는데 뭐가 제일 중요한 물건인지 잘 모르겠어. 어쩐지 엄마에게는 이 서랍에 대해 알려주기 싫어서 정리를 돕는 척하며 몰래 숨기기로 했어.

일단 초기화된 노트북. 밥공기와 찻잔. 캠핑 도구 가운데 있던 맥가이버 칼. 어려운 문제가 세 개 남은 퍼즐책. 몇 번이나 읽어서 구깃구깃 주름이 진 『죄와 벌』 문고본. 그리고 서양음악 CD가 한 장. 본 조비래. 우리 집에는 CD 플레이어가 없지만 노트북으로 혼자 조용히 들었는지도 몰라. 멋지다, 그치?

아웃도어, 카메라, 장기 관련 잡지는 버리기로 하고 책장에서 전부 꺼냈더니 책장 선반과 벽 사이에 낯선 물건이 있었어. 얇은 케이스에 든 플로피디스크야. 퀴즈 방송에서 봐서 알고는 있었지만 실제로 보는 건 처음이었지. 쌓인 먼지를 보니 선반에 세워 놨다가 떨어진 채로 방치된 게 아닐까 싶더라.

제목이 적힌 스티커도 안 붙어 있길래 버릴까 했는데 일과 관련된 물건이면 큰일이잖아. 사장님은 건망증이 심하달까, 아주 맹한 구석이 있는 사람이거든.

파파가 건강했던 시절에 있었던 일인데, 출장을 갔다가 비가 내려서 양말이 흠뻑 젖은 사장님에게 예비로 가져간 양말을 빌려줬더니 일 년도 넘게 지나서야 돌려줬대. 파파가 우습다는 듯이 들려준 이야기인데 어른 아키코도 아직 기억해?

아키코, 집에 플로피디스크는 없었니? 사장님이 어느 날 갑자기 물어볼지도 몰라.

플로피디스크는 그거 하나뿐이었어. 뭐가 저장되어 있는지 확인하려 해도 파파가 쓰던 노트북에는 플로피디스크 투입구가 없었지. 뭐, 그렇게 장소를 많이 차지하는 물건도 아니니까 일단 서랍에 보관해 두기로 했어.

서랍 속에 파파가 있어.

나무 상자 속에 미래의 내가 있어.

난 지금 내가 쏙 들어갈 만한 상자를 가지고 싶어. 그 속에 들어가서 푹 자고 일어났더니 어른이었으면 좋겠다. 그럼 학교에도 안 가도 되는데.

하야시 선생님과 엄마가 사귄다는 소문도 들리지 않을 텐데.

두 사람이 함께 있는 모습을 봤다는 이야기는 병원에 태워다 준다는 변명이 더 이상 통하지 않을 만큼 날마다 늘어나고 있어. 분명 몇 가지는 거짓말이겠지만 전부 다 거짓말은 아닐 거야.

엄마가 병원에서 돌아오는 시간이 조금씩 늦어지고 있고, 병원에 안 가는 날에도 밤에 하야시 선생님과 외출할 때가 있거든. 심리요법의 일환으로 클래식 콘서트나 연극을 감상하러 가는 거라고 엄마랑 선생님 말고 병원 선생님이 말해주었는데도, 난 그게 치료를 위한 일이라고 모두들 앞에서 딱 잘라 말하지 못하겠어.

설령 엄마의 상태가 정말로 좋아졌다고 해도.

무엇보다도 오늘 수업을 마치고 하야시 선생님이 한 말이 싫었어.

"이상한 소문이 돌고 있지만 아야노 씨와 아키코는 선생님이 지킬게."

선생님은 학생을 이름으로 부르니까 아키코는 괜찮지만 아야노 씨라니. 좀 챙겨줬다고 해서 너무 친하게 굴잖아. 파파 말고 다른 사람이 엄마를 이름으로 부르다니. 안 지켜줘도 돼. 이제 엄마를 내버려 뒀으면 좋겠어. 속으로 그렇게 투덜댔는데 집에 돌아오는 길에 미노리에게 엄청난 이야기를 들었어.

하야시 선생님이 교장 선생님과 학부모회 사람들에게 조사받고 있다는 거야. 미노리의 부모님은 학부모회 임원이니까 이건 확실한 정보지.

게다가 엄마도 불려갈지 모른대.

그랬다가는 엄마는 다시 인형으로 돌아가서 평생 사람으로 돌아오지 않을지도 몰라. 기껏 앞을 보고 살아가기로 마음먹은 참인데.

내가 할 수 있는 일은 뭘까.

저기, 어른 아키코. 나는 이 위기를 대체 어떻게 극복했어?

어른 아키코에게.

어른들은 이야기를 나누는 자리에 나를 끼워주지 않았어.

2학기 종업식 다음 날, 엄마한테 오후 1시에 학교 회의실로 오라길래 나도 같이 갔지. 전날 수업을 마치고 교무실에 가서 교감 선생님한테 나도 엄마 옆에 있게 해달라고 부탁했지만, 이건 어른들끼리 하는 이야기라면서 허락해 주지 않더라.

그날 엄마는 걸어서 학교까지는 왔지만 눈빛이 흐릿하니 하지도 않은 일까지 했다고 몰리지는 않을까 걱정될 정도였는데.

참고로 손님용 신발장 앞에서 기다리고 있던 하야시 선생님이 걱정하지 말라며 나한테 엄지손가락을 세우더니, 엄마 등에 팔을 두르며 재촉하려 해서 더 걱정됐어. 엄마가 떨어뜨린 손수건을 주우려고 쪼그려 앉는 바람에 선생님은 허공에 뻗은 손을 꼼지락거리다가 도로 내렸지만, 그런 태도가 오해를 부른다는 걸 왜 모르는 거람.

난 도서실에서 기다리기로 했어. 도서실에 들어가니까 난로를 틀어놨더라. 나 한 명 때문에 일부러 난로를 틀어놓다니 미안한 기분이었는데 서가 뒤편에서 미노리가 얼굴을 내밀었어. 부모님이야 학부모회 임원이니까 그렇다 쳐도 왜 미노리까지 온 걸까. 도무지 이해가 되지 않았지만 이때만큼은 미노리의 그 뻔뻔함에 고마워해야 했어.

고맙다? 아니지, 도움이 됐다 정도로 해두자.

"엄마, 걱정되지?"

미노리는 전에 없이 상냥한 목소리로 그렇게 말했어. 나한테 무슨 소리를 듣고 싶은 건지 몰라서 입을 다문 채 고개만 한 번 끄덕였지. 그러자 미노리가 내 어깨에 자기 어깨가 닿을 만큼 가까이 다가왔어. 그리고 스커트 호주머니에 넣었다 뺀 손을 내 눈앞에서 천천히 펼쳤지.

열쇠였어. 플라스틱판에 '학생회실'이라고 적혀 있더라고. 미노리는 이번 달 초에 있었던 선거에서 내년도 전반기 학생회장으로 뽑혔어. 활동은 1월부터 시작되지만 인수인계를 위해 회의는 벌써 몇 번 열었으며 항상 열쇠를 가지고 다닌다고 자랑하더라.

하지만 그런 자랑을 왜 지금 해야 하는 걸까. 의아하게 생각하고 있자니 미노리가 킥킥 웃었어.

"모르겠어? 학생회실이 어디에 있는지."

깔보는 듯한 말투에 울컥했지만 놀라움이 더 컸지. 학생회실은 회의실 옆이야. 어쩌면 목소리가 들릴지도 몰라.

"시작되고 나서 살금살금 가자."

미노리는 그렇게 말하며 내게 윙크했어. 어쩐지 우리가 아주 친해진 것 같은 기분이 들었지만, 난 미노리의 눈 속에 심술궂은 빛이 깃들어 있는 걸 놓치지 않았어. 미노리는 듣지 말았으면 했지. 차라리 도서실에 함께 있자고 설득하는 편이 낫지 않을까 망설였지만 역시 나도 엄마 가까이에 있고 싶더라고.

하야시 선생님이 엄마를 나쁜 사람으로 몰면 혼날 각오로 회의실에 뛰어들기로 결심하고, 1시 10분에 미노리를 따라 학생회실에 들어갔어. 마치 한 공간에 있는 것처럼 교감 선생님의 목소리가 잘 들렸어. 바쁘실 텐데 오늘 오시라고 해서 죄송합니다, 그렇게 학부모회 사람들에게 사과했으니까 이미 엄마를 나쁜 사람으로 몰아갈 회의를 시작했다는 뜻이야. 그런 게 아닙니다, 하고 큰 소리로 외친 건 하야시 선생님이었어.

"저는 사에키 아야노 씨를 사랑합니다."

선거 연설이라도 하는 듯한 말투에 놀란 걸까, 그 내용에 놀란 걸까. 웅성웅성하던 회의실이 고요해진 것 같았어. 미노리도 입을 떡 벌렸고. 난…… 사에키 아야노는 누구일까, 하고 신기한 기분이었지.

하야시 선생님은 어떤 표정으로 말했을까. 엄마는 지금 어떤 표정일까. 두 사람의 얼굴을 각각 떠올리려고 했을 때, 그걸 지워버리듯이 회의실이 떠들썩해졌어.

놀라움이 시간을 두고 목소리로 바뀐 것 같은 느낌이더라.

하야시 선생님은 사람들의 목소리를 막듯이 큰 소리로 말을 이었어.

"남편분과 사별한 지 얼마 안 됐다는 이야기를 학년주임 센도 선생님께 들었습니다. 그래서 가정방문 때 급식비 면제 등의 절차를 상의하려고 했지만, 정신적으로 그럴 상태가 아닌 것 같아서 일단 정신 건강의 회복부터 돕고 싶었습니다. 물론 담임으로서요. 하지만 그 이외의 개인적인 감정을 품었는지도 모르겠습니다."

"뭔 소리래."

미노리가 옆에서 재미있다는 듯이 중얼거렸어. 그 목소리가 회의실에 들리면 어쩌나, 나는 그게 더 조마조마했어.

"실은 몇 년 전에 제 사촌 누나가 세상을 떠났습니다. 자살이었죠. 파혼 때문에요. 저는 누나와 친하게 지냈고 대학 동기 중에 심리학을 전공한 친구도 있었는데, 죽음을 막기는커녕 누나가 정신적으로 그렇게 궁지에 몰렸는지조차 몰랐습니다. 그게 지금도 후회됩니다. 남에게 손을 내밀어 준다고 해서 누나에게 속죄가 될지는 모르겠습니다만, 정신적으로 상처 입은 사람을 이번에야말로 구하고 싶었다는 사실은 부정할 수 없습니다."

"그렇게 친하지도 않았으면서 죽고 나면 자기가 제일 깊이 이해했던 것처럼 구는 사람이 있지."

미노리는 히죽히죽 웃으면서 말했어. 목소리는 신경이 쓰였지만 확실히 하야시 선생님에게는 그런 면이 있는 것 같았어. 아니지, 미노리의 심술궂은 상상에 동참해서는 안 돼.

하야시 선생님의 말이 변명은 아니라는 느낌은 전해져 왔어.

"다행히 심리학을 전공한 친구가, 자기 누나가 일한다는 평판 좋은 정신건강의학과 의원을 소개해 줘서 지체 없이 아야노 씨에게 치료를 권했습니다. 돌아가신 남편분이 다녔던 회사의 사장님 부부도 제 의견에 동의해 주셨고요. 아야노 씨는 내키지 않는 것 같았지만, 당장 병원에 다닐 수 있는 사람은 애당초 병원에 다닐 필요가 없는 사람입니다. 대중교통은 여러 번 갈아타야 해서 시간이 걸리니까 제가 차로 태워주겠다고 제안했습니다. 딸의 담임이라고는 해도 남자와 단둘이 외출하기는 불안할 테니 아키코도 같이 가기로 했고요. 결국 아야노 씨는 병원에 가기로 했습니다."

아야노 씨에 아키코. 뭐, 일단 넘어가자.

"정신건강의학과의 치료는 한 번에 끝나는 게 아닙니다. 시간을 들여서 꾸준히 상담을 받아야 하는데, 그 후로 둘이서 다니게 된 건 아키코가 멀미를 심하게 했기 때문입니다."

그것도 사실이지만…….

"다행히 아야노 씨가 병원에 다니는 걸 긍정적으로 받아들여서 제가 계속 태워다 줬습니다. 그러는 동안 식사도 같이했고, 의사가 음악과 미술 감상을 권하길래 클래식 콘서트와 미술전에도 같이 갔었죠. 그리고 그렇게 둘이서 시간을 보내는 사이에 저는 아야노 씨의 투명한 마음에 끌렸고, 한 남자로서 아야노 씨를 사랑하게 됐습니다."

이번에는 하야시 선생님의 말이 끝나자마자 사람들이 웅성거렸어.

"순 거짓말, 처음부터 얼굴에 홀딱 반했으니까 기를 쓴 거겠지. 너희 엄마 예쁘잖아."

나는 미노리에게 아무 대답도 하지 않고 회의실 쪽 벽을 가만히 노려보며 하야시 선생님의 말에 귀를 기울였어.

"그런데 그게 무슨 문제인가요? 불륜도 아니잖습니까. 학생의 보호자와 사귀어서는 안 된다는 규칙이 있다면 저는 오늘부터 사에키 아키코가 졸업할 때까지 아야노 씨와 단둘이 만나지 않겠습니다. 아키코를 편애한다고 오해를 살 만한 일도 하지 않고요. 그러고도 지금까지 제가 한 행동에 뭔가 책임을 져야 할 필요가 있다면 저 혼자 감수하겠습니다. 부디 아야노 씨를 이 자리에서 몰아붙이지는 말아주십시오."

하야시 선생님의 그 말에 사람들이 다시 웅성거렸지. 무책임하다느니, 학생을 혼란스럽게 만든다느니 그런 목소리도 들렸어.

"무슨 영웅이나 된 것처럼 뻐기기는. 그나저나 너 완전히 짐짝 취급받는 거 아니야?"

호기심으로 반짝이는 미노리의 눈빛을 받자 엄마는 지금 나보다 몇 배는 더 많이 이런 눈빛을 받고 있겠구나 싶어서 가슴이 아프더라.

"사에키 씨도 뭐라고 말씀 좀 하시죠?"

그 목소리를 듣고 엄마다, 하고 중얼거린 미노리가 흠칫하며 두 손으로 입을 막았어. 엄마와 딸이 벽을 사이에 두고 같은 눈빛을 하고 있는 셈이었지.

"잠깐만요."

하야시 선생님의 목소리가 들렸어. 다행이다, 엄마를 감싸주려는 모양이야.

"저어, 저도 드리고 싶은 말씀이 있어요."

웅성웅성하는 사람들 사이에서 우리 엄마 목소리가 들렸어. 학생회실에 들어왔을 때 다른 사람 목소리는 들려도 엄마 목소리는 작아서 안 들리지 않을까 걱정했는데 똑똑히 알겠더라고. 결코 크지는 않고 느릿느릿했지만 아랫배에 힘을 주어 내는 것처럼 힘 있는 목소리였어.

나는 온몸의 신경을 귀에 집중했지.

"저는 하야시 선생님께 연애 감정이 없습니다. 병원에도 가기 싫었지만 아이한테 피해가 생길까 봐 다니기로 한 거고요. 콘서트와 미술관에 간 것도, 그때마다 같이 식사한 것도 전부 딸의 담임 선생님이 하는 말이니까 따랐을 뿐입니다. 그런데 요전에 느닷없이 입을 맞추더군요. 저도 학교에 상담해야 할까 망설이던 참이었는데 오늘 이렇게 회의를 열어주셔서 감사할 따름이에요."

"그게 무슨 소리야!"

"하야시 선생님, 입 다무세요. 사에키 씨, 계속하시죠."

교감 선생님의 목소리였어.

"하지만 이런 일…… 하야시 선생님께서 치료를 받으라고 권하게까지 된 건 제 잘못이라고 반성하고 있어요. 남편이 죽어서 충격을 받았다지만 딸아이가 똘똘하다는 핑계로 엄마로서 해야할 일을 못 한 건 사실이니까요. 가정환경이 변하면서 으레 밟아야 할 절차와 학교에 제출해야 할 서류에 대응하지 못해 폐를 끼친 점, 이 자리에서 사과드립니다."

벽 너머에서 들리는 건 분명 엄마 목소리였지만 나는 벽 저편에 있는 사람이 정말 엄마인지 자신이 없어졌어. 그 정도로 엄마 말투가 또랑또랑했거든. 마치 파파가 귓가에 대고 그렇게 말하면 된다고 가르쳐주는 것처럼.

"왜 그런 거짓말을!"

하야시 선생님이 소리쳤어.

"거짓말 아니에요. 제가 선생님께 뭔가 오해 살 만한 말을 했던가요?"

엄마가 대답하자 덜커덩하고 아마도 의자가 넘어진 것 같은 소리가 나더니 웅성거림과 함께 또 덜커덕덜커덕하며 진정하라는 목소리가 들렸어. 하야시 선생님이 엄마에게 덤벼든 것 아닐까.

"엄마!"

소리를 지르고 몇 초 후에 학생회실 문이 열렸어. 학년주임인 센도 선생님이랑 미노리 엄마가 들어왔지. 혼날 줄 알고 마음의 대비를 했지만 조용한 목소리로 도서실에 돌아가라고만 하더라. 분명 같이 있는 미노리를 보고 누가 자물쇠를 열었는지 알아차리고 미노리 엄마를 배려한 거겠지.

그로부터 10분쯤 후에 엄마가 도서실로 날 데리러 왔어. 얼굴이 창백해진 엄마는 서 있는 게 고작인 것 같았지. 벽 너머로는 강하게 느껴졌지만 역시 엄마는 엄마였던 거야.

엄마 곁에는 센도 선생님이 서 있었지만, 이럴 때는 여자 선생님이 나을 거라며 양호 선생님이 집까지 차로 바래다주기로 했어. 양호 선생님은 전에 배가 아파서 보건실에 갔을 때는 아주 상냥하게 대해주었는데, 그날은 무뚝뚝한 얼굴로 차를 타고 가는 내내 한마디도 안 하더라.

드디어 집에 도착했지만 긴 하루는 아직 끝나지 않았어.

엄마는 피곤하다며 화장한 얼굴을 씻지도 않고 옷만 갈아입고는 드러누웠어. 어쩔 수 없지. 날이 저물어도 엄마가 일어날 낌새가 없길래 나 혼자 우동을 만들어 먹었어.

그때 도어 폰이 울렸어. 외시경으로 밖을 내다보자 하야시 선생님이었어. 새빨갛게 핏발 선 눈이 커다랗게 보여서 무섭더라. 깜짝 놀라 몸을 숨기려고 옆으로 피하다가 우산꽂이에 부딪쳐서 큰 소리가 났어.

"아야노 씨, 거기 있죠? 열어주세요. 우리 이야기 좀 해요."

하야시 선생님이 온 맨션에 들릴 만큼 큰 소리로 말했지. 엄마를 불러올까. 하지만 그런다고 해결이 될까. 그 자리에 가만히 서 있자니 이번에는 하야시 선생님이 문을 쾅쾅 두드렸어. 그렇게 허술한 문은 아니지만 결국은 부서지는 게 아닐까 싶을 만큼 세게.

"아야노 씨, 내가 당신을 사랑한다는 거 당신도 알잖아요. 입을 맞췄을 때도 당신은 거부하지 않았어요."

그만 좀 해. 귀를 막고 싶은 기분이었어. 누가 좀 도와줘. 파파……

바로 그때 구원의 신이 나타났어. 파파 회사의 사장님 부부였지. 곧 크리스마스라 내게 선물로 줄 케이크를 가지고 온 거야. 두 사람은 하야시 선생님에게 무슨 짓이냐, 이런 짓은 그만두라고 나무랐지만 하야시 선생님은 순순히 물러나기는커녕 사장님 부인을 떠밀어서 그대로 경찰에 신고를 당했어.

사장님 부인의 비명을 듣고 문을 열자 사장님 부인이 찌그러진 케이크 상자 위에 엉덩방아를 찧었더라고.

하야시 선생님은 그 자리에서 뛰어서 도망쳤어.

나는 사장님 부부와 함께 경찰관한테 문 앞에 서 있던 사람이 하야시 선생님이라는 사실을 알렸어. 몰래 고자질한 것 같아서 마음이 불편했지만 감춘다고 상황이 나아지는 것도 아니니까.

저어, 어른 아키코. 하야시 선생님은 어떻게 될까. 난 아까 하야시 선생님이 집에 왔을 때는 무서웠지만 하야시 선생님이 나쁜 사람이라고는 생각 안 해. 하지만 당연히 하야시 선생님한테 연애 감정이 없다고 딱 잘라 말한 엄마도 나쁘지는 않지. 도움을 받았다고 해서 꼭 사귀어야 하는 건 아니잖아.

그런데 어째서 이렇게 모두가 괴로운 결과가 나온 걸까.

틀림없이 서로 거북해질 건 알지만 3학기 때 하야시 선생님이 학교에 오기를, 촛불(케이크 박스에 들었길래)을 켜놓고 빌었어. 이게 크리스마스 소원이라고 산타가 오해하지 말았으면 좋겠네.

뭐, 어차피 산타도 없겠지만. 오늘 쓴 글을 다시 읽어보니 조금 냉소적인 느낌이네. 하지만 너에 대해서는 아직 믿어.

메리 크리스마스, 어른 아키코.

어른 아키코, 새해 복 많이 받아.

하기야 벌써 3학기가 시작됐고, 선생님도 언제까지고 설날 기분에 빠져 있으면 안 된다고 종례 때 주의를 줬지만. 그런데 이 '선생님'은 하야시 선생님이 아니라 센도 선생님이야.

하야시 선생님은 몸이 안 좋아서 휴직했다고 시업식 날에 들었어. 어디가 어떻게 안 좋은지는 모르지만 하야시 선생님에 관해서는 이상한 소문만 자자해.

옆 반에 케이크집을 하는 아이가 있는데, 하야시 선생님이 25일(회의가 열리고 사흘 후인가)에 크리스마스 케이크를 하나 예약했는데 문 닫을 때가 되어도 가지러 오지 않길래 전화했더니, 셔터를 내린 후에 와서 케이크를 받자마자 가게 밖에서 상자를 짓밟았다나……

연말에 가족끼리 기요세 계곡에 갔던 아이는 겨울철에 사용이 금지되는 캠핑장에서 하야시 선생님 같은 사람이 술병을 들고 비틀거리는 모습을 봤다나……

하야시 선생님은 몸이 아니라 마음이 안 좋은 건지도 모르겠어. 운동 만능에 볕에 타고, 기운이 넘치는 사람도 마음이 약해질 수 있다는 걸 이번 일을 통해 처음으로 알았지. 사람은 겉보기만으로 판단할 수 없는 법인가 봐.

엄마는 자신을 지키기 위해 마음을 단단하게 만들었지만, 어쩌면 단단하고 튼튼해 보이는 마음이 무르고 부서지기 쉬운지도 모르겠네. 그럼 단단한 거랑 부드러운 거랑 어느 쪽이 강한 걸까. 대답이 나오지 않는 게 마음일지도.

하야시 선생님의 이야기가 나오면 미노리를 중심으로 다들 나를 힐끗힐끗 쳐다보지만, 대놓고 불평하거나 시시콜콜 캐묻지는 않아.

센도 선생님이 반 아이들 앞에서 이런 이야기를 했거든.

"병에 걸린 사람의 증상이나 병에 걸린 원인을 지레짐작해서 말하는 건 아주 예의 없는 짓이에요. 여러분에게도 앞으로 병뿐만 아니라 어떤 재난이 찾아올지는 아무도 모릅니다. 그럼 여러분이 사전에 할 수 있는 일은 뭘까요. 건강관리와 재난용품을 갖추어놓는 것만이 전부는 아니라고 선생님은 생각합니다. 힘든 일이 있을 때는 잘 부탁드린다며 주변 사람들과 사이좋게 지내는 것도 중요한 대비 아닐까요? 평소 남의 험담만 하던 사람을 도와주고 싶겠어요? 건강하고 평온하게 살아가는 것. 그건 당연한 일이 아닙니다. 누구나 뜻밖에 곤란한 상황에 빠질 가능성은 있어요. 그럴 때 도움이 되는 것이 바로 지금까지 말해온 "감사합니다."와 "잘 부탁드립니다." 같은 말이 아닐까요? 이런 말들은 저금을 할 수 있습니다. "좋은 아침!"이나 "점심 드셨어요?"도 좋습니다. 여러분, 부디 올해는 친구와 가족, 동네 사람들에게 이런 말을 많이 해서 저금을 불려보기 바랍니다."

선생님의 이야기를 듣고 나는 남이 싫어할 만한 행동을 한 적은 없지만 감사의 말도 별로 한 적이 없구나 싶어서 반성했어. 특히 인사.

　3학기 때는 센도 선생님이 하야시 선생님 대신 담임을 맡기로 했어.

　하지만 미노리는 변함없더라고.

　"나, 시노미야 선생님은 별로였지만 하야시 선생님은 좋아했는데. ……이건 칭찬이지? 그치, 그치?"

　뭔 소리람. 왜 시노미야 선생님을 끄집어내는 걸까. 비교해서 칭찬하는 건 비교 대상을 비하하는 짓인데.

　엄마는 드러눕지는 않았지만 하루 종일 집에서 멍하니 지내고 있어. 휴대전화도 해지해 버렸고. 일단은 하야시 선생님의 연락을 끊기 위해서지만 이런 걸 가지고 있어봤자 별 의미 없다고도 했어. 가끔 인터넷 쇼핑으로 예쁜 옷을 사줬었는데 말이야.

　아참, 그렇구나. 같은 사람이라도 옛날과 지금을 비교하는 건 좋지 않을지도 모르겠어. 지금 엄마의 좋은 점을 찾아야겠지. 인터넷 쇼핑을 하지 않으면 돈을 많이 절약할 수 있는걸.

　어른 아키코, 넌 저금이 얼마나 돼? 돈 말고(그쪽도 궁금하지만) 감사의 말 저금.

　힘들 때 도와줄 사람이 부디 네 주변에 많기를.

　그리고 너 자신이 많은 사람을 도와줄 수 있는 사람이기를.

　내가 노력하기 나름이라고? 그렇겠지.

안녕, 아키코.

난 오늘 6학년이 됐어.

아침에 신발장 앞에서 미노리가 하야시 선생님이랑 수학여행을 가고 싶었다고 얄밉게 말했지만, 반 배정표를 보고 신경 쓰지 않기로 했어. 반이 갈렸거든. 난 1반이고 미노리는 3반이야. 정말로 이것만큼은 최고로 운이 좋았어.

아리사는 2반이야. 어쩌면 좀 더 사이좋게 지낼 수 있지 않을까 기대했는데 많이 아쉽네. 하지만 이번에는 반을 휘어잡으려는 여자애가 없어서 일 년간 조용하게 지낼 수 있을 것 같아. 담임 선생님도 정년퇴직을 앞둔 할머니, 아차, 실례. 베테랑 쓰카모토 선생님이야.

하지만 아키코, 내 마음은 조금도 편안하지가 않아. 이번 봄방학 때 엄청난 사건이 일어났거든. 사건이라는 말은 너무 거창할지도 모르겠다. 아무도 나쁜 짓을 하지 않았고 경찰이 출동한 것도 아니니까.

그래도 내게는 대사건이야. 그렇지, 아키코.

3월 말에 처음 보는 여자가 집을 찾아왔어. 현관으로 나간 나를 보자마자 그 사람이 "료타!" 하고 눈을 크게 뜨길래 파파를 아는 사람인가 싶었지. 그런데 설마 할머니일 줄이야.

다른 아이들은 오본이나 설날에 할아버지 할머니 댁에 가는데 왜 우리는 안 가느냐고 파파에게 물어본 적이 있어. 그러자 파파는 파파도 엄마도 부모님이나 형제자매는 없다, 가족은 파파와 엄마, 아키코 세 사람뿐이라고 대답했지. 그래서 그런 사람들은 벌써 다 죽었을 거라고 믿었는데.

파파의 장례식에도 그런 관계에 있는 사람은 아무도 오지 않았고 말이야.

이름이랑 나이를 묻는데도 어쩔 줄 몰라 우물쭈물하고 있자니 엄마를 불러오라길래 마지못해 엄마를 부르러 갔지. 하야시 선생님 일이 있은 후로 엄마는 거의 인형 상태였지만 할머니라는 사람이 왔다고 하니까 벌떡 일어났어.

할머니를 집 안으로 안내하자 어질러진 거실을 보고 눈살을 찌푸렸지만, 파파의 위패를 모신 작은 불단을 보더니 사진 앞으로 달려가서 울음을 터뜨리더라. 엄마는 웬걸, 홍차를 끓여 왔어. 난 엄마와 할머니가 어떤 관계인지 잘 몰라서 콩닥대는 마음으로 두 사람을 번갈아 쳐다만 봤지.

울음을 그친 할머니는 의자에 앉았지만 홍차에는 입을 대지 않았어. 엄마를 차갑게 노려보며 파파가 왜 죽었느냐고 무서운 목소리로 물었지. 엄마가 가엾어서 파파는 위암에 걸렸다고 내가 이야기했어.

봄에 회사에서 건강검진을 받은 결과 재검사를 받으라고 했는데, 일이 바빠서 미루다가 가을에 배가 아파서 병원에 갔더니 그때는 이미 늦었다고. 내가 파파나 엄마한테 직접 들은 이야기가 아니라 장례식 때 회사 사람들이 하던 이야기를 그대로 전달했어.

할머니는 또 울다가 이번에는 엄마한테 죽었다는 것 정도는 알렸어야지, 장례식에는 왜 부르지 않았느냐고 막 화를 냈어.

"너희는 나 몰래 숨어서 산다고 살았겠지만 난 너희가 어디서 사는지 몇 년이나 전부터 알고 있었어. 그래도 가만히 놔뒀는데, 언젠가는 연락을 주지 않을까 싶어 기다렸는데, 그러면 종적을 감춘 것도 용서하려고 했는데, 큰맘 먹고 너도 받아들이려고 했는데 이런 식으로 배신할 줄이야. 이쪽에서 연락을 하려고 했던 것도 아버지가 돌아가신 후에 재산을 얼마쯤 료타에게 물려주려고 그랬던 거야. 아무리 부모도, 집도, 현청 직원이라는 안정된 직업도 전부 버리고 여자랑 달아났더라도 나한테는 소중한 외아들이니까. 내가 느닷없이 연락하면 야반도주라도 할까 봐 변호사 선생님께 이곳 주소를 알렸더니, 아드님은 작년 2월 말에 돌아가셨다지 뭐야. 그때 내 마음이 어땠는지 알아?"

할머니가 일방적으로 화내는 동안 엄마는 가만히 고개를 숙이고 있었어.

"엄마를 혼내지 마세요."

할머니도 슬퍼하고 있다는 건 알았지만 엄마가 혼나는 걸 보고만 있을 수는 없었어. 파파가 죽어서 괴로워하던 중에 하야시 선생님 일로 많은 사람들에게 욕을 먹고, 이번에는 또 파파 일로 혼나다니. 이대로 놔두면 엄마가 영원히 인형이 돼버리지는 않을까 걱정됐어.

이번에는 내가 혼날 줄 알았는데 할머니는 표정을 확 풀더니 우는 건지 웃는 건지 모를 얼굴로 나를 가만히 바라보더라.

"이럴 때의 얼굴까지 똑 닮았구나."

할머니의 시선을 느끼고 안절부절못하자 갑자기 통지표를 보여달라고 했어. 뜬금없는 요구였지만 그럼 잠깐이나마 시선에서 벗어날 수 있겠다 싶어 안심했지. 난 방에 있던 종업식 날 받은 5학년 통지표를 가져와서 할머니께 드리고 그 앞에 섰어.

"역시나 머리도 좋네. 체육을 못하는 건 걱정할 일이 아니겠고."

손에 따스함이 확 번졌어. 할머니가 양손으로 내 손을 꼭 잡았거든. 누가 이러는 건 오랜만이라 어쩔 줄 몰라 굳어버렸지. 그러자 할머니는 한 손을 놓고 내 머리를 천천히 쓰다듬었어.

내 눈에서 눈물이 뚝뚝 떨어진 건 그게 파파가 늘 해줬던 행동이기 때문이야. 시험을 잘 쳤을 때뿐만이 아니야. 설거지를 했을 때도, 마라톤 대회 등수를 뒤에서 헤아리는 편이 빨랐을 때도 파파는 일단 내 손을 꼭 잡고 나서 머리를 쓰다듬어줬어.

손 크기는 달랐지만 따스함은 똑같더라.

저기, 아키코. 그런 할머니가 같이 살자고 하면 어때? 할머니는 처음에는 내가 아니라 엄마한테 그 말을 했어.

"오늘은 그저 료타의 불단에 향을 피워 올리려고 온 거야. 아이는 있겠거니 했지만 네가 낳은 아이를 손주로 인정할 수는 없다고 생각했는데 웬걸, 아키코는 료타를 쏙 빼닮았어. 얼굴만이 아니야. 머리가 좋은 것도, 야무진 것도 전부 그 아이를 보고 있는 것 같아. 널 닮은 구석은 하나도 안 보이는구나. 내가 소중히 키운 료타는 네게 빼앗겼어. 네게 조금이라도 양심이라는 게 있다면 아키코를 내게 주지 않겠니? 이렇게 좁고 난장판인 집에서 살기보다 넓고 깔끔한 집에 사는 게 아키코를 위한 길이야. 피아

노도 바이올린도 보이지 않는데 학원에는 제대로 보내는 거니?"

엄마는 아무 말도 없었어. 나도 뭐라고 말해야 할지 몰랐고.

악기를 배운 경험은 없지만 저학년 때는 수영 교실에 다녔지. 주변 아이들과 비교하면 기록이 너무 형편없어서 가기 싫다고 파파한테 말했더니, 자유형으로 50미터를 헤엄칠 수 있을 때까지는 노력해 보라고 타이르길래 목표를 달성함과 동시에 그만뒀지. 이런 소리를 들을 줄 알았다면 계속 다니는 편이 나았을지도 모르겠어.

6학년 때부터 영어 학원에 다닌다는 아이도 많았지만 파파가 죽고 나서는 그런 생각을 할 여유도 없었어. 다시금 생각해 보니 집에 전혀 수입이 없는데 앞으로 학원에 다니거나 뭔가를 배우기는 어렵지 않을까.

다만 난 그런 걸 바라지 않아. 엄마가 당장이라도 "그럼 그러세요." 하고 대답할까 봐 무서웠지. 내가 없으면 학교 선생님이 집에 찾아오지도 않을 테고 아이를 잘 키우고 있는지 조사를 받을 필요도 없어.

엄마 혼자 평온하게 살 수 있는 거야.

엄마가 아무 반응도 없자 답답했는지 할머니는 엄마 옆에 앉은 내게 고개를 돌렸어.

"저기, 아키코. 할머니네 집에 한번 와보지 않으련? 여기서는 버스랑 기차를 타야 하니까 당일치기는 힘들겠지만, 봄방학 때든 5월 연휴 때든 괜찮으니 놀러 오렴. 아빠가 어떤 곳에서 살았는지 궁금하지?"

확실히 그건 궁금하더라고. 파파는 자기도 수영 교실에 다녔다는 둥 어릴 적 이야기는 해도 구체적인 지명을 꺼낸 적은 한 번도 없었어. 하지만 해수욕을 하다 물에 빠졌다길래 바다 가까이에 살았느냐고 물어본 적이 있지. 그것도 일본은 섬나라니까, 하고 웃으며 얼버무렸지만 우리 동네에서 바다에 가려면 당일 치기로는 어려워.

　할머니 집에 가면 바다를 볼 수 있지 않을까.

　"맞다, 아빠가 좋아하던 우동집에도 가자꾸나. 아키코의 얼굴을 보면 분명 주인장도 깜짝 놀랄 거야. 주문하기도 전에 아빠가 즐겨 먹던 유부달걀우동을 만들어줄지도 몰라."

　그것도 먹어보고 싶더라. 할머니네 집에 사는 게 아니라 놀러가는 정도라면 상관없지 않을까 하는 생각이 들었어.

　"학교에도 가볼까. 아쉽게도 초등학교랑 중학교는 합병돼서 아빠가 다니던 학교는 없어졌지만 고등학교는 아직 있어. 머리가 좋은 아이들이 다니는 명문교거든……."

　"그만!"

　엄마가 갑자기 큰 소리를 질렀어. 할머니 이야기에 푹 빠져 있던 탓에 마치 내가 야단맞은 것 같은 기분이 들었어. 하지만 엄마는 날 보고 있지 않았지.

　"아키코는 저의, 사에키 아야노와 사에키 료타의 아이예요."

　엄마의 칼 같은 말이 무슨 의미인지 나는 깊이 생각하지 않았어. 당연한 소리를 한다고만 생각했지. 하지만 할머니 입장에서는 그렇지 않았지.

"사에키라. 료타의 이름에까지 그 성씨를 붙이다니, 히구치라는 성씨는 버렸다고 내게 싸움을 거는 거니?"

화난 듯한 할머니의 얼굴을 보고서야 나는 사에키가 파파의 성씨가 아니라 엄마의 성씨라는 걸 알았어. 하지만 엄마의 다음 말에 뭐가 어느 쪽 성씨인지는 내게 더 이상 중요하지 않았어.

"이 아이를 데려가지 마세요."

엄마는 나를 데리고 살기를 선택했어. 그 한마디가 얼마나 기쁘던지.

"흥, 건방지기는. 이름과 호적이 달라져도 변하지 않는 사실도 있는 법이야. 뭐, 오늘은 돌아가겠지만 아키코의 처우는 네가 결정할 일이 아니야."

자리에서 일어선 할머니는 나를 보고 빙긋 웃었어.

"아키코, 넌 분명 글을 잘 쓰겠지. 아빠 딸이니까. 료타는 중학생 때 공부하는 척하면서 소설을 썼단다. 보여주지는 않았지만 분명 재미있는 이야기였을 거야. 고등학생 때 절친한 친구를 잃는 충격적인 일이 없었다면 그 후로도 썼을 테고, 공무원은 시간적으로도 경제적으로도 소설을 쓸 여유가 있었을 테니 작가가 됐을지도 몰라. 작문으로 상장을 참 많이도 받았단다. 그러니 할머니 집에 오지 않아도 좋으니까 괜찮다면 편지를 써주지 않으련? 무리해서 아빠 이야기를 쓰지 않아도 돼. 학교에서 무슨 일이 있었다는 식의 일기 같은 글이면 충분하단다. 할머니한테는 다른 자식도 손주도 없거든. 한 번이라도 그런 편지를 받아보면 기쁘겠구나."

실은 할머니 이야기를 들으며 가슴이 두근두근했어. 내가 모르는 파파 이야기, 그것도 아주 멋진 이야기를 할머니가 들려줬으니까. 편지를 쓰면 좀 더 다양한 일화를 들을 수 있을 것 같아서 편지 정도는 괜찮지 않을까 싶어 엄마 눈치를 살폈지.

엄마는 고개를 숙이고 있었어. 얼굴이 창백하고 입술은 보라색으로 변했지만, 테이블 위의 찻잔에 똑바로 초점을 맞추고 있는 것으로 보건대 사람인 채로 굳어버린 것 같았지. 엄마가 이러는 건 처음이라 인형이 됐을 때보다 더 걱정되더라. 내가 편지를 안 쓰기를 바라는 건지도 몰라.

"저, 글 쓰는 거 싫어해요."

그렇게 대답하자 할머니는 실망한 것처럼 콧숨을 내쉬더니 이쪽을 보지도 않고 집을 나서려고 했어. 하지만 딱 한 번 고개를 돌려 파파의 영정 사진을 쳐다봤지. 그 얼굴이 몹시 구슬퍼 보여서, 파파의 장례식에 왔던 사람들 그리고 엄마보다도 구슬퍼 보여서 난 현관문이 닫힌 후에 할머니를 쫓아갔어.

"아키코의 '아키'는 문장의 '장'이라는 한자를 써요. 파파가 이름을 붙여줬어요."

어른 아키코가 편지로 가르쳐준 사실이야. 할머니는 가방에서 손수건을 꺼내 눈물을 닦고 나서 수첩에다 주소를 써주었어. 한 번도 가본 적 없는 먼 곳이었지만 생각한 대로 바다에 가까운 곳이었지.

집에 돌아가자 엄마는 침대에 누워 있었어. 그 후로 내내 인형 상태야. 하지만 인형이 돼서 다행이지. 파파가 해준 말이 있어.

파파는 엄마가 인형 상태일 때보다 사람일 때가 더 걱정이야. 사람일 때 엄마의 마음은 유리 세공품같이 약하니까.

그때는 그게 무슨 소리인지 잘 몰랐지만 사람 상태로 얼어붙은 엄마를 보고서야 이해했지. 하지만 그건 엄마한테만 해당되는 일이 아닌 것 같아. 정말로 힘들 때 자살하는 사람도 있지만 인형이 돼서 자신을 지키는 사람도 있겠지.

인형이 될 수 있는 건 좋다고 봐.

하지만 그런 만큼 도시락을 사 오거나 빨래를 해야 해서 아키코에게도 할머니에게도 편지를 쓸 여유는 없었지만. 할머니한테는 무슨 말을 써야 할지 망설여지기도 했고.

일단 6학년으로 올라갔다는 거랑 또 도서 위원이 됐다는 걸 쓰려고 해. 어쩌면 파파도 도서 위원이었다는 답장이 올지도 모르겠네.

할머니가 엄마와 결혼하는 걸 반대해서 파파는 연락을 끊었겠지만 마음속 한구석으로는 보고 싶지 않았을까 싶어. 그야 자기 부모인걸.

그러니 편지를 써도 천국에서 화내지는 않겠지. 그럼 이제 써 볼까.

아키코도 잘 지내.

안녕, 아키코.

미노리가 없는 교실은 진짜 천국이야. 걔한테 괴롭힘을 당하는 아이가 있다는 소문을 들었어. 왜 그런 짓을 하는 걸까 화가 나는 한편으로 내가 아니라서 다행이다 싶기도 하더라. 흔히 괴롭힘을 당하는 쪽에도 원인이 있다고들 하는데 난 그렇게 생각 안 해.

미노리는 그저 화풀이 삼아 남을 괴롭히는 것 같거든. 그럼 미노리에게도 뭔가 고민이 있다는 뜻이지만, 설령 아무리 심각한 고민이 있더라도 남에게 상처를 줘서는 안 돼.

이유가 있으면 무슨 짓을 해도 무방하다니 그건 말도 안 되는 소리야.

속으로만 그런 생각을 하는 나도 왕따에 가담했다고 할 수 있을지도 모르지만.

하지만 지금은 학교 일이 중요한 게 아니야.

인형에서 사람으로 부활한 엄마가 할머니네 집에 가도 된다고 했거든.

"아키코의 장래를 고려하면 할머니네 집에 가는 게 나을지도 모르겠어. 대학교 입학, 취직 등등 아키코의 꿈을 이루는 데 엄마가 방해가 돼서는 안 되겠지."

날 생각해서 하는 말이라는 건 알지만 눈물이 멈추지 않고 줄줄 흐르더라. 역시나 엄마가 나가라고 하는 것 같아서. 싫으면 싫다고 확실히 말하면 될 텐데 난 뭐가 올바른 선택인지 모르겠어.

아키코는 열심히 일하고 있을 거야. 하루하루 행복하게 살고 있겠지.

그건 어떤 선택을 한 결과야?

그렇게 망설이고 있자니 더욱 쐐기를 박는 일이 생겼어. 할머니가 황금연휴에 놀러 오라고 기차표까지 동봉해서 편지를 보낸 거야.

난 거절할 마음으로 엄마한테 할머니가 끈질기게 굴어서 골치 아프다고 말하며 표를 보여줬는데, 엄마가 "한번 가보는 것도 좋겠네."라고 하지 뭐야. 그렇다면 엄마도 같이 가자고 했더니 절대로 안 된다며 딱 잘라 거절했어. 또 사람인 상태로 얼어붙어 버릴 듯한 시선을 던지며.

학교에 가서 수업 시간에도 어떻게 할까 고민하다가 또 책을 읽어야 할 부분을 틀렸을 정도야. 하지만 다들 황금연휴를 어떻게 보낼지 떠들길래 나도 가보기로 결심했어. 할머니네 집에 가서 수학여행 때 쓸 용돈을 받겠다는 이야기를 들으니, 용돈은 어쨌거나 나도 연휴가 끝나고 할머니네 댁에 다녀온 이야기를 해보고 싶어졌거든.

헤엄치기에는 아직 이르지만 바다도 보고 싶었고.

저기, 아키코. 할머니네 집에 가면 재미있을까. 엄마를 혼자 남겨둬도 괜찮을까. 걱정거리는 끝이 없지만 내가 모르는 파파를 만날 수 있을 거라 상상하자 기대가 더 부풀어 올라.

다녀오면 바로 보고할게.

안녕, 아키코. 오늘은 하루 종일 비가 내렸어.

할머니네 집에서 돌아오면 재미있었든 재미없었든 바로 편지를 쓸 생각이었는데 벌써 일주일이나 지났네. 머릿속이 뒤죽박죽 복잡해서 아직 진정이 안 돼. 학교에서도 그저 멍하니 있을 뿐이야.

하지만 오늘 점심시간에 쓰카모토 선생님이 교무실로 불러서 밥은 꼬박꼬박 잘 챙겨 먹느냐, 엄마는 요즘 어떠시냐 등등 물어봐서 정신을 단단히 차려야겠다고 마음을 다잡았지. 뭐든지 다 엄마 탓이 되니까.

수학여행도 있고 말이야.

그래서 아키코에게 편지를 쓰려고. 편지를 쓰면 마음이 정리될 것 같거든. 앞으로 어쩌면 좋을지 냉정하게 판단할 수 있을 것도 같고. 아니, 그러면 좋겠다고 바라는 거지.

할머니 집에 가려고 일단 역 앞에서 출발하는 고속버스와 신칸센을 탔어. 하지만 그걸로 끝이 아니야. 신칸센 역까지 마중 나온 할머니와 재래선*을 타고 30분을 더 가서야 도착이지.

점심 먹을 시간이 조금 지났길래 집에 가기 전에 파파가 좋아했다는 우동집에 들렀어. 할머니 예상대로 주인장이라는 할아버지는 내가 파파를 쏙 빼닮았다고 놀라더니 파파가 즐겨 먹은 유부달걀우동을 만들어줬어.

주인장 할아버지는 파파가 요리를 남긴 적이 없었고 가게를 나설 때는 꼭 인사를 했다고 내게 알려줬어. 나는 정말 기뻐서 역시 오길 잘했다 싶었지만 그뿐만이 아니었지.

"료타는 너무 착했어. 친구의 여동생이라는 이유만으로 지금

---

* 일본 JR의 철도노선 중에서 신칸센이 아닌 노선을 가리킨다.

까지 애써 일궈온 삶을 전부 내버린 것도 모자라 자기 목숨까지 깎아먹고 부모보다 먼저 가버리다니. 하지만 기누요 씨, 그래도 예쁜 딸을 남기고 갔군그래. 이 아이는 료타 그 자체 아닌가. 이 정도라면 뒤에서 구시렁대는 놈도 없겠지."

주인장 할아버지가 그렇게 말하자 할머니는 쉿, 하고 집게손가락을 세워서 입 앞에 댔어.

"아직 제대로 이야기 안 했어."

"그거 미안하군. 아키코랬나. 이 할아버지의 잠꼬대는 잊어버리렴. 그나저나 아키코, 아빠 일은 안됐지만 앞으로는 할머니랑 같이 사는 편이 좋을 거다. 그게 아키코를 위한 일이기도 해. 이 할아버지도 아키코가 여기 살면서 우리 가게에 와주면 기쁘겠구나."

주인장 할아버지는 진지한 표정으로 그렇게 말했어. 가게에 있던 단골인 듯한 손님들도 나를 힐끔힐끔 보는 것 같더라고. 난 이 동네에 처음 왔는데 마치 모두가 날 알고 있는 그런 느낌? 게다가 내가 평소에 어떻게 사는지도 모르면서 할머니랑 같이 사는 편이 좋다고 단정하는 게 조금 기분 나빠서 가슴이 울렁울렁했다니까.

할머니가 파파와 엄마의 결혼을 반대해서 파파가 엄마와 함께 도망쳤다는 건 저번에 할머니가 왔을 때 했던 이야기를 듣고 어쩐지 상상이 갔어. 고향에서 얻은 공무원 일자리도 버리고 지금 사는 동네에서 새로운 직장에 취직했다는 것도.

할머니는 파파의 절친한 친구가 죽었다는 이야기도 했지. 어쩌면 주인장 할아버지가 말한 친구가 그 절친한 친구고, 그 사람의 여동생이 엄마일지도 모르겠다고 새로이 추측했어.

할머니도 주인장 할아버지도 엄마를 알아. 확실히 사람이 됐다가 인형이 됐다가 하는 것까지 알고 있었다면 아빠와 결혼하는 걸 반대할 테고, 나에 대해서도 걱정하겠구나 싶었지.

실은 파파의 부모님이 있었던 것처럼 이 동네에 엄마의 부모님도 있지 않을까 싶었어. 나뿐만이 아니라 엄마도 이 동네에 사는 건 어떨까. 처음에는 연립주택 같은 데 엄마랑 나랑 둘이서 살면서 가끔 할머니를 보러 가는 거야. 그게 제일 좋지 않을까.

할머니는 당장 오늘 밤에라도 내게 중요한 이야기를 할 것 같으니 나도 그걸 제안해 보자. 그런 생각을 하면서 할머니를 따라 걷다 보니 집에 도착했어.

오래된 전통 양식의 저택 같은 집을 나는 입을 벌린 채 잠시 바라봤어. 파파는 부잣집 도련님이었구나. 주인장 할아버지가 할머니랑 같이 사는 편이 좋을 거라고 말할 만도 해. 엄마가 내 대학 입학과 취직을 두고 고민한 것도 이해가 가더라. 파파와 엄마의 결혼을 허락지 않은 건 신분 차이 때문일지도 모르겠다는 생각도 들었어.

드라마 같다고 조금 들떴는지도 모르겠다.

할머니는 2층에 있는 파파 방으로 날 데려갔어. 언젠가 돌아올 거라는 생각에 파파가 집을 나가고 나서도 그대로 놔뒀대. 대학생 때는 교토에서 자취를 했으니까 고등학교 때랑 거의 똑같은 상태일 거라더라.

공부 책상 위에 늘어놓은 사전을 만져보자 내 손이 파파의 손이 된 듯한 느낌이 들었어. 하지만 문득 여기에 파파의 물건은 많지만 정작 소중한 물건은 없지 않을까, 그런 생각이 솟구쳤지.

엄마와 새로운 생활을 시작하기 위해 소중한 물건만 빼내고 남은 빈껍데기가 아니겠느냐는 생각이. 그래도 거실로 내려가서 파파의 어릴 적 사진을 모아둔 앨범을 보자 이 집에도 파파의 모습과 소중한 추억이 많이 남아 있구나 싶더라.

그리고 동시에 할머니와 같이 산다는 것, 또는 이 동네에 이사 온다는 것은 파파와의 추억이 가득한 집을 떠난다는 뜻이구나 싶어 쓸쓸하기도 했어. 이 동네에 살겠다는 말을 쉽사리 꺼내서는 안 돼.

반면에 학교를 떠나는 데는 아무 미련도 없어서 스스로에게 조금 놀랐어. 헤어져서 슬플 친구도 없지. 오히려 하야시 선생님 이야기가 계속 나오는 것도 싫으니 전학은 나쁘지 않다든가, 마침맞게 중학교 때부터 새로운 생활을 시작하는 것도 괜찮겠다는 생각도 들더라.

해수욕하는 사진도 봤지. 파파가 아직 초등학교에 들어가기 전에 친척들과 함께 해수욕을 하다가 물에 빠진 적이 있다고 할머니가 어제 일처럼 이야기해 줬어.

그래서 수영 교실을 그만두지 못하게 한 거구나, 하고 중얼거리자 할머니가 그 이야기를 듣고 싶어 했어. 다 듣고 나서 학원에도 보냈구나, 하고 기쁘게 말하길래 별로 관계는 없지만 엄마도 점수가 조금 오르지 않았을까 기대했지.

파파가 유도를 했던 건 처음 알았어. 많은 상장을 보고 나도 중학교에 가면 유도부에 들어갈까 태평하게 상상했는데…….

저녁은 할머니가 닭튀김을 해줬어. 맛있더라. 막 튀겨내서 겉은 바삭하고 속은 뜨끈한 육즙으로 촉촉했지. 접시에 담겨 있던 닭튀김 다섯 개를 순식간에 먹어치웠어.

"평소 자주 먹을 법한 음식보다 지라시즈시*를 할 걸 그랬나 싶었는데, 역시 어린아이는 튀김을 좋아하는구나. 료타도 그랬지."

할머니의 말에 나는 슬쩍 웃고 넘어갔어. 평소 자주 먹기는. 도시락집이나 편의점에서 산 닭튀김은 가끔 먹지만, 집에서 만들어 따끈따끈한 닭튀김은 파파가 입원한 뒤로 먹은 적이 없었어.

엄마는 아주 상태가 좋은 사람일 때도 튀김을 못 만들어. 하지만 할머니가 그걸 알면 곤란해. 그런데 할머니는 전부 다 꿰뚫어 보고 있더라.

"아키코, 너 밥 제대로 못 챙겨 먹지? 너희 엄마는 하루 종일 누워 있거나 일어나도 멍하니 지내는 거 아니니?"

맞는 말이었지만 나는 엄마가 기운을 차렸을 때의 이야기를 했어. 여름에 캠핑장에 데려갔던 것, 카눌레라는 신기한 과자를 구워줬던 것. 그리고 병원에 부지런히 다녔던 것도. 하지만 할머니는 별로 감탄한 눈치가 아니었어. 감탄하기는커녕 나를 애처롭게 바라봤지.

"아키코…… 넌 정말로 착하구나. 료타를 쏙 빼닮았어. 하지만

---

* 어패류, 달걀부침, 양념한 채소 등의 고명을 보기 좋게 얹은 초밥. 회덮밥과 비슷하다.

료타가 그랬다고 해서 너까지 엄마를 떠받칠 필요는 없단다. 료타가 그 여자를 선택한 데는 책임감이나 동정심이 크게 작용했겠지만, 외모도 한몫했을 거야. 뭐, 이런 소리는 하고 싶지 않았지만 할머니가 공평하게 판단하려 애쓴다는 걸 아키코도 알아주면 좋겠구나."

그 말에는 나도 고개가 끄덕여졌어. 아키코도 엄마를 닮았으면 좋았을 텐데. 대체 그런 소리를 얼마나 많이 들었는지. 나는 파파를 닮은 내 얼굴이 싫었던 적은 없지만 이왕이면 엄마를 닮았으면 해서 아쉬웠던 적은 몇 번 있어. 바로 파파가 그러길 바라지 않았을까 싶었을 때야. 물론 파파에게 확인해 보지는 않았고.

"할머니는 아키코의 얼굴이 참 보기 좋단다. 료타는 증조할아버지를 닮았어. 아키코한테는 고조할아버지네. 나이를 먹으면서 지성이 배어나 품위 있는 미인이 될 거야. 기대되는구나."

할머니는 마치 내가 얼굴 때문에 고민이라도 한다는 것처럼 위로해 줬어. 하지만 할머니가 하고 싶었던 말은 그런 게 아니었지.

"그 여자랑 살기로 한 건 료타가 선택한 길이야. 하지만 아키코는 스스로 선택한 게 아니라 그런 환경에서 태어났을 뿐이지. 아키코가 엄마를 보살피거나 모셔야 할 의무는 없단다. 도리어 엄마와 같이 살면 점점 자라면서 원래는 짊어지지 않아도 될 고생을 해야 할 우려가 있어."

무슨 고생을 한다는 건지는 모르겠더라. 할머니는 약간 생각

에 잠긴 듯한 표정으로 내게 밥을 많이 먹으라고 권했어. 밥을
다 먹고 나서는 목욕을 했지. 뭔가 하고 싶은 말이 있지만 말할
까 말까 망설이는 눈치더라.

할머니가 말할 때까지 물어봐서는 안 됐을지도 몰라. 맞아. 그
런 이야기를 한 할머니가 원망스러웠지만, 이렇게 적다 보니 생
각이 나네.

물어본 건 나였다는 사실이.

할머니 침실에 이부자리를 나란히 깔고 누워서 불을 끄고 취
침 등을 켜자, 할머니는 편지 보내줘서 고맙다며 파파와 엄마와
는 상관없는 이야기를 꺼냈어. 학교 위원회와 수학여행 이야기.
교토와 나라로 수학여행을 간다고 하자 너희 아빠 중학교 때랑
똑같다고 하더라. 할머니도 가본 적 있다며.

"그런데 요즘 이 부근 중학교는 도쿄로 간다더라. 평일에 드림
랜드에 갈 수 있다며 손자가 좋아했다는 이야기를 어떤 사람한
테 들었어."

파파와 가고 싶었던 드림랜드의 이름이 나오자 가슴이 철렁
했어. 내가 지금 살고 있는 곳에서는 중학교 때 규슈 지방, 고등
학교 때는 홋카이도라 드림랜드로 수학여행을 갈 기회는 없지.

그런 것 때문에 마음이 흔들려서 물은 거야.

"엄마랑 같이 살면 앞으로 무슨 고생을 하는데요?"

"그게 말이지…… 어린아이에게 할 이야기는 아니겠지만 아키
코는 영리하니까 잘 이해하리라고 믿고 알려줄게. 할머니를 원
망하지는 말거라."

그렇게 당부하는 할머니에게 나는 약속한다고 소리 내어 대답했어. 어떤 일이든 차분하게 받아들일 수 있을 거라 생각했거든. 하지만……

"그 여자는 사람을 죽게 만들었어."

죽음이라는 말만으로도 가슴이 쿵쿵 뛰더라. 그래도 차를 운전하다가 어쩌고 하면서 내가 받아들일 수 있는 상황을 머릿속으로 만들어냈지. 엄마는 운전면허가 없는 게 아니라 옛날에 사고를 일으켜서 다시는 차를 몰지 않기로 결심한 것 아니겠느냐고.

하지만 그건 어쩔 수 없는 일 아닐까. 피해자와 그 가족이야 용서할 수 없겠지만. 그렇게 생각하다 피해자가 어떤 사람이었는지 궁금해졌어.

"젊은 사람이요? 아이라든가."

"아니, 자기 아버지랑 오빠를."

같이 차를 타고 가다가 사고를 당해 엄마만 살아남은 걸까. 나는 여전히 긍정적인 방향으로 해석했어. 엄마한테 온과 오프가 생긴 건 그 사고 때문 아닐까, 라고도.

"그런데 그것 때문에 제가 왜 고생을 해요? 누가 비난하는데요?"

"아아, 역시 빙 둘러서 이야기해서는 안 되겠구나. 아키코, 지금 교통사고 같은 걸 상상하고 있지 않니?"

난 놀랐어. 고작 두 번 만났을 뿐인데 과연 파파의 엄마답다 싶어서. 내가 숨을 살짝 들이마신 걸 느끼고 할머니는 예상대로

였음을 알아차린 모양이야. 하지만 오히려 그래서 난감했는지 할머니는 크게 숨을 내뱉었어.

"그 여자는 집에 불을 질렀어. 아버지와 오빠가 안에서 자고 있는 걸 알면서."

불을 질렀다, 불, 불? 잠시 무슨 소리인지 이해가 되지 않았어. 아니, 이해는 했지만 엄마가 그랬다는 걸 받아들일 수 없었지.

"방화와 살인, 두 가지 죄를 저지른 셈이지."

할머니의 말투에 엄마를 원망하는 듯한 감정은 묻어 있지 않았어. 그저 나를 애처로워하는 듯한 느낌. 불쌍한 아이라고 안타까워하는 것 같았지.

"그렇지만 불은 일부러 지른 게 아닐지도……."

그래도 나는 내가 받아들일 수 있는 이유가 필요했어. 하지만 그 때문에 할머니가 하지 않아도 될 말까지 하게 만들었지.

"아니, 그 여자는 아버지와 오빠를 죽일 목적으로 불을 질렀다고 경찰에 제 입으로 직접 말했어. 그저 자기 머리가 이상할 뿐인데 죽은 사람들의 존엄성을 해치는 거짓말까지 꾸며내서. 아버지는 훌륭한 사람이었고, 오빠도 료타와 같은 고등학교에 다니는 우등생이었는데. 그 여자는 두 사람을 두 번 죽인 거야. 덤으로 료타까지."

귀를 막으려고 두 손을 귓가로 올렸지만 파파의 이름이 나와서 손을 멈췄어. 어둠에 눈이 익숙해져서 겨우 할머니의 표정을 알아볼 수 있었지.

"파파는 왜요?"

할머니는 아차 싶은 표정을 지었어. 엄마 이야기만 할 생각이었는데 무심코 말을 꺼낸 걸 후회했는지도 모르겠네. 그 증거로 긴 한숨을 내쉬었어. 여기까지 왔으니 다 털어놓자는 식으로.

"료타는 말이야, 그 여자의 죽은 오빠와 절친한 친구 사이였어."

전에 했던 이야기가 이거였구나, 이해가 갔지.

"집에도 놀러 갔었어. 그러니 여동생이 있다는 것도 알고 있었고, 여동생이 정신적으로 약간 정상이 아니라서 내버려 두면 무슨 짓을 저지를지 모른다는 것도 눈치챘을지 몰라. 제삼자인 자신이 그 단계에서 누군가와 상의했다면 이런 비극을 막을 수 있었을지도 모른다며 그 아이는 후회하지 않았을까 싶어. 그 증거로 사건이 일어난 후 한동안 참 우울해했지. 집중력이 떨어졌다고 할까, 멍하니 어딘가 한곳을 바라보고 있을 때가 많아졌어. 성적도 떨어졌고. 그런 사건이 없었다면 도쿄 대학교에 붙어서 지금쯤은 국가공무원으로서 나라를 움직이는 일을 하고 있었을지도 모르는데."

할머니는 또 한숨을 쉬었어. 난 파파가 어느 대학교를 나왔는지 몰랐어. 그걸 물어보려고 한 적도 없을 만큼 파파는 척척박사에다 뭐든지 잘하는 대단한 사람이라고 존경했거든. 돋보이게 하기 위한 간판은 필요 없어.

"뭐, 그래도 사건이 발생한 건 고등학교 2학년 때니까. 겨우 마음을 추스르고 교토의 유명한 사립대학교에 들어가서 현 공무원 시험에 붙었지. 그런데 하필 그때 그 여자와 다시 만나다니

운명의 신도 참 잔인해. 절친한 친구를 죽인 원수인데도 결혼하기로 마음먹다니, 자기 스스로도 뭔가 죄를 짊어지려 한 걸까. 하긴 책임감이 강한 아이였으니까. 고등학교 때는 자원봉사 동아리를 만들어서 자선 활동도 했단다."

아주 끔찍한 이야기를 듣고 있는데도 파파의 학창 시절 일화가 나오자 귀에 신경이 집중되더라. 파파는 엄마를 가엾이 여긴 걸까.

"말이야 그렇지만, 그런 마음이 80퍼센트였다고 해도 나머지 20퍼센트는 그 여자에게 홀린 거겠지. 허무맹랑한 소리도 아주 연약해 보이는 그 얼굴로 이야기하면, 착한 그 아이는 믿어버릴 테니. 순조로운 인생을 전부 버리고 그 아이는 행복했을까. 누구에게도 축복받지 못한 데다 평균 수명의 절반도 못 살고 죽다니, 료타의 인생은 뭐였을까.

할머니는 어느 틈엔가 화난 표정을 짓고 있었어. 치켜올린 눈에 맺힌 눈물은 분노의 눈물이야. 그 눈물은 점차 슬픔만 남은 눈물로 바뀌어 뚝뚝 떨어졌어.

파파는 불행했을까. 죗값을 치르기 위해 엄마와 결혼한 걸까. 아니면 단순히 엄마에게 속은 걸까. 어쨌거나 그 결혼에 사랑이나 꿈처럼 따스한 감정은 없는 것 같았고, 그런 두 사람 사이에서 태어난 나는 뭘까 싶어 가슴이 꽉 조이듯 괴로웠어.

추억 속의 파파는 늘 웃는 얼굴이야. 하지만 그건 가짜 웃음이었을까. 엄마와 나는 파파의 보물이라는 말도 거짓말이었을까.

다다미 위에 깐 이부자리에 누워 있건만 구불구불 일그러져 어딘가 깊은 곳으로 떨어질 것 같은 감각이 덮쳐왔어. 무서워서, 내가 없어지는 게 아닐까 겁이 나서 등을 웅크린 채 이불을 꽉 끌어안고 소리 내어 엉엉 울었지.

할머니가 몸을 일으켜 내 등을 다정하게 쓰다듬어줬어. 따뜻한 손이었지.

"가엾게도 아이에게는 아무 죄도 없는데. 실은 이런 이야기를 하고 싶었던 게 아니란다. 흔히 손주가 할아버지 할머니 집에 놀러 왔을 때처럼 같이 밥 먹고, 학교에서 있었던 일을 이야기하며 즐겁게 보내고 싶었어. 내일은 그래, 쇼핑이나 하러 가자꾸나. 새 학기가 시작된 지 아직 한 달밖에 안 됐는데 신발이 너덜너덜하잖니. 한번 사서 사이즈를 알아두면 보내줄 수도 있으니까. 하지만 그러기보다는 우리 집에서 이 할머니랑 같이 살지 않으련? 여기 있으면 살인범의 딸이라고 뒤에서 손가락질받을 일도 없을 거야."

할머니 말에 고개를 끄덕인 기억은 없지만 머리를 살짝 움직인 걸 할머니는 동의한다는 신호로 받아들였는지도 몰라.

"고맙다, 착한 아이로구나. 이제 마음 푹 놓고 쉬렴. 오늘 밤에 들은 이야기는 전부 잊어버리면 돼. 전부 나쁜 꿈이었던 거야."

어떻게 잊겠느냐고 생각하면서도 아무 말도 못 하고 할머니가 시키는 대로 이불을 덮어쓰고 눈을 감았어. 아주 멀리 오느라 몸이 지쳤는지, 머리가 누전돼서 생각이 멈췄는지 그 후로는 의식이 뚝 끊겨서 깊은 잠에 빠졌지만 일찍 잠자리에 들어서인지 한밤중에 눈이 떠졌어.

할머니가 깰세라 살그머니 이부자리에서 빠져나와 파파 방에 갔지. 창밖에서 달빛이 비춰 들어 불을 켜지 않아도 방이 희미하게 보였어.

공부 책상의 의자에 앉아 이 방에서 파파가 어떻게 지냈을지 상상하려 했지만, 머릿속에는 할머니에게 들은 이야기만 떠올랐어. 이때는 정말로 내 좋은 기억력이 원망스럽더라. 교과서를 외울 때처럼 글씨를 읽은 것도 아닌데 할머니의 말이 문장으로 변해 머릿속에 콱 꽂혔어.

그야말로 뇌에 새겨진 것처럼. 그래도 스스로를 지키려는 기능이 최소한이나마 작동했는지도 모르겠네. 이미지로는 나타나지 않았거든. 엄마가 불을 지르는 모습은 전혀 안 떠오르더라고.

하지만 마음이 어지러워서 다른 정보로 머릿속의 글씨를 지우려고 스탠드를 켰어. 책상 옆쪽 책장에는 사전과 참고서뿐이었지만 상자에 든 기다란 책이 가장자리에 한 권 있었어. 졸업 앨범이야. '가미쿠라 학원 고등학교'라고 적혀 있었어.

펼쳐보고서야 남고라는 걸 알았지. 파파는 3학년 2반이었어. 성씨는 사에키가 아니고. 흔히 젊을 때가 더 멋있을 테지만 파파는 탱탱한 뺨 때문에 눈이 실처럼 가늘어 보여서(그야말로 지금 내 얼굴) 무뚝뚝하게 느껴졌어. 웃지도 않았고. 기억 속에 있는 파파의 얼굴이 몇 배는 더 멋지더라.

이 가운데 엄마의 오빠 사진도 있을지 모른다 싶어 가슴이 철렁했지만, 고등학교 2학년 때 세상을 떠났다면 반 단체 사진에 실려 있지는 않을 거야. 뒤쪽 부분에 1, 2학년 게시판이 있었지만 학교 행사 때 찍은 사진을 편집한 거라 반별로 찍은 단체 사진은 없어서 엄마와 닮은 사람을 찾기는 불가능했어.

다만 웃음을 지은 파파는 있었지. 조리실에서 마들렌이 담긴 철판을 카메라를 향해 양손으로 내밀듯이 들고 있는 흰 가운 차림의 파파는, 마들렌이 잘 구워져서 만족했는지 함박웃음을 짓고 있었어.

아마도 사건이 발생하기 전이겠지. 파파가 웃는 건 수없이 봤지만 그건 전부 가짜고 이것만이 진짜로 느껴지더라.

가짜로 웃음을 짓는 나날.

파파는 어떤 마음으로 하루하루를 지냈을까.

스탠드를 끄고 앨범을 덮자 또 할머니의 이야기가 머리에 떠올랐어. 같은 책을 몇 번이고 낭독하는 것처럼 끝나고 나면 다시 처음부터. 이제 그만하라고 소리를 치고 싶어졌지만 밤중에 그렇게 큰 소리를 낼 수는 없잖아. 결국 폭발은 머릿속에서 일어났어. 그리고 난 깨달았지.

내가 앞으로 어떻게 해야 할지를……

"오늘은 쇼핑을 갔다가 영화라도 볼까. 요즘 어린이용 영화는 어른이 봐도 재미있다며? 아키코는 어른이 보는 영화도 충분히 이해할 수 있겠지만."

다음 날 아침, 할머니는 어젯밤에 정말로 아무 일도 없었다는 태도로 아침으로 핫케이크를 구워주며 밝은 목소리로 그렇게 말했어. 원래 할머니 집에서 이틀 지낼 예정이라 할머니가 하자는 대로 보내다가 밤에 앞으로 어떻게 할지 알리려고 했지.

하지만 할머니와 즐거운 추억을 만들면 기껏 결심한 일을 말할 수 없을지도 몰라. 그리고 할머니와 함께 있는 모습을 동네 사람들에게 더 이상 보여주고 싶지도 않았고.

역시 이 자리에서 바로 알리기로 했어.

따끈따끈한 김과 함께 퍼져나가는 버터 냄새는 내게 행복의 상징이야. 그런 상황에서 결심을 입 밖에 꺼내기는 괴로웠지만, 그게 행복의 상징인 건 엄마가 만들어주는 마들렌 냄새이기 때문이라고 스스로를 타일렀어. 지금까지 잘 만들 줄 아는 게 마들렌밖에 없어서 그런 줄 알았지만, 어젯밤에 파파 사진을 보고 마들렌은 두 사람의 소중한 추억이 담긴 과자일지도 모르겠다 싶었지.

핫케이크보다 더 진한 버터 냄새는 사에키 가족을 지켜주는 향기야.

"할머니, 저 이제 할머니 집에는 안 올래요. 지금까지처럼 엄마랑 둘이서 살래요. 할머니는 파파를 낳아준 분이고 제게도 잘해주셨지만 이제 만나러 오지 마세요."

용기를 쥐어 짜낸 나도 숨이 막힐 것 같았지만, 할머니는 정말 숨 쉬는 걸 잊어버린 모습으로 눈을 동그랗게 뜨고 나를 가만히 바라봤어. 우리 앞에 있던 게 뜨거운 홍차가 아니라 차가운 물이었다면 그 후로 좀 더 차분하게 이야기를 나눌 수 있었을지도 몰라.

"무슨 소리니. 그 여자가 무슨 짓을 했는지 어제 전부 들려줬잖아. 그런데도 그쪽을 선택하겠다는 거야? 더, 더구나 나한테도 오지 말라고?"

할머니의 목소리도 손도 떨렸어. 배신당했다, 그런 표정으로 보였지.

"살인자의 자식으로 살아가는 쪽을 고르겠다는 거야?"

할머니가 테이블을 양손으로 쾅 두드리자 손등에 홍차가 튀었지만, 할머니는 손을 거들떠보지도 않고 나를 똑바로 노려봤어.

"아니에요, 할머니."

나는 마음을 진정시키려고 느릿느릿 할머니에게 말했어.

"제가 살인자의 자식이 된 건 할머니가 만나러 왔기 때문이에요. 엄마는 사건이 발생한 후에 경찰에 붙잡혔죠? 그런데 지금 평범하게 살고 있는 건 죗값을 다 치렀다는 뜻이겠죠? 저는 아이들은 물론 어른들에게도 욕을 먹은 적이 있지만, 살인자의 자식이라는 말은 못 들어봤어요. 그건 지금 살고 있는 동네의 사람들이 엄마의 과거를 모르기 때문이에요. 지금의 엄마밖에 모르니까요. 그런데 이 동네에서 엄마는 여전히 살인자예요. 이 동네에서 저는 살인자의 자식으로 취급당할 테고, 흥미를 품은 사람이 제게 엄마가 지금 어디서 어떻게 사는지 알아내려고 할지도 몰라요. 저를 싫어하는 사람이 저를 곤경에 빠뜨리려고, 엄마의 과거를 전혀 모르는 사람들에게 엄마가 살인자라는 말을 퍼뜨릴지도 모른다고요. 인터넷에 사진을 올릴 수도 있겠죠. 할머니를 또 만나고도 싶고 편지도 쓰고 싶지만, 그 동네와 이 동네를 연결하는 사람이 있어서는 안 돼요."

"그런……. 이 동네 사람들은 아키코에게 친절하게 대해줄 거야."

"다들 그러지는 않을걸요. 파파가 기껏 붙은 현청 직원 일을 하지 않은 것도 이 동네에서 엄마가 평생 살인자로 불릴 걸 알고 있었기 때문이겠죠. 그래서 아는 사람이 없는 먼 지역에서 엄마와 새로운 삶을 시작한 거 아니겠어요? 파파가 외출을 질색하는 엄마를 굳이 고치려고 하지 않은 게, 엄마를 과거에서 지키기 위해서였다는 걸 이제는 알겠어요."

"이번에는 네가 지키겠다는 거니?"

"네. 그게 파파와 마지막으로 한 약속이기도 하고요."

"왜 모두 그 여자 편을 드는 거야……."

할머니는 쥐어 짜낸 듯한 목소리로 그렇게 말하고 어젯밤처럼 눈물을 흘렸어. 분노가 아니라 슬픔만 가득한 눈물을.

"모두는 아니에요. 이 세상에 엄마 편은 파파랑 저밖에 없는걸요."

나는 할머니에게 상처만 될 말을 꺼냈어. 아마 결의가 흔들리지 않도록 스스로에게 채찍질을 했던 것 같아.

"나밖에 없다고 그 아이도 같은 소리를 했지. 너랑 똑같은 얼굴로. 그리고 죽을 때까지 연락 한 번 주지 않았어. 너도 썩 나가렴. 원래부터 내게 손녀는 없었어. 아들놈은 대학을 졸업하기 직전에 죽어버렸으니까. 자식이 부모를 지켜야 하는 집안이 오래 버틸 리 없지. 하지만 그렇게 되고 나서 내게 의지하지는 말거라. 앞으로 다시는 그 못난빠진 얼굴을 내밀 생각 마."

설마 마지막에 얼굴을 헐뜯을 줄이야. 칼이 꽂힌 것처럼 가슴
이 아파서 울음을 터뜨릴 뻔했지만 할머니가 그런 말을 하도록
몰아붙인 건 나야.

미움을 받는 편이 낫다고 몇 번이나 속으로 되풀이해 생각했
어.

완전히 식어버린 핫케이크는 할머니 것도 내 것도 동그란 모
양 그대로였어. 역까지 가는 길은 알고 있었고 교통비는 엄마한
테 넉넉히 받았으니까 이만 돌아가려고 했지만, 마지막으로 딱
한 가지 부탁이 있었어.

"파파의 고등학교 졸업 앨범을 주세요."

전부가 아니라도 돼. 파파가 진짜로 웃는 얼굴이 담긴 사진을
가지고 싶었어.

"맘대로 하렴. 료타의 물건은 전부 처분할 거니까."

할머니는 더 이상 나와 눈조차 마주치려 하지 않았어.

집으로 돌아가는 긴 시간 동안 할머니를 생각했어. 없는 줄 알
았을 때는 다른 아이가 부럽기는 해도 괴로운 적은 없었는데, 있
다는 걸 알고서 잠시나마 시간을 같이 보낸 사람과 헤어지려니
참을 수 없이 슬프더라.

부디 건강하게 오래 사세요. 파파의 공부 책상에 그런 쪽지를
남기고 온 건 단순한 자기만족에 불과할까.

예정보다 하루 일찍 돌아온 나를 엄마는 놀란 표정으로 맞아
주었어. 그래도 사람일 때의 얼굴이었지.

"할머니가 무슨 말씀을 하셨니?"

평소와 다름없는, 사람일 때 배고프냐고 묻는 것과 같은 말투였어. 하지만 사건에 대해 알아버린 나는 이게 엄마가 살아가는 방식이구나 싶었지. 날아오는 공을 받지도 피하지도 않고 몸을 투명하게 만들어 통과시키는 거야.

나도 할머니 집에서 들은 이야기를 우리 집에 들여놔서는 안 된다고 생각했어. 입에 담는 순간, 기껏 할머니와 인연을 끊고 왔는데 우리 집에서도 우리 동네에서도 엄마는 살인자가 돼버려.

"아니, 아무 말도. 파파가 좋아했다는 우동을 먹었고, 닭튀김도 맛있었고, 핫케이크도 구워주셨어. 하지만 이제 할머니 안 만날래. 할머니 집에 살지도 않을 거고 편지도 안 쓸 거야. 할머니한테도 우리 집에 오지 말라고 했어. 난 엄마랑 함께 있고 싶으니까."

눈물을 참으며 그렇게 말하자 엄마는 살짝 웃어줬어. 그리고 놀랄 만한 말을 꺼냈지.

"엄마, 일거리 찾아서 일할 거야."

엄마가 그럴 수 있을까. 걱정스럽긴 했지만 걱정보다 기쁨이 몇 배는 컸어. 엄마는 나랑 같이 살기 위해 그렇게 말한 게 아닐까. 실현되지 않아도 좋아. 그렇게 생각해 주는 것만으로 충분해.

실제로 엄마는 다음 날부터도 평소의 엄마였어. 상태가 좋으면 일어나서 잠깐 방을 정리하지만 금방 지쳐서 누워 있는 사이에 눈이 흐리멍덩해지며 인형으로 변해.

나도 그렇게 지금까지의 나로 돌아갈 수 있으면 좋으련만, 문득문득 머릿속에 새겨진 할머니의 말과 무서운 사건 이야기가 떠올랐어.

그리고 언젠가 학교와 파파의 회사, 이 동네 사람들에게 엄마가 살인자라는 사실이 알려지지는 않을까 불안해져.

지킨다는 건 뭘까.

아아, 빨리 어른이 되고 싶다.

안녕, 아키코.

오늘은 평소와는 달리 엽서야. 반짝반짝하니 제일 마음에 드는 금각사 엽서. 수학여행 때 나 자신에게 주는 선물로 엽서 세트를 샀는데 보낼 사람이 아무도 없다니……

심각한 고민을 끌어안고 있는 것도 잊어버릴 만큼 수학여행은 정말 재미있었어. 역시 왕따가 없는 반은 최고야. 밤에 이불 속에서 나오는 불만도 도쿄로 갔으면 좋았을 거라는 정도였어.

하지만 난 나라와 교토가 진짜 좋아졌어. 드림랜드에는 물론 언젠가 가고 싶지만 대학교는 교토가 좋을지도 모르겠네. 파파와 같은 학교에 가는 거야.

그나저나 그럴 여유가 우리 집에 있을까?

엄마 선물로 무희들도 사용한다는 핸드크림을 샀어. 처음에는 기름종이로 할까 고민했는데 피부가 매끈매끈한 엄마한테는 필요 없겠지. 사장님 부부에게는 나마야쓰하시*. 할머니가 좋아할

---

* 얇은 피에 팥소를 넣고 쩌서 만든 교토의 전통 과자.

듯한 찻잔도 눈에 들어왔지만…….

안 돼, 안 돼. 똑바로 앞을 보고 나아가야지.

6학년은 여러모로 할 일이 많아. 낑낑대지 말고 열심히 하자!

아키코, 곧 여름방학이 끝나.

올여름의 가장 큰 뉴스는 역시 엄마가 일을 시작했다는 거야. 그것도 풀타임으로. 게다가 고용 센터에서 소개를 받았다니 깜짝 놀라는 수준을 넘어서 꿈속에 있는 것만 같아.

7월 첫째 주 목요일이었나. 학교 마치고 집에 오니까 맨션 복도에 버터 냄새가 풍겼어. 어느 집에서 과자를 굽는구나 싶어 부러운 마음으로 문을 열자 더 진한 버터 냄새가 몸을 훅 감싸더라고.

뭐야, 어떻게 된 거지? 막 놀라면서 냄새에 이끌려 부엌에 들어가자 테이블 위에 아직 김이 피어오르는 마들렌 여덟 개가 놓인 접시가 있었고, 싱크대 앞에 서 있던 엄마가 어서 오렴, 하며 웃는 얼굴로 돌아봤어.

난 뭐에 먼저 반응해야 할지 몰라 머릿속이 뒤죽박죽됐지. 마들렌이 있고, 엄마가 설거지를 하고 있고, 웃는 얼굴로 어서 오라고 인사하다니. 그럴 때도 사람은 굳어버리는 모양이야. 다녀왔습니다, 하고 대답하기까지 1분은 걸린 것 같아.

오늘 엄마 상태가 아주 좋다는 것만으로도 기뻤는데 테이블 앞에 앉자 홍차까지 끓여주더라고. 티백이었지만 애플티는 우리 집에 없었으니까 장도 보러 갔었다는 뜻이잖아. 날씨가 좋았는데 햇빛을 받아도 괜찮았을까. 그렇듯 별 사소한 게 다 걱정이 돼서 물어봤어.

"엄마, 어디까지 장 보러 갔었어?"

대답을 듣고 또 깜짝 놀랐지.

"옆 동네 '해피타운'에 갔었어. 고용 센터 맞은편에 있더라고. 일도 얻었겠다, 아키코한테도 내내 걱정만 끼쳤으니 뭔가 기운이 날 만한 걸 만들어주려고 들렀다 왔지."

엄마는 아무렇지도 않게 말했지. 옆 동네에 가려면 버스를 타야 해. 게다가 날 챙겨주기까지 하고. 그리고 고용 센터는 일거리를 찾는 곳 아닌가? 뿐만 아니라 일을 얻었다고? 난 다시 얼어붙었어.

마음을 진정시키고 이야기를 잘 들어보자, 엄마는 내가 할머니 댁에서 돌아온 다음 주에 고용 센터에 가서 등록을 하고 온 모양이야. 그 무렵은 인형 상태 아니었던가? 수학여행 가기 전쯤? 그런 생각에 나는 계속 혼란스러웠어.

하지만 엄마가 정신건강의학과에 다녔던 게 생각났지. 마치 하야시 선생님과 데이트만 하고 다닌 것처럼 비난받아서 나조차 정말로 병원에 제대로 다녔는지 의심했지만, 엄마는 다녔다고 딱 잘라 말했지. 어쩌면 그 성과가 이제야 나타난 게 아닐까 싶더라고.

인형이 돼서 누워 있는 것처럼 보인 건 고용 센터에 다녀오느라 피곤한 탓이었을지도 몰라.

지금까지 엄마를 볼 때면 파파가 살아 있을 때와 달라진 게 없다는 생각이 들었지만, 엄마 나름대로 강해졌다는 사실을 깨달았어. 그게 하야시 선생님 덕분이라면 역시 마음은 아프지만.

하야시 선생님은 엄마를 사랑했지만 엄마에게는 그런 감정이 없었지. 사람의 감정만큼은 어쩔 수가 없고, 파파를 생각하면 엄마가 하야시 선생님에게 분명하게 말해줘서(애당초 이때 예전의 엄마와는 다르다는 걸 알아차려야 했겠지만, 직접 보지는 않았으니까 뭐……) 다행이야.

하야시 선생님은 제쳐놓고 지금은 엄마 일이 중요해.

엄마는 처음에 사장님 부부에게 상담하려 했지만 사장님 부인이 병으로 오래 입원해 있다는 걸 알고 자기 스스로 찾기로 했대. 그걸 빨리 알려주지 않아서 수학여행 선물을 드리러 회사에 갔을 때 사장님께 부인의 안부도 물어보지 못했다는 것도 제쳐놓자.

엄마의 직장은 옆 동네에 있는 관광호텔이야. 한순간 옛날부터 알고 지내던 사람을 만나면 어쩌나 걱정됐지만, 주방에서 일을 돕는다기에 괜찮지 않을까 싶더라고. 하기야 그 일을 하기로 결심한 건 엄마고, 아무 사정도 모르는 척하는 내가 참견할 입장도 아니지만.

아무튼 나로서는 엄마를 응원하는 수밖에 없어.

근무시간은 오전 9시부터 오후 5시까지고 휴일은 한 달에 여덟 번. 그렇듯 진짜 사회인(?)같이 엄마가 일할 수 있도록 지금까지처럼 빨래와 저녁 식사 준비는 내가 하기로 마음먹었어.

그런데 엄마가 빨래까지 하지 뭐야. 직장에서 지급받은 크루넥 스타일의 흰색 가운 같은 앞치마가 정말 마음에 들었는지 그걸 빨래하는 김에 다른 것도 같이 세탁기에 돌린다는 느낌이지만.

그리고 저녁 식사는 준비할 필요가 없어졌어. 종업원용 식사로 지급하는 일회용 팩에 든 음식을 엄마가 가지고 오거든. 이건 엄마 점심이 아닐까 걱정됐지만 점심용으로 나오는 건 먹고, 그러고도 남는 음식을 가지고 온다기에 걱정 없이 먹기로 했어.

맞아, 아키코. 나는 매일 호텔의 맛있는 음식을 먹고 있어. 너도 기억하겠지만.

게다가 8월 무렵부터는 두 팩이나 가지고 왔고 음식도 어쩐지 호화로워졌지. 엄마는 친절한 사람이 있다고 그다지 고마워하지도 않는 투로 말했지만 그 사람이 남자고 엄마에게 흑심을 품고 있다면 어쩌나, 나는 좀 걱정이야.

그런 걱정도 음식을 먹으면 뒤로 미뤄지지만…….

엄마에게 잘해주는 사람은 양식 담당인지 두 팩을 가지고 돌아올 때부터는 양식 메뉴가 늘었어. 특히 햄버그스테이크는 끝내주게 맛있더라.

파파는 가리는 음식이 거의 없었지만 햄버그스테이크는 별로 좋아하지 않아서 우리 집에서는 저녁밥으로 등장하지 않는 메뉴였는데, 이렇게 맛있는 음식일 줄이야. 파파는 왜 싫어했을까. 다른 고기 요리는 좋아했는데. 겉은 노릇노릇, 속은 폭신폭신. 그렇게 잘 굽기가 쉽지 않을 테니 분명 설익은 걸 먹고 배탈 난 적이 있는지도 모르겠어.

엄마는 피곤해서 매일 밤 9시에는 잠들지만 어디 아픈 데 없이 열심히 일하러 다녀.

"여름방학인데 아무 데도 놀러 못 가서 미안해."

엄마는 그렇게 말했지만 나는 지금 생활이 충분히 만족스러워.

오히려 너무 행복해서 무섭다니까.

숙제는 다 했어. 공부도 집안일도 열심히 할 테니 부디 이런 나날이 계속되기를.

미래의 내가 될 때까지.

아키코, 오랜만이야.

이번에도 엽서를 쓸게. 기요미즈데라 절에는 지금쯤 예쁘게 단풍이 들었을까.

가을 독서 주간을 앞두고 도서 위원회에서 『내가 추천하는 책』이라는 책자를 만들었어. 난 『소공녀』랑 『비밀의 화원』, 『주문이 많은 요리점』을 담당했지. 추천문은 쓰기 어렵더라. 2반의 모토야는 추천문을 참 잘 써서 나는 지금 해리포터 시리즈에 푹 빠졌어. 이제 한 권만 더 읽으면 끝이라니 아쉽네.

쓰는 것도 좋지만 읽는 것도 좋구나.

아키코, 새해 복 많이 받아.

하기야 1월도 벌써 절반이나 지났지만.

학교에서는 졸업식 연습이 시작됐어. 전교 행사인 고별식에서 6학년이 노래를 부를 때 피아노 반주를 할 아이를 이미 뽑았는데, 평소처럼 학부모가 학교에 불만을 제기했는지 오늘부터 미노리가 피아노를 치더라고. 지휘자를 완전히 무시하고 천천히 치질 않나, 갑자기 건반을 쾅쾅 두드리질 않나, 노래하기가 너무 힘들어.

뭐, 학교에서 짜증 나는 일이라 해봤자 이 정도고 내 일상은 전체적으로 평온하지만 찜찜한 일이 있어.

아키코, 내 예감이 적중하고야 말았어.

크리스마스 한 주 전의 토요일, 크리스마스 당일은 출근해야 하니까 엄마가 이날 파티를 하자고 했어. 산타를 믿다니 바보 같다고 아리사보다 2년 늦게 그런 생각을 하던 참이었지. 하지만 산타가 있고 없고와 파티는 별개의 문제니까, 엄마와 케이크를 구워 단둘이 조촐한 파티를 해볼까 즐거운 상상에 빠져 있는데 엄마가 초대하고 싶은 사람이 있다지 뭐야. 그 한마디에 찜찜한 예감이 뭉게뭉게 피어올랐지.

예감 적중! 손님은 엄마가 일하는 호텔 주방의 부요리장인 하야사카 세이지라는 남자였어.

내 멋대로 둥글둥글하니 사람 좋아 보이는 아저씨를 상상했는데 집에 온 사람은 정반대였어. 키 큰 미남에다 옷도 잘 입었고, 선물로 칠면조 통구이를 들고 왔지. 이거 뭔가 잘못된 것 아닌가 싶어 머리가 띵했지만, 그 남자가 엄마 옆에 서자 아무 위화감도 느껴지지 않더라.

오히려 겉도는 건 내가 아닐까 싶어 불안해졌을 정도야. 그 예감도 적중해서 하야사카 씨는 나를 보자마자 엄마에게 아주 실례되는 말을 꺼냈어.

"전 남편이 데려온 아이야?"

확실히 나는 엄마를 닮지 않았지만 지금까지 이렇게 직설적으로 지적한 사람은 없었어. 아니에요, 하고 진지한 얼굴로 대답한 엄마는 멋있었지만. 다만 이렇게 열받는 소리를 들었는데도 하야사카 씨가 싫지는 않은 건 밝은 성격 때문일까.

"어쩐지 두 손을 모아 치성을 드리고 싶을 만큼 복스럽게 생겼구나. 아키코라고 했던가. 너, 머리도 좋지? 다음에 나랑 경마 하러 갈래?"

깔보는 걸까, 놀리는 걸까. 반에서 촐랑대기로는 일 등인 남자아이도 말투가 이것보다는 점잖아. 이번에도 엄마는 그만두세요, 하고 난처한 듯 말했지만 나는 별로 상관없다는 마음이 더 앞섰어.

그래서인지 오히려 긴장되지 않고 말이 나오더라. 엄마가 가져오는 음식 중에서 뭐가 제일 맛있었느냐는 질문에 양배추롤이라고 바로 대답했고(실은 햄버거스테이크지만 파파에게 미안해서), 그 이유로 시나몬 냄새가 좋다고 해서 하야사카 씨를 놀라게 했어.

내가 시나몬을 알고 있었던 건 급식으로 나온 사과빵 덕분이야. 코페빵*에 달콤하게 조린 사과를 작게 잘라서 넣은 바로 그 거. 나는 좋아하지만 급식 중에서 제일 싫다는 아이도 제법 많아. 그중에서도 "시나몬이라니 우웩!" 하고 미노리가 늘 한숨을 섞어 불평해서 기억하고 있었지.

"이야, 그걸 알아차리다니 대단한걸. 우리 요리장도 모르는데. 뭐, 그 인간은 미각이 엉망이니까 어쩔 수 없지만. 아키코, 너 재능 있구나."

하야사카 씨는 내 머리를 두 손으로 벅벅 쓰다듬었어. 심장이 쿵, 했지만 싫지는 않더라.

엄마에게도 상냥해서 자기는 손님인데도 엄마한테는 아무것도 하지 말라며 요리 준비부터 정리까지 전부 도맡았어. 그리고 마지막에는 선물까지. 엄마한테는 하트 장식이 달린 은 펜던트를, 그리고 내게도 별똥별 모양의 브로치를 줬지.

엄마는 이번에도 고맙습니다, 하고 미안하다는 듯이 고개를 숙였어. 두 사람은 연인 사이가 아니라 하야사카 씨가 엄마를 좋아해서 막무가내로 밀어붙이는 것처럼도 보였어. 하지만 그렇다면 하야시 선생님과 똑같은데도 엄마는 하야사카 씨를 집에 데려왔고 선물도 받았지.

그건 엄마도 하야사카 씨를 조금은 좋아한다는 뜻일까.

하야사카 씨는 설 연휴가 끝나고도 우리 집에 왔어.

늦었지만 같이 먹자며 오세치 요리**가 담긴 찬합을 들고서. 검

---

* 여러 가지 재료를 넣어서 먹을 수 있는 길고 납작한 빵.
** 설 연휴에 먹는 명절 요리. 국물이 없고 보존성이 높은 음식을 찬합에 담아낸다.

은콩과 구리킨톤* 등 대표적인 요리뿐만 아니라 서양풍 요리도 많이 들어 있었고 제일 아래, 원래 같으면 조림이 들어 있는 단에는 양배추롤이 예쁘게 담겨 있었어.

"아키코가 다 먹어도 돼."

하야사카 씨는 그렇게 말하며 세뱃돈까지 줬어. 엄마는 이번에도 고개를 숙이며 감사를 표했지. 어쩌면 엄마가 고개를 숙이는 모습을 본 건 하야사카 씨 앞에서뿐일지도 모르겠어. 뭐, 이것저것 받았으니까.

하야사카 씨는 이 동네 출신으로, 고등학교를 마치고 현에 있는 조리사 전문학교를 졸업 후 한동안 요리와는 상관없는 일을 했지만, 역시 요리를 단념하지 못하고 프랑스에 요리를 배우러 갔었대.

"세계 제일이라고 불리는 레스토랑에서 일했지."

하야사카 씨는 아주 의기양양하게 말했어. '가르니에'라는 가게 이름은 못 들어봤지만 파리에서 유명한 레스토랑이라는 것만으로도 가슴이 두근거리더라. 그것보다도 거기에 취직하기까지의 일화가 엄청나더라고.

"'가르니에'의 요리장은 깐깐한 걸로 유명하지. 일하고 싶다는 사람이 전 세계에서 몰려와 줄을 서는데도 만나지도 않고 쫓아내. 그런 줄에 아무 간판도 없는 일본의 애송이가 끼어봤자 시간 낭비야. 그래서 난 머리를 굴렸지. 자, 과연 어떻게 했을까?"

하야사카 씨는 전 세계를 돌아다니는 퀴즈 방송의 출연자 같

* 짓이긴 삶은 고구마에 달게 조린 밤을 넣어 만든 음식.

은 투로 물었어.

"편지를 썼어요."

"땡. 아키코라면 그런 방법도 가능할지 모르겠군. 자랑은 아니지만 난 초등학교 2학년 때 독서를 끊었거든. 그래도 특기를 살린다는 점에서는 정답이니까 세모야. 난 이걸 사용했어."

하야사카 씨는 혀를 쏙 내밀었어. 그래도 하야사카 씨가 뭘 어쨌는지는 상상이 안 가더라.

"요리장은 매일 아침 집을 나서서 가게로 향하는 도중에 반드시 어떤 곳에 들렀어. 흔해빠진 카페야. 거기서 블렌드 커피를 주문해 테라스 자리에서 신문을 읽는 게 요리장의 일과였지. 그래서 나도 똑같은 커피를 시켜서 옆 테이블에 앉았어. 그리고 커피 맛에 대해 감상을 말하는 거야. 물론 프랑스어로."

솔직히 하야사카 씨가 프랑스어를 할 줄 안다는 데는 놀랐어. 겉으로는 폼을 잡지만 뒤에서 노력하는 스타일이구나 싶어서.

"첫째 날은 내가 있다는 걸 아는지 모르는지조차 분명치 않았어. 그렇지만 난 다음 날도 똑같이 행동했지. 같은 가게의 블렌드 커피라도 내리는 사람과 그날의 날씨에 따라 맛이 달라져. 난 요리장에게 들릴 만큼 큰 소리로 맛의 차이를 말하며 커피를 마셨지. 이쪽을 힐끗 본 게 셋째 날, 눈이 마주친 게 일곱째 날, 그리고 열째 날, 난 아무 말 없이 커피를 마셨어."

"왜요?"

"뭐야, 아키코. 너, 낚시해 본 적 없니? 고기가 미끼에 덤벼들면 잠자코 상태를 살피며 끌어 올릴 때를 노리는 법이야."

"그렇군요. 그래서요, 그래서요?"

"열째 날이었지. 조용히 커피를 마시고 있자니 요리장이 먼저 내게 말을 걸더군. 오늘 커피 맛은 어떻느냐고. 그래서 이렇게 말했지. 답이 궁금하면 날 당신 가게에 취직시켜 달라고."

내 눈은 반짝반짝 빛났을 거야. 소설에는 성공담이 많이 나오지만, 현실에서는 태어난 환경에 따라 각자 출발선이 많이 달라서 저 멀리 있는 사람을 쫓아가거나, 앞지르거나, 머나먼 골인 지점에 다다르기가 어려울 거라 생각했거든.

나 자신도 여러 가지 일을 포기하려고 했었다는 뜻이지.

찬합에 든 양배추롤 너머로 파리의 풍경이 보이는 것 같았어. 전 세계의 사람들이 먹고 싶어 하는 가게의 요리를 일본의 시골 동네, 그것도 집에서 먹을 수 있다니.

어쩐지 이렇게 적고 있으니까 내가 하야사카 씨를 좋아하는 것 같잖아. 물론 좋아해. 만약 하야사카 씨가 삼촌이라면 친구에게 자랑할 테고 집에 오는 것도 대환영할 거야.

삼촌이라면 엄마의 오빠? 안 돼, 지금은 그게 문제가 아니지.

아무튼 지금은 엄마와 하야사카 씨가 직장 친구 사이일지도 모르지만 조만간 관계에 변화가 있을지도 몰라. 두 사람이 결혼하고 싶다고 말할지도 모른다고.

그때 나는 축복할 수 있을까? 아니, 난 하야사카 씨를 받아들일 입장이 아니야. 그 사람이 새로운 파파라니 싫어. 파파가 불쌍해. 그렇게 말할 수 있는 입장도 아니고.

난 내가 엄마에게 필요 없는 사람이 될까 봐 무서운 거야. 엄마 편은 파파와 나뿐이고, 파파가 죽은 지금 엄마를 지킬 사람은 나밖에 없다. 할머니에게 그렇게 딱 잘라 말했지만 그건 그때의 이야기지. 왜 앞으로 새로운 사람이 나타날 가능성을 상상하지 않았을까.

엄마는 아무것도 못하는 인형이라고 믿었으니까? 엄마는 살인자니까?

그냥 할머니 집에 살기로 하는 게 낫지 않았을까. 그럼 살인자의 딸이라는 소리를 들을지도 몰라. 하지만 내가 이 동네를 떠나면 엄마와 그 동네의 연결 고리는 완전히 끊어져.

그럼 엄마는 진정한 의미에서 새 인생을 시작할 수 있을 텐데.

혹시 난 스스로를 지키기 위해 엄마 품으로 돌아온 걸까. 하지만 이제 와서 할머니가 날 받아들여 주지는 않겠지. 그렇다면 내게 최선책은 만약 엄마가 재혼하면 최대한 빨리 집에서, 그리고 이 동네에서 나가는 거야.

자립. 그래, 자립해야 해.

저기, 아키코. 넌 지금 제힘으로 일어서서 가슴을 펴고 당당히 살아가고 있지?

안녕, 아키코.

입김만큼 따뜻한 바람이 후 불어오면 벚꽃 봉오리가 일제히 벌어질 것 같을 정도로 희망찬 이 계절에 난 콧물이 멈추지가 않네. 아무래도 꽃가루 알레르기인가 봐.

제법 큰 문제이기는 하지만 오늘 가장 먼저 알리고 싶은 소식은 그게 아니야.

일단 어제 초등학교를 무사히 졸업했어. 그리고 놀랍게도 내가 졸업생 대표로 답사를 읽었지 뭐야. 답사는 학생회장이 읽는 줄 알았는데 성적 우수자(자랑!)로 뽑혔기 때문이라고 선생님이 그러더라……. 물론 그저 읽기만 한 게 아니라 내가 직접 답사를 썼어. 그래서 오늘 편지의 첫머리도 답사 비슷하게 나온 걸까.

멋지게 잘 썼다고 교장 선생님도 칭찬해 주셨어. 미노리의 부모님이 학교를 찾아왔다는 모양이지만 졸업식은 이미 끝났으니 내 알 바 아니지.

파파가 봤으면 기뻐했을 텐데. 아니, 천국에서 분명 봤을 거야.

그리고 보호자석에는 엄마와 하야사카 씨가 나란히 앉아 있었어. 하야사카 씨는 비디오카메라를 들고 와서 촬영도 해줬어. 체육관에 입장할 때 슬쩍 곁눈질만 했는데도 두 사람이 눈에 쏙 들어오더라. 모르는 사람이 두 사람을 보면 누구의 보호자인가 싶어 학년에서 제일 얼굴이 예쁜 아이를 찾을 만큼, 화사한 분위기가 감돌았어. 나와 눈이 마주치자 하야사카 씨가 카메라를 한 손에 든 채 브이자를 그리는 걸 보고 놀란 사람이 있었을지도 모르겠네.

졸업식이 끝난 후에 '졸업식'이라고 적힌 입간판 앞에서 셋이 기념사진을 찍었어. 잘생기고 예쁜 두 사람 사이에 서 있자니 비참한 기분이 고개를 쳐들 것 같았지만, 하야사카 씨가 "대단하다, 아키코. 중학교에 올라가서도 열심히 하렴." 하고 머리를 벅벅 쓰다듬어주자 단숨에 기분이 풀렸어.

어제저녁에는 축하 선물로 하야사카 씨가 우리 집에서 양배추롤을 만들어줬어.

그리고 졸업했다는 것보다 중대한 소식이 있어.

일단 3월을 끝으로 파파와 같이 살았던 이 맨션에서 이사를 가기로 했어. 하야사카 씨가 구입한 동네 변두리의 단독주택, 한때 이탈리안 레스토랑이었던 집에 엄마랑 나도 살기로 했거든.

리모델링해서 여름이 오기 전에 프랑스 요리점을 오픈한다나.

하야사카 씨도 엄마도 호텔에서는 2월까지만 일하고 그만뒀어. 다만 아직 둘이 정식으로 결혼은 안 했고 혼인신고도 당분간 하지 않을 생각이래. 사실혼이라는데 일본에서는 아직 드물지만 프랑스에서는 그러는 게 일반적이라고 하야사카 씨가 그랬어.

덕분에 성이 바뀌지 않아서 난 여전히 사에키 아키코야. 그래서 마음이 놓이기도 하네.

이런 이야기들은 엄마가 아니라 주로 하야사카 씨에게 들었어. 엄마와 둘이 이야기를 했다면 역시 할머니 집에 갈까 상담했을지도 몰라. 내가 방해가 되는 것 아니냐고 물었을지도 모르지.

하지만 하야사카 씨는 할머니에 대해서는 몰라도 내가 불안해한다는 건 알아차린 모양이야. 난 원래 표정을 잘 읽히지 않는 편인데 그렇게 노골적으로 얼굴에 드러났던 걸까.

"아키코, 너도 가게를 도와줘. 그렇다고 설거지를 하라는 건 아니고 그 돌부처 같은 얼굴의 힘으로 손님을 쭉쭉 끌어와 줘."

하야사카 씨는 또 아주 실례되는 소리를 하면서 내 머리를 벅벅 쓰다듬었어. 하지만 이건 나를 가족으로 받아들인다는 뜻이겠지?

새집은 예전 집과 학군이 같아서 중학교도 원래 다닐 예정이었던 곳이고, 초등학교 동창생들도 거의 다 거기 다닐 거야. 미노리는 지역에서 유명한 사립 여중 입학시험을 친다길래 겨우 헤어지겠구나 싶어 기뻤는데 불합격이었던 모양이야.

부디 같은 반이 되지 않기를. 하지만 그런 건 사소한 일이지.

엄마도, 나도 하야사카 씨와 함께 행복해질 수 있겠지?

파파는 화내지 않겠지? 설령 하야사카 씨라는 사람이 있어도 내가 엄마를 지키려는 마음은 변함없으니까.

새집에도 내 방을 만들어준다니까 또 편지 쓸게.

헬로, 아키코.

중학교 생활은 최고야. 역시 미노리와 같은 반이 아니라서일까. 그리고 담임 오구라 선생님이 나한테 1학기 반장을 시켰어.

동아리는 문예부야. 파파처럼 유도부에 들까도 했지만, 견학하러 간 아이들 대부분이 초등학교 때부터 유도를 배운 경험자라 조금 무서워서 포기했어. 중학교 때는 운동을 하는 편이 나을지도 모르지만 파파의 노트북도 있겠다, 내게 재능이 있을 법한 분야에 시간을 투자하는 것도 나쁘지 않겠지. 말은 그럴싸하지만 과연 내게 문학적인 재능이 있을까?

문화 계열 동아리치고는 활동이 활발해서 학기마다 단편소설을 한 편 써야 하거든. 그래서 아키코에게 편지를 쓸 여유가 없을지도 모르겠어. 하지만 무소식이 희소식이라잖아. 부디 양해 바랄게.

하야사카 씨의 가게도 오픈했어. 이름은 자기 이름 그대로 'HAYASAKA'. 아참, 그 전에 이사를 했지. 집 1층이 레스토랑인데 프랑스 파리의 비스트로풍으로 하야사카 씨가 디자인했는지 그리 넓지는 않지만 아주 세련됐어.

내 방에는 밖으로 쑥 내민 창문이 있어서 거기에다 파파가 수집한 유리 세공품을 장식해 놨어. 이것만은 버릴 수 없지. 그 외에 파파의 다른 물건은 아직 풀지 않고 박스째로 벽장에 넣어뒀어. 전에 살던 맨션보다 조금 넓은데도 그렇게 느껴지지 않는 건 큼지막한 침대를 들여놓았기 때문일까.

가게는 테이블석만 세 개라 열두 명이면 꽉 찰 정도로 아담해. 하야사카 씨가 모든 요리를 자기 혼자 만들어서 내놓고 싶어서 그렇다나. 엄마는 음료를 서빙하거나 설거지를 해. 나도 가끔 설거지를 돕고. 그러고 보니 요전에 소스가 조금 남은 냄비를 씻으려고 일단 물로 헹구는데 하야사카 씨가 넌 요리인은 못 되겠다고 웃더라.

무슨 소리인가 싶었는데 하야사카 씨는 프랑스의 유명한 가게에서 일할 때 냄비에 남은 소스를 맛보며 맛을 연구했대. 요리장에게 소스 레시피를 가르쳐달라고 부탁해 본들 그런 비밀을 쉽사리 알려줄 리 없으니까. 하지만 요리장도 그걸 전제로 소스를 조금 많이 냄비에 남겨둔 거라나.

하야사카 씨의 요리는 그런 노력이 깃들어 있는 만큼 맛있지만 가격이 참. 메뉴를 보고 눈이 튀어나올 뻔했어. 디너 코스가 2만 엔부터라니. 런치는 5천 엔부터야. 그래도 손님이 오기는 해서 매일 자리가 꽉 차는 점심때만 하야사카 씨의 친구라는 스야마 씨, 통칭 슷치(하야사카 씨만 그렇게 불러)가 도우러 오는데 웬걸, 아리사의 아빠래. 참고로 난 아리사하고도 다른 반이야.

처음 만났을 때 스야마 씨는 갈색 머리라 조금 무서운 인상이었지만, 하야사카 씨에게 한 소리 듣고 다음 날은 검게 염색하고 왔어. 그러자 멋있었지만 이번에는 오른손 엄지손가락이 한 마디 없는 걸 알아차려서 역시 조금 무서워. 가게에서는 장갑을 끼고 있지만. 하야사카 씨 말로는 여자 손님들한테는 인기가 좋대.

엄마는 매일매일 거의 사람 상태야. 힘내서 자기가 맡은 일을 해내고 있는 느낌이지. 밤이면 나보다 더 일찍 잠들지만 그럴 만도 해. 하야사카 씨도 내게는 글라스를 제대로 못 닦는다고 불평하지만 더 형편없는 엄마에게는 아무 말도 안 해. 무리하지 말라고 다정하게 대하지.

지금 시급한 과제는 동아리에서 쓸 소설의 소재를 찾는 거야. 미래의 나와 편지를 주고받는 이야기로 해볼까. 안 되겠지, 이건 우리만의 비밀이니까. 파파와 엄마의 러브 스토리는 어떨까. 사건이 발생하고 몇 년 후 재회한 두 사람이 결혼해서 내가 태어날 때까지를 상상해 보고 싶지만, 그러다 엄마의 과거가 들통나기라도 하면 큰일이야. 픽션을 작자의 체험담으로 착각하는 사람은 제법 많거든.

　아, 편지글은 이렇게 술술 나오는데.

　일단 열심히 해볼게!

　오늘도 한나절을 벽장 속에서 지냈다. 불도 켜지 않고, 음악도 틀지 않고, 무릎을 끌어안은 채 어둠 속에 누워 있다. 퍼즐책은 다 풀면 그냥 쓰레기다. 『죄와 벌』도 다섯 번이나 읽으면 책을 펼칠 의미가 없다. 배도 안 고프다. 시간도 모르겠다. 지금은 몇 교시 수업일까 하며 교실을 떠올린 건 언제까지였던가…….

　무슨 소설 같은 이런 문체, 영 별로네. 노트북으로는 그만 쓸데 없는 것까지 적고 말아. 아니, 지금까지 써온 편지도, 앞으로 쓰려는 글도 전부 쓸데없는 짓인가.

　아키코, 오랜만이야. 뭐, 난 더 이상 널 믿지 않지만.

　미래에서 온 편지라니, 어차피 누군가의 장난일 텐데 열심히 답장을 쓴 게 너무 바보 같아서 어이가 없어. 지금이 제일 슬플 때다. 이걸 극복하면 나는 행복해질 수 있다. 그렇게 믿은 걸까, 믿으려고 했던 걸까.

　하지만 언제? 지금의 난 그때보다 더 불행해. 허름한 연립주택에 엄마와 둘이 살지. 그건 딱히 상관없어. 하지만 엄마와 난 못 돼먹은 남자에게 속아서 전 재산을 빼앗겼어.

　그게 나한테 제일 큰 불행이냐고 묻는다면 아닌 것도 같지만. 힘든 일이 겹치고 겹쳐서 뭐가 제일 큰 고통인지 모른다는 게 괴로움의 원인 아닐까. 그걸 알기 위해서라도 뭔가 써봐야겠어. 하지만 난 누군가 질문을 던질 상대가 없으면 아무것도 못 쓴다는 걸 아직 문예부 활동을 열심히 하던 시절에 알았지.

삼인칭시점 소설을 쓰지 못하는 건 물론, 일인칭시점 소설도 주인공이 갈팡질팡 허둥댈 뿐이야. 난 누군가에게 말하지 않고서는 자신의 감정이나 생각조차 표현하지 못하는 걸까. 누군가 이야기를 들어줄 상대가 없다면.

세상에는 분명 혼자서 강하게 살아가는 사람도 있을 거야. 그런데 난 늘 상대를 찾고 있지. 그래서 고독을 느끼는 걸까.

내게는 아무도 없어. 그래서 결국은 네게 편지를 쓰게 돼. 저번에 편지를 쓴 후로 벌써 일 년도 넘게 지났지만. 그렇지만 지나간 시간을 눈에 보이는 형태로 남겨두는 건 잔혹한 일일지도 모르겠어. 거짓말을 섞어가며 과장되게 쓰지라도 않는 한, 머릿속 깊은 곳에 먼지를 뒤집어쓰고 있던 기억을 선명하게 되살릴 수 있으니까.

그나저나 뭐야? 지난번 그 태평한 편지는. 고작 일 년 만에 이렇게 변할 수가 있는 걸까.

아아, 머리가 깨질 듯이 아파……

내가 태어난 이유, 살아가는 이유, 그런 걸 생각하면 경보음을 울리듯이 머리가 덜컹덜컹 뒤흔들리는 기분이 들어. 나는 누군가에게 사랑받고 있는가, 누군가를 사랑하는가. 누군가에게 필요한가, 누군가가 필요한가. 정답 없는 물음을 거듭해도 통증이 심해질 뿐이지.

그래서 생각을 그만둔 지 한참 됐건만. 어둠 속에 그저 몸을 묻고 있으면 얻는 것 하나 없더라도 하루가 무사히 끝나. 내일까지 살아남은 셈이지. 그리고 내일, 똑같은 하루를 반복해. 난 어디로 향하고 있는 걸까. 뭘 바라는지조차 모르겠어.

어젯밤에 텔레비전을 틀어놓고 엄마랑 밥을 먹었어. 늘 그래. 보고 싶은 방송이 있는 건 아니야. 좋아하는 연예인이 있는 것도 아니고. 좁은 방에서 좁은 테이블을 사이에 두고 앉아 있어도 눈을 마주치거나 대화를 나누지 않아도 되니까, 그래도 부자연스럽지 않으니까 틀어놓을 뿐.

내가 아니라 엄마가.

내용이 얄팍한 버라이어티 방송에서 뚱뚱한 개그우먼 파타코가 도쿄 어딘가에 새로 생긴 캡슐호텔을 취재하고 있었어. 청결하고 방음 설계를 했으며 방이 예전보다 조금 넓다는 것이 포인트래. 벌집 같아 보이더라고. 파파의 나무에 생긴······.

"저도 들어갈 수 있을까요."

파타코는 기장이 짧은 티셔츠가 딱 달라붙은 배를 양손으로 들어 올려 가볍게 흔들며 벌집 구멍 중 하나에 몸을 구부리고 들어갔어. 그리고 소리쳤지.

"우와, 엄마 배 속으로 돌아간 것 같네요! 기분 좋다."

파타코에게 태어나기 전의 기억이 남아 있을 리 없어. 하지만 바로 저런 말이 나오는 건 분명 파타코가 힘들거나 괴로울 때 지켜주는 사람이 엄마이기 때문 아닐까.

"재미있니?"

한순간 어디서 목소리가 들렸는지 몰랐어. 집에는 엄마랑 나밖에 없는데. 하지만 여기로 이사 오고 엄마가 내게 먼저 말을 건 적은 거의 없어. 잘못 들은 걸까.

"학교 재미있니?"

이번에는 확실하게 엄마 입에서 나온 말이라고 인식했어. 엄마가 커다란 눈으로 나를 보고 있더라. 눈초리를 살짝 내리고 웃음도 지었어.

오늘은 내가 시야에 들어온 거야. 그런 일에 내가 아직도 감동할 수 있다는 사실에 놀라며 밀려 올라오는 뭔가를 삼키려고 다급히 밥을 입에 쑤셔 넣었어. 내가 지은 밥은 늘 약간 고들고들해. 그래서인지 목이 메었어. 아니, 슈퍼에서 특가 시간에 산, 튀김옷이 뻣뻣한 전갱이튀김을 올린 탓일까.

"응, 엄청 재미있어."

희미하게 맺힌 눈물을 닦으며 웃는 얼굴로 대답했어. 엄마는 안심한 듯한 표정으로 거의 들리지 않는 목소리로 다행이라고 중얼거렸지. 마음이 조금 아프더라. 하다못해 학교 가는 척이라도 해볼까 생각하며 아침을 맞았는데, 오늘도 엄마가 일하러 나가는 걸 보고 나서 벽장에 틀어박혔거든.

어쩌면 좋지? 물어봐도 대답해 주는 사람은 아무도 없어.

내일의 내가 어떨지 모르겠어. 다음 주의 내가 어떨지 모르겠어. 다음 달, 내년의 내가 어떨지 모르겠어. 아는 거라곤 과거의 자신뿐. 그렇다면 아키코, 지난주에 내게 있었던 일을 가르쳐줄까. 지난달, 작년에 내게 있었던 일을—.

학교에는 다섯 달 전, 6월 말부터 안 갔어. 시업식이 있는 9월 1일에는 일단 등교했으니까 정확하게 따지자면 그때가 아니지만, 교실에는 10분도 머무르지 않았으니까 그건 학교에 다닌 게 아니라고 봐야겠지.

원인은…… 글로 쓰기에도 불쾌한 일이야.

2학년 때 고토 미노리와 같은 반이 된 것부터가 재난의 시작이었을지도 모르겠네. 1학년 때 미노리와 같은 반이었던 여자아이 한 명이 왕따 때문에 등교를 거부했어. 반이 다른 내 귀에도 미노리가 주모자라는 소문이 들렸는데, 담임이나 학교 측이 미노리에게 무슨 처분을 내렸다는 이야기는 전혀 못 들었지. 그저 2학년이 되자 왕따를 당한 아이와 미노리를 다른 반으로 갈라놓은 게 전부야. 미노리의 부하들도 미노리와 반이 갈렸고.

분명 미노리는 병일 거야. 남에게 상처를 주지 않으면 직성이 풀리지 않는 병. 그렇게 못된 년인데도 미노리 주위에는 늘 여자아이들이 몇 명 붙어 있지. 미노리는 자기가 좋아하는 아이에게는 잘해준대. 마음에 드는 친구를 위해서라면 걔한테 장난을 친 남학생이나 심술궂게 군 선배에게도 서슴없이 따지러 가지.

무슨 이야기를 하는지 모르지만 미노리 패거리는 늘 깔깔대. 누군가를 골탕 먹일 작전을 짜면서 웃을 때도 있겠지만 그렇게 사악하게 웃지 않을 때가 더 많아. 아이돌, 패션, 예쁜 잡화류, 아이스크림, 그런 이야기가 드문드문 들려오곤 하지. 그럴 때는 조금 부럽기도 하더라.

하지만 나도 반에 친구는 있었어. 같은 문예부 아이야. 벌써 글감이 다 떨어졌다느니 어쩌니 하면서 소설 이야기를 하는 건 사실 전혀 힘들지 않았어. 그저 즐거울 따름이었지. 담임인 오하라 선생님이 시켜서 1학기 반장도 됐어.

미노리가 시샘할지도 몰라서 힐끔 분위기를 살폈어. 하지만 그런 면에서는 초등학교 때와 달라졌는지 반장에도, 내게도 흥미 없다는 듯 제일 편해 보이는 담당을 뽑을 때 손을 들었어. 그것마저도 귀찮다고 투덜대면서.

미노리와 대화를 나누지는 않았지만 무시당하는 느낌은 아니었어. 체육관에서 조례를 할 때 어깨가 부딪치자 미노리가 먼저 미안하다고 사과했을 정도인걸. 다만 미노리가 목표물을 찾고 있는 낌새는 알아챘지.

내 문예부 친구 고바짱을 노리고 있었거든. 걔는 말수가 많은 편은 아닌데 다른 아이가 이야기할 때 이상한 타이밍에 끼어들어 분위기를 망치고는 했어. 고바짱의 성씨는 고바야시인데, 미노리와 자리가 앞뒤라서 그렇게 친하지는 않아도 미노리가 가끔 말을 걸었지. 그때마다 미노리가 혀를 찰 듯한 표정을 짓는 걸 난 알고 있었어.

어떻게든 하지 않으면 고바짱이 괴롭힘을 당할 거야. 왕따가 시작된 후에 고바짱을 지킬 자신은 없었어. 그 전에 어떻게든 거리를 벌려야 해. 아, 빨리 자리를 바꾸는 날이 오기를. 그렇듯 직접 나서서 해결하려는 의지가 없었기 때문에 벌을 받은 걸까.

사건(이라고 해도 경찰이 나설 법한 일은 아니야)은 우리 집, 하야사카 씨(이제는 '씨'라는 경칭을 붙이고 싶지 않지만)의 레스토랑에서 벌어졌어.

　레스토랑은 가격 때문인지 처음에는 그럭저럭 붐볐지만 점차 손님의 발길이 끊겼어. 스야마 씨가 가격을 내리라고 해도, 재료비와 자신의 기술을 고려하면 결코 높은 가격이 아니라며 하야사카 씨는 물러서지 않았지. 시골 사람은 모르겠지만 요리의 가치를 아는 사람은 시간과 수고를 들여서라도 찾아올 거다, 그러니 타협해서는 안 된다며.

　확실히 밤에는 멀리서 찾아오는 손님이 더 많았어. 옆 동네에서 치과를 하는 사람이 부부 동반으로 처음 가게에 온 날, 파리의 '가르니에'에서 먹은 맛과 똑같다고 절찬하며 지역 안팎의 지인에게 소개해 준 거야. 파리에 가는 것보다는 싸게 치인다면서. 그 밖에도 그런 사람이 몇 명 있어서 가격을 내리지 않고 겨우겨우 버텼지만 부자들이 찾아오는 빈도도 서서히 줄었어.

　결국 가게는 오픈한 지 여섯 달 만에 적자가 났지. 자세한 액수는 못 들었지만 달마다 갚아야 할 대출금이 꽤 많을 텐데 말이야. 스야마 씨가 다시 설득해서 런치만 3천 엔대까지 내리자 낮에는 부근에서 손님들이 많이 찾아오게 됐지.

　그런데 한 달도 되지 않아 또 손님들의 발길이 뜸해졌어.

　아무래도 인터넷에 비방하는 글이 올라온 모양이야.

　하야사카 씨는 프랑스에서 유명한 '가르니에'에서 일했다는 걸 내세워 가게를 홍보했는데 그걸 두고 정직원이 아니라 그냥 아르바이트로 설거지를 했을 뿐이라는 둥, 저번 직장인 호텔은 그만둔 게 아니라 여종업원을 둘러싸고 요리장과 싸움이 나서 부상을 입히는 바람에 잘린 거라는 둥. 하야사카 씨는 태블릿 PC를 들고 무섭게 화를 내며 가게 테이블과 의자를 걷어찼지. 그 모습을 보니까 꼭 전부 다 엉터리는 아닐지도 모르겠다는 생각이 들더라.

하야사카 씨를 비방하는 글만이 문제는 아니었어. 사건은 여기서부터 시작돼.

5월 황금연휴 마지막 날, 어느 가족이 런치 타임에 가게에 왔어. 저녁 시간 예약에 대비해 엄마가 좀 쉬도록 내가 주방에서 설거지를 했지. 주방 안쪽에서 홀은 보이지 않지만 목소리는 잘 들렸어. 어른 목소리에 섞여 귀에 익은 여자아이 목소리가 들리더라고.

가족 세 명은 3천 엔짜리 런치 코스를 주문했어. 메인 아라카르트*는 각각 참돔푸알레, 레드와인 소스를 곁들인 소볼살찜, 그리고 특제 양배추롤이었어. 요리를 내간 건 스야마 씨. 양배추롤을 내간 직후에 주방에 왔지. 손님이 케첩을 달라고 했다고 하야사카 씨에게 속삭였어.

아, 그건 안 되는데…….

불안이 솟구쳤을 때 하야사카 씨는 이미 홀로 향한 뒤였어.

하야사카 씨는 요리를 남기는 것보다 조미료(소금조차도)를 추가하는 걸 더 싫어했어. 내 예술 작품에 손을 댈 바에야 나가라고 손님을 쫓아낸 적도 있지. 인터넷에서 악평이 심해졌을 무

* 손님이 메뉴에서 골라 주문하는 단품 요리.

렵이야. 기분이 나빴겠지만 그런 짓을 하는 바람에 악평이 더 올라오고 말았어.

밤에는 오지 않는 스야마 씨는 그 사실을 몰랐겠지.

케첩을 달라고 한 손님은 양배추롤이 콩소메 베이스였던 게 마음에 안 들었던 모양이야. 처음부터 메뉴판에 그렇게 써놔라, 당신의 저렴한 취향을 멋대로 강요하지 마라, 케첩 정도는 가져와라, 싫으면 먹지 마라. 다른 손님이 없답시고 하야사카 씨와 가족의 아버지인 듯한 손님은 어린아이 말다툼 같은 응수를 계속했어. 그때 두 사람의 목소리보다 더 큰 목소리가 홀에 퍼져나갔지.

"이거 케첩 뿌려도 못 먹어! 냄새가 지독하단 말이야."

내가 잘 아는 미노리의 목소리였어. 동시에 미노리가 시나몬을 질색하던 게 생각났지. 하지만 냄새가 지독하다고 표현할 것까지는 없었는데. 덜컹, 의자를 차는 소리가 났어. 저질렀구나 싶어 가슴을 졸이고 있자니, 어째서 몰랐는지 신기할 만큼 역시 귀에 익은 목소리가 쨍쨍 울려 퍼졌어.

초등학교 회의실에서 엄마와 하야시 선생님을 족치던 목소리……

"어휴, 무서워라. 그러고 보니 이 가게 종업원은 손가락이 한 마디 없다면서. 조직폭력배가 이 가게를 한다는 소문이 사실이었구나."

느닷없이 스야마 씨에게 비난의 화살이 날아갔어. 스야마 씨는 없어진 손가락에 인공 손가락을 착용했고 일할 때는 흰 장갑까지 끼는데, 그 사실을 미노리 엄마가 어떻게 알았을까.

이번에는 스야마 씨가 화를 내는 게 아닐까 싶어 마음이 조마조마했어. 상황을 보러 가고 싶기는 했지만 여기가 우리 집이라는 걸 미노리에게 들키면 곤란해. 하지만 스야마 씨의 목소리는 들리지 않았어. 받아친 건 하야사카 씨였지.

"어우, 겁나라. 남편이 정떨어질 만도 하네. 음, 마누라가 이렇게 신경질적인 건 남편과 오랫동안 소원한 탓인가? 오늘은 가족에게 서비스나 하려고 했나 본데, 마누라랑 자식은 런치고 애인은 디너라니 편애가 너무 심한 거 아니야? 그나저나 잘도 같은 가게에 왔군. 마누라가 졸랐는지도 모르지만. 아니면 혹시 내가 손님의 얼굴을 기억 못 할 줄 알았어? 낮에는 어쨌거나 밤에는 내가 직접 요리를 내간다고. 이름도 기억해 두는 게 예의잖아. 그렇지, 고토 선생. 간호사에게 손을 대면……."

"그만해."

미노리 아빠가 무슨 표정으로 그렇게 말했는지는 모르겠어. 하지만 목소리에 힘이 없었던 건 아내가 노려보고 있어서? 딸에게 양심의 가책을 느껴서? 그러고 잠시 누구의 목소리도 들리지 않았어.

"가자."

미노리 아빠가 그렇게 말하고 문이 여닫히는 소리가 들렸어.

"망할, 처먹고는 계산도 안 하고 가네."

하야사카 씨가 내뱉듯이 그렇게 말한 후 나는 홀을 엿봤어. 하야사카 씨가 스야마 씨의 어깨에 손을 얹고 마음에 두지 말라고 달래더군.

그다음 날이야. 오하라 선생님이 종례를 마치고 날 불러 세운 건.

"사에키네 집은 '하야사카'라는 프렌치 레스토랑 맞지?"

가정방문 때문에 확인한 거였어. 사전에 제출한 집 주변 지도에 레스토랑 이름을 적지 않은 내 잘못인지도 몰라. 그래도 미노리가 있는 앞에서 말하지는 말아야지. 힐끗 훔쳐본 미노리의 얼굴은 무서우리만큼 일그러져 있었어.

더 이상 남 걱정할 처지가 아니었어. 다음 목표물은 틀림없이 나야.

공기가 된 것처럼 무시할까, 나쁜 소문을 퍼뜨릴까, 계단에서 떠밀까, 물건을 감추거나 망가뜨릴까. 구체적으로 무슨 식의 왕따를 할지 예상해서 어떻게 대처할지 고민했지.

다행이라고 해야 할까, 나는 휴대전화가 없어. 중학생이 되면 다들 가지겠거니 했지만, 학교에 가지고 오지 말라는 교칙 때문인지 주변 아이들은 가지고는 싶어 했지만 정작 가지고 있는 아이는 얼마 없어서 나도 사지 않기로 했거든.

인터넷에 무슨 악담이 올라오든 그건 신경 쓰지 않기로 했어. 다음으로 파고들 틈을 주지 말아야 해. 꽃가루 알레르기에 시달릴 시기가 아니라서 다행이야. 학교에서는 소리 내어 코를 풀 수가 없고 조금이라도 콧물을 흘리면 세균 취급을 당하거든. 덧붙여 무슨 일이 있으면 그 자리에서 바로 그만두라고 분명하게 말하는 거야. 결코 울면 안 돼. 제일 처음이 중요해. 너 따위에게 굴복하지 않겠어. 그런 태도를 취해야 해. 그리고 혼자 전부 해결하려 들지 말고 즉시 선생님한테 알리는 거야.

하지만 아키코, 그런 짓을 당할 줄 누가 상상이나 하겠어? 뭐, 네가 정말로 미래의 나라면 체험한 일이겠고, 10년 넘게 지났어도 떠올리기 싫은 일이겠지만.

생리가 시작된 건 1학년 겨울이었어. 다른 아이들과 비교하면 조금 늦어서 마음의 준비를 한다고 했는데도, 아침에 갑자기 시작되자 엄마가 어떤 상태인지 확인도 하지 않고 어쩌면 좋으냐고 울며 매달렸지. 어쩌면 내가 엄마에게 도움을 청한 건 그때가 처음이었는지도 모르겠어.

내가 매달려 놓고 이렇게 말하는 건 뭐하지만, 엄마는 아주 침착한 태도로 귀여운 새 생리용 속옷과 생리대를 자기 옷장에서 꺼내줬어. 놀랍게도 휴대전화를 가지고 있었을 때 인터넷으로 사두었던 모양이야.

아무튼 그때부터 한 달에 며칠은 주머니가 달린 손수건과 파우치에 생리대를 넣어서 학교에 들고 다니게 됐어. 여자라면 당연한 일이지. 배가 아프거나 하는 증상은 거의 없어서 귀찮기는 했지만 그렇게 우울하지는 않았어.

체육 시간에도 수업이 시작되기 전에 화장실에 갔고, 생리대도 포장지와 휴지로 잘 감싸서 화장실 모서리에 놓인 쓰레기통에 버렸어. 그런데…….

체육 시간이 끝나고 화장실에 들렀다 교실로 돌아오자 분위기가 어수선했어. 우웩, 하고 소리를 지른 남학생의 시선 끝, 교탁 위에 사용한 생리대가 펼쳐진 상태로 놓여 있더라. 시판되는 생리대니까 같은 상표라고 해서 내 것이라는 증거는 아니지만 난 그게 내가 사용한 생리대라는 걸 한눈에 알았지.

"뭐야, 이거. 최악이네. 테러잖아. 범인 누구야? 난 지금 생리 아니거든."

그렇게 소리친 건 당연히 미노리야. 그러고 보니 미노리의 부하 중 하나가 체육 시간 전에 나와 엇갈려 화장실에 들어간 게 생각났어. 그리고 수업에 조금 늦게 온 것도. 하지만 그런 사정을 폭로하면 생리대가 내 것임이 모두에게 알려지겠지. 내 치부가 까발려졌다는 굴욕감. 냄새나, 더러워, 최악이야 등등의 말이 전부 나를 향하는 것 같았어.

여학생들 중에는 자기도 지금은 생리가 아니라거나 다른 생리대를 쓴다며 열심히 변명하는 아이도 있었지만, 대부분은 잠자코 있었지. 설령 자기 것이 아니더라도 이게 얼마나 굴욕적인 일인지 크게 공감했기 때문인지도 모르겠어. 이게 만약 자기 것이었다면, 그게 공개됐다면.

난…… 내 생리대가 아니었다면 청소 도구함에서 비닐봉지를 꺼내 모두의 앞에서 버릴 수 있지 않았을까. 이렇게 저속한 짓을 한 아이들을 못마땅하게 여기는 눈빛으로. 아니, 이건 뒷북이야. 상상 속에서라면 누구나 용감한 히로인이 될 수 있겠지.

이제 와서 무슨 상상을 하든 그 생리대가 내 것이었다는 사실은 변하지 않아.

그런 와중에 눈에 보이는 타격을 입은 건 내가 아니었어. 아무리 불쾌감이 치민들 여학생에게는 익숙한 물건이니까. 하지만 남학생은 아니지. 특히나 깔끔한 걸 좋아하는 아이에게는.

교실이 계속 어수선한 가운데 입을 막고 뛰쳐나간 건 모토야였어. 걔는 그날 가방도 챙기지 않고 그대로 조퇴하고 말았지. 모토야가 화장실에 갔을 때 마침 거기 있었던 남학생이 모토야가 화장실 문도 닫지 않고 웩웩 토했다고 위하는 척하며 폭로해서 반 아이들 모두가 알게 됐어.

내 탓에 모토야가 토하다니 가슴이 아프더라. 쉬는 시간에 책을 읽고 있으면 그 책 재미있느냐고 말도 걸어주고 나를 해리포터의 세계로 이끌어준 모토야를 조금, 아니 첫사랑이라고 해도 될 만큼 좋아했거든.

자리를 정할 때 앞뒤로 앉은 것도 기뻤는데.

결국 생리대는 수업 시작종이 울리기 직전에 미노리가 "반장, 어떻게 좀 해봐." 하고 심술궂은 표정으로 소리를 질러서 내가 처리했지만……

아키코, 난 어쩜 이렇게 멍청할까. 그건 정말로 내 것이 아니었을지도 몰라. 미노리는 단순히 모두의 앞에서 내게 역겨운 물건을 처리시키고 싶었을 뿐일 수도 있는데, 내가 엉뚱하게 지레짐작한 건지도 모르지. 왜 당장 네게 편지를 쓰지 않았을까. 그랬다면 지금 내 상황은 달라졌을지도 모르는데.

하지만 그것도 뒷북이야. 난 그 생리대가 내 것이라고 믿었어.

쓰레기통에 버린 물건이 남들 앞에 공개된다. 그걸 막으려면 어떻게 해야 할까? 쓰레기통에 버리지 않으면 돼. 그럼 어디에 버리지? 난 다음 날부터 사용한 생리대를 비닐봉지에 담은 다음 파우치에 넣어서 집에 가지고 돌아오기로 했어.

그 후로 미노리에게 괴롭힘을 당한 적은 없었지만······.

다음 달에 또 생리가 시작됐어. 지난달 일이 생각나서 진절머리밖에 안 나더라. 체육이나 음악처럼 교실을 이동해야 하는 수업 전에는 화장실에 가지 않기로 했어. 그랬더니 이번에는 체육 시간 후에 갈아입을 옷을 넣어둔 가방에서 파우치가 사라졌더라고. 주변을 찾아봤지만 어디에도 없었어. 애가 탔지만 사용한 생리대를 아직 파우치에 넣어두지 않아서 안심했어.

다행히 주머니가 달린 손수건에도 생리대를 넣어놔서 교실에 돌아오고 나서 화장실에 갔지. 그럴 때 정도는 사용한 생리대를 쓰레기통에 버렸으면 좋았을걸. 하지만 그때 난 오늘 목표물이 됐다 싶어 방어 자세였어. 쓰레기통에 버리면 안 된다는 생각으로 포장지에 넣은 후 평소보다 더 많이 휴지로 둘둘 말고, 찝찝하기는 했지만 그걸 손수건으로 감싸서 스커트 호주머니에 넣었지. 그리고 종이 울리기 직전에 교실로 돌아왔어.

장맛비가 며칠이나 내려 무덥고 눅눅한 날이었어. 교복이 젖은 것도 아닌데 반 아이들의 교복에서 김이 물씬 피어오르는 것 같았지. 체육 시간이 끝나고 배가 고픈 사람이 쉬는 시간에 도시락을 까먹었는지 소스를 뿌린 햄커틀릿 냄새가 온 교실에 감돌았어.

오하라 선생님이 필기하는 학생들을 둘러보며 점심시간까지 못 기다린 녀석이 누구냐고 웃으면서 말했어. 아이들도 샤프펜슬을 쥔 채 고개를 들고 코를 킁킁거리며 햄커틀릿을 먹고 싶다느니 어쩌니 수군거렸지.

그렇게 대부분의 학생이 냄새에 민감해진 가운데 제일 먼저 인상을 찡그린 건 나였을까, 내 주변에 있는 아이였을까. 하지만 제일 빨리 반응한 건 모토야였어. 입을 막고 일어섰지만 결국 그 자리에서 토하고 말았지.

모토야는 그대로 교실에서 뛰쳐나갔어.

오하라 선생님이 모토야를 쫓아갔지.

무슨 냄새인지 여학생은 알았을 거야. 남학생도 지난달의 그 사건이 떠올라서 상상이 갔을 테고. 모토야는 어쩌면 냄새에만 반응한 게 아니라 냄새 때문에 사용한 생리대가 생각나서 속이 안 좋아졌는지도 모르겠어.

내가 사용해서 더러워진 생리대 말이야. 그렇지만 지금 감돌고 있는 냄새의 원인도 나였어.

"반장, 해결 좀 해."

미노리가 짜증을 내도 이번만큼은 내 탓이니까 군말 없이 모토야가 토한 걸 치우려고 교실 뒤편에 있는 청소 도구함으로 걸어갔어. 미노리 옆을 지나칠 때였지.

"어, 이 냄새 아키코한테서 나지 않아? 제대로 갈았어?"

남학생들에게도 들릴 만큼 크게 말하더라. 정말 나한테서 냄새가 나더라도 이런 말이 금방 나온다는 건 미노리가 파우치를 훔쳤다는 증거야. 왜 같은 여자끼리, 자기도 생리는 할 테고 속

옷이나 교복을 버릴 때가 있을지도 모르는데 이런 짓을 할 수 있는 걸까.

"갈았어. 주머니에도 따로 넣어뒀으니까."

미노리가 파우치를 훔쳤다는 걸 전제로 대꾸했지. 하지만 말하지 않는 편이 나았어. 잠자코 걸레를 가지러 갔다면 냄새의 원인은 자신들이 예상한 대로라고 납득하고 넘어갔을 텐데.

"그럼 왜 이렇게 냄새가 나는데? 체취? 그러고 보니 아키코는 입 냄새도 지독하잖아. 자꾸 입으로 하아하아 숨을 쉬니까 시끄럽고 이상한 냄새도 나서 가까이 오는 게 싫더라니. 하긴 모토야도 토할 만하지. 걔 얼마나 깔끔을 떠는데. 특히 냄새에는 민감하다고 들었어. 누가 자리를 바꿔주면 좋을 텐데."

마지막 말에 내 자리 주변에 앉은 아이들이 인상을 찡그렸어. 반 아이들이 교탁에 놓인 생리대를 볼 때와 똑같은 시선을 내게 퍼부었지.

그걸 견디지 못하고 나도 교실을 뛰쳐나갔어.

몇 번이나 이를 닦고 욕조에 들어가 피부가 벗겨질 만큼 몸을 씻고, 다음 날 용기를 내서 등교했어. 내 자리는 원래 한복판 앞쪽이었는데 베란다 쪽 창가의 제일 뒷자리로 바뀌었어. 그것도 앞자리하고 2미터는 띄워놨더라.

하는 수 없이 거기 앉아 있자니 미노리가 등교했어.

"어쩐지 교실에서 냄새나지 않아?"

미노리가 얼굴 앞에다 대고 손을 내저으며 말하자 부하들이 웃음을 터뜨렸어. 나는 아무것도 보이지도, 들리지도 않는 척 자리에서 일어나 고바짱에게 갔지. 결코 도움을 요청하려던 건 아니야. 문예부에서 내준 과제의 기한이 가까워져서 그 이야기를 할 생각이었어.

그런데 고바짱은 내가 한 발짝 다가서자 한 발짝 뒷걸음쳤어. 한 발짝, 또 한 발짝, 엉덩이가 책상에 닿자 막다른 곳에 몰린 것처럼 얼굴을 찡그렸지. 나는 고바짱에게 볼일이 있는 게 아니라는 듯 눈을 휙 돌리고 부리나케 교실 앞쪽으로 가서 칠판에 당번을 바꿔 적었어. 반장이 할 일이야.

홈룸 시간이 시작되자 오하라 선생님은 내 자리가 이상하다는 걸 알아차렸으면서 아무 말도 하지 않더라. 그저 모토야는 결석이라고 알렸어.

"불쌍해라. 교실에서 냄새가 나서 못 오는 거 아니야?"

미노리가 모두에게 들리도록 큰 소리로 말했는데도 선생님은 주의를 주지 않았어. 오히려 홈룸 시간이 끝나고 나를 교무실로 불렀지.

저기, 아키코. 나는 단숨에 오하라 선생님한테 절망했어. 이런 사람이 교사인가 싶어 어처구니가 없었고 슬프기도 했지. 아니, 확실하게 말할게.

도움이 안 되겠다고 생각했어.

오하라 선생님은 내게 약국의 종이봉투를 내밀었어.

"모토야가 학교에 올 수 있도록 협력 좀 해주렴."

종이봉투에는 탈취 스프레이와 입 냄새용 치약 등 치주질환을 앓는 아저씨가 쓸 법한 물건이 들어 있었어. 나는 그걸 선생님에게 도로 밀어내고 싶었지. 장난치는 거냐고 고함을 빽 지르고 싶었어. 하지만 손도 움직이지 않고 목소리도 안 나오더라고.

펑펑 쏟아질 것 같은 눈물을 선생님에게도, 반 아이들에게도 보이기 싫어서 숨을 참고 교무실을 뛰쳐나갔어. 쫓아오는 선생님은 아무도 없었지. 작년에 담임이었던 오구라 선생님도 근처에 있었는데 말이야. 교실에 도착하자 쏜살같이 가방을 낚아채 뒤도 돌아보지 않고 달려 나와서 그대로 집에 갔어.

나한테서 냄새가 난다고 욕을 먹는 게 전부라면 못 들은 척하고 마음을 죽인 채, 오히려 악착같이 매일 학교에 갔을지도 몰라. 하지만 내가 교실에 있는 탓에 학교에 못 오는 아이가 있다면 이야기는 달라지지. 모토야는 분명 내가 탈취 스프레이 용액을 머리부터 뒤집어쓰고 등교해도 고약한 냄새가 난다고 느끼고 구역질을 하지 않을까.

아니, 내게서는 정말로 냄새가 나는지도 몰라. 자기 냄새는 자기가 제일 모른다고 텔레비전에 본 것도 같아. 그러니 오하라 선생님도 내게 이런 물건을 준 거겠지.

내 몸에서는 지독한 냄새가 나…….

그렇게 해서 방에 틀어박힌 내게 신경을 써주는 사람은 없었어. 집도 서서히 엉망이 되기 시작했거든.

레스토랑 'HAYASAKA'에 대한 비방은 인터넷뿐만 아니라 동네 사람들 사이에도 퍼져나갔어. 레스토랑에 대해서만이 아니야. 나도 몰랐는데 하야사카 씨가 고등학생 때 상해 사건을 일으켜 일 년간 소년원에 있었다는 사실이 알려지고 말았지. 그러고 나서 자기도 피해를 당했다는 옛날 동창생이 마치 폭력단을 동네에서 몰아내자는 듯 퇴거 서명까지 받기 시작했대.

컴퓨터도 휴대전화도 없이 집에 틀어박혀 있는 내가 그런 정보를 어떻게 얻었느냐고? 6월을 끝으로 낮 영업을 중지하고 밤에만 단골 예약객을 받기로 결정한 후, 낮에 어슴푸레한 레스토랑에서 하야사카 씨와 스야마 씨가 고급 와인을 벌컥벌컥 마시며 불평을 늘어놓는 소리가 2층 내 방까지 들렸으니까.

목소리를 높이는 건 주로 스야마 씨였어.

"왜 옛날 일까지 끄집어내서 트집을 잡는 거야? 소년원을 다녀와서 성실하게 일하며 살고 있잖아. '가르니에'의 설거지 담당도 여기저기 널린 패밀리 레스토랑의 설거지 담당과는 차원이 다르다고. 접시를 닦으면서 배우는 거잖아. 빵이 쉬었다느니, 잔반을 재활용하는 것 아니냐느니. 말도 안 되는 글이나 올리고 말이야. 그게 바로 '가르니에'에서 담그는 천연 효모의 맛이고, 똑같은 맛을 내려고 일부러 프랑스산 포도를 주문해서 만드는 줄도 모르면서. 프랑스에 가서도 그딴 소리를 할 수 있겠냐, 이 등신들아."

스야마 씨의 말에는 나도 공감해서 하야사카 씨를 동정했지만 미노리의 얼굴이 떠오른 순간 마음이 달라졌어.

저어, 아키코. 네가 서른 살이라면 미노리도 동갑이겠지? 만약 미노리가 사회적으로 성공했다면 넌 축복할 수 있겠니?

하야사카 씨는 분명 자신이 해코지한 사람들에게 사과하지 않았을 거야. 소년원에 들어가는 게 사죄는 아니지. 거기서 마음을 고쳐먹고 사회에 돌아왔더라도 피해자의 앙금이 가시는 건 아니거든.

하야사카 씨는 나를 보면 다정하게 대해주지만 없을 때까지 마음을 써주는 사람은 아니야. 맛있는 초콜릿을 가지고 돌아와서(파친코 경품이지만) 눈앞에 내가 있으면 주지만, 방에 있는 나를 불러서까지 주지는 않지. 남겨놓지도 않아. 그런 느낌이야.

그래서 보이지 않을 때는 내가 학교에 갔는지, 집을 나갔는지, 아침을 먹었는지, 방에 틀어박혀 있는지 전혀 신경 쓰지 않을걸.

엄마는…… 일하러 다녀. 레스토랑이 자꾸 적자가 나서 일하러 나가지 않으면 대출금을 갚을 수 없기 때문이겠지만, 그런 것 때문에 엄마한테 부담을 끼치다니 파파에게 뭐라고 할 말이 없네.

엄마는 방문 간병인 일을 해.

스야마 씨는 인재 파견 회사에 등록해서 단기간 근로를 하러 나간다고 하고. 태양광 패널을 기막히게 조립한다고 자랑한 적도 있었어. 확실히 레스토랑 영업을 준비하는 모습 등을 보면 손재주가 좋은 것 같아. 엄지손가락이 한 마디 없지만 냅킨을 장미나 수련 같은 꽃 모양으로 접는 실력은 아주 뛰어나지.

스야마 씨가 등록한 회사에 엄마도 등록해서 이번 일을 소개받았어. 엄마는 요양보호사 자격증이 없지만 자격증이 있는 사람의 보조로 동네 노인들 집을 하루에 몇 군데 돌아다녀.

엄마는 일절 불평을 늘어놓지 않지만 체력을 쓰는 일인지 자주 허리를 아픈 듯이 눌러. 그런데도 하야사카 씨는 저녁에 예약

이 없을 때면 아침부터 차를 타고 파친코 게임장이나 경마장에
놀러나 다녀서 나는 치밀어 오르는 분노를 어떻게 분출해야 할
지 모를 지경이야.

그래 봤자 두 사람이 나가고 없는 틈에 욕실과 화장실을 반짝
반짝 닦아놓는 게 고작이지.

모토야가 등교를 하는지 어떤지는 모르겠지만 담임한테서는
나한테 보건실 등교*를 권하는 편지가 온 게 전부야. 무시하는
사이에 여름방학이 시작됐지.

이제 엄마와 하야사카 씨가 집에 있을 때도 당당하게 집 안을
돌아다닐 수 있고 낮에도 외출할 수 있어. 그렇지만 밖에 나가기
가 무섭더라. 상상만 해도 가슴이 쿵쿵 뛰고 숨이 가빠질 정도로.

악취를 사방에 뿌리는 게 아닐까. 낯선 사람들까지 인상을 찡
그리며 피하지는 않을까.

하지만 그저 집 안에 가만히 있는 은둔형외톨이는 되고 싶지
않았어. 그거야말로 미노리에게 패배를 선언함과 동시에 나 자
신에게도 지는 셈이고, 무엇보다도 파파가 슬퍼할 테니까.

학교에 다니는 아이들보다 더 공부하겠다는 각오로 1학기 동
안 받은 학습장을 닥치는 대로 풀었지. 물론 학교 성적은 그럭저
럭 괜찮았지만, 교과서만 읽고 다 이해할 수 있을 만큼 머리가
좋지는 않아. 이과 과목에서는 모르는 문제가 수두룩하게 나왔
지.

---

* 학생이 등교는 하지만 교실이 아니라 보건실에서 지내는 것을 가리킨다.

파파가 있다면 가르쳐줬을 텐데…… 손을 멈출 때마다 떠오르던 파파의 얼굴은, 손을 움직이고 있어도 머릿속에 남아 사라지지 않았어.

보고 싶어, 보고 싶어, 보고 싶어. 그렇게 간절히 바라던 무렵이야.

엄마도 하야사카 씨도 외출하고 없어서 거실의 텔레비전을 켜자 잘 아는 시설의 이름이 나와서 놀랐어. 마치 내게 알려주기라도 하려는 것처럼 타이밍이 딱 맞았지.

전국적으로 수목장 사업을 펼치고 있는 상조회사 '린'이 도산했고, 사장은 종적을 감추었다고 아나운서가 말했어. 텔레비전 화면에 간토 지방에 있는 공동묘지가 나왔는데, 홀 등의 구조가 파파의 나무를 심은 곳과 똑같아서 미친 듯이 뛰는 가슴을 누르며 텔레비전에 바싹 다가앉았지.

피해를 당했다는 사람이 인터뷰를 하면서 돌아가신 어머니가 모독당한 기분입니다, 하고 눈물을 흘렸어.

파파는? 파파의 나무는? 외출을 무서워할 때가 아니었어. 이를 세 번 닦고 얼굴과 손을 비누로 꼼꼼히 씻은 후 집을 나섰지. 햇빛을 받으니 장마가 끝나고 이미 한여름이 왔음을 알겠더라.

나 혼자 공동묘지까지 가려면 전철과 버스를 갈아타야 해. 역으로 걸어가는 도중에 등과 겨드랑이에 땀이 흐르는 걸 느꼈지. 이것도 냄새의 원인이야. 제일 가까운 편의점에서 비누 향 땀 억제제와 장미 향 액체 샤워 코롱을 샀어. 설거지 비용으로 주는 용돈은 두 달이나 못 받았지만, 그 전까지는 하야사카 씨가 한 달에 만 엔이나 줘서 저금은 꽤 많았거든.

역 화장실에서 온몸에 땀 억제제를 뿌리고 목과 팔 등 노출된 부분 전체에 샤워 코롱을 바르고 나서 전철을 탔어. 전철은 그럭저럭 붐벼서 몇 명은 서 있었지만 내 양옆 자리에는 아무도 앉지 않더라. 앞에 서는 사람도 없고. 마치 내가 반경 1미터 크기로 방어막이라도 친 것처럼.

버스에서는 안 앉았어. 하지만 아기 띠를 하고 내 앞에 앉아 있던 아기 엄마가 얼굴을 찌푸렸어. 그러자 아기까지 엉엉 울음을 터뜨려서 자리를 이동했지만, 좁은 버스 안 어디에 서 있으면 좋을지 몰라 우왕좌왕하다가 버스에서 내리자마자 정류장 간판 옆 풀숲에 토했지. 거기서도 악취가 피어올라 손수건으로 입을 막고 도망치듯이 공동묘지로 이어지는 오르막길을 뛰어올랐어.

뉴스에서 보도해서인지 지금까지 본 적도 없을 만큼 많은 사람들이 공동묘지에 몰려왔더라.

지난번에 여기 온 건 일 년 전 오본 때였어. 하야사카 씨가 차를 태워줘서 엄마와 함께 셋이서 파파한테 성묘를 하러 왔지. 하야사카 씨는 수목장이 마음에 들었는지 "너희 아버지, 센스쟁인데." 하고 내게 칭찬해 줬어. 심었을 때는 나와 키가 비슷했던 파파의 포플러 나무는 그 무렵보다 키가 15센티미터 자란 나를 앞질러서 딱 파파 정도 키였지. 그런데······.

파파의 나무는 시들었는지 줄기가 부옇게 마르고 껍질이 일어났더라고. 내 키만 한 위치에 뻗은 가지 한복판에는 벌집이 달려 있었는데, 그것조차 바싹 말라서 나무 전체에 폐허 같은 분위기가 풍겼지.

　사무소가 있는 홀은 입구가 잠긴 데다 판자까지 못으로 박아 놨더라. 묘지 공간은 넋이 나간 사람, 화를 내는 사람, 주변 사람과 뭔가 상의하는 사람 등으로 가득했지만 이 중에서 제일 불행한 사람은 나였을 거야.

　관리자가 없어졌다고는 하나 나무는 남아 있으니까. 시들어버린 건 파파의 나무뿐이었어. 그렇다면 관리자의 책임은 아니야. 다들 일 년에 한 번이 아니라 자주 찾아와서 나무를 돌봤는지도 몰라. 작년은 여름에 비가 내리지 않았고 가을에는 계절에 맞지 않게 대형 태풍이 이 지역을 통과했지. 겨울에는 몇십 년 만의 한파가 찾아왔고 웬일로 눈이 10센티미터도 넘게 쌓였어. 파파는 매일같이 생각하면서 왜 나무는 까맣게 잊고 지냈을까.

　피해자 모임을 만들자는 목소리도 들렸지만 나는 주변 어른들 누구에게도 말을 걸지 못했어. 나무도 제대로 관리하지 못하는 유족한테 피해자 자격이 어디 있냐. 그렇게 화낼까 봐 무서웠거든.

　파파는 두 번 죽었어. 두 번째는 내가 죽인 거야. 그렇게 생각한 순간 눈물이 왈칵 솟아오르는 동시에 목소리까지 터져 나와 엉엉 울었어. 다른 사람들이 보거나 말거나. 하지만 내게 말을 걸어주는 사람은 없더라. 하물며 다정하게 다가와 등을 문질러줄 사람이 있을 리가. 고독해, 고독해. 내게는 몸을 기댈 나무조차 없어.

　그래도 나무에 대해서는 누군가에게 상담하는 편이 낫겠다 싶었지. 나무 밑에는 흙에 섞였다고는 하나 파파의 유골이 묻혀 있으니까.

다행히 돌아올 때는 버스에 사람이 별로 없어서, 나는 앞뒤 좌우로 아무도 없는 자리에 앉아 창밖을 멍하니 바라보며 나무를 심은 날을 떠올렸어.

그때는 하야시 선생님이 있었지. 만난 시기와도 관련이 있겠지만 엄마는 왜 하야시 선생님은 딱하게 느껴질 만큼 거부했으면서, 하야사카 씨는 대번에 받아들였을까. 한 지붕 아래 살면서 눈치챘는데 엄마는 하야사카 씨와 함께 있을 때 그렇게 즐거워 보이지 않아. 인형으로 변해 멍하니 지내기는커녕 컨디션이 안 좋을 때도 긴장한다고 할까, 딱딱한 유리 세공품 같은 표정으로 인간 상태를 유지하며 애쓰고 있는 것처럼 느껴지는 건 내 기분 탓일까.

새삼스럽지만 이럴 때는 하야시 선생님이 더 의지가 되지 않을까 싶어. 하기야 그런 생각을 해본들 무슨 소용이겠어. 하야시 선생님의 소식은 내가 중학생이 된 무렵부터 전혀 못 들었어.

내가 의지할 수 있는 어른은 사장님 부부뿐이야. 전화 정도는 하는 편이 좋았을지도 모르지만, 역에 도착하자 마침 회사 쪽으로 향하는 버스가 로터리에 들어오길래 냉큼 버스에 올라탔지. 시간대를 잘 맞췄는지 이 버스도 그렇게 혼잡하지 않았어.

저녁 시간이 되기 조금 전에 회사에 도착했지. 사무소를 들여다보자 늘 거기 있던 부인은 없고, 젊은 여자가 컴퓨터 앞에 앉아 뭔가 조작하고 있었어. 난 그 사람을 몰랐지만 그 사람은 날

보자마자 누구인지 알아차린 모양이야. 사에키 씨의 따님이라고 불렀으니 파파의 장례식에 온 사람일지도 모르겠네.

기노시타(木下)라고 적힌 명찰을 보자 오늘 볼일에 딱 들어맞는 사람이구나 싶어 약간 우스웠던 것도 잠깐, 내게 차가운 보리차를 갖다준 기노시타 씨가 사장님도, 사장님 부인도 회사에 안 계신다고 알려줬어. 부인은 작년에 뇌질환으로 쓰러진 후 거동이 불편해졌고, 사장님은 그런 부인 옆에 꼭 붙어서 간병을 하고 있다나 봐. 이 회사도 언제까지 버틸지 모른다고 기노시타 씨는 마지막에 한숨을 섞어 말한 후 어린아이 앞에서 이런 소리를 하다니 미안하다고 사과했어.

도저히 파파의 나무에 대해 상담할 상황이 아니더라고. 문득 다른 일이 머리를 스쳤어.

"아빠 물건을 정리할 때 플로피디스크가 나왔는데, 회사 물건일까요?"

"글쎄. 중요한 플로피디스크가 없다고 난리가 난 적은 없지만 회사 물건이 아니라고 단정은 못 하겠네. 뭐가 들어 있는지는 안 봤니?"

"아빠가 집에서 쓰던 노트북에는 플로피디스크 투입구가 없어서 못 봤어요."

"그럼 플로피디스크만 집에 가지고 가도 쓸 수가 없었을 테니 회사 물건은 아닐지도 모르겠네. 하지만 혹시나 모르니까 일단 잘 보관해 두렴."

뭔가 용건다운 이야기를 하고 나자 마음이 놓였어. 사장님한테 무슨 말을 전해줄까 물어보기라도 하면 난감하잖아. 기노시타 씨에게 고맙다고 인사하고 사무소를 뒤로하려고 했을 때였어.

"앗. 저기, 사에키."

기노시타 씨가 부르길래 나는 발걸음을 멈추고 돌아봤지.

"네?"

"어, 아무것도 아니야. 조심해서 돌아가렴."

이제 와서 하는 말인데, 내게 악취가 난다고 주의를 줄 생각이었다면 차라리 확실히 말해주지 그랬나 싶어. 세면실을 빌려 잠깐 입 안을 헹구고 손과 팔을 씻어본들 달라질 건 없었겠지만.

상식이 있는 사람은 남의 냄새에 대해 언급해서는 안 된다는 걸 알아. 하지만 그게 꼭 선의에서 비롯된 행동이라고는 할 수 없어.

아무것도 해결되지 않았어. 그리고 예상 이상으로 나를 피하는 사람들이 많았고. 아마 집에 돌아가자마자 평생 밖에 나가기 싫은 기분이 들겠지. 아니, 마음을 지키기 위해 몸에 무슨 반응이 나타날 것 같아. 두드러기가 난다든가, 호흡에 문제가 생긴다든가.

그 전에 밖에서 해야 할 일은 없을까.

나는 도서관에 가기로 했어. 사람이 없지는 않겠지만 이왕 미움받은 김에. 공동묘지에 관해서는 아침 정보 방송에서 본 내용밖에 몰라. 회사에서 버스를 타고 역으로 돌아와 걸어서 시립도서관에 갔지. 그날 신문을 신문사별로 전부 읽었지만 죄다 비슷한 내용이라 텔레비전에서 본 것 이상의 정보는 못 얻었어.

도서관에는 컴퓨터도 있었어. 카운터에서 이름과 연락처를 기입하면 30분간 자유로이 사용할 수 있지. 바로 신청해서 비어 있는 컴퓨터 앞에 앉았어.

공동묘지 이름을 검색하자 언론사 기사와는 별개로 피해자들이 쓴 글도 나왔어. 다른 지역에 있는 '린'의 공동묘지에서는 나무가 대부분 말라 죽은 듯 나무 관리는 공동묘지 측 책임이다, 계약서 내용도 그렇다는 글이 많은 걸 보니 조금 안심되더라. 다만 앞으로 어떻게 할지 구체적인 전망은 눈에 띄지 않았어. 앞으로 뜻있는 피해자들이 힘을 합쳐 작전을 세워나가겠지.

30분은 뜻밖에 길더라. 돈을 낸 건 아니니까 볼일을 다 봤으면 가면 그만인데, 시간을 꽉 채우지 않으려니 아까운 기분이 들더라고. 머릿속에서는 이미 경보기가 빨간색 불빛을 회전시키며 큰 소리를 울리고 있었어.

그만둬, 아키코. 검색 이력이 남는다고. 너, 주소를 썼잖아. 감이 좋은 사서가 눈치채면 어쩌려고 그래.

경보가 울리는 한편으로 할머니가 해준 이야기가 정말일까 궁금하기도 했어. 원래는 사고인데 과장된 소문을 거쳐 사건으로 변한 것 아닐까. 엄마는 진짜로 살인자일까.

할머니가 사는 도시의 이름, 그리고 '살인사건'만 입력해서 검색했어. 그런데 그야말로 이게 아닐까 싶은 기사가 뜨더라고. 사건이 크게 다루어진 건 피해자 중 한 명이 현 의원이었기 때문이야.

중학교 2학년인 딸이 밤중에 집에 불을 질러 잠든 아버지와 오빠를 살해했어. 오빠는 지역에서 유명한 사립고등학교 2학년. 딸은 아버지와 오빠의 학대를 동기로 암시했지.

난 내가 알고 있는 전국 각지의 시 이름 다음에 '살인사건'이라고 입력해서 차례차례 검색했어. 내용은 거들떠보지도 않았지. 검색 이력을 지우는 방법을 몰라서 내 나름대로 임기응변을 발휘한 거야.

밖으로 나오자 여름 해가 하늘을 빨갛게 물들이며 지고 있었어. 먼 동네에서 불이라도 난 것 같은 하늘을 등지고 집으로 터벅터벅 걸어갔지. 내가 어떤 악취를 풍기고 있을지는 마음에도 두지 않고서.

이날은 아직 끝나지 않았어─.

집에 도착하자 레스토랑 주차장에 다른 지역 번호판을 단 고급 차가 세워져 있더군. 일주일에 한 번 찾아오는 이노카와 씨의 차야. 차 안에서 문고본을 읽던 운전기사와 눈이 마주쳐서 살짝 고개를 숙였어.

이노카와 씨는 전국에 '이노야'라는 고급 호텔을 열 곳도 넘게 가지고 있는 회사의 회장이야. 장소에 따라 '별 이노야', '꽃 이노야'처럼 그 지역에 어울리는 자연을 나타내는 한자 한 글자를 호텔 이름에 붙이지. '숲 이노야'를 만들기 위해 온천도 솟는 기요세 계곡을 살펴보러 왔을 때, 아들의 친구라는 우리 가게 단골 치과의사에게 소개받은 걸 계기로 계속 찾아와 주는 사람이야.

매번 혼자 오지. 부인이 세상을 떠난 지 10년도 넘었는데 프랑스의 '가르니에'는 부인이 아주 좋아하던 가게였다나 봐.

하야사카 씨 말에 따르면 이노카와 회장은 본가가 있는 도쿄에서 자가용 비행기를 타고 여기서 제일 가까운 '이노야' 호텔로 온 후, 호텔 운전기사가 모는 차를 타고 우리 가게로 온대.

우리 레스토랑에서는 원래 테이크아웃이 안 되지만, 이노카와 회장의 제안으로 주차장에서 기다리는 운전기사에게 줄 샌드위치를 만들게 됐어. 한 팩에 5천 엔. 이노카와 회장은 그걸 늘 두 팩 주문하지. 가져다주는 건 주방에 있는 엄마나 나, 대개 내 담당이었어.

오늘 예약이 들어왔나 생각하며 집 뒤로 돌아갔지. 레스토랑 영업 중에는 앞으로 못 들어가. 뒷문에 엄마 신발은 없었어. 만약 아직 돌아오지 않았다면 일을 도우러 가야 해. 일단 엄마가 정말로 없는지 확인하려고 가방만 현관 귀틀에 놓아두고 서둘러 주방으로 향했지.

문을 열고 안을 들여다보려고 세 발짝 들어선 순간이었어. 하야사카 씨의 성난 목소리가 날아들었지.

"어딜 쏘다니다가 이렇게 늦게 들어와! 그나저나 야, 이 냄새는 뭐야. 요리에 배면 어쩌려고!"

바로 도망쳤으면 됐을 텐데 하야사카 씨의 표정과 목소리가 지금까지 본 적도, 들은 적도 없을 만큼 무서워서 다리가 굳어버렸지.

"뭘 우두커니 서 있어. 얼른 나가, 이 멍청한 것아!"

"저어, 죄송⋯⋯."

사과는 제쳐두고 아무튼 빨리 움직여야 했는데.

"야, 귀 없어? 누가 돌부처 아니랄까 봐."

하야사카 씨가 움직이지 않는 내게 한 발짝 다가왔어. 나는 굳어버린 채 기도하듯 깍지를 끼고 몸을 움츠렸지. 그때였어.

"그만하게."

가게 쪽 주방 출입구에 이노카와 씨가 서 있었어. 화난 얼굴은 아니었지만 엄격한 표정이라, 고개를 돌려 그 모습을 확인한 하야사카 씨도 깜짝 놀라 어깨를 움찔했지.

"고함 소리가 홀까지 들리더군. 제자를 야단치는 줄 알았는데 이렇게 어린아이였다니. 심지어 여자아이라니. 딱하게도."

이노카와 씨는 나를 보고 눈초리를 내리더니 괜찮다는 듯이 고개를 끄덕였어.

"죄송합니다."

하야사카 씨는 어물거리는 목소리로 사과했어. 하지만 할 말도 있는 모양이더라.

"이노카와 님께 드릴 요리에⋯⋯."

"변명은 됐네. 하야사카 군, '가르니에'에서 실력을 닦은 자네의 요리는 최고야. 그런 실력을 이런 시골에서 썩히기가 아까워서 내후년 봄에 오픈할 우리 호텔 첫 해외 지점인 싱가포르 지점의 요리장을 부탁하려던 참이었지."

"감사합니다!"

하야사카 씨는 전기라도 통한 것처럼 등을 쭉 폈다가 그대로 허리를 90도 이상 구부려 인사했어. 눈이 반짝반짝 빛나고 기쁨을 숨기지 못하는 표정이었어.

"하지만."

회장의 그 한마디를 듣고 하야사카 씨의 얼굴이 굳어졌지. 나도 좋지 않은 이야기가 시작될 낌새에 침을 삼켰어.

"어린 여자아이가 향수를 좀 많이 뿌렸기로서니 그렇게 고함을 버럭버럭 질러서야 쓰나."

향수…… 샤워 코롱이야. 나는 손등을 코에 댔어. 땀내와 섞인 진한 샤워 코롱 냄새에 구역질이 날 것 같아 허둥지둥 옷자락에 손을 문질렀지. 하지만 이노카와 씨도 하야사카 씨도 나를 보고 있지 않았어.

"그 정도 일로 화를 낸다면 수많은 요리사를 거느리는 주방은 도저히 맡길 수 없겠군. 자네는 요리 실력은 있지만 인간으로서 그릇이 작아. 주방의 분위기는 저절로 손님 자리까지 흘러나오는 법이지. 난 아내를 잃은 후에도 업무차 프랑스를 방문할 때면 '가르니에'에 들렀어. 괜히 쓸쓸하지 않을까 걱정했지만 완전히 기우였지. 가게에는 따뜻한 분위기가 흘렀고, 다른 테이블에서 들리는 부드러운 웃음소리가 최고의 배경음악으로 다가와 행복한 기분으로 식사를 했다네. 그때 알아차렸어. '가르니에'가 전 세계 사람들에게 사랑받는 이유를. 자네는 설거지뿐만 아니라 웨이터 일도 도와보는 게 나았을지도 모르겠군."

하야사카 씨는 두 주먹을 꽉 움켜쥐고 있었어. 그 손이, 아니 몸 전체가 바르르 떨리는 걸 조금 떨어진 곳에 서 있는 나도 똑똑히 알 정도였지. 저러다 이노카와 씨에게 덤벼드는 게 아닐까 겁이 났지만…….

하야사카 씨는 주방 바닥에 털썩 무릎을 꿇었어. 그리고 바닥에 이마가 닿을 만큼 머리를 조아렸지.

"정말 죄송합니다. 오늘 요리는 처음부터 다시 만들 테니 한 번만 더 기회를 주십시오."

하야사카 씨의 등을 보고 있자니 나도 그 뒤나 옆에서 머리를 숙여야만 할 것 같은 기분이 들더라. 제 탓이에요. 제 냄새 탓이에요. 그런 마음을 먹었다면 사과하면 됐겠지. 그렇지만 겁쟁이인 나는 결국 우두커니 선 채 불쌍한 아이의 얼굴로 두 사람을 번갈아 바라볼 뿐이었어.

"기회 앞에 한 번만 더는 없어. 식사는 됐네. 오늘은 이만 돌아가지."

이노카와 씨는 블레이저 호주머니에서 지갑을 꺼내 만 엔짜리 다발을 가까운 받침대 위에 내려놓았어.

"계산은 됐습니다."

머리를 조아리고 있던 하야사카 씨가 고개만 들고 말했어.

"오늘 식사비가 아니야. 지금까지 고마웠다는 마음을 표현하는 거지. 그쪽 아가씨한테 말이야. 우리 운전기사에게 늘 예의 바르게 인사해 줘서 고맙구나. 네가 추천해 준 책이 마음에 쏙 드는 모양이야. 나도 다음에 읽어봐야겠어."

이노카와 씨는 내게 웃음을 짓고 주방에서 등을 돌렸어. 꿇어 앉아 있던 하야사카 씨는 다리를 펴고 비틀비틀 일어났지만 쫓아가지는 않았지. 나도 멍하니 서 있을 뿐이었고.

가게 출입구에 매달린 종이 울리고 차가 출발하는 소리가 들리기까지 나도, 하야사카 씨도 가위에 눌린 것처럼 똑같은 자세로 가만히 있었어. 고작 1, 2분. 주방 벽시계의 초침 소리가 이렇게 컸었나.

뭔가 무시무시한 일이 시작되는 걸 알리는 카운트다운같이……

옆구리에 충격을 받았어. 하야사카 씨의 발끝이 푹 파고든 거야. 아파서 등을 웅크리기 전에 주먹이 뺨으로 날아왔지. 그대로 딱딱한 바닥에 쓰러지자 이번에는 옆구리, 등, 배, 등…… 그 이상은 어디를 걷어차였는지 모르겠더라. 충격을 받을 때마다 몸속에서 그 부분이 폭발해 온몸에 통증이 번져나가는 것 같았어. 입안에는 쇠 맛이 번졌고 소리도 못 질렀지.

하야사카 씨가 뭐라고 말한 것 같아. 화내는 소리, 나를 욕하는 소리였겠지. 하지만 전혀 못 알아들었어. 말을 알아듣기는커녕 어떤 표정을 짓고 있었는지도 모르겠는걸. 보이지 않은 걸까, 기억을 못 하는 걸까. 내가 기억을 못 한다고?

옆으로 쓰러진 채 신발을 신은 발로 머리를 짓밟혔어. 귀가 떨어져 나간 줄 알았지. 의식이 서서히 멀어졌어. 한 방 더 맞았으면 정신을 잃었을지도 모르지만 그게 끝이었어.

하야사카 씨는 정리도 하지 않고 주거 공간으로 갔어. 주거 공간에도 부엌이 따로 있으니까 주방 물건에는 설령 물이라도 손을 대지 말라고 단단히 주의를 받았지만, 지금 부엌에 가면 하야사카 씨와 마주칠 것 같았지. 난 조리대를 잡고 천천히 몸을 일으킨 후 엉금엉금 싱크대까지 기어가서 수돗물을 틀었어.

입 안을 씻고 싶었거든. 양손으로 수돗물을 받아 입에 머금었지. 목이 콱 메어서 입도 헹구지 못하고 물을 전부 뱉어버린 건, 찢어진 뺨 안쪽에 물이 스민 탓일까, 악취 때문이었을까. 그런 생각을 할 기운은 어디에도 없었어.

뒷문이 여닫히는 소리가 들렸어. 엄마가 돌아왔구나 싶어 그 자리에 주저앉았지. 이런 모습은 보여주고 싶지 않았지만, 잠시 후에 밖에서 붕, 부웅, 하고 엔진 소리가 들려 하야사카 씨가 나갔다는 걸 알았어. 하야사카 씨의 몹시 기다란 차는 이곳저곳을 개조했는지 소리만 듣고도 그 차라는 걸 알 수 있거든.

나는 깊이 숨을 내쉰 후 몸에 남은 힘을 몽땅 쥐어 짜내 일어서서 주거 공간 2층에 있는 내 방으로 향했어. 침대에 쓰러진 직후에 또 문이 열리는 소리가 들렸지만, 마치 저 멀리 다른 집에서 난 것처럼 그 소리도, 자명종 초침 소리도, 모래시계의 마지막 모래 한 알이 떨어질 때처럼 스윽 사라졌고, 내 의식도 뚝 끊겼어.

저기, 아키코. 네 인생에서 하루가 이렇게 길었던 적이 또 있니?

다음 날 아침, 아니 낮이 지나 뺨이 타오르는 것처럼 뜨끔뜨끔 아파서 눈을 뜨자 방문 옆에 가방이 놓여 있었어. 내가 뒷문 현관 귀틀에 내팽개쳐 둔 거야. 밖으로 내민 창문에 놓아둔 작은 거울에 얼굴을 비춰 본 순간, 비명이 헉 새어 나올 뻔했지. 왼쪽 눈 옆에서 광대뼈까지 진한 보라색으로 부었지 뭐야.

엄마에게 들켰을까. 불안한 건 그거였어. 가방을 한밤중에 가져다 놓기를 빌었지.

집 안은 조용했어. 귀에 잠시 신경을 집중시켰지만 내 방 시계 소리밖에 안 들리더라. 머뭇머뭇 문을 열어봐도 마찬가지였어. 엄마도 하야사카 씨도 없었지. 엄마는 일하러 나갔다 치고 하야사카 씨는 어젯밤에 돌아오기는 했을까. 그냥 잠깐 편의점에 갔을 가능성도 있지만.

소리가 날세라 재빨리 욕실로 향했어. 윗몸 전체가 비치는 거울 속에 털 없는 홀스타인 젖소의 보라색 품종 같은 추한 생물이 있더라. 그 생물에게서 눈을 돌리고 샤워기로 뜨거운 물을 제일 세게 틀었어. 뜨거움과 통증이 반반 섞인 신음 소리를 내고 물 온도를 낮췄지.

샴푸 펌프를 열 번 눌러서 머리 감기를 세 번 되풀이한 후, 보디 워시를 제대로 거품도 내지 않고 연고 바르듯 몸 전체에 문질렀어. 세안 크림도 마찬가지. 그것들을 다시 온도를 높인 샤워기 물로 단숨에 씻어낸 후, 목욕 수건을 머리부터 뒤집어쓰고 채소 껍질을 벗기듯 벅벅 문지르면서 발끝까지 닦았지.

세탁한 속옷과 잠옷용 티셔츠랑 반바지를 입고 부엌으로 달려갔어. 채소주스 팩과 식빵 세 개가 남아 있는 식빵 봉지를 들고 내 방으로 돌아왔지. 문을 닫고 숨을 푹 내쉬었어. 기껏 샤워를 했는데 벌써 땀이 나더라. 하지만 방에 에어컨은 틀어져 있었어. 이것도 엄마가 켜준 걸까 생각하며 뺨에 손을 댔지. 부디 밤 중이었기를 다시 빌면서.

배는 안 고팠어. 주스보다 물을 가지고 올 걸 그랬다고 후회했지. 하지만 이걸로 일단 내일 아침까지는 방에서 버틸 수 있어. 화장실 갈 때만 조심하면 엄마와도 하야사카 씨와도 마주칠 일 없어.

그렇게 안도하며 채소주스 팩을 입에 대고 세 모금 정도 마신 후(역시 상처가 쓰리더라) 침대에 드러누워 눈을 감았지. 아, 아무 데도 못 가겠네. 원래 오늘부터 집에 틀어박힐 작정 아니었어? 머릿속에서 다른 사람들이 이야기하는 소리를 멍하니 듣고 있는 듯한 감각에 사로잡힌 채 깊은 잠에 빠졌지.

잠에서 깼을 때 내일이면 좋겠다…….

최악일 때는 그런 조그마한 소원조차 이루어지지 않지.

머리털을 붙잡힌 채 따귀를 맞아 눈을 떴어. 몇 시인지 몰랐지만 차광 기능이 없는 커튼을 친 방은 캄캄했어. 무슨 일인지 제대로 파악하지 못해 얼떨떨해하고 있자니 배 위에 묵직한 체중이 실렸어. 하야사카 씨가 내 몸 위에 올라탄 채 나를 내려다보고 있었지. 거친 숨결에서 술 냄새가 났어. 그저 무서워서 목소리도 안 나오더라고. 그런데 갑자기 티셔츠가 내 얼굴을 덮을 듯 위로 젖혀졌어. 퉤, 하고 침을 뱉는 소리와 함께 두 가슴 사이로 축축한 게 날아왔지.

"쳇, 돌부처라도 젖탱이가 크면 귀엽기나 할 텐데. 이래서는 차라리 새끼 돼지가 낫겠다."

그런 소리가 들린 직후에 오른쪽 뺨이 얼얼해졌어. 코피가 터졌고 티셔츠에 흡수되지 않은 미지근한 액체가 두 뺨을 타고 귀에 들어갔지. 다행히 또 때리지는 않더라. 배 위가 가벼워지더니 창가의 물건을 쓸어버리는 소리가 들린 후 문이 쾅 닫혔어.

떨림이 발끝에서부터 점점 위로 퍼져나갔어. 혀를 말고 있지 않으면 씹어버릴 것 같을 만큼 이가 따닥따닥 맞부딪쳤지.

하야사카 씨의 눈에 띄지 않으면 괜찮을 줄 알았는데. 이제부터 이렇게 계속 얻어맞아야 하는 걸까. 하지만 얻어맞을 뿐이라면 낫다 싶기도 했어. 못생겨서 다행이야. 몸매가 빈약해서 다행이야. 파파의 유품인 유리 세공품은 죄다 산산조각이 났지만.

이런 날이 언제까지 계속될까. 끝은 어이없이 찾아왔지.

그다음 날 집 뒤편, 주방 바로 밖에서 불이 났거든.

옷은 벗겨지지 않았지만 어젯밤과 똑같이 얻어맞고 코피도 닦는 둥 마는 둥 눈을 감고 있자니, 귓가에 "아키코, 아키코." 하고 부르는 소리가 났어. 한순간 진심으로 파파가 천국에서 데리러 온 건가 싶더라.

눈을 뜨자 옆에 있던 건 엄마였어.

"불이야. 도망쳐야 해."

엄마는 침대에 누운 내게 그렇게 말하더니 내 팔을 한 손으로 잡아당기고 다른 손으로 등을 받치며 날 일으켰어. 내 몸이 상처투성이인 걸 안다는 듯이. 온몸에 힘을 주어 일어난 나는 괜찮다며 엄마의 손을 꽉 쥐었지.

둘이 손을 잡고 계단을 내려갔어. 집 뒤편이 불바다라 앞쪽에

면한 부엌 창문으로 밖에 나가기로 했지. 먼저 가라며 엄마가 내 등을 밀었어. 난 엄마가 먼저 가야 한다고 생각하면서도 불기운을 느끼고 의자를 발판 삼아 창문을 넘었지. 엄마도 바로 따라왔어.

이미 밖에 나와 있던 하야사카 씨는 가게에 놓아둔 소화기로 불을 끄려고 애썼지만, 불은 소화기로 어떻게 할 수 있는 수준이 아니었어. 그래도 소방차가 금방 온 데다 주방 내벽이 방화벽이어서 외벽이 전체의 3분의 1 정도 불탄 데 그쳤다. 주거 공간은 문제없었어. 하지만 레스토랑을 다시 열기 위해서는 꽤 많은 수리가 필요했지.

그 후—. 집 밖에서 불이 나서 방화로 추정됐지만, 첫 번째 발견자가 하야사카 씨인 까닭에 경찰은 보험금을 목적으로 하야사카 씨가 불을 지른 것이 아닐까 의심하는 눈치이기도 했어. 가게 형편이 시원치 않았던 데다 하야사카 씨는 도박으로 백만 엔 단위의 빚을 지고 있었다는 모양이야.

하지만 스야마 씨의 증언으로 상황이 싹 바뀌었지. 불이 나기 한 달쯤 전에 수상한 사람이 레스토랑 주변을 자주 얼쩡거렸다고 해.

하야시 선생님이었어.

스야마 씨는 하야시 선생님의 가정방문을 받은 적이 있었고, 하야시 선생님이 엄마에게 차이고 이상해졌다(스야마 씨의 증언을 그대로 따왔어)는 것도 알고 있었지. 경찰이 하야시 선생님을 조사하자, 방화는 부정했지만 인터넷에 레스토랑을 비방하는 글을 여러 차례 올렸다는 건 자백했어. 화재에 대해서 물었으니 쓸데없는 이야기는 안 해도 될 텐데 싶었지만, 그런 점이 하야시 선생님다워. 불이 난 시간에 알리바이는 없지만 하야시 선생님은 범인이 아닐 것 같더라.

화재와는 아무 상관도 없는데, 스야마 씨는 양배추롤 때문에 난리를 친 아이가 나와 같은 반이라는 사실도 하야사카 씨에게 알려줬어.

그리고 경찰이 나한테는 화재와 별개의 일을 물어봤어. 그 얼굴은 어떻게 된 거냐고.

하야사카 씨에게 얻어맞았다고 밝히고 몸에 생긴 멍도 보여주면 돼. 하지만 그러지 못했어. 하야사카 씨에게서 큰 기회를 뺏은 건 나니까. 내가 악취를 풍기며 주방에 들어가지 않았다면 이런 결과는 없었을 거야. 그래서 이렇게 대답했지.

"불이 났을 때 계단에서 발을 헛디뎌 떨어지면서 얼굴을 부딪쳤어요."

정말이냐고 재차 확인하길래 정말이라고 똑똑히 대답했지. 경찰은 엄마에게도 확인했어. 엄마는 내가 폭력을 당한 건 모를지언정 내가 계단에서 굴러떨어지지 않은 건 알아. 그렇지만 엄마도 맞아요, 하고 작은 목소리로 대답했어. 자기가 같이 있었는데 잘 챙기지 못해 죄송하다고도.

엄마는 왜 거짓말을 했을까. 내 말에 맞춰준 걸까. 하야사카 씨를 감싼 걸까. 그건 지금도 모르겠어. 이제 아무래도 상관없는 일이고.

그 후로도 셋이서 같이 살면서 하야사카 씨에게 매일 얻어맞았다면 그때 솔직하게 대답하지 않은 걸 후회했을지도 몰라. 하지만 불이 난 후, 우리 모녀는 하야사카 씨와 헤어졌어.

"전부 너희들 탓이야. 이 망할 년들아! 두 번 다시 내 앞에 나타나지 마."

이게 하야사카 씨가 마지막으로 던진 말이야.

다행히 불이 났다는 소식을 듣고 살펴보러 온 사장님이 친구가 임대하는 연립주택을 소개해 줘서 싼값에 살기로 했어. 하야사카 씨는 집을 수리도 하지 않고 내놓았지. 엄마와 내가 이사할 때 도와주러 온 스야마 씨 말로는 친척 집의 별채에 들어가기로 했다더라.

스야마 씨는 우리에게 친절히 대했어. 하야사카 씨에게는 우리가 아주 밉상일 텐데도 말이야. 두 사람이 어떤 관계인지 이해가 좀 안 됐지만, 묻지 않는 편이 좋을 것 같아서 그날 그 자리에서 베푼 호의만 받아들이기로 했지. 스야마 씨의 입에서 아리사의 이름은 한 번도 나오지 않았어.

연립주택은 집세를 깎아준 게 아니라 집세에 딱 어울리는 건물이라는 걸 이사 당일에 실감했어. 우리가 살기로 한 1층의 양옆집도 비었더라. 하지만 분에 넘치는 소리는 할 수 없지. 엄마는 파파의 보험금을 집 구입비로 전부 하야사카 씨한테 넘겼거든. 조금이라도 돌려받을 수 없는지 알 만한 사람에게 상담해 보자고 제안했지만 글쎄, 하고 의욕 없는 대답만 돌아왔어.

파파의 나무랑 똑같아. 엄마와 난 곤경에 맞설 방법을 모르는 걸 넘어서 맞서려는 용기도, 에너지도 없어. 오늘을 어떻게든 살아갈 뿐이야.

압정을 박아도 전혀 아깝지 않은 회반죽벽에 집주인이 준 근처 꽃집의 달력을 걸고서야, 앞으로 이틀이면 여름방학이 끝난다는 걸 알았어.

그래도 드디어 새로운 생활이 시작되는구나 싶었지. 엄마와 단둘이 시작하는 생활. 이제 더 이상 험난한 일은 일어나지 않아. 그렇게 스스로를 격려하고 학교에 갔더니, 교실에 들어선 순간 제일 멀리 창가 자리에 앉은 모토야가 인상을 구기며 입을 막았어. 모토야가 화장실로 달려가기 전에 나는 부리나케 교실을 뛰쳐나와 집으로 돌아와……

지금에 이르렀어.

저기, 아키코. 네가 진짜로 있다면, 그리고 지금의 내게 편지를 쓸 수 있다면 어떤 메시지를 보내줄래?

그만두자. 넌 가짜야. 그러니까 이 글도 지울게—.

아키코, 해피 뉴 이어도 밸런타인데이도 나하고는 상관없어. 좁은 연립주택의 방에서 24시간이 흘러갈 뿐.

하지만 오늘은 네게 말해주고 싶은 일이 있어. 지우고 싶지 않아서 손 글씨로 편지를 쓰고 있지. 편지? 아니, 이건 이제 일기라고 해야겠네. 그래, 지금까지 네게 보낸 편지는 전부 일기야.

옛날에는 난 특별한 일을 하고 있다는 우월감이 마음속 한구석에 가득했고, 최근에도 작은 빛을 내뿜을 정도로는 존재했는데. 그냥 일기였던 거야. 그것도 물방울이나 클로버 무늬 편지지를 펼쳐놓고. 후져도 진짜 한참 후졌다니까.

그걸 깨닫고도 역시 난 네게 쓰고 있어.

텔레비전에 시시한 소재를 열 배 부풀려서 요란이나 떠는 방송만 나오는 게 지긋지긋해서 텔레비전을 끄고 고요함 속에 누워 있었지. 뭐, 요컨대 뒹굴뒹굴했을 뿐이야. 말은 하기 나름이잖아.

그런데 갑자기 바늘로 풍선을 찌른 것처럼 공기가 움찔 흔들렸어.

인터폰이 울린 걸 알아차리기까지 10초도 넘게 걸린 것 같아. 엄마도 나도 집 인터폰은 누르지 않아. 이 허름한 연립주택을 찾아올 사람은 그 인간, 하야사카 정도야.

하야사카는 우리 앞에서 사라져놓고서 연말쯤부터 가끔 집에 찾아오기 시작했어. 아무래도 엄마하고는 헤어져 살기 시작한 직후부터 연락을 주고받은 모양이더라. 처음 여기에 왔을 때는 국내에서 이노야 호텔에서만 판매한다는, 프랑스에서 유명한 가게의 마카롱을 가지고 와서 여러 가지로 미안했다며 내게 고개를 숙였어.

우리 집에는 방이 하나뿐이야. 난 눈도 마주치지 않고 묵묵히 벽장으로 달아났지. 완전히 찍혔네, 하고 놈은 웃음 섞인 목소리로 말했어. 난 이가 맞부딪치는 소리가 새어 나가지 않도록 손으로 힘껏 입을 막았지. 그 후로도 놈이 오면 난 벽장에 숨었어.

하지만 놈은 엄마의 일정을 모조리 파악하고 있는 건지 엄마가 없을 때는 찾아오지 않아.

택배일까. 엄마는 방문 간병인 일을 하느라 다시 휴대전화를 샀어. 심지어 스마트폰이야. 그걸로 또 인터넷 쇼핑을 한 걸까.

마음에 걸렸지만 내버려 두기로 했어. 택배를 받으면 학교를 땡땡이친 걸 엄마에게 들킬 뿐이잖아. 벽과 문이 아무리 얇은들 기척이 밖으로 새어 나가지는 않겠지만, 몸을 가만히 웅크린 채 잠시 숨을 죽였어.

발소리가 멀어졌지. 그러고 나서 속으로 천까지 헤아리기 시작했어. 아마 보통 사람은 아무 의미도 없이 가만히 숫자를 헤아리지 못할 테고 헤아리려고 하지도 않을 거야. 하지만 나는 할 수 있어. 그러면 이가 맞부딪치는 걸 멈출 수 있거든.

빨리 돌아가라고 비는 것과는 반대로, 일단 바깥의 기척을 느끼면 마음은 그쪽에 쏠려. 우편함에 뭔가 들어 있지 않을까. 네가 보낸 편지가 온 게 아닐까. 그렇듯 1퍼센트의 가능성도 없을 법한 일을 기대하며 천을 다 헤아리자마자 발소리를 죽이고 좁은 현관으로 가서 천천히 문을 열었어.

눈을 꼭 감았지. 겨울 햇빛인데도 눈이 시리더라. 주먹 쥔 손으로 눈물을 닦듯 두 눈을 비비고 몸을 반쯤 내밀어 문 옆에 달린 우편함을 열었어.

편지가 들어 있었어!

하늘색과 흰색 줄무늬 봉투에는 내 이름밖에 적혀 있지 않았어. 가느다란 선이 공중분해될 것 같은 글씨는 몇 번이나 되풀이해 읽은 손 글씨와는 달랐지. 사에키(佐伯)의 에키(伯)라는 한자도 틀렸고. 오른쪽이 '흰 백(白)'이 아니라 '스스로 자(自)'더라고. 문을 닫고 방으로 돌아와, 봉투에 붙은 작은 쿠키 모양 스티커를 조심스레 떼어내고 편지지를 꺼냈지.

좀 나와봐. 그러다 죽어. 마음 내키면 아래쪽 번호로 전화해. 4번지 편의점에서 기다릴게. 그 전에 바깥쪽 문손잡이를 볼 것. 아리사

아리사? 그 아리사? 내가 아는 아리사는 개뿐인데. 나보다 훨씬 전부터 등교 거부 낌새를 보이던 아리사가 좀 나와봐? 왜 느닷없이 내게 연락한 걸까. 애당초 이건 정말로 아리사가 쓴 편지일까.

미노리의 부하 중 한 명이 나를 밖으로 불러내려고 아리사의 이름을 사용한 건 아닐까.

확인할 방법은 없었어. 어쨌거나 문손잡이에 이상한 수작을 부려놨으면 골치 아프니까 다시 현관으로 갔지. 신중하게 열려고 했는데 가벼운 문이 바람에 떠밀려 덜컹 소리내며 활짝 열렸어. 가을에 대형 태풍이 왔을 때도 잠가놓은 문이 벌컥 열려서 현관이 흠뻑 젖은 적이 있었지.

열린 순간 문 너머에서 뭔가가 툭 떨어지는 소리가 났어. 문을 당기자 편의점 봉지가 있었어. 속에 동그란 모양의 검은색 덩어리가 보이더라. 쓰레기는 아닐까, 잔뜩 긴장하며 한 손으로 봉지를 들자 묵직한 감각이 손가락에 느껴졌지.

구수한 냄새가 코에 와 닿았어. 김, 그리고 아직 따뜻한 밥. 아키코, 뭐였을 것 같아? 아니, 뭐였는지 기억해?

편의점 봉지를 손가락에 건 채 방으로 돌아와 속을 들여다보자 동그랗고 커다란 주먹밥이 두 개 들어 있었어. 폭탄 주먹밥이었지. 엄청 경계했는데 주먹밥 냄새가 점심을 먹지 않은 몸속의 빈 구멍에 스며들어 견딜 수가 없더라고. 랩을 벗기고 살짝 베어 물자 치즈 맛이 입 속 가득 퍼졌어.

편지를 보낸 사람은 역시 아리사 본인이라는 확신이 주먹밥을 먹을 때마다 커졌지. 하야시 선생님을 연상시키는 음식이지만 우리에게는 또 다른 추억도 있어. 아리사도 그걸 기억하고 있었던 거야.

주먹밥을 다 먹었어. 치즈, 비엔나소시지, 달걀말이, 그리고 만두!

초등학교 5학년 운동회 때, 아리사의 도전을 받아들여 나는 초대형 샌드위치를 만들어 갔는데 정작 아리사는 폭탄 주먹밥을 가져왔지. 샌드위치와 바꿔 먹은 주먹밥은 오늘 먹은 주먹밥과 재료와 맛이 똑같았어.

누가 편지를 보냈을지 의심할 걸 예상하고 아리사는 이걸 만든 게 틀림없어. 걔는 동물적인 감이 좋거든. 가느다란 몸도, 예리한 느낌이 드는 커다란 눈도 고양이 같다고 예전부터 생각했었지.

그런데 우리는 친구였을까. 하야시 선생님 일이 있은 이후로 교실에서 나와 이야기를 해준 사람은 아리사 정도였어. 하지만 난 그게 달갑지 않았거든.

아리사는 행복해 보이는 아이, 좀 다른가. 행복한 환경에 사는 아이에게 빈정거리거나 반 위원의 지시를 듣지 않는 등 심술궂은 태도를 취했어. 그게 누구라도 모를 수가 없을 만큼 노골적이라서 오히려 아리사가 딱해 보였는지, 괴롭힘을 당한 아이들도 귀찮은 듯한 반응은 보일지언정 맞받아치거나 화를 내는 등 아리사에게 정면으로 맞서려고 하지는 않았지.

그런 아리사가 친절하게 대해준다는 건 자기와 같은 부류로 간주했다는 뜻이야. 행복하지 않은 환경에 살고 있다는 거지.

아리사에게 행복하지 않은 환경은 부모님 중 한쪽이 없거나 돈이 없다는 것만은 아닌 듯했어. 비슷한 경우라도 누군가 한 명에게라도 깊은 애정을 받는 아이에게는 스스로 다가가려 하지 않았을걸.

걔는 내게 뭔가를 느꼈을지도 몰라. 그 정도로 난 애정에 굶주린 표정이었을까. 아니면 날카로운 감으로 알아차린 걸까.

하지만 이제 그딴 게 무슨 상관이냐 싶었어.

주먹밥 잘 먹었다고 인사하러 가자. 좀 더 날이 저물고 나서. 밖을 돌아다녀도 학교를 땡땡이쳤다고 의심받지 않을 시간에.

아리사도 시간은 지정하지 않았으니까.

마침내 나는 집을 나섰어. 대체 몇 달 만이었을까. 중학생이 오후 4시에 밖을 돌아다니는 건 전혀 희한한 일이 아니건만 누구하고도 마주치고 싶지 않았어.

여름만큼 냄새는 심하지 않겠지만 집을 나서기 전에 이를 세 번 닦고 손을 빡빡 씻었지. 탈취 스프레이는 온몸에 가볍게 뿌렸지만 샤워 코롱은 바르지 않았어. 나인 줄 모르도록 고개를 푹 숙이고 걸었지. 고무가 닳은 운동화 앞부분만 보면서. 언제부터 이걸 신었더라. 경제적으로는 도움이 된다는 게 은둔형외톨이의 이점일까.

우체국 앞 공중전화로 연락했어. 지금 가고 있다는 말만 전했지.

볼품없는 내 모습을 보기 싫은데 아리사는 편의점 통유리 벽 앞에 서 있었어. 풍덩한 검은색 파카(아리사가 말라서 그렇게 보이는지도 모르지만)의 모자를 쓴 채 호주머니에서 한 손만 꺼내 가슴 아래쯤에서 살짝 흔들었어. 나도 손을 흔들었지.

사이좋은 친구처럼.

"무슨 볼일이야? 스야마 아저씨한테 부탁받았어?"

쌀쌀맞게 물었지. 지나가는 사람이 보면 나쁜 친구에게 불려나온 어두운 아이로 느껴질지도 몰라. 만 엔 가져왔느냐는 협박을 들을 법한.

"주소는 그 인간한테 들었지만 불러낸 건 그 인간하고 상관없어."

아리사는 씩 웃고는 편의점으로 들어갔어. 잇새가 이 정도였나, 하고 고개를 갸웃거리고 싶을 만큼 아리사의 앞니는 위도 아래도 틈새가 넓었어.

"싫어하는 거 있으면 말해."

아리사는 바구니에 봉지 과자와 초콜릿 과자를 두 개씩, 그리고 2리터짜리 콜라를 넣고 계산대로 갔어. 물론 나는 전혀 참견하지 않고 아리사를 뒤따라갔지. 둘 다 아무래도 수상해서 점원이 좀도둑으로 의심하고 감시해도 이상하지 않으련만, 점원 세명 중 누구와도 눈이 마주치지 않았지. 인상도 찌푸리지 않았고.

편의점을 나서자 아리사는 터벅터벅 도로를 벗어나 주택가로 들어가더니 비교적 큼지막한 단독주택 앞에서 걸음을 멈췄어.

"아리사, 짱네 집?"

"아니. 선배네 집. 그리고 짱 같은 거 붙이지 말고 그냥 이름으로 불러. 오글거리니까."

아리사는 돌아보지도 않고 그렇게 말하더니 문을 열고 들어갔어. 자물쇠는 잠겨 있지 않았던 모양이야. 그렇다면 안에 누가 있나.

"빨리 들어와."

"하지만……."

"난 미노리하고 달라."

그 한마디에 발이 떨어졌지. 아리사는 현관으로 들어서서 바로 오른쪽에 있는 문을 열었어. 담배 연기가 자욱하고 표범 무늬 매트라도 깔린 방을 한순간 상상했지만 전혀 달랐어. 귀여우니 평범한 여자아이의 방이었지. 아이돌을 좋아하는지 포스터로 벽을 온통 도배해 놨더라. 내가 모르는 사람들뿐이었어.

선배네 집이라고 했는데 방에는 아무도 없었어.

"이 시간에 선배는 없어. 적당히 아무 데나 앉아."

아리사는 익숙한 태도로 크루아상 모양의 쿠션을 내 쪽에 던

져주고 조그마한 흰색 테이블에 사 온 물건을 펼쳐놓은 후 방에서 나갔어.

나는 친구네 집에 놀러 가본 적이 없었어. 친구네 집은커녕 남의 집은 아직 파파가 살아 있을 때 사장님 댁에 몇 번 가본 게 전부야. 그리고 할머니네 집.

책상 위에는 교과서가 아무렇게나 쌓여 있었어. 선배는 아무래도 고등학생인 모양이야. 그렇다면 지금은 학교에 있겠지.

아리사가 잔을 두 개 들고 돌아왔어. 이 집 사람은 아무도 없는 것 같은데 멋대로 부엌에 들어갔나. 아리사는 냉큼 콜라를 따랐지.

"어, 주먹밥 고마워."

나는 잔을 받아 들고 그렇게 말했어.

"폭탄 주먹밥, 옛날 생각나지 않아? 스토커 하야시를 흉내 낸 거니까 네게는 찜찜한 추억일지도 모르지만. 일단 기운이 날 만한 물건은 그 정도밖에 생각이 안 나서."

"아니야. 맛있었어."

주먹밥 자체는 즐거운 추억이야. 그건 그렇고 스토커라니. 스야마 씨는 집에서 어떤 식으로 이야기한 걸까.

"그런데 학교 안 간다면서? 요전에 오랜만에 갔다가 처음 알았어."

듣자 하니 아리사도 학교에 제법 오랫동안 안 간 눈치였어.

"아리사도 안 가면서."

"난 가기 싫으니까 안 가는 거고 넌 가고 싶은데 못 가는 거잖

아. 아니야?"

나는 대답 없이 콜라를 마셨어. 그게 긍정의 표시로 받아들여졌지.

"미노리가 무슨 짓을 한 거야?"

미노리가 주모자라고 전제하는 게 마치 공통된 추억을 가진 소꿉친구 같은 느낌이라 난 생리용품 사건에 대해 띄엄띄엄 말해줬어.

"뭐야, 그게. 최악이잖아. 상상을 초월하네. 남들 앞에서 까발리는 것도 0점짜리 시험지나 기분 나쁜 러브레터라면 몰라도 생리용품은 아웃이지. 게다가 사용한 거라니. 다들 험담 같은 걸 하면서도 생리현상처럼 본인의 노력으로는 도저히 어찌할 수 없는 일은 공격하면 안 된다는 암묵적인 규칙을 지키는데 그걸 무시하다니, 걔는 병이야. 평생 안 나을걸. 그런 년과 얽히다니 앗코는 운이 안 좋았어."

힘주어 그렇게 말해준 것도 기뻤지만 앗코라고 불러줘서 코끝이 찡하더라.

"하지만 난 냄새가 나는걸."

"엥, 무슨 소리야? 아무 냄새도 안 나. 혹시 몸에서 냄새가 난다는 생각에 학교에도 못 가게 된 거야?"

난 모토야에 관해서도 이야기했어.

"1학년 때 그 녀석이랑 같은 반이었는데 초등학교 동창생인 남자아이가 구역질쟁이 모토야라고 놀리더라. 그것도 안되긴 했고 확실히 냄새에 민감한지도 모르지만, 일일이 너무 요란을 떨어. 토했다고 자기가 놀림당하기 전에 앗코의 탓으로 돌려서 피해자 행세를 하는 것뿐이잖아. 자각이 있는지 없는지는 모르겠지만. 그런데 학교 측은?"

아리사가 학교 측 대응을 궁금해하는 게 의외였어. 선생님은 전부 쓸모없다고 덮어놓고 단정할 것 같은 분위기인데 말이야. 오하라 선생님에 대해서도 이야기했어. 찔끔찔끔 어중간하게 말하지 말고 처음부터 차례대로 설명했으면 좋았을걸.

하지만 그렇게 생각한 건 아리사가 상상 이상으로 내 이야기에 귀 기울여 준다는 걸 알았기 때문이야. 전부 말해도 될 만큼 믿을 수 있겠구나 싶었지.

"아, 성질나. 오하라도 멍청이, 진짜 멍청이야. 탈취 스프레이? 눈앞에 있는 학생한테 냄새가 나는지 안 나는지 자기 코로 맡아 보면 바로 알 거 아니야. 아이들의 헛소리에 홀랑 넘어가다니 뭐야. 그리고 보건실 등교가 필요한 건 모토야잖아."

아리사의 말이 내 몸에 칭칭 감겨 있던 뭔가를 싹둑싹둑 잘라 내는 것 같았어.

아키코, 이게 쾌도난마라고 하는 걸까?

"잘 들어, 아키코. 너한테서는 아무 냄새도 안 나. 물론 몸에서 배출된 건 냄새가 나지. 하지만 그건 나도, 미노리도, 다른 사람들도 다 똑같아. 입 안이 건조하면 냄새가 나는 것도. 자기 냄새는 자기가 제일 모른다고 한다면 내가 보증할게."

아리사는 내게 다가와 조금 과장되게 코를 킁킁대며 목부터 겨드랑이까지 냄새를 맡았어.

"오케이."

힘차게 엄지손가락을 치켜든 순간, 몸이 홀가분해진 것 같은 기분이 들더라. 몸속에 쌓여 있던 나쁜 물질을 밀어내듯이 눈물이 왈칵 솟았어. 아리사는 침대 옆의 쇼트케이크 모양 커버를 씌운 티슈를 집어 내게 내밀었지. 나는 라벤더 향이 나는 티슈로 눈물을 닦았어.

"고마워. 정말 고마워. 하지만 0점짜리 시험지나 기분 나쁜 러브레터도 까발리면 안 된다고 봐."

"그래, 맞아. 오, 우등생 앗코가 돌아왔구나."

등을 두드려주는 아리사의 손길을 느끼며 난 내일 학교에 가보기로 마음먹었어.

아키코, 난 지금 그렇게 불안하지는 않아. 전혀 긴장되지 않느냐고 묻는다면 그건 아니지만.

어떻게든 되겠지. 그런 기분이야.

결국 선배는 못 만났어. 다음에는 만날 수 있는 시간에 가서 제대로 소개해 주겠대. 아주 상냥한 사람이라나 봐.

아키코 가까이에 아리사랑 그 선배는 있어?

안녕, 아키코. 웬일로 이틀 연달아 편지를 쓰네.

오늘 학교에 다녀왔어. 어제 편지에는 파이팅 넘치는 말을 썼지만 역시 학교가 가까워질수록 다리가 무거워지더라. 음, 내가 짊어지고 있는 투명한 바구니에 커다란 돌을 쿵, 쿵, 집어넣는 느낌이랄까.

겨울인데도 땀이 배어난 손바닥을 코에 대고 힘껏 숨을 들이마시고는 냄새 안 난다고 스스로를 격려하며 교문을 통과했어.

교실에 갈 때까지 다리가 더 무거워졌지만 괜찮다고 스스로를 달래며 계단을 하나씩 올라갔지.

겨울이라 달아놓은 문을 여는 데도 용기가 필요했지만 크게 심호흡을 한 번 하고 단숨에 열었어. 그러자 냄새의 공기 폭탄이 훅 날아왔지. 샴푸, 화장품, 땀, 도시락 반찬, 신발 냄새가 전부 뒤섞인 듯한.

아, 학교 냄새구나. 반갑다는 생각이 들었지.

내가 없어도 냄새가 나지 않느냐 싶어 우스웠어.

하지만 모두의 시선은 역시 따갑더라. 놀란 얼굴뿐이었어. 미노리도 처음에는 깜짝 놀란 눈치였지만 바로 잘 만났다는 듯이 심술궂은 표정으로 바뀌었어.

"어쩐지 오늘 냄새나지 않아? 왤까, 왤까."

미노리가 목소리를 높이자 주변의 부하들이 빵 터진다며 웃어댔어. 손뼉까지 치면서. 실은 아무 재미도 없는데 웃고 있다는 걸 애써 티 내는 느낌이었지.

단숨에 입 안이 바싹 마르고 가슴이 두방망이질 쳤어. 그런데 그때 정의의 사자가 나타났어.

아리사는 문을 드르륵 열고 똑바로 미노리에게 걸어가 부딪치기 직전에 걸음을 멈추고 미노리를 매섭게 노려봤어. 키가 큰 아리사가 부럽더라. 하지만 아리사가 멋있어 보인 건 알랑거리지 않는 태도 때문일 거야.

"쓰고 버린 생리대를 꺼내놓질 않나, 파우치를 훔쳐서 생리대를 못 갈게 하려고 들질 않나, 그래 놓고 냄새가 난다고? 이런 쓰레기 같은 년아! 네가 사용한 생리대에서 꽃향기가 난다면 무릎을 꿇고 사과할 테니 당장 가져와 봐. 못 하지? 생리 중인 여자를 오물 취급하다니 옛날 옛적 영감탱이보다 못해."

아리사가 따지고 들자 미노리는 얼굴이 새빨개지면서도 아무 반격도 못 하고 부하들에게 동의를 구하듯, 얘 왜 이렇게 유난을 떠느냐는 듯한 표정을 지었다.

"다른 애들도 똑같아. 인터넷에는 왕따시키는 것도 무용담으로 삼는 얼간이들이 모이는 사이트도 있을 텐데, 거기에다 너희가 한 짓을 한번 써보시지. 그 얼간이들도 경멸할걸. 이 세상의 이성 있는 여자를 전부 적으로 돌릴 용기가 있는 녀석만 앞으로도 냄새난다고 떠들어대."

아리사는 교실 전체를 둘러보았어. 아리사와 눈이 마주친 아이는 머쓱한 듯 눈을 내리깔았지.

"우리도 말려들었을 뿐인데."

그렇게 불만스럽게 중얼거리는 아이와 우는 아이도 있었어. 고바짱은 누구와 눈이 마주칠세라 고개를 숙이고 있다기보다는 바닥 한곳을 응시하고 있었어.

그때 마침 모토야가 교실에 들어왔지. 평소와는 다른 분위기가 흐르는 교실에서 나를 보고는 바로 입을 막더라. 아리사는 그 모습을 놓치지 않았어.

"모토야, 너 뭘 그렇게 오버를……."

난 아리사에게 다가가 팔을 잡았어. 이제 충분하다고. 그리고 얼굴이 새파랗게 질린 모토야에게 돌아섰지.

"나, 2학년 동안은 보건실로 등교할 테니까 네가 오하라 선생님께 3학년 때는 나랑 다른 반에 넣어달라고 부탁해 줘."

그렇게 말하고 교실을 나서서 교무실로 갔어. 쫓아온 아리사와 함께 2학년 선생님들 앞에서 보건실 등교를 하겠다고 선언했지.

아키코. 선생님들의 얼떨떨한 표정, 재미있었어. 그리고 오하라 선생님의 말도.

"다행이다. 학교에 올 수 있게 됐구나."

울면서 기뻐하더라. 아리사의 말을 빌리자면 돌아이야.

대부분의 선생님이 등교를 거부하는 학생을 두고 다시 학교에 오는 게 해결책이라고 믿지 않을까. 학교의 문제, 가정의 문제, 건강의 문제, 정신적 문제. 다양한 원인이 전혀 해결되지 않아도 일단 학교에만 오면 된다니 이상하잖아.

하지만 난 행복해. 학교의 문제를 친구가 해결해 줬으니까. 등교하는 곳이 교실이든 보건실이든 어쨌거나 난 내일도 학교에 갈 거야.

모레도, 글피도 너와 이어지도록—.

아키코, 중학교 2학년도 앞으로 한 달 남았어. 이런저런 일이 너무 많아서 반항기를 겪을 겨를도 없었네. 하지만 사랑받고 싶다든가, 내가 태어난 의미를 알고 싶다고 굳게 바란 건 내게도 제2차 성징기가 찾아왔다는 뜻이겠지.

중2병이라는 말은 듣고 싶지 않지만.

학교에는 그 후로 매일 다녀. 어제 엄마가 새 신발을 사 왔어. 학교에 신고 갈 수 있는 흰색 운동화. 그런데 여벌 운동화 끈이 감색 바탕에 하얀 물방울무늬가 들어간 리본이야. 여고생들 사이에서 유행이라나. 정말로 예뻐서 선반에 장식해 놓고 싶을 정도야.

엄마는 방문 간병인 일에 많이 익숙해진 모양이야. 하지만 피곤해서 사람 상태로 먹통이 된 엄마를 보고 있으면 혹시 엄마는 인형으로 지내던 시절이 행복했을지도 모르겠다는 생각이 들어. 파파가 억지로 병원에 데려갈 필요 없다고 했던 이유도 알 것 같아.

엄마에게 경제적으로 부담을 끼치기 싫어.

그런 내 마음을 알고 그런 건지 모르고 그런 건지. 아니야, 아키코. 아리사는 분명 초능력자야. 정말로 타이밍이 절묘했으니까.

나와 아리사는 보건실 등교를 하기로 했지만 꼭 보건실에 있을 필요는 없어서 현재 도서실 등교를 하고 있어. 그렇지만 아리사는 일주일에 사흘 등교하면 많이 하는 편이야.

왜 안 오느냐고 물어봤지. 그러자 이런 대답이 돌아왔어.

"일단 공부가 싫어. 그리고 나도 왕따 피해자거든."

미노리에게 그렇게 쏘아붙였으면서 설마 아리사가 왕따를 당하고 있었을 줄이야.

"미노리는 단순하니까 전부 겉으로 드러나잖아. 그런 바보는 대처하기 쉽지만, 뒤에서 깔짝깔짝 왕따와 장난의 경계선을 왔다 갔다 하며 교묘하게 건드리는 녀석이 있거든. 얌전한 척하면서."

"하지만 그렇다고 참고 넘어가다니 억울하잖아. 내가 할 수 있는 일이 있으면 도울게."

"괜찮아, 괜찮아. 걔는 학교에서 적이지 인생의 적은 아니니까. 내가 지키고 싶은 사람도, 싸워야 하는 사람도 학교 밖에 있어. 그러니 잔챙이는 무시하면 그만이야. 그래도 매일 시비에 걸리면 귀찮으니까 이렇게 조정하는 거지."

어쩐지 이해가 갈 것 같았어. 당연히 아리사가 지키고 싶은 사람과 적이 누군지 궁금했지만, 그건 아리사가 말해주지 않는 한 내가 파고들어서는 안 되는 영역이야. 아리사가 무슨 비밀을 털어놓든, 아리사와 아무리 친해지든 내가 엄마 사건에 대해 아리사에게 말할 수 없듯이 아리사에게는 아리사의 사정이 있어.

뭐, 그리고 정말로 공부도 좋아하는 것 같지는 않더라. 과제물을 하다가 수학이 인생에 필요하냐고 몇 번을 투덜대던지.

그래서 예상외의 질문에 놀랐어.

"앗코는 고등학교 어떻게 할 거야?"

확실히 이제 곧 3학년이니 진로를 슬슬 고민해야 할 시기지만 설마 제일 그런 고민을 안 할 듯한 아리사가 물어볼 줄이야.

"기요세 고등학교에 가고 싶어."

우리 집에서 자전거로 다닐 수 있는 공립고교 중에서는 제일 편차치*가 높은 학교야.

"과연 천재 앗코답네."

놀리는 듯한 말투이기는 했지만 비아냥거리는 느낌은 아니었어. 그런 말에 얼굴이 빨개지던 게 먼 전생의 기억처럼 느껴져. 그때는 아직 파파가 있었지.

"하지만 무리일지도 모르겠어."

저절로 한숨이 나오더라.

"또, 또, 겸손 떨기는. 일 년쯤 방구석에 틀어박혀 있었어도 그 정도는 껌이잖아."

"공부 말고 돈이랄까? 공립이라지만 돈이 들어가는 곳이 많지 않을까 싶어. 학교 안내서에 아르바이트는 금지라고 돼 있었고. 입학하고 나서 결국 졸업 못 하면 한심하잖아. 그런데 아리사는 어떻게 할 거야?"

"나도 기요세 고등학교."

아리사가 진지한 표정으로 대답했어. 장난치는 거냐는 말이 턱밑까지 차올랐을 때 씩 웃더라.

"……의 야간."

그러고 보니 기요세 고등학교에 야간반이 있었다는 게 생각났어.

"선배가 거기 다니거든. 낮에는 편의점에서 아르바이트하고."

---

* 일본에서 학생 성적의 평균값을 50으로 봤을 때 자신의 점수가 어디쯤에 위치하는가에 따라 정해지는 등급. 한국의 표준점수와 비슷하다.

아르바이트에 마음이 끌렸어. 하지만 야간 고등학교 하면 불량아와 고령자가 간단한 한자와 산수 수준의 계산을 배운다는 이미지밖에 안 떠올라. 내 빈약한 상상력을 꿰뚫어 본 것처럼 아리사가 말을 이었지.

"선배는 중학교 때 등교 거부를 했는데, 일단 고등학교 정도는 졸업하라는 주변의 충고를 듣고 별생각 없이 야간 고등학교에 들어갔대. 그런데 머리 좋은 아이들이 가득하더라고 불평하더라. 일반 고등학교에 다니다가 무슨 사정으로 재입학한 사람도 꽤 많다나 봐. 나, 사실 좀 얕보고 있었거든."

아리사는 혀를 쏙 내밀었어.

"진로도 다양해서 취직하는 사람, 직업 전문학교에 가는 사람, 그리고 대학교에 가는 사람도 있대. 그것도 그럭저럭 유명한 곳."

생각지도 못했던 말이 차례차례 아리사의 입에서 나와서 나는 어안이 벙벙해졌어. 한편으로 입을 떡 벌린 채 고개가 저절로 끄덕여지더라.

"하지만 선배 이야기를 듣고 내가 야간 고등학교에 가보고 싶었던 제일 큰 이유는 이야기에 귀를 기울여 주는 선생님이 있다는 점이었어. 뭐, 오하라 같은 돌아이도 있을 테고 그쪽이 더 많을 것 같기도 하지만 선배의 선생님은 믿을 수 있는 사람이래. 그런 어른이 있는 곳에서 나와 사회를 단단히 연결해 두면 이상한 곳으로 날아가거나 가라앉지 않고 어떻게든 살아나갈 수 있을 것 같지 않아? 그런데 제대로 된 어른은 어떤 사람일까."

바로 생각난 사람은 파파였어. 하지만 이제 없지. 다음은 엄마. 미안하지만 좀 믿음직하지 못해. 사장님? 그분은 부인을 간병하느라 바빠. 아는 어른의 얼굴이 머릿속에서 룰렛처럼 돌아갔지만 아무리 기다려도 이거다, 하고 멈출 낌새는 없었어.

"뭐, 내 주변에는 쓰레기뿐이니까. 아무튼 그래서 야간 고등학교에 가볼까 하는 거야. 그렇다고 앗코에게 권하는 건 아니고. 장학금 같은 건 잘 모르지만 주간이라도 공립이라면 어떻게든 될 것 같은데. 그리고 우리 아빠랑 하야사카가 차린 회사도 잘나가는 모양이니."

난 아리사의 마지막 말에 고개를 갸웃했어.

"너희 아빠랑 하야사카 씨가 차린 회사?"

"어, 몰랐어? 그 인간, 작년 말부터 하야사카랑 인재 파견 회사 시작했어. 방문 간병인이 중심인 모양인데 앗코 엄마도 거기서 일하지 않나? 인기 있다는 식으로 말했는데."

전혀 몰랐어. 엄마 딴에는 업무 내용이 똑같으니까 내게는 말할 필요 없다고 생각한 걸까. 어쩌면 그래서 하야사카가 또 우리 집에 찾아오게 된 건지도 몰라.

"뭐, 앗코까지 그 인간들과 엮일 필요는 없지. 떨어져 살기로 한 게 정답이야. 그 점은 스토커 하야시에게 감사해야 할지도 모르겠다. 나도 고등학교 들어가면 아르바이트로 돈 모아서 남동생 데리고 집을 나올 생각이야…… 그나저나 선배가 앗코를 보고 싶대. 언제 시간 나? 그 집, 주말에는 부모님이 있으니까 평일 낮이 좋은데 내일 땡땡이 안 칠래? 아, 하지만 앗코도 이제 남의 눈에 띄는 곳이라도 괜찮나. 휴대전화가 없으니까 괜찮은 날을 지금 몇 개 말해봐."

아리사는 무심코 꺼낸 중요한 말을 감추려는 듯 하잘것없는 말을 늘어놓는 것 같았어. 나는 선배를 만나기 위해 역시 학교를 땡땡이치자고 제안해 봤지.

학교에 못 가는 게 아니라 안 가는 거야.

아키코, 좀 두근두근하지 않아? 고작 그 정도로, 우리 참 착실하구나…… 너도 성격은 그렇게 안 변했겠지?

아키코, 안녕. 네게 편지가 온 지 딱 4년째 되는 날이네.

오늘은 새로운 만남이 있었어. 아리사의 선배인 지에리 선배를 만나고 왔지. 아주 예쁘고, 상냥하고, 여성스럽고 멋진 사람이었어.

아리사와는 어렸을 때 같은 공공주택에 살았대. 아리사는 내 앞에서는 지에리 선배를 선배라고 불렀으면서 본인 앞에서는 지에리 언니, 지에리 언니, 하고 마치 끔찍이 좋아하는 언니를 대하듯 했어. 남에게 응석을 부리는 아리사를 본 건 처음이야. 남동생이 있어서 집에서는 누나 노릇을 해야 할 테니 더더욱 지에리 선배에게 동생처럼 굴고 싶은 거겠지.

나도 형제가 있으면 좋았을 텐데. 듬직한 오빠, 언니는 물론이고 남동생이나 여동생도 좋아. 재미있는 남동생이 있었다면 엄마의 삶이 좀 더 밝았을지도 모르지.

지에리 선배도 외동이래.

전에 갔었던 지에리 선배네 집에서 함께 과자를 먹으며 수다만 떨었는데도 즐거웠어. 아이돌 그룹에 관해서도 많이 배웠지. 지에리 선배가 노트북으로 사진도 잔뜩 보여줬어. 노트북 덮개에 '초기화 완료'라고 손 글씨로 쓴 스티커가 붙어 있어서 웃겼어.

"아마도 대형 쓰레기 버리는 날에 어디서 주워 온 모양이야."

지에리 선배는 웃으면서 그렇게 말했어. 가끔 기억의 일부가 쑥 빠져나갈 때가 있다나. 오래된 골프채와 호랑이 무늬 응원용 메가폰도 보여줬어. 아리사가 자기는 수학에 관한 기억이 전부 빠져나가고 없다며 두둔했지만 내게 그런 경험은 한 번도 없어. 잊어버리고 싶은 일은 참 많은데도.

뭐, 우울한 이야기는 됐고 중요한 건 노트북이야.

웬걸, 플로피디스크 투입구가 있더라고. 지에리 선배에게 내용을 확인하고 싶은 플로피디스크가 있다고 말하자 언제든지 가져와라, 자기가 없을 때 노트북을 써도 괜찮다고 허락해 줬어. 스마트폰이 있어서 노트북은 DVD나 CD를 재생할 때만 사용하고, 메일이나 사진같이 사적인 정보는 전혀 없으니까 안심하라며.

하지만 맘대로 사용하기는 좀 그렇잖아. 노트북을 쓰기는커녕 주인이 없는 집에 멋대로 들어가기도 미안한걸. 그러다 가족한테 혼나는 거 아니냐고 물어보자 전혀 걱정하지 말라고 웃으면서 말하더라. 아빠는 변호사(대단해!)고 엄마는 병약해서 병원

신세를 많이 지는지 지에리 선배는 혼자 지낼 때가 많아서 친구
가 찾아오는 건 대환영이라나.

"여자 한정이지만."

지에리 선배는 솜털같이 부드러운 웃음을 지으며 그렇게 말
했어. 그때 한순간 가슴속에 불안이 스쳤지.

어쩐지 엄마와 비슷하다는 생각이 들었거든. 뭐, 둘 다 피부가
뽀얗고 선이 가는 미인이니까 비슷하다고 해도 틀린 건 아니야.
괜히 불안해할 필요는 없겠지.

그리고 오늘은 우리 연립주택 앞에서 우연히 집주인과 마주
쳤어. 집주인은 연립주택에서 조금 떨어진 곳에 사는데, 오늘은
시청 직원이 나와서 목조 2층 연립주택의 각 층에 비치된 소화
기 등을 점검했대.

불이 났던 기억은 머릿속에 단단히 새겨져 있어. 레스토랑에
난 불이 그 정도에 그쳤던 건 소방차가 오기 전에 하야사카가 소
화기로 불을 끄려고 애쓴 덕분이었던 모양이야. 그때는 전혀 효
과가 없어 보였는데 참 모를 일이라니까.

나는 소화기를 사용할 수 있을까? 뭐, 불이 다시는 나지 않기
를 바랄 뿐이야.

아참, 이런 이야기를 쓰려던 게 아니지. 사장님이 결국 회사를
접기로 한 것 같아. 관계없는 물건일지도 모르지만 일단 지에리
선배에게 부탁해서 플로피디스크를 확인해 볼 생각이야.

멋대로 집에 들어가기는 미안하니까 일단 연락을 해야지. 그
런데 어떻게? 아리사와 친해지기는 했지만 봄방학에 같이 놀기

로 약속할 정도는 아니니까, 지에리 선배에게 말 좀 전해달라고 직접 부탁할 수는 없어. 뭐, 지에리 선배의 스마트폰 번호는 들었으니까 엄마 걸 빌리든지 공중전화로 연락하면 되려나.

아, 나도 스마트폰 갖고 싶다.

날짜가 정해지면 아리사에게 알리는 편이 나을까? 하지만 플로피디스크가 만약 회사 물건이라면 그날 안에 돌려주러 가고 싶어. 그리고 오로지 내 볼일 때문에 아리사를 불러내기도 미안하고. 만약 지에리 선배네 집에 가기 전에 아리사와 만날 기회가 있다면 말하기로 하자.

일단 봄방학 때는 뒤처진 공부를 따라잡는 데 열중해야겠어!

아키코, 오랜만에 온종일 벽장 속에서 지냈어. 어둡고 좁아서 마치 진짜로 엄마 배 속으로 돌아간 듯한 기분을 맛보며 파파와 엄마에 대해 생각했지. 내가 태어나기 훨씬 전의……

만약 너랑 전화나 메일을 주고받을 수 있다면 넌 분명 플로피디스크를 봤구나, 하고 한숨을 쉬겠지. 그럼 편지에 써놨어야지. 추신이라도 좋으니 내게 준 편지에.

파파의 물건을 정리하다 플로피디스크가 나오면 내용을 확인하지 말고 당장 버리라고. 뭐, 그래서는 플로피디스크를 찾아서 내용을 확인하라고 당부하는 거나 마찬가지인가.

그렇지만 진실을 알아서 다행인지도 모르겠어.

그리고 그 자리에 지에리 선배가 있어서 다행이야…….

야간고도 일반고도 봄방학은 똑같은지 지에리 선배는 자기 편의점 아르바이트가 끝나는 오후 4시쯤에 집에 오라고 했어.

시간에 딱 맞춰 갔지만 지에리 선배가 없더라고. 머뭇머뭇 방으로 들어가자 나를 배려했는지 전에는 공부 책상 위에 있었던 노트북이 평소 과자를 펼쳐놓는 방 한복판의 테이블 위에 있었어.

지에리 선배와 같이 볼 물건도 아니라서 혼자 노트북을 켰지. 플로피디스크를 넣자 문서 파일 하나만 표시됐어.

제목은 '우리의 아이에게'.

침을 꿀꺽 삼키고 나서 파일을 열었지.

해가 져서 어두운 방에서 멍하니 노트북 화면을 바라봤어. 내내 같은 페이지였던 화면이 어느 틈엔가 스크린세이버로 바뀌었지. 검은 화면에 색색의 원이 나타났다가 사라졌어. 비눗방울이 터지듯이. 눈에는 스크린세이버가 계속 비쳤지만, 머릿속에서는 방금 읽은 글이 영상으로 변해 빨리 감기로 끝없이 되풀이해 재생됐어.

재생될 때마다 영상이 일그러지는 것처럼 느껴진 건 내 눈에서 흐르는 눈물이 머릿속까지 영향을 미쳤기 때문일까.

영상이 끊긴 건 방에 불이 켜졌기 때문이야. 영화관과 똑같지. 파파는 어린이용 영화라도 반드시 불이 켜지고 나서야 자리에서 일어났어. 하지만 불은 알아서 켜진 게 아니야. 지에리 선배가 돌아왔어.

"미안해, 다음 알바가 늦게 와서. 이거 받아 왔으니까 같이 먹자."

지에리 선배가 노트북 옆에 내려놓은 비닐봉지에 뭐가 들었는지도 모를 만큼 내 시야는 여전히 흐릿했어. 지에리 선배는 내 옆에 앉아 등에 살며시 손을 얹었지. 따뜻하더라.

"슬픈 일이라도 있었니?"

다정한 목소리로 묻길래 난 고개를 저었어. 자리에서 일어난 지에리 선배가 옷장 서랍에서 수건을 꺼내 내게 내밀었지.

"세수하고 나면 개운해질 거야. 세면실 알지?"

나는 분홍색 바탕에 하얀 물방울무늬가 들어간 보드라운 수건을 받아서 세면실로 갔어. 커다란 거울에 얼굴을 비춰보자 눈꺼풀이 눈을 덮을 정도로 벌겋게 부었더라고. 이 꼴을 보고도 용케 비명을 지르지 않았구나 싶어 새삼 지에리 선배의 상냥함에 감동했어.

"죄송해요. 그리고 감사합니다."

방으로 돌아오자 머리를 빗고 있던 지에리 선배에게 고개를 숙이며 수건을 돌려주고 노트북 앞에 앉았어. 전원을 끄고 플로피디스크를 뽑아서 발치에 놓아둔 가방에 넣었지. 노트북에 데이터는 남아 있지 않는데도 화면을 감추듯이 덮개를 덮었어. 초기화 완료라는 글씨가 눈에 들어왔어.

"인간도 초기화할 수 있으면 좋을 텐데."

지에리 선배가 내 옆에 앉아 불쑥 말했어. 분명 그렇지 않은데도 지에리 선배가 플로피디스크를 함께 확인한 것처럼 말해서 가슴이 철렁하더라. 하지만 정말로 그랬으면 좋겠다는 생각이 들었어.

힘든 일은 전부 삭제하고 새로운 생활을 시작할 수 있다. 그럼 나는 지금 당장 머릿속을 초기화하고 싶을까. 대답은 '아니다'야. 삭제되는 건 부정적인 일뿐만이 아니니까. 즐거웠던 일도 전부 사라져.

파파와 쌓은 추억, 엄마가 구워준 마들렌의 맛, 아리사가 도와 준 것. 지금 옆에 있어주는 사람.

파파의 기억, 엄마의 기억, 사람의 기억을 자기 입맛대로 삭제 할 수 있는 세상이었다면 나는 이 세상에 태어나지 않았을지도 모르지.

초기화를 바라지 않는 동안은 내 인생도 아직 행복하다는 뜻 일까.

더는 눈물이 나지 않았어. 지에리 선배는 내가 운 이유는 묻지 않고 방에서 나가서 따뜻한 코코아를 타 왔지. 분홍색 하트 모양 마시멜로까지 띄워서. 비닐봉지 속에는 도넛이 두 개 들어 있었 는데 먼저 골라도 된다기에 몹시 망설이다 초콜릿이 묻은 쪽을 집었지.

지에리 선배가 실은 그걸 더 좋아한다며 커스터드크림이 든 도넛을 절반 잘라 내 앞에 내려놓길래 나도 똑같이 했지. 처음부 터 이럴 걸 그랬다며 같이 웃었어.

지에리 선배에게 응석을 부리는 아리사를 귀엽게만 볼 수는 없겠더라. 나도 지에리 선배가 내 언니라면 좋겠다고 진심으로 바랐거든.

지에리 선배의 방에 있는 거울로 얼굴 상태가 좀 나아진 걸 확인하고 집으로 돌아왔어. 할머니에게 엄마가 일으킨 사건을 들었을 때처럼 플로피디스크의 내용은 내 머릿속에서 지워버려야 해.

엄마 앞에서 평소 얼굴로 지낼 자신이 없었어. 한편으로 당장 엄마를 만나고도 싶었지.

하필이면 그런 날, 엄마는 하야사카와 함께 돌아왔어.

실은 아리사에게 회사에 대해 들은 후, 엄마한테 넌지시 물어 봤어. 스야마 씨의 회사에서 일하느냐고. 엄마는 선선히 인정하더니, 먼 곳에 방문하는 날은 하야사카가 차로 태워다 주고 데리러 온다고 약간 미안한 듯이 말했지.

확실히 하야사카는 우리 집에 놀러 온 분위기는 아니었어. 코가 삐뚤어지도록 술을 마시고 드러누워 자다가 동틀 녘에 돌아갔지. 같이 살 때보다 술이 많이 늘었더라. 원래 위스키를 마실 때는 소다수를 탔는데 얼음을 넣은 잔에 위스키를 따라서 그대로 마시더라고.

이노야 호텔 일로 받은 충격을 아직 털어버리지 못했는지도 모르지만 이제 동정은 안 해. 기요세 계곡 안쪽에 4월 1일 오픈한다는 '숲의 이노야'에서 일할 수 있다면 이렇게 술에 빠져 살지 않을 것 같기는 하지만. 하야사카가 우리 집에 놔둔 위스키 병만 봐도 소름이 끼쳐.

모토야의 기분도 약간은 이해가 가더라.

저기, 아키코. 플로피디스크는 어떻게 처분하면 좋을까. 난 바보야. 지에리 선배의 노트북으로 플로피디스크에 저장된 문서를 삭제했으면 되는데 그 생각을 못 했어. 그 밖에도 파파의 물건 중에 처분해야 하는 게 또 있을지도 몰라.

현실 속의 초기화에는 시간과 수고가 꽤 많이 들 것 같아.

아키코, 이제 곧 3학년 시업식이야.

엄마는 오늘 일을 쉬는지 아침에 같이 텔레비전을 보다가 놀랄 만한 제안을 했어.

"쇼핑하러 갈래?"

놀랍지? 이게 얼마나 대단한지 이해하는 사람은 아키코뿐일걸.

"어디로?"가 아니라 "왜?"라고 되물었어.

"새 학기니까 새 학용품 같은 게 필요하지 않을까 싶어서."

아주 지당한 대답이었지. 돈을 써도 되는지 걱정은 됐지만 그렇게 물어보면 엄마는 실망할 테고, 지금 엄마는 안색도 좋고, 무엇보다도 내가 설렜어.

결국 작년에 새로 생긴 옆 동네 쇼핑몰에 가기로 했지. 궁금했던 곳이야. 산을 깎아낸 구역에 있어서 차가 없으면 가기 힘들 것 같았지만, 엄마가 스마트폰으로 찾아보니 역에 셔틀버스가 있다기에 바로 갈 준비를 했지.

엄마와 단둘이 외출하다니 얼마 만일까. 그러다 하야시 선생님과 마주쳤던 기요세 계곡 캠핑장이 떠올라서 이제 과거를 돌이키는 건 그만두기로 결심했어.

학용품은 노트와 샤프심을 샀어. 엄마가 새 필통을 사라고 권했지만 지금 있는 걸로 충분해. 옷은 어떻게 할 거냐기에 역시 사양했어. 엄마도 필요한 걸 사지 그러냐고 했더니 엄마도 마다하더라.

점심은 푸드 코트에서 먹기로 했어. 푸드 코트가 가까워질수록 달콤하고 구수한 냄새가 풍겨왔지. 인기 있는 슈크림 가게에서 나는 냄새였어. 주문하고 나서 생크림과 커스터드크림을 넣어준다는데, 점심답지는 않지만 엄마와 난 만장일치로 이걸 먹기로 했어.

맛있더라! 그리고 사고 싶은 게 생겼어.

아키코, 그게 뭐게? 정답은(너무 빠른가?) 오븐이야!

파파와 살 때 썼던 오븐은 하야사카의 집으로 이사 갈 때 어쩔 수 없이 버렸어. 하지만 난 엄마의 마들렌을 꼭 다시 먹고 싶었어. 같이 만들고도 싶었고.

내 마음을 엄마에게 전하자 엄마는 두말없이 찬성했어. 엄마도 오랜만에 만들어보고 싶어졌다면서. 엄청 좋은 건 아니라도 돼. 온도와 시간 설정만 가능한 단순한 오븐은 그렇게 비싸지 않았고, 크기와 무게도 들고 돌아갈 수 있을 정도였어.

쇼핑몰에 있는 커다란 균일가 매장에서 마들렌 틀과 종이 깔개도 샀지. 옆에 슈퍼도 있길래 재료도 사서 돌아왔어.

집에 도착하자 엄마는 이미 지쳤을 줄 알았는데 그럼 만들자며 팔을 걷어붙였어.

"나도 같이 만들어도 돼?"

"당연하지."

엄마는 부드럽게 미소 지었어. 부엌 공간이 딸린 단칸방에 고소한 버터 냄새가 가득 찼지. 행복한 냄새. 물론 맛도 최고였어.

노트북을 빌려준 답례로 지에리 선배에게도 마들렌을 만들어 주기로 했어. 새 학기가 시작되면 아리사와 만날 수 있을 테니 다음에는 함께 가야지.

아키코, 정말 행복한 하루였어.

아키코, 오늘은 짤막하게 소식을 전할게. 새 학기가 시작되기 전에 파파의 짐을 정리하려고 벽장 속에 보관해 둔 박스를 꺼냈어.

그 속에 들어 있던 본 조비 CD. 집에 CD 플레이어는 여전히 없지만 오늘만은 꼭 들어야 할 기분이었어. 과거를 초기화하고 엄마와 새로운 삶을 살기로 결정한 파파가 과거에서 가져온 물건은 이 CD와 플로피디스크뿐이라는 걸 알았으니까.

케이스를 열자 가사집과 CD 사이에 사진이 세 장 들어 있었어. 아직 10대 정도로 보이는 젊은 파파와 엄마. 파파와 모르는 10대 남자, 엄마와 모르는 10대 남자. 그 10대 남자 얼굴을 보고 나도 모르게 숨을 삼켰지.

이어서 나는 박스에 넣어둔 파파의 고등학교 졸업 앨범을 꺼내서 한 장씩 넘겼어. 반별 사진 중에 그 남자의 얼굴은 없었지. 뒤쪽의 1, 2학년 게시판에 이르러서야 겨우 하나 찾아냈어. 합창

하는 모습을 찍은 사진의 제일 가장자리에 지루해 보이는 얼굴로 서 있었지.

분명 엄마의 오빠야.

사진을 CD 케이스에 원래 있던 대로 넣었어. 그리고 CD 케이스는 플로피디스크, 졸업 앨범과 함께 포개어 박스 제일 밑에 숨겼지. 버리면 오히려 남의 눈에 띌지도 모르니까.

저기, 아키코. 비밀이니 뭐니 담아서 네게 쓴 편지도 어쩌면 남겨둬서는 안 될지도 모르겠어. 파파와 엄마가 지우고 싶어 했던 일을 내가 다시 되살리고 있는 셈이니까.

언젠가 한꺼번에 없애버려야겠어.

아키코, 곧 황금연휴야.

지금까지 편지를 쓰지 않은 건 학교생활이 순조롭기 때문이라고 생각해 줘.

아리사와는 같은 반이고 미노리와 모토야하고는 다른 반이야. 담임은 1학년 때 담임이었던 오구라 선생님이라 아주 쾌적한 상태야. 고바짱과는 반이 갈렸지만 문예부 아이는 두 명 있어. 이미 동아리에서 탈퇴 처리됐을 줄 알았는데 여름방학이 되기 전까지 힘내서 한 작품 쓰라고 하더라고. 파파도 중학생 때 소설을 썼다니까 나도 시도해 볼까.

아, 맞다. 이제 보건실이나 도서실 등교가 아니야. 아리사는 지각이나 조퇴는 하지만 4월 내내 결석하지 않고 학교에 잘 다니고 있어.

엄마도 잘 지내. 놀랍게도 일주일에 한 번씩 마들렌을 만들어
줘.

좋은 일로 가득한 봄. 아무 고민도 없는 봄……이라고는 할 수
가 없겠네.

요전에 아리사와 지에리 선배네 집에 갔어. 마들렌을 가져가
겠다고 약속했으니까 내가 구운 마들렌을 엄마 몫으로 두 개 남
겨두고 랩으로 예쁘게 포장해서.

학교는 땡땡이치지 않았어. 이제 그런 짓은 안 하려고. 오전 수
업만 하는 가정방문 주간에 가겠다고 양해를 구했지.

지에리 선배가 오라는 시간에 갔지만 이번에도 지에리 선배
가 집에 없어서 아리사와 이야기를 하며 기다리다 우리는 봐서
는 안 되는 걸 보고 말았어.

벽에 잔뜩 붙여놓은 포스터 중에 한 장이 반쯤 떨어졌는데 그
밑에 커다란 구멍이 뚫려 있지 뭐야. 뭔가 부딪쳤거나 우연히 그
포스터 밑에만 구멍이 뚫려 있었을지도 모르지만, 내게는 그 구
멍이 지에리 선배가 끌어안고 있는 비밀처럼 느껴졌어.

아무에게도 털어놓을 수 없는 일. 구멍을 본 걸 들켜서는 안
돼. 아리사도 같은 생각이었는지 포스터를 벽에 다시 대고 테이
프가 붙은 부분을 힘껏 눌렀어.

다행히 지에리 선배가 돌아온 후에는 포스터가 떨어지지 않
았지. 지에리 선배는 학교에서 있었던 이야기를 하면서 내가 구
운 마들렌을 기쁜 표정으로 맛있게 먹더니, 자기도 만들어보고

싶다고 했어. 아리사도 끼워달라고 했고. 지에리 선배네 집 부엌에는 오븐이 있으니까 틀은 내가 집에서 가져오기로 하고, 다음에 만날 때 셋이서 만들기로 약속했지만 언제 만날지는 아직 정하지 않았어.

저어, 아키코. 지에리 선배의 구멍을 마들렌으로 메울 수 있을까.

파파가 엄마에게 해준 것처럼…….

아키코, 엄청난 사건이 일어났어.

지에리 선배가 아빠 엄마가 잠든 사이 집에 불을 질렀어. 다행히 아빠도 엄마도 생명에 지장은 없지만 중상이래. 왜 그랬는지는 모르겠어. 그 구멍 속에 뭔가 비밀이 있었을지도.

지에리 선배와 엄마의 모습이 겹치더라. 그리고 파파의 모습도……. 설마 노트북에 플로피디스크의 데이터가 남아 있었던 건 아니겠지. 그때 좀 더 냉정했더라면…….

인간도 초기화할 수 있으면 좋겠다던 지에리 선배의 말. 나는 그게 내게 한 말이라고 믿었어. 나만 불행하다는 생각에 잠겨 있었다는 증거야. 그때 지에리 선배에게 지우고 싶은 일이 있느냐고 한마디 물어봤다면 뭔가 달라졌을까.

경찰서에 가서 자수했다는 지에리 선배에게 이제 와서 내가 해줄 수 있는 일은 아무것도 없어.

아리사와는 화재 현장에서 마주쳤지만 충격이 심했는지 그 후로 결석하고 있어. 그렇지만 원인은 지에리 선배뿐일까.

아리사도 내게 뭔가 숨기고 있어. 그걸 파고들지 않는 게 아리사를 위하는 길이라고 여겼지만 정말 그냥 놔둬도 될까.

우리는 괜찮을까.

아키코, 아리사가 다시 학교에 왔지만 우리는 지에리 선배 이야기를 거의 안 해. 다만 아리사 말로는 지에리 선배에게 같은 학교에 다니는 베프가 있다니까 다행이야. 우리가 어중간하게 걱정하기보다 그 사람에게 맡기는 편이 나을 거래.

베프라니 부럽다. 그런 말을 할 상황은 아니지만.

아리사는 생각보다 활기가 있어 보여. 오늘은 수학여행을 안 가겠다고 하더라고. 6월에 규슈 지방으로 갈 예정인데 하나도 재미없을 것 같대. 반 아이들과 이틀이나 같이 보내야 한다니 오싹하다면서.

난 꽤나 기대 중이라 아리사한테 그런 소리 하지 말고 같이 가자고 설득해 봤지. 하지만 아리사의 이야기를 듣다 보니 나도 마음이 조금씩 흔들리더라.

수학여행 비용은 1학년 때부터 은행 계좌에 적립해 둔 10만 엔 정도의 돈으로 충당해. 그런데 수학여행을 가지 않겠다고 미리 연락하고 쉬면 전액 반환된다나.

"그럼 그 돈으로 여름방학 때 드림랜드에 가는 편이 재미있지 않겠어? 우리는 드림마운틴과 동갑이잖아."

단번에 마음이 들떴지. 하지만 의외더라. 아리사가 드림랜드를 좋아했다니. 아무래도 내가 그런 표정을 지었나 봐.

"겐토…… 남동생이 가고 싶어 하거든. 버스로 왕복하면 두 사람 여행 비용으로 10만 엔이면 충분할 테지. 그러고 보니 앗코도 드림랜드 좋아하지 않았나? 초등학교 4학년 때였나, 근사한 나무 상자를 만들었잖아."

설마 그런 것까지 기억하고 있었을 줄이야. 그렇구나, 두 사람 여행 비용이라. 난 엄마 얼굴을 떠올렸어. 그런데 아리사가 같이 가자고 제안했지.

"동생이랑 둘이서 안 가도 괜찮아?"

"딱히, 데이트하고 싶은 건 아니니까. 동생 바보도 아니고. 잘은 모르지만 그런 곳은 여럿이서 가는 편이 재미있을 것 같은데."

그러나 어른인 엄마가 끼면 아리사도 싫어할지 몰라. 하지만 돈을 적립해 준 건 엄마니까 한번 상의해 보기로 했어.

"아리사, 네 동생은 어떤 애야?"

"미소년이지. 성격도 착하고 얌전해. 나랑은 정반대라니까."

말투에서 아리사가 동생을 끔찍이 아낀다는 게 전해졌어. 만나보고 싶더라.

엄마는 "수학여행과 드림랜드 둘 다 가지 그러니." 하고 말했어. 하지만 그런 사치는 부릴 수 없지. 난 기요세 고등학교에 들어가고 싶다는 뜻을 전하고, 1학기 성적에 따라서는 학원에 다니고 싶다고도 말했어. 그렇게까지 하지 않더라도 합격하겠지만 그러면 수학여행을 안 가도 된다고 할 것 같았거든.

엄마는 선선히 허락했어. 다만 자기는 일을 해야 하니까 아리사 남매랑 다녀오라고 했지.

"나중에 엄마도 같이 가자."

엄마는 그렇게 말하고 다정하게 웃었어.

아직 한 번도 안 가놓고 두 번째 약속까지 하다니. 설레발을 치는 건지도 모르지만 즐거운 약속은 아무리 많아도 상관없잖아.

나무 상자는 소중하게 보관해 놨어. 처음에는 아키코에게 쓴 편지를 넣어뒀지만 편지가 넘쳐서 지금은 처음에 아키코에게 받은 편지만 넣어뒀지.

마치 그게 미래와 연결되는 우편함인 것처럼.

아키코, 슬픈 일도 있지만 즐거운 일이 생기면 그때까지는 열심히 살아보자는 마음이 들잖아. 미래나 어른이라는 도착점은 한없이 멀게 느껴져서 상상만 해도 숨이 막힐 것 같지만, 즐거운 일을 조금 앞에 두고 거기를 향해 똑바로 선을 긋듯이 나아가면 의외로 금방일지도 몰라.

그런 느낌 아니었니, 아키코?

아키코, 다른 아이들은 수학여행을 갔어.

난 도서실에서 선생님이 내준 프린트물로 공부를 하고 있고. 나 말고도 세 명이 있는데 모토야도 그중 한 명이야. 모토야가 먼저 도서실에 와 있길래 돌아가려고 하자 잠깐, 하고 얼굴을 반쯤 가리는 마스크를 쓴 채 작은 목소리로 불러 세우더라. 분명 작년에는 미안했다고 말한 것 같아. 나도 비슷하게 작은 목소리로 응, 하고 대답했어.

빈자리에 앉았지만 도서실에 아리사는 없었어. 물론 수학여행을 간 건 아니고. 수학여행을 가려고 했어도 아리사는 못 갔을 거야.

그럴 만한 일이 벌어지고 말았어.

아리사의 남동생이 자살했거든. 집이 있는 4층짜리 공공주택 옥상에서 뛰어내려서. 유서에는 "누나, 드림랜드에 못 가서 미안."이라고 적혀 있었대.

즐거운 일이 생기면 미래도 금방이기는 개뿔이. 대단한 고민도 없는데 힘들다고 자기합리화하면서 스스로에게 취한 나 자신이 부끄러워.

엄마와 함께 장례식에 갔더니 스야마 씨는 엉엉 울고 있었어. 그 옆에서 아랫입술을 꽉 깨문 아리사는 피가 나는 것도 모르는지 허공만 노려보고 있었고. 눈물은 흘리지 않았지만 눈에 핏발이 섰고 눈꺼풀도 빨갛게 부었더라. 아무도 없는 곳에서 울었던 거겠지.

스야마 씨는 학교에서 왕따를 당한 게 원인이라고 했어.

영정 사진 속의 웃는 얼굴이 어쩐지…… 엄마를 연상시키더라고.

혼자서는 감당할 수 없을 만큼 큰 문제를 끌어안고 있는데도 주변에 아무 티도 내지 않고 부드럽게 미소 짓는 자애로운 얼굴.

왜 혼자 가버린 걸까. 그렇게 의지할 만한 누나가 있는데.

아키코, 아리사에게 무슨 말을 해야 할지 모르겠어. 편지를 쓰려도 값싼 위로의 말밖에 안 떠올라.

내 문장력은 힘이 없어, 아무 도움도 안 돼.

아키코, 오늘 아리사가 우리 집에 왔어.

학교에서 돌아오고 잠시 후에 옛날에 그랬던 것처럼 인터폰이 울렸지. 문을 열어보니 아리사가 서 있었어. 원래 날씬했던 몸이 더 말랐고 눈은 푹 꺼진 게 며칠이나 잠을 못 잔 것 같더라.

마침 엄마가 구운 마들렌이 두 개 남아 있어서 우유에 탄 시원한 인스턴트 코코아를 곁들어 아리사와 같이 먹었어. 아리사는 입맛도 없어 보였지만 코코아를 한 모금 마시고 달콤하다고 중얼거리더니 마들렌도 조금씩 먹기 시작해서 안심했지.

"느닷없이 찾아와서 미안해."

마들렌을 전부 먹은 아리사가 불쑥 말했어.

"아니야, 나도 보고 싶었어."

나는 어쩌면 예의에 어긋날지도 모른다고 생각하면서도 웃음을 지었어. 아리사는 눈물을 흘리다 점차 소리 내어 울기 시작했지. 난 아리사 곁에 앉아 옷 위로도 뼈가 만져지는 야윈 등에 손을 얹었어. 그리 오래지 않은 어느 날, 지에리 선배가 내게 해줬던 것처럼.

친구라고 해도 비밀이나 상처를 안고 있는 사람들끼리는 서로 깊이 파고들면 안 된다. 줄곧 그렇게 생각해 왔지만 지에리 선배 일로 마음이 흔들렸고, 아리사의 남동생 일로 그렇지 않다는 마음이 강해졌어.

혼자 끌어안고 있지 말고 나누면 돼. 자신에게는 무거운 짐이라도 다른 사람에게는 그렇게 무겁지 않을 수도 있으니까, 나눌 상대가 있다면 서로 짐을 바꾸는 것도 좋아.

그러나 뭐든지 상의하라고 내가 먼저 말해본들 알겠다며 간단히 응할 아이가 아니야, 아리사는. 오히려 거리를 둘 우려도 있어. 그래서 아리사가 찾아와 준 게 기뻤지.

"맞다, 벽장에 안 들어갈래? 개그우먼 파타코라고 있잖아, 그 사람이 엄마 배 속으로 돌아간 것 같다고 했어. 그건 캡슐호텔이었지만 벽장이나 캡슐호텔이나 그게 그거지."

"엄마 배 속이라니 유치하기는."

아리사는 힘없이 툭툭거리면서도 일어섰어.

벽장 상단에는 언제든지 틀어박힐 수 있도록 반으로 접은 방석을 깔아놨어. 아리사를 먼저 올려보내고 나도 들어가서 매달아 둔 손전등을 켜고 장지문을 닫았지.

"생각보다 습하지 않네."

"집이 헐어빠져서 통풍이 잘되거든."

우리는 무릎을 끌어안은 자세로 벽에 등을 대고 나란히 앉아 띄엄띄엄 잡담을 했어. 아니, 말은 나만 했나. 모토야의 사과, 그리고 교실에서 주워들은 수학여행 이야기. 누가 누구에게 고백했다든가.

"미노리는 자유행동 시간을 혼자 보냈대. 같은 조 애들이 미노리가 화장실에 간 사이에 도망쳤다나 봐."

"자기 차례가 돌아온 거지. ……그래도 쌤통이라는 생각은 안 드네. 제일 싫은 애인데."

"나도. 내가 홀로 버려진 것 같은 기분이었어."

문예부 아이가 그 이야기를 웃으며 들려줬다는 건 아리사에게 말하지 않았어. 동생 일은 어떻게 됐을까. 내가 먼저 물어볼 수는 없어. 둘 다 입을 다물어도 아리사의 기척은 전해져 왔지. 숨소리, 심장소리. 쌍둥이는 태어나기까지 엄마 배 속에서 이렇게 지내는 걸까.

"저기, 드림랜드에 언제 갈래?"

갑작스러운 질문에 내 귀를 의심했어. 동생이 죽어서 그 이야기는 취소된 줄 알았거든.

"괜찮겠어?"

"앗코가 싫지 않다면. 49일 동안은 이쪽에 머무른다잖아. 그러니까 그사이에 걔가 아꼈던 물건을 가지고 가면 따라올 수 있지 않을까 싶어서."

아리사는 눈물을 그쳤지만 이번에는 내가 코를 훌쩍였어.

"응, 가자. 표 끊고 가이드북 사서. 셋이 함께."

우리는 누가 먼저랄 것도 없이 손을 살짝 뻗어 꼭 마주 잡았어.

그 후에 아리사는 실은 상의하고 싶은 일이 있다고 말을 꺼냈어.

학교 측은 왕따가 있었다는 사실을 부인하고 조사 결과도 공개하지 않으니까, 독자적으로 설문조사를 하고 싶다, 동생 반 아이들에게 협력을 얻을 수 있도록 질문을 같이 생각해 달라고 했지.

나는 초안을 만들겠다고 약속하고 가능하면 학교에서 그걸 주고 싶다고 말했어.

일을 마치고 돌아온 엄마(하야사카 없이 혼자)가 아리사에게 저녁을 같이 먹자고 했지만 아리사는 나직이 괜찮다고 대답하고 달아나듯 돌아갔어.

아키코, 드림랜드에 가기로 했어. 나도 파파의 유품을 가지고 갈까. 49일은 한참 전에 지났지만.

보이지 않는 누군가와 함께 드림랜드에 가는 사람은 어쩌면 아리사뿐만이 아닐지도 모르겠어.

아키코, 여름방학이야. 통지표도 잘 나왔고, 면담 때는 담임이 이만하면 기요세 고등학교에 너끈히 합격할 수 있겠다고 했어. 긴장을 늦추지 말라는 충고도 함께였지만.

드림랜드(물론 마운틴도 포함) 입장권과 고속버스표도 끊었어!

수학여행비를 당장 돌려받을 수 있는 건 아니라서 내 돈으로 충당하기로 했지. 하야사카에게 받은 용돈을 손대지 않고 가만히 놔뒀거든.

그렇다고 하야사카에게 데려가 달라고 할 마음은 없어. 고맙지도 않고. 그 인간은 매주 월요일과 목요일 밤에 집에 와. 벽장 안은 찜통이라 그때는 공원이나 편의점에서 시간을 때우지. 완전히 시간 낭비야.

엄마는 하야사카를 뿌리치지 못해.

아, 교통사고라도 당하면 좋으련만.

아키코……. 나, 하야사카를 죽이기로 했어.

진정하자, 진정해. 순서대로 쓸게.

아침부터 날씨가 찌뿌둥했어. 여름방학이라 빈둥빈둥 늘어져 있던 나는 텔레비전으로 태풍 예보를 보며 20년에 한 번의 대형 태풍이 직격하면 우리 연립주택은 무사할까 걱정했지. 엄마가 빨리 돌아와야 할 텐데 하면서.

갑자기 문을 쾅쾅 때리는 소리가 들렸어. 돌풍에 휘말려 자전거라도 날아온 것처럼. 하지만 아직 태풍이 접근할 시간은 아니야.

문을 열자 아리사가 서 있더라. 이미 비가 내리기 시작했는지 머리가 조금 젖었더라고. 옷을 갈아입어야 할 정도는 아니었어. 달려왔는지 숨을 헐떡이는 아리사를 들어오라고 한 후 욕실에서 수건을 가져오려고 등을 돌렸어.

"잠깐. 일단 내 말부터 들어. 벌써 몇 시간이나 참았어."

쥐어 짜내는 듯한 목소리였지. 당장이라도 우리 집에 오고 싶었지만 엄마가 나가는 시간까지 기다렸다는 뜻일까. 난 방구석의 부엌 공간에 있는 냉장고에서 페트병을 꺼내 컵에 보리차를 따랐어.

여전히 서 있는 아리사에게 컵을 내밀자 아리사는 보리차를 단숨에 들이켜고 그 자리에 주저앉았어.

"무슨 일인데?"

나도 보리차를 마셨지만 목소리가 갈라지더라.

"누가 동생을 죽였는지 알았어."

왕따 주모자가 누구인지 알았다는 소리인가 했지. 그래서 다음 말을 듣고 숨이 멎는 줄 알았어.

"아빠야."

아빠라는 말과 스야마 씨가 내 머릿속에서 좀처럼 서로 이어지지 않았지만 아리사는 말을 계속했어.

"그 인간은 간병인을 파견하는 회사를 한다면서 뒤로는 매춘을 알선하고 있었어. 하야사카가 레스토랑을 할 때 자주 왔던 돈 많은 변태가 패거리를 연결해 준 거지. 그중 최고 고객이 이노야 호텔 회장인데 '숲의 이노야' 특별실은 변태 소굴이래. 뭐, 대부분은 여자를 좋아해. 하지만 이노야의 회장은 예쁘장한 소년을 좋아하는가 봐. 그렇지만 이런 촌구석에 그런 남자애가 어디 있겠어. 그래도 하야사카는 영감탱이한테 꼭 아양을 떨고 싶었는지 아빠한테 동생을 내놓으라고 다그쳤어. 아빠도 처음에는 망설였나 본데 결국은 돈을 선택했지. 동생은 세 번 상대를 한 모양이야. 그렇지만. 도저히 견딜 수 없었던 거겠지."

아리사는 힘껏 따귀를 때리듯 양손을 뺨에 대더니 그대로 얼굴을 덮었어. 손가락 틈새로 목소리가 새어 나왔지.

"이상하다 싶기는 했어. 겐토가 날 드림랜드에 데려가겠다고 하질 않나, 뜬금없이 비싼 포도를 사 오질 않나. 좀 더 제대로 이야기해 볼 걸 그랬어. 따끔하게 캐물어 봤으면 차라리 나았을 텐데. 하지만 난 눈을 돌렸어. 아빠가 스트레스를 내게 풀까 봐 무서워서 걔를 방패로 삼았을 뿐이야. 나도 겐토를 궁지에 몰아넣은 셈이라고."

더 이상 말하지 말라고 손가락 사이에 막을 치듯, 솟아오른 눈물이 흘러내리는 모습을 나는 가만히 바라봤어. 머릿속에는 내게 상냥하게 고개를 끄덕이는 이노카와 씨의 얼굴이 퍼져갔지. 그리고 일그러지다 뭉개졌어.

그 사람이 아리사의 동생을…….

하지만 그런 충격적인 일도 내게는 결국 남의 일이었다는 걸 깨달았지. 아리사의 다음 말을 듣자 순식간에 천지가 뒤집어졌어.

"너희 엄마도 그런 놈들한테 보내진다는 거 알고 있었어? 이 동네에서 제일가는 변태인 치과의사의 마음에 쏙 들었대. 물귀신같이 끌어들이는 소리를 해서 미안해. 하지만 그 작자들이 말한 내용을 그대로 전하고 싶었을 뿐이야. 널 흉내 내서 벽장에 들어가 봤더니 마음은 차분해졌지만 밖에서 나는 소리가 고스란히 들리더라고."

벌게진 얼굴에서 양손을 뗀 아리사가 입을 오므려 어색한 웃음을 지은 것 같아. 하지만 머리가 띵해서 정말로 그랬는지는 자신이 없어.

엄마가, 엄마가, 엄마가…… 매춘에 이용당하고 있다.

몸속의 피가 부글부글 끓어올라 모공을 뚫고 온몸에서 뿜어져 나올 것만 같았어. 더 이상은 어떤 말도 들리지 않을 것 같았는데 아리사의 한마디가 싸늘한 칼날처럼 내 심장에 푹 박혔지.

"아빠를 죽일 거야."

아리사는 오른쪽 입가를 끌어 올렸어. 이건 아리사가 감정을 진심으로 드러낼 때 나오는 표정이야. 내 시선이 자기 눈에 멈춘 걸 확인하고 아리사는 말을 이었어.

"자기는 싫다고 했다고? 개소리하고 있네. 이제 와서 후회해도 늦었어. 자살 원인은 왕따이지 않냐, 그걸로는 납득이 되지 않는다면 자기가 위자료를 왕창 받아내겠다니 돈이면 다야? 뭘 어째도 이제 겐토는 돌아오지 않는다고. 하야사카도, 변태 영감탱이도 증오스러워. 하지만 가장 용서가 안 되는 건 아들을 팔아넘긴 아빠야. 앗코에게 함께하자고 부탁하는 게 아니야. 내 결의를 표명하는 거지. 내가 복수에 실패하고 목숨을 잃었는데 그 인간이 겐토 장례식 때처럼 자기에게 유리한 쪽으로 변명하면 안되니까 앗코에게 밝히는 거야. 아무 말도 할 필요 없어. 앗코도 충격이겠지만 너희 엄마는 어른이잖아. 본인이 원해서 하고 있는지도 몰라. 하지만 겐토는 달라. 걔는 아무 힘도 없었어. 이제 돌이킬 수는 없지만 하다못해 내가 원수를 갚아주지 않으면 너무 불쌍하잖아. 드림랜드에 가봤자 걔는 기뻐하지 않을 거야."

"나도 죽일래."

아리사의 말이 끝나기가 무섭게 배 속 깊은 곳에서 목소리가 튀어나왔어.

"하야사카를 죽일 거야. 엄마는 본인이 원해서 그런 짓을 하는 게 아니야. 하야사카가 억지로 시키는 거지. 파파가 지켜온…… 엄마가 지켜온 파파의 각오와 사랑을 하야사카가 망가뜨렸어. 이번에는 내가 엄마를 지켜야 해."

엄마가 툭하면 마들렌을 만들게 된 것도 그 때문이었던 거야. 엄마는 자기 마음과 싸우고 있어.

멀리서 천둥이 치고 비가 얇은 유리창을 세차게 때렸어. 아리사는 뭔가 말하려다 빗소리에 몸을 맡기듯 입을 다물었지.

내가 아리사의 손을 잡자 아리사도 힘을 주어 되잡았어. 동맹 성립이야. 괴로운 마음을 서로 받아들여 나누는 거지. 하지만 교환 살인은 아니야. 그러면 정의의 살인이 아니니까. 아니, 애당초 살인에 정의 따위는 없겠지만.

그렇다면 난 악이 돼도 상관없어.

폭풍에 등을 떠밀리듯 우리는 살인 계획을 세웠어.

체격도 힘도 못 당해내. 그런 상대에게 맞설 방법은 독살밖에 없지 않을까. 아리사도 금방 동의했지만 독을 어디서 구하느냐고 물어보더라. 어쩌면 학교 과학실에 청산가리가 있을지도 모르지만 훔치러 들어갔다가 붙잡히면 말짱 도루묵이야.

나는 액체 니코틴을 사용하자고 제안했지. 머리 한구석에 글씨로 남아 있던 말이지만 이거라면 담배를 구해서 우리끼리 만들 수 있지 않을까. 아리사가 당장 스마트폰으로 검색했어. 자세한 분량은 나오지 않았지만 아무튼 담뱃잎을 물에 담가서 진한 니코틴 용액을 만들면 독성이 상당히 높아진다나 봐.

미성년자가 담배를 구입하기는 어렵지만, 아리사가 편의점에서 아르바이트를 하는 지인에게 부탁해 어떻게든 구해 오겠다고 했어. 지에리 선배의 베프니까 믿을 수 있대. 이때도 난 아리사에게 물어보지 못했어. 우리는 베프냐고.

난 완성된 독을 하야사카의 위스키 병에 넣기로 했어. 위스키를 마시지 않는 스야마 씨는 맥주에 넣으면 들킬 것 같아서 저녁으로 먹을 카레에 타기로 했고.

언제 결행할까. 우리는 동시에 드림랜드에 가는 날이라고 말했어. 우리의 목적은 완전 범죄가 아니야. 그러니 죽인 후에는 분명 체포되겠지. 하지만 그 전에 즐거운 추억을 하나쯤 만드는 것도 좋잖아.

우리는 계획을 실행에 옮기고 역 대합실에서 만나기로 했어.

저기, 아키코. 난 바보 같은 짓을 하는 걸까. 파파도 엄마도 슬퍼할까.

하지만 이 방법밖에 없어. 이미 결정된 일이야.

아키코, 오늘 아리사와 함께 독을 만들었어. 놀랍게도 아리사가 담배를 백 갑이나 구해 왔더라고. 얼마인지 묻자 괜찮다며 웃은 걸 보니 분명 정당한 방법으로 손에 넣지는 않았을 거야. 뭐, 살인 재료를 구하는 데 정당이고 부당이고가 어디 있겠냐마는.

우리 집에서 담배를 분해해 500밀리리터짜리 보온 페트병 두 개에 깔때기로 가루를 넣었어. 둘 다 가득 찼지. 그리고 끓는 물을 천천히 반쯤 채우고 나무젓가락 세 개를 묶은 걸로 꾹꾹 눌렀어. 전쟁을 배경으로 한 드라마에서 비슷한 장면을 봤거든. 거기서는 쌀을 꾹꾹 눌렀지만.

"앗코, 정말 괜찮겠어?"

나무젓가락을 위아래로 움직이던 아리사가 갑자기 물었어.

"뭐가?"

"그게, 앗코는 학교도 잘 다니고 있고 기요세 고등학교에도 가고 싶잖아? 전부 물거품이 돼버릴 거야."

"전부 잃어도 돼. 그 후에 새로운 삶이 시작될 거라고 믿거든. 쉽지는 않겠지만 지금 같은 삶이 계속되는 것보다 몇 배는 나을 거야."

나는 나무젓가락을 쉬지 않고 움직이며 대답했어. 잎을 뭉개서 독이 조금이라도 많이 배어 나오도록. 내 표정이 어땠는지는 모르겠더라.

"그럼 독을 먹고 집을 나서기 전에 불을 지르자. 자기 집에 불을 지를 정도의 정신상태에는 39조*라는 게 적용된대."

아리사는 덤덤하게 무서운 제안을 했어. 마치 좋은 생각이 났다는 듯이.

"지에리 선배?"

"응. 그렇게 무거운 처벌을 받지 않았다나 봐."

---

* 형법 제39조. 심신상실자의 행위는 처벌하지 않고 심신미약자의 행위는 감형한다는 내용.

내 머릿속에는 다른 광경이 펼쳐졌어. 불을 지르는 목적은 다르지만, 이번에는 그 광경을 내가 되풀이함으로써 파파의 마음을 이어받아 엄마와 인생을 재출발할 수 있을 것 같은 기분이 들었지.

"알았어. 불을 지르자."

그 후 묵묵히 나무젓가락을 움직이던 우리는 페트병 뚜껑을 꽉 닫고 일어서서 바닥에 내팽개치듯이 페트병을 힘껏 흔들었어. 열흘 후에는 맹독이 되어 있기를 바라면서.

방 안이 담배 냄새로 진동했지. 난 수납함을 열고 중학교 2학년 교과서와 함께 처박아 둔 종이봉투에서 탈취 스프레이를 꺼냈어.

"오하라 선생님의 선물. 소중하게 보관해 두길 잘했네. 초강력이래."

"웃기다. 이럴 때 사용할 줄이야. 눈물 나게 웃겨."

화장실에서 비누 향 탈취 스프레이도 가져와서 서로에게 스프레이를 뿌리며 웃었어. 아니, 울었나. 잘 모르겠네.

아키코, 세상에는 얼간이뿐이야. 당연히 나도, 그리고 너도.

아키코, 이게 마지막 편지야.

드림랜드에 가려고 백팩에 만반의 준비를 해놨어. 호텔에 묵지는 않아. 하루 재미있게 놀고 다시 버스로 돌아올 거니까 갈아입을 옷은 필요 없어. 드림랜드 입장권과 고속버스표, 그리고 네가 준 편지와 책갈피를 넣어놨지.

오늘은 하야사카가 오는 목요일이야. 위스키 병에는 이미 독을 타놨어. 병에 위스키가 가득하면 독이 옅어질 테니 3분의 1만 남아 있던 건 행운 아닐까.

편의점에서 라이터도 사 왔어. 위장하기 위해 불꽃놀이도 조금 샀고. 캠핑장에서 아빠와 같이했던 선향 불꽃. 하지만 불을 붙일 물건은 따로 준비해 놨지. 종이는 넘치거든. 네게 써서 남긴 내 4년 반. 난 내 인생을 초기화할 거야.

불은 너무 크게 번지지 않는 편이 좋겠지만 파파의 플로피디스크와 본 조비 CD에 들어 있던 사진, 졸업 앨범은 완전히 불타버렸으면 하니까 편지 옆에 놓아둘 거야. 그리고 나무상자도.

만일을 대비해 반바지 호주머니에 맥가이버 칼도 넣어놨어. 이건 사용하지 않기를 바랄 뿐이야. 부적 같은 물건이랄까.

난 엄마와 하야사카가 돌아오기를 벽장 속에서 기다릴 거야. 엄마에게는 편의점에서 뭘 좀 사 오라고 부탁해야지. 일이 잘 진행될지는 모르겠어. 다만 그 결과를 네게 알릴 일은 없을 거야.

난 후회하지 않아. 아직 시작도 안 했지만 후회는 안 해.

그런데 아키코, 마지막으로 하나만 물어볼게.

나, 살아 있는 거지? 네 나이까지.

그러리라 믿고 이만 펜을 놓을게.

안녕. 아니, See you again!

미래의 나에게. 열네 살, 곧 열다섯 살의 아키코가.

에
피
소
드
I

"아리사."

누가 이름을 불러서 심장이 튀어 올랐다. 붕 떠올라 입으로 튀어나오는 게 아닐까 싶을 만큼. 내가 뭘 했는지 정도는 안다. 하지만 이름을 부르며 주의를 줄 줄이야. 아니, 집에서 그리 멀지 않은 편의점이니까 그냥 아는 사람이 있는 건지도 모른다. 내가 무슨 짓을 했는지 눈치챘다는 보장은 없다.

목소리가 들린 쪽으로 고개를 돌렸지만 계산대에 있는 점원 밖에 보이지 않았다. 점원은 날 보며 싱글싱글 웃고 있었다. 덧니가 눈에 익었다. 입을 다물고 있으면 얌전한 공주님 같은 얼굴인데, 웃으면 입가가 쑥 올라가 엄니 비슷한 덧니가 드러나서 악마 같은 얼굴로 변하는…… 지에리 언니다.

두 살 많은 그녀의 이름을 그녀가 초등학교 4학년 여름에 공공주택에서 이사 가는 날까지 난 '지에미'로 알고 있었다. 작별 인사가 담긴 아기 고양이 포스트 카드에 '智惠理(지에리)가'라고 쓴 걸 보고 "이과의 '이'라는 한자는 '미'라고도 읽어?" 하고 묻자 "어머, 내 이름은 지에리야." 하고 웃으며 알려주었다.

그때와 똑같이 생긴 입이 몇 미터 앞에 있었다.

계산대에서 나온 지에리 언니가 내게 다가와 귓가에 얼굴을 댔다. 뽀얀 살결과 기다란 속눈썹에 몇 초 전과는 다른 의미로 가슴이 철렁했다.

"도둑질은 안 돼."

난 몸이 굳어졌다. 옛날에는 친구였지만 지금은 그런 관계가 아니다. 점장을 부르려나. 경찰에 신고하려나. 학교에 연락하려나. 그런 생각이 머릿속을 빙빙 돌았다. 결코 목소리를 내지는 않았다.

지에리 언니는 눈을 내리깐 내 얼굴을 들여다보고 다시 악마 같은 얼굴로 말했다.

"지금이라면 호주머니에 넣은 걸 되돌려 놓기만 하면 돼. 아니면 계산대로 가서 올려놓든지. 이과의 '이'는 '리'라고 읽으면 되고. 단순한 일을 어렵게 생각해서 혼자 고민하는 점은 변함없구나."

그렇게 말하고 지에리 언니가 어깨에 손을 올려놓은 순간, 내 눈에서 눈물이 뚝뚝 떨어졌다. 한동안 울지 않고 지내다 보니 스위치가 어디 있는지 까맣게 잊어버렸는데 여기 있었구나, 하고 생각하며 파카 소매로 얼굴 전체를 쓱쓱 문지른 후, 더러워진 손등을 닦듯이 호주머니에 손을 넣었다.

기다란 추잉 캔디 꾸러미를 꺼내 원래 있던 진열대에 돌려놓았다.

"기간 한정, 샤인머스캣 맛. 이거 인기 있더라. 내가 사줄게."

지에리 언니는 내가 돌려놓은 꾸러미를 들고 계산대로 향했다.

"사주기는 뭘, 됐어."

내 말투는 은인을 대하는 말투가 전혀 아니었다. 지에리 언니는 걸음을 멈추지 않고 계산대로 돌아가 내게 등을 돌린 채 펜을 들고 뭔가 적었다. 지에리 언니는 몸을 돌려 꾸러미에 편의점 이름이 들어간 스티커를 붙이고 내게 내밀었다.

"언제든지 연락해."

꾸러미에는 지에리 언니의 스마트폰 번호가 적혀 있었다.

학교는 빼먹는다. 병신, 뒈져라 같은 상스러운 말도 아무렇지 않게 내뱉는다. 밀치면 걷어찬다. 욕을 먹으면 침을 뱉는다. 그게 나쁜 일이라고는 생각지 않는다. 왜냐하면 계기는 내가 만든 게 아니니까. 날 건드리는 인간만 없으면 난 착한 아이라고 내내 믿어왔다. 설령 주변에서 어떻게 평가하든.

하지만 도둑질은 나 스스로 한 짓이다.

앙갚음도 아니거니와 누가 강요하거나 부추긴 것도 아니다. 추잉 캔디를 특별히 좋아하는 것도 아니다. 애당초 난 돈이 있었다. 지갑에는 잔돈뿐이지만 500엔 정도는 있었을 것이다. 그걸로 겐토가 좋아하는 아몬드 초콜릿을 사려고 했다.

아빠가 때리는데 말리기는커녕 잠자코 나가서 미안해. 그렇게 사과하지 못하는 대신, 이불을 덮어쓰고 우는 동생의 머리맡에 살짝 놓아둘 생각으로.

마음을 정하고 왔는데도 과자 진열대 앞에 서자 신제품에 눈길이 갔다. 파인애플은 여름, 배는 가을, 귤은 겨울, 딸기는 봄. 과일은 좀처럼 못 먹지만 과일 맛 과자를 먹으면 계절을 느낄 수 있다.

제철과일을 좋아한 엄마와 어떤 일이 있었는지 즐거운 추억에 잠길 수 있다. 특별한 일은 아니다. 유치원 소풍날, 감, 게맛살, 밤밥으로 『원숭이와 게의 싸움』* 도시락을 싸준 것. 감기에 걸린 겐토를 위해 사 온 사과를 절반은 갈고, 절반은 토끼 모양으로 잘라 내게 준 것.

하지만 감 맛이나 사과 맛 과자를 봤다고 해서 무의식적으로 손을 뻗지는 않는다. 알고 보니 어느새 호주머니에 들어 있었던 적은 한 번도 없었다.

샤인머스캣이었던 게 문제였다.

다정한 엄마. 난폭한 아빠. 엄마는 우리에게 몇 번이나 되풀이해 말했다. 실은 아빠도 착한 사람이라고. 오른손 엄지손가락을 한 마디 잃기 전까지는. 그리고 그 원인을 제공한 게 엄마라는 것도.

원인이 무엇인지 엄마는 말해주지 않았다. 몇 번을 물어도 난처한 듯 눈썹을 모으고 고개를 몇 번 저을 뿐이었다.

그 사연을 안 건 엄마 장례식 날이었다. 난 초등학교 3학년, 겐

---

* 게를 속여서 죽인 원숭이가 죽은 게의 자식들에게 복수를 당하는 이야기.

토는 유치원 상급반이었다.

엄마의 동생인 미즈에 이모는 장례식이 끝난 후 외가 친척만 모인 식사 자리에서 옆에 앉은 아주머니에게 우리 아빠의 욕을 끝없이 늘어놓았다. 어쩔 수 없다. 아빠는 스님이 경을 읊을 때 슬그머니 나가더니 상주가 인사할 차례가 되어도 돌아오지 않았으니까. 게다가 돌아왔는가 싶더니 이상한 행동을 했다.

도쿄에서 유명한 미용실의 인기 미용사였다지만 그야 순 허풍이라고 봐야지. 손가락이 잘린 건 안됐지만 이상한 물건을 만들러 우리 회사에 찾아와서 반 장난삼아 기계를 만진 건 본인이잖아…….

그러한 미즈에 이모의 단편적인 이야기를 연결해 봤다.

엄마는 고등학교를 졸업한 후 부모님이 운영하는 금속가공 회사에서 작업원으로 일했다. 사원이 열 명도 안 되는 작은 회사다. 거기서 아르바이트를 하던 엄마보다 세 살 많은 남자, 하야사카라는 사람이 2월 어느 날 친구 한 명을 데려왔다. 늦은 새해 휴가를 얻어 귀성했는데 액세서리를 만들고 싶다니 좀 도와달라며.

두께를 절반으로 잘라낸 육각형 너트에 고리를 달아 피어스를 만들고 싶어. 도쿄에서는 지금 나사나 못 같은 공구를 사용한 액세서리가 유행이거든.

날라리 같은 행색의 미용사는 그렇게 말하고 절단기를 담당한 엄마에게 대형마트에서 사 온 지름 1.5센티미터, 폭 6밀리미터의 너트가 대여섯 개 든 봉지를 내밀었다. 엄마는 그걸 솜씨

좋게 절단해 나갔다.

자기도 해보고 싶다고 한 건 미용사다. 엄마는 위험하다며 한 번 거절했지만, 손재주가 좋다며 큰소리를 떵떵 치는 미용사의 말발에 져서 기계 앞에서 물러났다. 그로부터 몇 초 후, 너트와 함께 미용사의 오른손 엄지손가락 첫 번째 관절이 날아갔다. 절단된 부분을 가지고 당장 병원으로 달려갔지만 미용사의 엄지손가락은 원상태로 돌아오지 않았다.

미용사는 일을 그만두고 고향으로 돌아왔다. 의기소침한 그를 위로하던 사이 엄마는 임신했다. 임신을 계기로 두 사람은 결혼했다. 엄마는 스무 살, 미용사는 스물세 살이었다.

외할아버지의 소개로 엄지손가락을 잃은 미용사는 운송회사에 취직했다. 처음에는 성실하게 일했다. 대형면허도 땄다.

그리고 내가 태어났다.

하지만 전직 미용사였던 내 아빠는 시골 생활에 질리고 말았다. 손가락을 잃은 자신의 인생도 원망스러웠다. 직장 사람들과 사이도 좋지 못해 회사를 그만뒀다. 다른 직장도 오래 다니지 못했다. 그걸 전부 엄마 탓으로 돌렸다. 결국은 술을 마시고 손찌검을 하게 됐다.

그런 아빠와 당장 헤어지면 될 텐데도 엄마는 전부 자기 잘못이라고 주문을 외듯 스스로를 설득하며 어떤 폭력도 저항하지 않고 받아들였다.

교활한 건 아빠다. 폭력만 계속 휘두른다면 주문도 언젠가는 효력이 없어질 테지만, 아빠는 엄마를 잔인하게 두드려 팬 다음 날이면 반드시 엄마가 좋아하는 과일을 사 왔다.

엄마는 과일을 기쁘게 먹었다. 내 입에도 넣어주었다. 아빠도 과일을 안주 삼아 술을 마시는 날은 난폭하게 굴지 않았다.

그러는 동안 겐토가 태어났다.

세월이 흐를수록 아빠의 폭력은 늘어갔고 과일을 사 오는 횟수는 줄었다. 최악의 쓰레기다…….

아빠는 출관할 때가 되어서야 겨우 장례식장에 돌아왔다. 손에 백화점 쇼핑백을 들고서. 아빠는 빈손으로 관을 둘러싼 사람들을 헤치고 관 뚜껑에 손을 댔다. 하지만 이미 못을 박은 후였다. 아빠는 혀를 쯧 차더니 얼굴 부분에 달린 문을 열었다.

예쁜 꽃에 감싸인 엄마의 얼굴이 다시 나타났다. 아빠는 쇼핑백에 든 물건을 꺼내 엄마 얼굴 옆, 커다란 백합 사이에 쑤셔 넣었다. 그리고 바로 문을 닫았다.

비명을 지른 미즈에 이모는 아빠가 뭘 넣었는지 못 봤을 것이다. 아니, 얼핏 보였더라도 정확히 뭔지 알아차린 사람은 나와 겐토뿐이었으리라.

황록색 포도, 머스캣, 껍질째 먹을 수 있는 샤인머스캣.

폭력에 시달리면서도 웃음을 잃지 않았던 엄마지만 병에 걸린 뒤로는 웃음이 사라졌다. 병명은 식도암이었다.

아빠도 더는 때리지 않았고 부지런히 과일을 사 날랐다. 그렇지만 엄마는 뭘 먹어도 눈물만 흘렸다. 미안하다고 되풀이하면서.

엄마가 입원한 후에도 아빠는 매일 저녁, 일을 마치고 돌아오

는 길에 과일을 사 왔다. 당시는 파친코 게임장에서 일했다. 그런
데도 6시에는 집에 돌아와 각진 구형 승용차 뒷좌석에 나와 겐
토를 태우고 병원으로 향했다. 조수석에는 언제나 슈퍼에서 산
과일이 든 비닐봉지가 놓여 있었다.

엄마에게 남은 시간이 얼마 없어서인지, 뭘 먹어도 엄마가 웃
지 않아서인지 조수석의 비닐봉지는 어느덧 백화점 쇼핑백으로
바뀌었다. 차에 타자마자 달콤한 망고 냄새에 숨이 막힌 적도 있
다.

―너희들 병원에서 시무룩한 표정 짓지 마. 와, 맛있겠다. 이걸
먹으면 건강해질 거야. 그런 말을 하는 거야. 유쾌 발랄하게, 알
겠지?

아빠는 차 안에서 우리에게 그런 당부를 했다. 유쾌 발랄! 병원
에 도착할 때까지 오른손을 쳐든 채 그렇게 외친 적도 있다.

하지만 난 그 무렵의 아빠가 싫지 않다. 그리고 엄마 수술 전
날, 마지막으로 먹은 고형물이 샤인머스캣이었다.

―껍질째로 먹을 수 있어. 씨도 없으니까 통째로 삼켜.

아빠는 상자에 든 황록색 포도를 병실 세면대에서 씻어 유리
그릇에 담으면서 엄마에게 말했다. 그릇은 프랑스에 요리 수업
을 받으러 간다는 하야사카의 병문안 선물이었는데, 병실의 둔
탁한 백열등 불빛도 한낮의 햇빛처럼 반사해 반짝반짝 빛났다.

―예쁘다. 보석 같아. 포도알이 어쩜, 하트 모양으로 보여서 먹
기가 아깝네.

포도를 황홀하게 바라보던 엄마는 한복판의 포도를 한 알 떼

어 천천히 입에 넣었다.

—맛있다. 지금까지 먹어본 것 중에서 이게 제일 맛있어. 아리사도, 겐토도 다 함께 먹자.

엄마 얼굴에 웃음이 번졌다. 코를 훌쩍거리던 나와 겐토는 곁눈질로 아빠를 보고 아차 싶은 표정으로 허둥지둥 포도를 한 알 입에 밀어 넣었다. 달콤한 과즙이 입 속 가득 퍼져서 난 눈이 휘둥그레졌다.

—유쾌 발랄!

겐토가 입에서 과즙을 튀기며 소리쳤다. 눈에는 당장이라도 흘러넘칠 것처럼 눈물이 가득했다. 나도 소리쳤다. 오른손을 쳐들고.

—유쾌 발랄!

—그게 뭐야.

엄마가 웃으면서 물었다.

—그야 우리 가족만의 기운이 생기는 마법의 말이지.

아빠는 장난스럽게 말하더니 포도 세 알을 동시에 입에 넣은 후 유쾌 발랄, 하고 웃긴 목소리로 외쳤다.

—그렇구나. 유쾌 발랄!

엄마도 최대한 큰 목소리로 외치고 포도를 입 안 가득 넣었다. 신난 말투와 부드러운 미소에 분명 괜찮을 거라는 마음이 솟구쳤다. 우리 가족은 내내 이렇게 사이좋게 지낼 수 있다.

하지만 건강해지기 위해 먹는 즐거움을 제공했는데도 엄마는 그로부터 한 달도 지나지 않아 죽었다.

아빠, 나, 겐토 셋이 남자, 아빠는 스트레스를 내게 풀기 시작했다. 밥이 맛없다, 목욕물이 미지근하다, 방이 더럽다. 초등학교 저학년인 내가 집안일을 완벽하게 해낼 수 있을 리 없으니 트집은 얼마든지 잡을 수 있다.

게다가 내게는 과일이나 과일을 대신할 물건을 사 오지 않았다.

미즈에 이모에게 도움을 요청할까 싶었던 적도 있다. 장례식이 끝나고 할머니가 몇 번 전화도 주었다. 그렇지만 결국 의지하지 않은 건 미즈에 이모와 할아버지, 할머니도 삶이 고달팠기 때문이다.

엄마를 험담하고 싶지는 않지만 엄마와 미즈에 이모는 둘 다 남자를 보는 눈이 없다. 미즈에 이모는 결혼을 미끼로 던진 남자의 몇천만 엔이나 되는 빚을 짊어졌다. 게다가 할아버지 회사도 경영 부진으로 사원들에게 월급을 반년 가까이 제대로 못 주는 상황이었다.

어린 내가 이런 이야기를 어떻게 알았느냐 하면, 아빠가 좀처럼 프랑스에 가지 않는 하야사카를 집에 데려와서 술을 마시며 재미있다는 듯이 큰 소리로 떠들었기 때문이다.

이러다가는 일가가 모조리 목을 매고 죽는 수밖에 없겠어. 아내가 죽었다고는 하나 자신의 친척이기도 한 사람들에게 그런 소리를 하는 인간이다, 아빠는.

그저 잠자코 얻어맞았다. 때로는 발길질을 당했다. 아동학대라는 말은 알고 있었다. 친척은 안 되더라도 학교 선생님이나 파출소 순경에게 상의하면 되지 않을까 생각한 적도 있다.

초등학교 4학년 때 담임 시노미야 선생님은 눈치를 챘지만 어쩐지 내가 먼저 상의하러 오기를 기다렸던 것 같다. 몇 번 단둘이 있을 기회가 왔는데도 나는 그때마다 달아났다.

샤인머스캣의 맛이 났기 때문이다. 때리고 발길질을 하는 아빠가 죽어버렸으면 좋겠다. 그러다 점점 내가 죽고 싶어진다. 의식이 몽롱해진다. 바로 그때 입 안에 달콤한 향이 확 퍼진다.

그리고 귓속에 희미한 목소리가 들린다.

유쾌 발랄! 신나게 소리치는 엄마 목소리가. 아빠가 학교에 불려가거나 경찰에 체포돼서는 안 된다. 기껏 엄마가 참아냈는데. 내가 그 노력을 배신해서는 안 된다.

겐토도 아빠에게 폭력을 당하게 됐고 점차 겐토만 당하게 됐다. 상대가 남자라야 양심의 가책이나 힘 조절 없이 폭력을 휘두를 수 있기 때문일까. 아니면 내가 아빠의 얼굴을 점점 닮아갔기 때문일까. 언젠가 아빠가 기분 좋은 듯이 내게 말했다.

—아리사 너, 나 젊을 때랑 얼굴이 똑 닮았구나. 키도 크니 남자였다면 나처럼 인기가 많았을 테지만, 여자가 그렇게 비쩍 말라서는 아무도 상대해 주지 않을걸. 그래도 여자한테는 인기가 있겠지.

반 여학생들 모두에게 무시당한다고는 말대꾸하지 않았다.

아빠는 자신의 분신을 때리기를 꺼려한다. 그래서 엄마를 닮아 착하게 생긴 겐토를 때린 걸까.

아니, 하야시가 왔기 때문이다.

우리 집은 신문을 안 받아 본다. 아빠가 뉴스를 시청하는 걸 본 적도 없다. 그래도 아동학대라는 말은 아는지 얼굴은 언제나 손바닥으로 때렸고, 주먹으로는 주로 배를 때렸으므로 나를 얼핏 보고서는 멍을 찾아내기가 어려웠다.

그래도 5학년 때 담임 하야시는 우리 집이 이상하다는 점을 알아챘을 뿐만 아니라 바로 행동에 나섰다. 가정방문 기간도 아닌데 우리 집에 찾아온 것이다. 노골적으로 귀찮은 표정을 짓는 아빠에게, 하야시는 내게 폭력을 행사하는 것 아니냐고 직접적으로 묻지는 않았다.

저는 신출내기 교사라 조그마한 일도 못 보고 넘어가지 않도록 노력 중입니다. 그래서 아버님, 어머님이 불쾌해하실 줄은 알지만 벌레에 물린 정도로 작은 멍이라도 눈에 띄면 가정방문을 하고 있습니다.

온화하고 공손하게, 하지만 아빠의 눈을 똑바로 쳐다보며 하야시는 현관에서 그렇게 말했다.

그래서 아빠는 더 이상 날 때리지 않았다. 조금만 머리가 돌아간다면 그런 교사는 같은 학교에 다니는 남동생에게도 신경을 쓸 테니 겐토도 그만 때리자고 마음먹을 것이다.

하지만 멍청한 아빠는 그 정도로 머리가 돌아가지 않는다. 참고로 하야시도 겐토에게까지는 신경을 써주지 않았다. 하다못해 겐토의 담임에게 충고 정도는 해줬더라면. 겐토의 담임인 아줌마 선생님이 겐토를 걱정하는 낌새는 없었다. 아줌마 선생님은 자기 스스로 학생의 사정을 알아차릴 만한 사람도 아니었다.

신기하게도 내가 맞을 때보다 겐토가 맞는 걸 보는 게 더 힘들었다. 엄마와 약속했기 때문인지도 모른다.

겐토는 몸이 약하니까 도와주렴.

말을 못 하게 된 엄마는 학교를 마치고 나 혼자 몰래 병문안을 갔을 때, 힘없는 글씨로 그렇게 적은 필담용 노트를 찢어서 주었다. 그게 엄마가 내게 남긴 마지막 메시지였다.

—누나네 담임선생님한테 상의하자.

나는 학교 갈 때 통학로에서 겐토에게 제안했다. 하지만 겐토는 고개를 획획 저을 뿐이었다. 실제로는 그렇게 힘차지 않았을지도 모르지만, 헐렁헐렁한 노란색 학교 모자는 겐토가 고개를 저을 때마다 한 바퀴 돌아갈 기세로 움직였다.

—하야시 선생님이라면 우리가 일렀다는 걸 아빠에게 들키지 않도록 조심해서 주의를 줄 테니까 보복당할 걱정 없어.

당시 나는 하야시를 존경해서 꼬박꼬박 선생님이라고 불렀다. 나는 하야시가 아빠에게 했듯이 걸음을 멈추고 겐토의 정면에 서서 똑바로 눈을 보고 이야기했다. 걱정하지 말라고 기운을 북돋우듯이 겐토의 가녀린 두 어깨를 양손으로 힘 있게 탁탁 두드렸다.

겐토는 어깨를 움찔하더니 머뭇머뭇 나를 올려다보았다.

—괜찮아. 나, 참을 수 있어. 맞는 건 싫지만 아프면 왠지 입 안에서 포도 맛이 나거든. 왜, 병원에서 엄마랑 같이 먹었던 포도. 그거 진짜 맛있었는데 이름이 뭐였더라?

—샤인머스캣.

그렇게 대답하는 것이 고작이었다. 떨리는 건 겐토의 어깨가 아니라 내 손임을 깨달으면서.

지에리 언니에게 받은 추잉 캔디를 버릴까 싶기도 했지만 전화번호가 적혀 있어서 호주머니에 넣고 집으로 돌아갔다.

현관에 아빠 신발은 없었다. 아빠는 하야사카와 함께 인재 파견 회사를 차렸다. 하야사카도 자기 레스토랑에 불이 나는 등 고생하는 것 같았지만 나하고는 상관없다. 옛날부터 아빠와 나쁜 짓만 하고 다닌 모양이니 천벌을 받은 셈이다.

회사의 주된 업무는 간병인 파견이다. 시골에는 노인이 많아서 일이 잘된다며 아빠가 기분 좋게 생활비를 2만 엔에서 3만 엔으로 올려주었으므로 사소한 일은 따지고 들지 않기로 했다.

겐토는 방 두 개에 거실, 식당, 주방이 딸린 공공주택의, 우리 남매 방에 있는 2층 침대 위층에 평소처럼 머리끝까지 이불을 덮고 누워 있었다.

"겐토, 손 내밀어 봐."

침대 밑에서 말을 걸자 정말로 이불 틈으로 손만 덜렁 나왔다. 하얗고 가느다란 손에 추잉 캔디를 두 개 쥐여주었다. 이불 속에서 보스락보스락 껍질을 벗기는 기척이 전해졌다. 나도 한 개 벗겨서 입 안에 넣었다.

"누나!"

겐토가 윗몸을 벌떡 일켰다. 늘 촉촉하게 젖은 눈이 한층 빛나 보였다.

"이거, 샤인머스캣 맛이 나."

목소리도 평소보다 열 배는 활기찼다.

"맞아. 다 먹어도 돼."

나는 바깥쪽 포장지를 벗겨내고 추잉 캔디만 지장보살에게 바치는 공물처럼 겐토 앞에 늘어놓았다.

"정말?"

녹아버릴 듯한 웃음을 짓길래 나는 묵묵히 고개를 끄덕였다. 겐토는 불거진 쇄골도 연약해 보였다.

폭력을 당하는 겐토를 보며 나는 자신을 타일렀다. 앞으로 몇 년만 참으면 된다. 겐토는 키가 작고 비쩍 말랐지만 중학생이 되면 커진다. 초등학생 때 겐토와 체형이 비슷했지만 중학생이 되자 못 알아볼 만큼 위로도, 옆으로도 자란 남자 동창생은 많다.

30대 후반 아저씨에게 폭력을 당해도 온 힘을 다해 들이받으면 튕겨낼 수 있을 만큼. 그러면 원래 소심한 아빠는 겐토에게 손을 못 댈 것이다. 어쩌면 다시 내게 스트레스를 풀지도 모른다. 하야시는 이제 없다. 하야시 같은 선생님도 내가 다니는 중학교에는 없다.

하지만 나는 이제 아빠와 정면으로 싸울 수 있지 않을까. 추잉 캔디의 맛과 내 기억 속에 있는 샤인머스캣의 맛은 완전히 달랐으니까.

싸구려 과자니까 당연하다고 생각했는데 겐토는 제품명도 보지 않고서 샤인머스캣 맛이라고 했다. 즉 내 기억에 오류가 있었던 것이다. 엄마가 믿었던 아빠 양심의 상징이기도 한 샤인머스캣의 맛은, 사이좋은 가족의 맛은 내 마음속에 더 이상 남아 있지 않다. 마음만 먹으면 언제든지 아빠를 경찰에 찌를 수 있다.

나도 주문에 걸려 있었던 것이다.

주문을 풀어줘서 고맙다는 뜻을 전하고 싶어서 평소 좀처럼 사용하지 않는 스마트폰으로 지에리 언니에게 메시지를 보냈다.

지에리 언니가 기요세 고등학교 야간반에 다닌다는 사실을 안 건 두 번째로 만났을 때였다.

내게 평범하게 말을 거는 아이가 생길 때마다 그 아이에게 가서 "아리사가 내 욕 하지 않았어?" 하고 피해자인 척 묻는 아이가 있다. 무슨 일 있었냐고 되물으면 "좀……." 하고 의미심장하게 눈살을 모으고 ○○도 조심하라는 식으로 말한다. 나는 걔와 말 한마디 해본 적도 없는데.

그게 짜증 나서 학교를 땡땡이친다는 걸 지에리 언니에게는 들키고 싶지 않아서 오후 4시에 햄버거 가게에서 만나자고 제안했다. 그러자 지에리 언니는 30분 정도밖에 못 있는데 괜찮으냐고 물었다. 내가 아르바이트냐고 되묻자 학교라고 대답했다. 그래도 동아리 활동인가 싶었을 만큼 야간반은 예상도 못 한 일이었다.

내 마음속에서 지에리 언니는 '승리자'였으니까.

같은 공공주택에 살던 무렵, 지에리 언니는 엄마와 둘이 살았다. 나는 엄마가 아빠와 이혼하기를 몹시 바랐지만, 지에리 언니가 입은 옷에 대해 알고부터는 그나마 내가 나을지도 모르겠다고 생각하게 됐다.

그렇다고 지에리 언니가 해어져서 너덜너덜한 옷을 입고 다닌 건 아니다. 때로는 고급 아동복을 입기도 했다. 그래서 난 말했다. 엄마가 그런 옷을 사주다니 좋겠다고.

그러자 지에리 언니는 새 옷을 사준 적은 한 번도 없다고 불쾌한 듯이 대답했다. 이건 모르는 사람이 나누어준 옷이라며. 대단한 부자가 없을 법한 이런 촌 동네에도 계절마다 헌 옷을 모아 못사는 가정에 나누어주는 자원봉사 단체가 있는 모양이다.

나는 헌 옷에 반감이 없다. 엄마와 벼룩시장에 가서 옷을 산 적이 수없이 많다. 가족 서비스 정신이라고는 전혀 없는 아빠도 옆 동네에 생긴 대형 중고 매장에는 일 년에 몇 번 데려가므로 내 옷도 80퍼센트는 헌 옷이다. 아빠가 고르는 옷은 절대로 입기 싫은데도 유행이 지난 옷더미에서 아빠가 골라내는 옷은 제법 예뻐서 마지못해 납득하는 표정으로 그걸 산다. 겐토 옷은 내가 고른다.

하지만 지에리 언니는 그런 것과는 다르다고 말했다. 단돈 백 엔이라도 돈을 내는 것과 공짜로 받는 건 전혀 다르다고. 이야기를 듣는 사이에 지에리 언니는 헌 옷이 싫은 것이 아니라 헌 옷을 가져오는 아줌마를 싫어한다는 걸 알았다.

─상표에는 딱히 흥미도 없는데 이 토순이 마크 옷은 정가로 사면 엄청 비싸, 운 좋네. 매번 누군가가 반드시 그런 말을 해.

그래서 지에리 언니는 크면 패션 몰 직원이 되어서 자기가 좋아하는 옷을 자기가 번 돈으로 사고 싶다고 했다. 직원 할인을 받아서.

　자원봉사 단체 사람이 우리 집에 옷을 가져온 적은 없다. 즉 지에리 언니네 집은 우리 집보다 못사는 것이다. 그런 식으로 나는 지에리 언니를 조금 낮잡아 봤는지도 모르겠다.

　그런데 지에리 언니가 이사를 가게 됐다. 엄마가 재혼했기 때문이다. 상대는 전남편의 가정폭력에 대해 상담했던 변호사라고, 쓰레기 수거장에 모인 아줌마들이 부러운 듯이 이야기했다. 나는 텔레비전에서만 들어본 직업을 가진 사람이 이런 촌 동네에도 있었다는 사실에 놀랐다.

　이사 가는 날에 포스트 카드를 가져온 지에리 언니는 토순이 마크 원피스를 입고 있었다.

　─이거, 예쁘지?

　내가 묻지도 않았건만 상표에 흥미가 없다고 했던 걸 싹 잊어버린 것처럼 지에리 언니는 내 앞에서 한 바퀴 빙글 돌았다. 하지만 나는 그때 지에리 언니의 이름에 더 관심이 쏠려서 옷은 보는 둥 마는 둥 했다.

　정말 그랬을까.

　멀리서 본 지에리 언니의 새아빠는 여름인데도 블레이저 차림에 안경을 쓴, 머리가 좋고 다정해 보이는 사람으로 우리 아빠와는 정반대였다. 앞으로 펼쳐질 지에리 언니의 인생에는 행복한 일만 기다리고 있을 것 같아서 어찌나 부러웠던지. 그래서 '승리자'라고 느낀 것이다.

　그런 지에리 언니가 야간 고등학교에 다닌다.

"쓰쓰지가오카인가 하고 내 멋대로 상상했어."

백 엔짜리 햄버거를 우물거리며 나는 명문이라 불리는 이웃 시의 여자 중고등학교 이름을 꺼냈다. 미노리가 중학교 입학시험에 떨어진 곳이다.

"거기 교복 예쁘지. 중학교를 제대로 다녔으면 붙었을지도 몰라. 하지만 머리가 모자라나 봐."

지에리 언니는 악마 같은 얼굴로 혀를 쏙 내밀었다. 물어보면 뭐든지 가르쳐줄 것 같지만 중학교를 다니지 않은 데는 쉽사리 대답할 수 없는 이유가 있을 것이다. 나도 학교를 땡땡이친다는 걸 가급적이면 이야기하고 싶지 않았다.

왕따를 당한 게 아닐까 상상했다. 귀엽다기보다 예쁘다는 말이 어울리게 된 지에리 언니는, 이만하면 예쁘다고 착각하는 같은 반 얼꽝들에게 질투를 사 학교를 못 다니게 된 것 아닐까. 학교나 학년이 달라도 미노리 같은 부류가 반드시 한 명은 있는 법이다.

"야간 고등학교에는 할아버지나 할머니가 있지?"

이 질문에도 지에리 언니는 웃었다.

"그런 이미지가 있지. 하지만 우리 학교에는 없어. 그리고 수업 중에 교실에서 담배를 피우거나 선생님에게 폭력을 휘두르는 양아치 같은 아이도."

지에리 언니가 무슨 초능력자처럼 느껴졌다. 내 사고 회로가 너무 단순한 측면도 있겠지만 묻고 싶은 걸 먼저 대답해 줬다.

지에리 언니는 학교에 대해 이것저것 알려주었다. 일반적으로는 4년간 다니지만 성적이 좋은 사람은 시험에 합격하면 3년 만에 졸업할 수 있다든가, 그런 사람이 드물지 않다든가, 소풍, 수학여행, 운동회, 문화제도 전부 있다든가.

"그리고 이야기에 귀를 기울여 주는 선생님이 있어."

그 말이 가슴에 콱 박혔다. 왠지 하야시의 얼굴이 떠올랐다.

"나, 고등학교 가지 말까 했는데 야간 고등학교에 다녀볼까."

문득 그런 말이 나왔다. 하지만 지에리 언니는 깊이 캐묻지 않았다.

"그렇게 해. 낮에 아르바이트도 할 수 있는걸. 이거 봐봐."

지에리 언니는 테이블 위에 가방을 올렸다. 고급 명품은 아닌 듯했지만 분홍색 에나멜 바탕에 금색 하트 모양 장식이 달린, 예쁜 디자인이었다. 지에리 언니에게 잘 어울렸다. 악마 같은 얼굴로 눈을 반짝이는 건 자기가 번 돈으로 샀다는 사실이 자랑스럽기 때문이리라.

하지만 야간 고등학교보다 이쪽을 먼저 이상하다고 생각해야 했다.

아르바이트다. 변호사의 딸이 된 지에리 언니가 아무리 가지고 싶은 물건이 있은들 왜 아르바이트를 하는 걸까. 어쩌면 이제 변호사의 자식이 아닌지도 모른다.

그러나 다음에 지에리 언니네 집에 갔을 때, 공부 책상과 옷장 등이 하얀색 인테리어로 통일된 귀공녀의 처소 같은 방으로 안내받았다.

벽에 도배된 아이돌 포스터를 보고는 웃었지만.

지에리 언니는 여전히 변호사의 딸이었다. 그런 건 더 이상 아무 상관 없는 듯한 기분도 들었다.

나는 지에리 언니의 악마 같은 얼굴을 좋아한다. 지에리 언니와 이야기하면 마음이 편하다. 그리고 야간 고등학교 이야기를 듣자 중학교를 졸업한 후에도 나를 받아줄 멀쩡한 곳이 있지 않으냐는 희망이 생겼다. 일해서 학비를 모아 대학교나 직업 전문학교에 다니는 사람도 있고, 대기업에 취직하는 사람도 있다는 모양이다.

그러고 보니 초등학교 4학년 종업식이 끝난 후였나, 공공주택 우편함에 내 앞으로 온 편지가 들어 있었던 게 생각났다. 보낸 사람은 희한하게도 미래의 나.

"아, 집에 가기 싫다."

무심코 그렇게 중얼거리자 지에리 언니는 자기가 없을 때 와도 된다고 말했다. 아빠도 엄마도 친구를 데려오는 건 대환영일 거라며. 사랑받고 있구나 싶어서 부러웠다.

도중에 칼피스*를 가져온 지에리 언니의 엄마는 나를 기억하고 있었는지 이제나마 고인의 명복을 빈다며 돌아가신 우리 엄마에게 조의를 표했다.

"같은 해에 자치회 당번을 맡아서 많은 도움을 받았어. 그때는 참 힘들었는데 아리사네 엄마가 이것저것 잘 챙겨줘서 얼마나 위안이 됐던지."

눈물을 글썽이며 그렇게 말해도 나로서는 어떻게 대답해야

---

* 일본의 유산균 음료.

할지 몰랐다. 규정된 정형문 같은 대답이 있을지도 모른다. 하지만 내게 그런 걸 가르쳐주는 사람은 없었다.

그래도 엄마가 칭찬받은 게 기뻐서 나는 감사합니다, 하고 큰 소리로 대답했다. 지에리 언니의 엄마는 기운차서 좋다며 웃었다. 지에리 언니의 엄마는 옛날부터 몸이 약해서 수시로 입원과 퇴원을 반복한단다. 좀 더 그럴싸한 인사를 연습하기로 마음먹었지만 그 후로 지에리 언니의 엄마를 만난 적은 없었다.

마음 편한 지에리 언니의 방에 아키코를 데리고 갔다. 남의 눈을 신경 쓰지 않고 이야기를 나눌 수 있는 곳은 거기밖에 생각나지 않았기 때문이다.

초등학교 4학년으로 올라가 처음으로 같은 반이 되었을 때, 나는 아키코가 몹시 싫었다. 대부분의 아이는 엄마를 좋아했으며 제법 괜찮은 아빠에게도 더럽다느니 기분 나쁘다느니 힘담을 했는데, 아키코만은 아무렇지도 않게 아빠를 정말 좋아한다고 말했기 때문이다. 아빠가 이름을 써줬다, 아빠가 요리를 만들어줬다, 아빠와 캠핑을 갔다. 아빠는 워낙 다정해서 한 번도 화낸 적이 없다…….

내게 직접 말한 것도 아닌데 아키코와 얌전한 아이들이 나누는 대화가 귀만 스쳐도 나는 가슴속이 어수선해졌다. 산타클로스를 믿는 점도, 공부를 잘하는 점도 거슬렸다. 아빠를 닮아서 그렇다고 의기양양하게 말하는 점도 물론.

나는 아빠한테 얻어맞는데. 엄청 좋아하는 엄마는 이제 없는데.

그렇지만 아키코의 아빠도 죽었다. 어딘지는 모르지만 암에 걸렸다고 들었다. 우리 엄마랑 똑같다. 하지만 엄마가 있으니까 나보다는 낫다고 생각했다.

그런데 아키코 엄마는 좀 이상한 모양이라는 소문이 조금씩 퍼졌다. 미노리가 자기보다 성적이 좋은 아키코를 시샘해서 악담을 퍼뜨리는 게 아닌가 싶었지만 그렇지 않은 낌새가 강해졌다.

소풍날 도시락을 자기가 싸 왔고, 다림질하지 않은 옷을 입고 오거나 체육복을 빨지 않아 냄새가 날 때도 많았다. 뒷머리가 헝클어져도 아이들이 놀릴 때까지 모른다. 말해주는 사람이 집에 없다는 뜻이다.

게다가 하야시는 나보다 아키코를 더 걱정하는 것 같았다. 편애하는 게 아니라 단순히 나보다 아키코가 더 어려운 상황에 처한 게 아닐까 싶었다.

폭력을 당하는 나보다?

그러다가 미노리 엄마를 필두로 학부모회 아줌마들이 하야시와 아키코 엄마가 사귄다고 난리를 쳤고, 아키코 엄마에게 차여 마음에 상처를 입은 하야시는 학교를 떠나고 말았다. 아키코를 원망할 뻔했지만 부모와 자식을 한데 묶어 평가하는 짓을 내가 해서는 안 된다.

얼마 후 아키코 엄마는 재혼 비슷한 것을 했다. 놀랍게도 상대는 하야사카였다.

아빠가 동창생 중에 유일하게 '씨'라는 경칭을 붙여서 부르는 하야사카는 아빠보다 더 천박하게 웃는다. 아키코 엄마에게도 죽은 남편의 보험금을 노리고 접근했다고, 전혀 주눅 드는 기색 없이 아빠한테 말했다. 혼인신고를 하지 않는 건 한부모가정 지원금도 등쳐먹기 위해서다. 최악의 쓰레기다.

돈을 잘 우려냈는지 하야사카는 프렌치 레스토랑을 오픈했다. 아빠도 아르바이트 직원으로 고용됐다. 하지만 가게는 일 년 남짓도 못 버텼다. 아빠가 가져온 샌드위치를 한 번 먹어봤는데 맛은 나쁘지 않았다. 그러나 한 팩에 5천 엔이라는 말에 눈알이 튀어나올 뻔했다. 더구나 너희 둘이 먹으라고 했으면서 다음 날 아침에 자기 몫이 없다고 화를 내며 겐토를 때렸으니 몸서리나는 추억으로 남았을 뿐이다.

사람들의 평판도 좋지 않았지만 레스토랑이 망한 가장 큰 원인은 아키코 엄마의 스토커로 변한 하야시가 레스토랑에 불을 지른 것이다. 하야시가 정의감을 불태운 건 자신의 연약함을 감추기 위해서였나 싶은 마음에, 실망을 넘어 하야시를 존경했던 나 자신에게 화가 났다.

하야사카는 길길이 뛰었다. 아빠도 섣불리 위로하다가 얻어맞았을 정도다.

그런데 미워 마땅할 텐데도 아빠와 함께 회사를 차린 하야사카는 아키코 엄마를 고용했다. 관계는 끊어지지 않았다. 찜찜한 예감밖에 안 들었다. 혹시 아키코도 폭력을 당하지는 않았을까.

오랜만에 학교에 가서 아키코네 반을 살펴보다가 아키코가 등교를 거부하고 있다는 걸 알았다. 미노리와 같은 반이기는 하지만, 아키코가 학교에 오지 않는 데는 하야사카와 있었던 문제도 한몫한 게 아닐까. 아키코와 친구라 부를 수 있을 만한 사이가 된 적은 없다. 그렇지만 서로의 처지에 너무 동질감이 느껴져 일단 신경이 쓰이자 내버려 둘 수 없었다.

결코 지에리 언니가 나와 약속한 날에 베프라는 사람을 데려왔기 때문에 대항하려던 건 아니다. 나는 지에리 언니를 독점하고 싶었던 적이 없다.

베프 마도카 선배도 좋은 사람이었다. 낮에는 지에리 언니와 같은 프랜차이즈의 다른 편의점에서 아르바이트를 하고, 밤에는 야간 고등학교에 다닌다. 졸업하면 간호학교에 가고 싶다고 밝게 웃으며 말했다. 마도카 선배가 어떤 집에 어떤 가족과 사는지는 모르지만.

지에리 언니의 꿈은 변함없이 패션 몰 직원이었다.

아리사는 뭐가 되고 싶으냐고 물어서 당황스러웠다.

초등학생 때 쓴 「미래의 꿈」이라는 작문에는 동생을 훌륭한 어른으로 키우고 싶다고 적은 것 같지만, 그 후로 뭔가 꿈을 가진 적은 없었다. 내가 인생을 멀쩡하게 살 수 있을 것 같지도 않았고 무슨 꿈을 가지든 이룰 수 없을 거라 지레 포기했다. 하지만 나도 꿈을 가져도 된다고 지에리 언니와 마도카 선배가 가르쳐주었다. 그 가르침을 아키코에게도 전하고 싶었다.

지에리 언니도 내 친구, 아키코를 보고 싶어 했다.

내가 불러내자 아키코는 나왔고 지에리 언니와도 금방 속을 터놓는 사이가 됐다. 아니, 마음속 깊은 곳에 뭔가 숨긴 채 속을 터놓는 것처럼 꾸몄을 뿐이다.

지에리 언니도, 아키코도, 나도.

지에리 언니의 방 벽에 뚫린 구멍을 발견한 건 아키코와 함께 놀러 갔을 때다.

내가 지에리 언니의 방에 드나든 지 반년 가까이 지났을 무렵이었다.

아키코는 미노리 때문에 등교를 거부했고 미노리가 저지른 짓이 너무 지독해서 나는 불같이 화를 냈다. 그게 효과가 있었던 모양인지 아키코는 다시 학교에 다니게 됐다. 내가 야간 고등학교 이야기를 꺼내자 흥미 깊게 들었지만 일단 기요세 고등학교 주간반을 목표로 하고 싶다고 했다. 주간반이라니 나는 아무리 애써도 무리다.

방에서 단둘이 새로 나온 포도 젤리 이야기를 하다가 문득 초등학교 4학년 만들기 시간에 만들었던 나무 상자가 생각났다. 나는 나무 상자에다 하트 모양 알맹이가 달린 포도를 그렸다. 미노리가 이상하다고 비웃어서 집에 가면 바로 버릴 작정이었지만 겐토가 좋아해서 작아진 지우개 보관함으로 사용했다.

아키코는 드림캣을 너무 멋지게 조각해서 미노리가 생트집을 잡았는데, 그 후에 어떻게 했을까 궁금해서 물어보려고 했을 때였다.

"어, 포스터가……."

아키코의 시선을 좇자 포스터의 네 귀퉁이 중 오른편 위쪽에 붙인 테이프가 떨어져 있었다. 지에리 언니가 제일 좋아한다는 아이돌이다. 테이프가 떨어진 귀퉁이가 앞쪽으로 훌렁 젖혀졌다.

우리는 동시에 앗, 하고 숨을 삼킨 것 같다.

벽에 야구공을 던지면 생길 법한 구멍이 뚫려 있었다.

침대 바로 옆이니까 손으로 짚은 걸까. 아니다, 공공주택인 우리 집은 지은 지 30년이 넘은 데다 아빠가 난리를 쳐도 허름한 벽에 이런 구멍은 없다. 나도 겐토도 아빠에게 주먹질이나 발길질을 당해 벽에 부딪친 적이 수두룩하게 많다. 하지만 구멍이 뚫리기는커녕 금도 가지 않았다.

어떻게 하면 이런 구멍이 생기는 걸까. 여기뿐일까.

방 안 가득 포스터를 붙여놓은 지에리 언니가 아이돌을 좋아한다며 노트북으로 사진을 보여준 건 두 번뿐이었다. 내가 처음 이 방에 온 날과 아키코가 처음 온 날. 마치 변명 같지 않은가. 이 방의 포스터는 전부 벽에 뚫린 구멍을 감추기 위해 붙여놓은 건지도 모른다.

나는 포스터를 다시 벽에 대고 접착력이 약해진 테이프를 꾹꾹 눌렀다.

아키코는 내내 잠자코 있었다. 우리가 포스터를 떼어낸 건 아니지만 정말 사과하고 싶은 기분이었다. 구멍을 발견해서 미안하다고.

그때 지에리 언니가 돌아왔다. 부디 포스터가 떨어지지 않기를 기원하는 마음으로 부자연스럽게 벽에서 눈을 돌렸는지도 모르겠다.

이날은 아키코가 손수 만든 마들렌을 가져왔으므로 지에리
언니는 홍차를 대접했다. 아키코가 봄방학 때 노트북을 빌린 답
례라고 하길래 왜 나는 안 불렀는지 조금 불만스러웠지만, 일단
분위기를 즐겁게 띄울 만한 이야깃거리가 있어서 다행이었다.

"둘이서 뭐 했어?"

테이블에 둘러앉아 마들렌을 먹다가 지에리 언니가 갑자기
악마 같은 얼굴로 물어서 나는 아키코를 힐끗 보았다.

"중간고사 이야기."

아키코의 대답에 장단을 맞추어 수학이 아주 어려웠다고 나
도 과장되게 인상을 썼다.

"나도 시험이야, 에휴."

지에리 언니까지 뺨을 부풀리며 투덜거렸다.

"어, 시험을 쳐?"

"당연하지."

여전히 야간 고등학교에 대한 편견이 남아 있어서인지 나는
공부를 안 하고 학교에 제대로 다니지 않아도 고등학교 졸업장
을 얻을 수 있으리라 생각했다. 하지만 주간반과 똑같다. 학교에
다니고, 시험을 치고, 행사를 즐겨야 탄탄한 회사에 취직할 수
있다.

그 편지에도 그런 내용이 적혀 있었다……. 미래의 나는 남자에
게 뒤지지 않을 만큼 열심히 일하고, 스스로를 갈고닦고, 자신의
인생을 자신의 힘으로 개척하며 활기차게 살고 있다.

당연히 입시도 있다. 지각이나 조퇴를 밥 먹듯이 할 때가 아니

다. 아키코는 3학년이 되자 땡땡이를 치지 않고 수업을 들었다.

내게 감사한 마음을 품는 건 고맙지만 그때는 내가 완전히 제삼자라 도와줄 수 있는 위치에 있었을 뿐이다. 나에 대한 공격은 정면으로 받기가 무섭다. 그러나 아키코에 대한 공격을 내가 받아치는 건 어려운 일이 아니다.

내 일을 어른에게 상의하기는 무섭다. 성가시다는 듯이 눈살만 모아도 마음이 꺾일 것 같다. 그래서 그만 됐다고 날카롭게 소리치면 그 어른에게 미움을 받을 따름이다. 그렇지만 아키코가 내게 상의한다면 좀 더 참을 수 있지 않을까. 반대로 아키코도 내 일이라면 용기를 낼 수 있지 않을까.

말로 전하지 않더라도 머리가 좋은 아키코는 내 생각을 이미 이해하고 있을 것 같은 기분이 들었다. 내가 위기에 처했을 때는 아키코가 구해준다.

아키코가 만든 마들렌은 담백하니 맛있었다. 지에리 언니도 좋아해서 다음에는 같이 만들기로 했다. 아키코보다 요리에 익숙한 내가 더 잘 만들지도 모르겠다 싶었다.

지에리 언니의 방에 있으면서 왜 나는 아키코 생각만 했을까.

벽에 난 구멍을 봤으면서. 아니, 그래서인가.

역시 난 겁쟁이였다.

수입이 조금 늘었다고 해서 아빠가 폭력을 완전히 그만둔 건 아니었다. 욕심은 부풀기 마련이고 그러면 또 여유가 없어진다. 두 겹으로 된 풍선 같다. 바깥쪽이 부풀면 안쪽도 부푼다.

얻어맞는 젠토에게 속으로 미안하다고 외치고 집을 뛰쳐나왔다. 샤인머스캣 맛 추잉 캔디는 기간 한정이었지만 호평을 얻어 또 팔지는 않을까. 봄과 여름 사이의 과일은 뭘까. 지에리 언니는 아르바이트를 하러 왔을까.

보고 싶다. 만나서 상의하고 싶다. 아니, 쓸데없는 잡담이라도 좋다.

나는 자전거를 타고 편의점으로 향했다. 가로등이 적어 어둑어둑한 밤길을 힘껏 페달을 밟아 달려갔다. 그래서 일단 지나치고 말았다. 길가에 위치한 좁은 어린이공원의 벤치에 지에리 언니가 앉아 있는 것 같았는데.

황급히 자전거를 멈추고 공원 입구까지 천천히 돌아가자 역시 지에리 언니였다. 자전거에서 내렸지만 거기서 발걸음을 멈춘 건 지에리 언니가 담배를 피우고 있었기 때문이다.

하늘하늘한 흰색 원피스 차림인데 다리를 벌린 채 담배를 든 손의 팔꿈치를 무릎에 괴고 있었다. 마치 우리 아빠같이 막돼먹은 자세였다. 뻐끔뻐끔하며 담배 연기를 내뿜는 모습도 도저히 멋져 보이지는 않았다. 휴식 중인 공사판 인부 같았다.

게다가 옆에 금속 막대기 같은 것을 기대놔서 말을 걸기도 꺼려졌다. 그냥 모르는 척하고 돌아갈까. 하지만 그 전에 눈이 마주치고 말았다. 도망칠 수는 없다.

"지에리 언니."

벽의 구멍을 발견했을 때와 똑같은 표정이었을지도 모르겠다. 지에리 언니는 담배 든 손을 얼굴 옆에서 멈추고 나를 보았다.

눈을 치켜뜨고 밑에서 쏘아보듯이. 대답하기까지 시간이 약간 걸렸다.

"누구야?"

"어……."

잠긴 목소리에도, 질문에도 놀랐다. 그러나 바로 마음을 가다듬었다. 벤치에는 공원에 켜진 전등 불빛이 스포트라이트처럼 쏟아졌지만 내 주변은 어두웠다. 잘 보이지 않았는지도 모른다.

"에이, 나야. 아리사."

나는 최대한 밝은 목소리로 대답했다.

"거참, 네가 누군지 물은 게 아니라 지에리가 누구냐고."

"뭐……."

"너 같은 애들이 자주 그 이름으로 부르거든. 누구야, 그년은. 나랑 그렇게 닮았냐?"

"아니……."

"뭐? 안 들려. 더 크게 말해. 말을 건 건 너잖아."

지에리 언니……는 버럭 고함을 지르더니 일어서서 담배를 발치에 휙 던졌다. 그리고 흰색 운동화로 땅을 벅벅 문대서 불을 껐다. 그 신발도 틀림없이 지에리 언니의 것이었다. 샀을 때 꿰어져 있던 흰색 끈을 감색 바탕에 흰색 물방울무늬가 들어간 리본으로 바꾸었다며 얼마 전에 기쁘게 보여준 신발과 완전히 똑같았다.

하지만 아니다…….

"죄송해요, 사람을 착각했네요."

목소리가 떨려서 입 밖으로 꺼낸 말이 내 귀에조차 닿지 않았다.

"뭐라고? 안 들린다잖아. 야, 내가 만만해 보이냐."

그렇게 말하자마자 지에리 언니……는 발을 뒤로 뻗어 자기가 앉아 있었던 벤치를 힘껏 걷어찼다. 고정되어 있지 않았는지 낡은 나무 벤치는 둔중한 소리를 내며 뒤로 넘어갔다. 지에리 언니……는 발 옆으로 떨어진 금속 막대기에 손을 뻗었다.

그 후로는 지에리 언니를 보지 않았다. 나는 떨리는 다리를 어떻게든 움직이려고 허벅지를 손바닥으로 두 번 때린 후, 자전거에 올라타 쏜살같이 공원에서 멀어졌다.

정신없이 페달을 밟아 다다른 곳은 공공주택, 우리 집이었다. 여기서 달아났건만 더 무서운 일을 겪자 여기로 돌아왔다.

누가 도와주는 것도 아닌데. 하물며 집이 나를 지켜주는 것도 아닌데.

하지만 달리 갈 곳이 없어서 나는 터벅터벅 자전거 주차장으로 향했다. 겐토를 위로할 과자도 못 샀다. 다행히 아빠도 겐토도 잠든 뒤였다.

벽의 구멍에 관해서는 아키코와 공유할 수 있지만 지에리 언니의 상태가 이상했다는 것까지 말할 기분은 들지 않았다. 시간이 흐르자 내가 사람을 잘못 본 게 아닐까 하는 마음도 강해졌다.

그때 나는 지에리 언니를 갈구했다. 만나고 싶어서 미칠 것 같았다. 그래서 여장을 하고 공원에 있던 이상한 아저씨가 지에리 언니로 보인 것 아닐까.

이런 이야기를 지에리 언니에게 하면 화낼 것 같아서 확인도 못 한다. 그리고 벽의 구멍을 발견한 후로 지에리 언니네 집에 가기도 꺼려졌다. 이번에는 지에리 언니 앞에서 다른 구멍을 발견할지도 모른다.

아키코도 지에리 언니네 집에 가자고 부르지 않았다. 대신에 매일 시험공부를 해서 수학 시험을 48점이나 맞았으니 나도 발전한 셈이다. 담임도 놀랐다. 아키코는 전 과목이 거의 만점이었다.

고등학생이 되면, 내 힘으로 조금이라도 돈을 벌 수 있게 되면 뭔가가 변하리라고 나는 여전히 믿고 있었다.

마도카 선배와 만난 건 공원에서 희한한 일을 겪은 지 일주일쯤 지났을 무렵이었다.

젠토에게 수학여행에 입고 갈 얇은 나일론 파카를 사주려고 나는 자전거로 옆 동네 중고 매장에 갔다. 5월 말 교토와 나라는 낮에는 무덥고 밤에는 약간 쌀쌀했던 기억이 있었다. 새것을 사주고 싶지만 스포츠 메이커는 비싸다. 대신에 만듦새가 튼튼하므로 중고품도 낡은 느낌은 그다지 없다.

검은색과 파란색 중 뭐로 할까 망설이고 있는데 누가 아리사, 하고 이름을 불렀다. 간이 철렁했지만 켕길 만한 짓은 안 했다. 돌아보자 마도카 선배가 서 있었다.

"뭐야, 그건. 남자 옷이잖아."

마도카 선배는 놀리듯이 히죽히죽 웃었다.

"동생 거예요. 어느 색이 좋을까 싶어서."

나는 양손에 한 벌씩 들고 있던 파카를 마도카 선배에게 펼쳐 보였다.

"아리사의 남동생이잖아. 그럼 검은색이지."

확실히 나라면 검은색이 어울린다.

"하지만 저희는 안 닮았는데요. 동생은 피부가 희고 선이 가는……."

"미소년 타입!"

마도카 선배가 재미있다는 듯이 손뼉을 쳤다.

"뭐, 그런 셈이죠."

내가 부정하지 않는 걸 보고 동생 바보라고 생각할까.

"좋겠다, 한번 보고 싶네. 그럼 파란색이지."

나는 검은색 파카를 진열장에 돌려놓았다.

"그런데 마도카 선배는?"

"난 다음 달에 있을 친척 결혼식 때문에. 얼마 전에 생긴 '숲의 이노야'에서 식을 올린대. 쫙 빼입고 오라는데 어차피 한 번밖에 안 입을 테니 이런 곳에서 사도 괜찮지 않을까 싶어서."

평범하게 결혼식을 올리는 친척이 있다니 부러웠다. 미즈에 이모에게 그런 날은 오지 않으리라. 미즈에 이모도 꿈속에서는 몇 번이나 결혼식을 올렸을지도 모르지만.

마도카 선배는 새빨간 드레스를 들고 피팅 룸으로 들어갔다. 잠시 후 커튼을 착 걷고 짜잔, 하고 말하며 나왔다. 입기 전에는 색깔만 눈에 확 들어와 화려하다고 생각했지만 딱 붙는 민소매 디자인은 입은 모습을 보니 비교적 수수해 보였다.

"정말 잘 어울리네요."

나는 점원처럼 칭찬해 보았다. 그때 마도카 선배의 양쪽 위팔에 꽉 움켜잡아서 생긴 듯한 멍이 있다는 걸 알아차렸다. 못 물어본다. 하지만 못 박힌 시선으로 질문한 셈이나 다름없었다.

"아, 이거."

마도카 선배가 양손을 가슴 앞에 교차시켜 멍든 부위를 문지르며 웃었다. 웃어넘길 일인 걸까.

"류자키 씨, 힘이 세거든. 하나도 안 아파서 잊어버리고 있었는데 감추는 편이 낫겠네. 아리사, 거기 검은색 볼레로 좀 집어 줄래?"

폭력적인 남자친구라도 있는 걸까. 걱정스러웠지만 멍에서 시선을 돌리고 어디 있느냐는 듯이 과장되게 진열장을 둘러보다 검은색 레이스에 은색 라메가 들어간 볼레로를 집었다. 마도카 선배에게 건네주다가 번쩍 떠올랐다.

"류자키 씨라면 혹시 그……?"

내가 초등학교 1학년 때 공공주택에 무섭게 생긴 아저씨가 이사 왔다. 조직 폭력배라느니 교도소에서 출소했다느니 소문이 돌았고, 아빠도 그 아저씨에게는 가까이 가지 말라고 했다. 그 사람의 이름이 류자키 씨였다.

마도카 선배의 웃음 띤 얼굴이 조금 일그러졌다.

"만났어? 지에리의 다른 인격을?"

이야기가 맞물리지 않아 나는 입을 떡 벌렸다. 하지만 서서히 이해가 갔다.

"지난주에 공원에서……."

그 상태의 지에리 언니를 마도카 선배는 '류자키 씨'라고 부르는 것이다.

"그럼 같은 날일지도 모르겠네. 깜짝 놀랐지?"

"꿈이 아닌가 싶더라고요."

"나도 처음에는 놀랐어. 이중인격이라고 하나? 나는 류자키다, 같은 소리도 하고 그래."

자칭 류자키였구나.

"하지만 그런 걸 잘 아는 아이 말로는 류자키 씨가 되지 않으면 스스로를 지킬 수 없을 만큼 버거운 적이 가까이에 있다는 뜻이래. 그렇다면 어쩔 수 없지. 깜짝 놀랄 만큼 힘이 세서 함께 있을 때 거칠게 행동하면 난감하지만 툭하면 나타나는 건 아니니까. 나도 지금까지 세 번밖에 못 만났어. 요전에는 제법 오랜만이었지. 뭐, 류자키 씨가 돼 있는 동안 지에리는 기억이 없는 모양이니까 본인에게는 물어보면 안 돼. 아리사라도 용서 안 할 거야."

잠자코 고개를 끄덕이는 수밖에 없었다. 마도카 선배는 볼레로를 걸치고 이 정도면 됐나, 하고 거울을 바라보더니 피팅 룸 커튼을 쳤다.

이중인격이라니 금방은 믿어지지 않았지만 공원에서 지에리 언니……가 연기를 하는 것처럼은 보이지 않았다. 어쩌면 마도카 선배는 류자키 씨를 지에리 언니가 만들어낸 가공의 인물로 여기는지도 모른다. 하지만 난 지에리 언니가 그 상태에서 류자키 씨로 변하는 게 어느 정도 이해가 갔다.

옛날에 공공주택 옆에 작은 빈터가 있었다. 아이들은 매일같이 거기서 놀았지만 류자키 씨가 골프채를 휘두르는 연습을 하게 된 뒤로는 아무도 가까이 가지 않았다.

어느 날 지에리 언니와 빈터 옆을 지나가는데 류자키 씨가 없어서 우리는 네잎클로버를 찾기로 했다. 빈터 한구석에 쪼그려 앉아 열심히 클로버를 헤집고 있자니 날카로운 시선과 거친 숨결이 느껴졌다. 커다란 검은색 들개였다. 큰일 났다고 생각했을 때는 이미 늦어서 우리는 부둥켜안고 눈을 감았다.

깽, 하는 울음소리가 들려 머뭇머뭇 눈을 뜨자 개가 달아나는 모습이 보였다. 고개를 들자 류자키 씨가 골프채를 들고 서 있었다. 도와줬다는 걸 아는데도 눈을 마주치기가 무서워서 나는 류자키 씨의 가슴께에 있는 호랑이 무늬만 쳐다봤다. 멋있다고 말한 건 지에리 언니였다.

—이 셔츠? 근사하지? 이름은 용(竜)이 들어가는 류자키(竜崎)지만 한신 타이거즈 팬이거든.

류자키 씨는 이가 드러나게 씩 웃으며 그렇게 말했다. 그래도 역시 무서워서 난 어색한 웃음을 짓고는 부리나케 달아났지만 쫓아온 지에리 언니는 무서워하는 눈치가 아니었다. 오히려 깜짝 놀랄 만한 소리를 했다.

—옷이 멋있다는 거 아니었는데.

그러나 류자키 씨는 그로부터 한 달도 안 지나서 또 이사를 갔다.

그건 그렇고 지에리 언니의 적이라니 대체 누구일까. 마도카 선배는 알고 있을까. 학교에 있는 걸까. 류자키 씨가 되지 않고 해결할 방법은 없을까.

학교에는 이야기를 들어주는 선생님이 있다고 지에리 언니는 말했다. 그 선생님은 류자키 씨에 대해 알까.

지에리 언니가, 기억은 안 나지만 어디선가 가지고 왔다는 물건 중에 골프채가 있었다는 것이 떠올랐다. 벽의 구멍은 류자키 씨가 됐을 때 그걸 휘두르는 바람에 뚫린 건지도 모른다. 아니, 맨손으로도 상당히 강한 모양이다. 그런 힘을 낼 수 있다면 나도 류자키 씨가 돼보고 싶었다.

그러면 겐토를 지켜줄 수 있을 텐데.

지에리 언니의 집을 텔레비전에서 본 건 그다음 날이다.

난 텔레비전을 거의 안 본다. 그런데 일요일 아침, 아키코가 공중전화로 내 스마트폰에 전화를 걸었다. 정보 방송에 화재 뉴스가 나왔는데 지에리 언니의 집 같다는 것이다. 전화로도 동요했음을 알 수 있는 목소리였다.

허둥지둥 침대에서 뛰쳐나와 텔레비전을 켜자 아직 화재 뉴스가 나오는 중이었다. 동틀 녘부터 시작된 진화 작업이 이제 마무리됐다고 숯덩이가 된 채 아직 군데군데서 연기가 피어오르는 집을 배경으로 남자 리포터가 목소리를 높였다.

아키코는 이 영상을 보고 용케 지에리 언니의 집이라는 걸 알았구나, 하고 상관없는 점에 감탄하고 있자니 리포터가 심장이 튀어나올 것 같은 소리를 했다.

"이 집에 사는 부부는 아까 병원으로 옮겨졌습니다만, 함께 사는 딸과는 아직 연락이 되지 않는 상황입니다……."

지에리 언니는 집 안에 쓰러져 있을지도 모른다.

나는 웃옷도 걸치지 않고 집을 뛰쳐나갔다.

일요일이라 그런지 화재 현장 부근은 구경꾼들로 붐볐다. 이럴 줄 알았으면 텔레비전으로 볼 걸 그랬다고 후회할 만큼 집에 가까이 갈 수가 없었다. 인파 조금 뒤쪽에 서 있는 아키코의 뒷모습이 보였다. 큰 소리로 부르자 아키코가 돌아봤고 우리는 합류했다.

서로 질문을 던졌지만 주변이 소란스러워 목소리가 지워졌다. 우리는 조용히 이야기를 나눌 장소를 찾아 근처 공원으로 향했다.

류자키 씨로 변한 지에리 언니가 걷어차서 넘어뜨린 벤치는 다시 세워져 있었다. 우리는 거기 나란히 앉았다.

"지에리 선배, 어디에 있는 걸까?"

"어디라니?"

난 지에리 언니가 집에서 불타 죽은 게 아닐까 싶어 정신이 나갈 지경이었는데 아키코는 전혀 다른 생각을 했던 모양이다. 확실히 지에리 언니의 방은 현관에서 지척이다. 거기보다 안쪽이나 2층 방에 있었을 부모님이 구조됐는데 지에리 언니만 화재 현장에 남겨지는 건 이상하다.

"아르바이트를 하러 갔으면 좋으련만."

아키코가 걱정스럽게 말했다. 나도 그러길 바랐지만…….

"여자는 밤 11시 이후에 근무를 시키지 않는다고 전에 그랬어."

"아침은 몇 시부터 근무할까?"

"그건 모르겠는데."

후우, 하고 아키코와 둘이 동시에 한숨을 쉬었다. 이럴 때야말로 류자키 씨가 되어 어딘가로 대피했으면 좋을 텐데. 그 생각의 꼬리를 물고 마도카 선배가 떠올랐다. 화재 현장에서는 못 봤다.

난 마도카 선배에게 메시지를 보냈다. 바로 답장이 왔다. 난 뭐야, 하고 크게 숨을 내쉬었다. 스마트폰 화면을 아키코에게 보여주자 잘됐다며 가슴을 쓸어내렸다.

지에리 언니가 마도카 선배와 함께 있다고 적혀 있었기 때문이다.

우리는 지에리 언니가 마침 마도카 선배네 집에 자러 갔을 때 불이 나서 운 좋게 화를 면했다고 생각했다.

며칠 후에야 실은 지에리 언니가 자기 집에 불을 지르고 마도카 선배네 집에 숨어 있었음을 알았다. 지에리 언니는 마도카 선배, 그리고 이야기를 들어준다는 학교 선생님과 함께 자수했다고 한다.

류자키 씨로 변했을 때 불이 붙은 것이다. 난 담배를 피우던 지에리 언니……의 모습을 떠올리며 그렇게 생각했다.

충격적인 사건이 일어났는데도 한동안 내 일상은 평온했다.

아빠가 겐토에게 폭력을 휘두르지 않았기 때문이다. 최소한 일주일은 한 번도 주먹질이나 발길질을 하지 않았다. 때리기는

커녕 언성을 높인 적도 없다. 스트레스를 내게 풀지도 않았다.

인재 파견 일이 아주 잘되고 있는 걸까. 요전에는 파친코 경품이 아닌 것 같은 초콜릿을 가지고 돌아왔다. 외제 같은데 어떻게 된 거냐고 묻자 손님에게 하와이 초콜릿을 받았다고 기분 좋게 대답했다.

그래도 겐토의 표정이 예전보다 더 어두워져서 걱정이었다. 어디 몸이 안 좋은 것 아니냐고 물어도 고개를 저을 뿐이었다. 학교에서 괴롭힘당하는 거냐고 넌지시 물어보자 얼굴을 살짝 찡그리길래 역시 그런가 싶어 더 이상 캐묻지 않기로 했다.

"신경 꺼, 신경 꺼. 멍청이들은 내버려 둬."

나는 웃으며 겐토의 등을 탁탁 두드렸다. 괜찮다는 듯이. 이런 말을 다정하게 하는 방법을 난 모른다. 그렇지만 나를 이해하는 사람에게는 진심이 전해지지 않을까 생각했다. 그 누구보다도 겐토에게는. 남매니까.

겐토는 수학여행도 가기 싫다고 했다.

"어차피 드림랜드도 아닌걸."

겐토가 드림랜드에 가고 싶어 한다는 걸 처음으로 알았다. 왕따 때문에 가기 싫지만 내게 그렇게 말할 수는 없어서 냉큼 핑계를 꾸며냈는지도 모른다. 난 시치미를 뚝 떼고 그러게 말이야, 하고 맞장구를 쳐보았다.

"누나도? 역시 여기가 아닌 다른 세상에 가보고 싶지?"

난 동화적인 상상에는 흥미가 없지만 복잡한 생각을 떨쳐버리고 그저 즐겁기만 한 곳이 있다면 가보고 싶기는 했다.

문득 생각이 나서 이미 잡동사니 보관함으로 변한, 공부 책상의 가장 큰 서랍을 뒤졌다. 분명 여기 넣어놨을 것이다. 균일가 매장에서 산 매니큐어와 립크림을 밀어젖히고 간신히 찾아냈다.

"겐토, 눈 감아봐."

시키는 대로 겐토가 속눈썹이 긴 눈을 감자 나는 찾아낸 물건을 손에 쥐여주었다. 됐다고 말하기 전에 겐토가 눈을 떴다. 겐토는 손안의 물건을 빛에 비춰보거나 눈앞에 가까이 대거나 하면서 잠시 관찰했다.

"이거 진짜야?"

"모르겠어."

"드림마운틴이라고 읽는 거지? 30주년이라고 적혀 있는데."

겐토에게 쥐여준 건 드림마운틴의 고양이 캐릭터를 뚫어서 새긴 금색 책갈피였다.

"이거 어디서 난 거야?"

내가 옳지 않은 방법으로 손에 넣었나 싶었는지 겐토는 걱정스러운 표정으로 물었다. 나는 의심을 풀고자 서른 살의 나라는 사람이 보낸 편지 속에 이게 들어 있었다고 겐토에게 말했다.

누군가의 장난, 또는 만화에 나올 법한 일을.

"굉장하다!"

겐토는 손뼉을 치며 기뻐했다. 침울했던 표정이 거짓말처럼 밝아졌다. 편지를 읽어보고 싶다기에 이미 버렸다고 하자 바로 시무룩해졌다. 나는 편지의 내용을 기억나는 대로 겐토에게 들려주었다.

"마지막에 젠토하고도 여전히 사이가 좋다고 적혀 있었어. 네가 누나를 잘 받들어 모시니까 예뻐해 주래."

젠토를 기쁘게 하려고 적당히 지어낸 것이 아니다. 정확하지는 않을지도 모르지만 편지의 맺음말은 정말로 그런 느낌이었다.

"앗, 맞다. 책갈피는 다른 사람한테 보여주면 안 되는데. 뭐, 젠토는 특별하니까 괜찮겠지."

"어쩌면 이 책갈피는 내가 누나를 드림랜드에 데려가서 마운틴에서 사준 건지도 몰라. 함께 서른 살이 된 걸 축하한다며."

"함께라니."

"드림마운틴은 누나가 태어난 해에 오픈했대. 몰랐어?"

젠토는 재미있다는 듯이 웃었다. 젠토의 웃는 얼굴, 언제 마지막으로 보았는지 생각도 나지 않는 그 얼굴을 보자 눈물이 왈칵 솟을 것 같았다. 눈물을 참으려고 나도 씩 웃었다.

"그럼 젠토 덕 좀 볼까. 비싼 레스토랑에서 저녁도 얻어먹어야겠네. 약속했다. 잊어먹지 않도록 그 책갈피는 네가 가지고 있어."

"미래로 가는 표 같아."

젠토는 오른손 새끼손가락을 내게 내밀었다. 손가락을 걸고 약속하다니 어린아이 같아서 부끄러웠지만 나도 새끼손가락을 내밀어 꽉 감았다. 나보다 하얗고 가느다란 손가락이 빨리 굵고 투박한 어른 손가락이 되면 좋겠다고 바라면서.

겐토의 불참을 수학여행 당일까지 알리지 않은 건 조금쯤은 학교를 골탕 먹이고 싶었기 때문이다. 하지만 이게 대실패였다. 수학여행비가 전액 환불되지 않는 걸 두고 아빠는 일주일도 넘게 투덜댔다.

　하지만 때리지는 않았다.

　지에리 언니를 잊어버린 건 아니지만 겐토 걱정에 지에리 언니까지 신경 쓸 여력이 없었다. 그래도 가끔 몹시 보고 싶기는 했다.

　지에리 언니가 없는 걸 알면서도 지에리 언니가 아르바이트 하던 편의점에 가자 계산대에 마도카 선배가 있었다. 매장을 이동했다고 한다. 지에리 언니에 대해 조심스레 물어보자 손님이 나밖에 없어서인지 마도카 선배는 띄엄띄엄 이야기해 주었다.

　지에리 언니는 중학생 때부터 새아빠에게 성적 학대를 당했다나. 보고도 못 본 척하던 엄마는 지에리 언니가 임신했음을 알자 악마 취급을 하며 지에리 언니를 계단에서 떠밀어 유산시켰다나. 그 무렵부터 가끔 기억이 쑥 빠져나가곤 했다나. 그러나 이제 전부 끝내기로 결심했다나.

　마도카 선배는 그러한 사정을 지에리 언니가 집에 불을 지른 직후에 들었다고 한다. 집에 불을 지르는 그날까지 지에리 언니는 모든 걸 웃음 아래 감추고 있었다.

　악마 같은 얼굴은 무슨. 악마는 주변의 어른들이잖아.

　지에리 언니가 큰 벌을 받을 걱정은 안 해도 되지 않겠느냐고 마도카 선배는 말했다. 학대를 받아 이중인격이 되었으며 부모님의 목숨에도 지장이 없으니까. 고려할 요소가 많은 가운데 '자기 집에 불을 지른 것'도 짚고 넘어갈 점 중 하나인 모양이다.

집이란 돌아갈 곳이자 심적으로 편안한 곳이다. 그런 곳에 불을 질렀으니 심신상실 상태였음이 틀림없다. ⋯⋯대체 무슨 시대의, 누구 기준의 판단일까.

그러나 지에리 언니가 마도카 선배에게 이런 이야기를 했다는 건 사건 당시의 기억이 있다는 뜻이다. 즉 류자키 씨가 아니었다. 하긴 류자키 씨로 변했다면 불을 지르는 게 아니라 골프채로 때려 죽이려고 했을 것이다.

지에리 언니는 자신의 의지로 불을 질렀다.

마도카 선배도 그걸 알고 있었다.

"그런데 전부 끝내다니 뭘 계기로 그런 마음을 먹은 걸까. 아리사, 뭔가 짚이는 거 있어?"

나는 고개를 저었다. 베프인 마도카 선배가 모르는 걸 내가 어떻게 알겠는가.

만약을 위해 아키코에게도 물어볼까 하다가 그만뒀다. 마도카 선배가 입막음을 하지는 않았지만 헤어질 때 어쩐지 털어놓은 걸 후회하는 듯 보였고, 나 자신도 들어서는 안 되는 이야기를 들은 것처럼 생각날 때마다 생목이 올라오는 기분이 들었기 때문이다.

그 대신은 아니지만 아키코에게 다른 일을 상의했다.

나는 십수 년이나 나중이 아니라 당장 겐토를 드림랜드에 데려가고 싶었다. 책갈피를 준 다음 날, 겐토의 얼굴에서는 웃음이 사라졌다.

다시 웃는 얼굴을 보고 싶다. 그 웃음이 내내 유지되는 세상으로 함께 가고 싶다.

그렇지만 돈이 없었다. 그래서 내 수학여행을 사전에 취소하는 방법을 쓰기로 했다. 아키코와 같은 반이라고는 하나, 반 아이들과 단체행동을 하려니 역시 우울했으므로 일석이조의 아이디어다.

아키코는 엄마와 상의해 금방 허락을 받았다. 아키코 본인도 아주 설레는 듯했다. 나무 상자를 만들었을 당시에 품었던 마음을 계속 간직하고 있었던 모양이다.

젠토에게는 잠시 비밀로 해두다가 7월 생일에 때 이른 산타처럼 머리맡에 표를 놓아둬서 깜짝선물을 할 계획이었다. 그런데…….

장마로 습한 날씨와 수학여행에 들뜬 반 아이들 때문에 짜증을 부리며 집에 돌아오자 젠토가 부엌 싱크대 앞에 서 있었다.

별일도 다 있다 싶어 뒤에서 몰래 다가가 등을 밀며 왁, 하고 소리치자 젠토가 어깨를 움찔하며 놀랐고 싱크대 위에서 퉁탕, 하고 소리가 났다. 뭔가 떨어뜨린 모양이었다.

들여다보자 선명한 황록색이 눈에 들어왔다.

"샤인머스캣?"

"딩동댕."

젠토는 나를 올려다보고 빙긋 웃더니 소쿠리에 든 포도를 물로 대충 씻어 위아래로 몇 번 흔든 후, 싱크대 옆 받침대에 놓아둔 그릇에 옮겨 담았다. 엄마가 샤인머스캣을 마지막으로 먹었을 때 사용하고 나서 찬장 제일 안쪽에 처박아 둔 그릇이다.

"이거 웬 거야?"

"사 왔어."

젠토는 천연덕스러운 얼굴로 대답했다.

"하지만 비싸잖아?"

"아버지가 용돈을 줬거든."

젠토는 예의를 차려 아빠를 아버지라고 부른다.

"기적이네."

해가 서쪽에서 뜰 일에 놀라다가 문득 불안이 스쳤다. 이건 정당한 방법으로 얻은 돈일까? 하지만 젠토를 실망시키고 싶지 않았다. 쓸데없는 생각을 떨쳐내듯 웃음을 지었다.

"그나저나 큰맘 먹었네. 생일도 크리스마스도 아닌데. 오늘은 대체 무슨 기념일이야?"

젠토는 생각에 잠긴 듯 촉촉하게 젖은 눈으로 허공을 잠시 바라보았다.

"샤인머스캣 기념일로 하지, 뭐. 같이 먹자."

"어, 나도 먹어도 돼?"

"당연하지."

테이블로 접시를 가져간 젠토가 내 의자를 빼주었다. 야간 고등학교에 들어가 일할 수 있게 되면 제일 먼저 젠토에게 샤인머스캣 맛 추잉 캔디가 아니라 진짜 샤인머스캣을 사주려고 결심했는데 설마 추월당할 줄이야.

"그럼, 잘 먹겠습니다!"

젠토가 그렇게 말하고 포도를 한 알 떼어낸 후 나도 한 알 떼어냈다. 서로 눈을 마주치고 동시에 포도를 입에 넣었다. 하아, 하고 한숨이 나올 뻔했다. 기억 속에 있는 맛과 똑같았다. 추잉 캔디의 맛과는 전혀 달랐다.

"이게 진짜지. 엄마랑 같이 먹었을 때와 똑같은 맛이 나."

눈을 동그랗게 뜨며 젠토가 말했다. 나는 "맞아, 맞아." 하며 기쁘게 맞장구를 쳤다. 너랑 난 같은 맛과 같은 추억을 공유하고 있는 거야.

"있지, 자기 나이만큼 먹자."

재미있는 생각이 났다는 듯이 젠토가 제안했다.

"무슨 절분*도 아니고. 게다가 그러면 내가 더 많이 먹잖아."

"그래도 괜찮아."

"안 돼. 젠토가 사 왔는걸. 그럼 젠토가 먼저 나이만큼 먹어. 남은 걸 내가 전부 먹을 테니까. 자, 그걸로 결정."

"알았어."

젠토는 일부러 퉁명스러운 표정을 짓더니 하나, 하고 헤아리며 포도를 입에 넣기 시작했다. 눈을 가늘게 뜬 얼굴이 엄마의 얼굴과 겹쳤다.

"저기, 학교는 어때?"

행복한 기분에 찬물을 끼얹는 건지도 모르겠다 싶었지만 지금이 물어볼 적기라고 느꼈다. 젠토는 여섯 개째 포도알을 입에

---

* 입춘 하루 전날. 일본에서는 절분에 액막이로 나이만큼 콩을 먹는 풍습이 있다.

넣었다.

"나쁘지 않아."

겐토는 포도를 삼키며 대답했다.

"그렇구나."

"학교는 싫지 않아. 수학여행도 갔으면 좋았을걸. 이래 보여도 나, 제법 인기가 많거든."

겐토는 오른쪽 입가를 쭉 끌어 올려 웃으며 포도알을 하나 더 떼어냈다. 무리를 하는 것처럼도, 거짓말을 하는 것처럼도 보이지 않았다.

"그럼 잘됐네. 하긴 겐토는 인기 있을 만해. 어떻게 봐도 예쁘장하게 생겼는걸. 엄마를 닮아서 부러워. 오, 미소년! 의외로 남자에게도 인기가 있는 거 아냐?"

내가 너무 촐싹댔는지 겐토는 입술을 깨물듯 입을 꾹 다물고 고개를 숙였다.

"미안해, 이상한 소리를 했네. 빨리 더 먹어. 네가 다 먹어야 나도 먹지."

"그러게."

겐토는 고개를 들고 여덟 개째 포도알을 떼어내더니 갑자기 손을 쳐들었다.

"유쾌 발랄!"

지금까지 들어본 적 없을 만큼 크게 외쳤다. 허약하게만 보였는데 이렇게 큰 소리를 낼 수 있을 줄이야.

"그래, 유쾌 발랄!"

나도 주먹을 불끈 쥔 오른손을 높이 쳐들고 소리쳤다. 그 후 젠토는 유쾌 발랄이라고 외치며 포도를 한 알씩 먹었다.

"자, 끝났어."

열한 개를 먹은 후 젠토는 잘 먹었다고 인사하듯 양손을 마주 모았다.

"어, 아직 열한 살이었나. 그렇구나, 생일은 다음 달이지."

일부러 아무렇지도 않게 대꾸했지만 젠토의 생일을 떠올리자 웃음이 실실 나왔다. 접시에는 포도가 아직 일곱 알 남아 있었다. 내 나이에는 모자라지만 전부 다 먹을 생각은 없었다.

"이제 누나 차례야."

젠토의 재촉에 나는 포도를 한 알 집었다.

"유쾌 발랄!"

소리치며 번쩍 든 손을 그대로 앞으로 내려서 포도를 젠토의 입에 넣었다.

"생일 예행연습. 6학년이니까 열두 개 먹으면 돼. 젠토, 생일 축하해!"

나는 크게 박수를 쳤다. 본무대에는 더욱 대단한 게 기다리고 있다는 듯이. 젠토의 눈에서 눈물이 넘쳐흘렀다. 포도를 갑자기 밀어 넣어서 목에 걸리기라도 한 걸까. 내 다정한 마음에 감동했음을 눈치채 놓고, 그렇듯 건조하게 해석하려는 스스로에게 도취된 채 남은 포도 중 세 알을 손바닥에 얹었다.

"이건 내 거. 남은 건 남매가 사이좋게 반씩 먹자."

젠토는 눈물을 닦으며 고개를 끄덕였다.

우리는 포도를 한 알씩 집어 건배하듯 마주친 후 높이 들어 올렸다.

"유쾌 발랄!"

그걸 세 번 반복하고 기념일을 끝냈다.

분명 술을 마셔도 이렇게 뭉클한 기분은 안 들 것이다. 그렇게 편안한 마음으로 잠자리에 들었다가 새벽에 창밖에서 쿵, 하는 소리가 들려 잠에서 깼다.

겐토가 옥상에서 뛰어내린 소리였다…….

역시 그 편지는 가짜였던 것이다. 여전히 사이가 좋기는 무슨. 그딴 장난이나 치는 인간도 죽어버리라고 저주하고 싶은 기분이었다. 설령 나를 격려하기 위해 한 짓이더라도.

그나저나 겐토는 유서를 남겼다.

누나, 드림랜드에 못 데려가서 미안해. 하지만 난 아까 어른이 된 누나와 둘이서 드림랜드에 갔다 왔어. 약속한 대로 마운틴에서 책갈피를 샀지. 그러니 이건 하루 미래에 갔던 내가 누나에게 사준 선물이었던 거야. 늘 잘해줘서 고마워.

찢어서 반으로 접은 노트에는 유쾌하게 웃는 산적 스타일 고양이를 새긴 금색 책갈피가 끼워져 있었다.

버스를 탄 후로 줄곧 꿈을 꿨다―.

저기, 겐토. 나만 이렇게 드림랜드에 가도 될까. 네가 없는 미래로 가도 될까. ……갈 수 있을까.

에피소드 Ⅱ

일의 발단은 분명 하프(half) 성인식이다.

스무 살의 절반인 열 살이 되었음을 축하하는 행사인데 내가 초등학생 때는 이런 말을 못 들어봤다. 우리 집이 유복하지 않아서 생략한 게 아니다. 집안 형편과는 상관없이 대부분의 아이와 부모들이 열 살 생일을 이렇게 받아들이지 않는 게 아닐까.

하지만 지금은 당연하다는 듯이 존재한다. 적어도 기요세 제2 초등학교에서는 내가 근무한 4년간, 4학년 연중행사에 포함되어 있었다. 그렇지만 대단한 행사는 아니다. 어떤 지역에서는 시가 주최하는 성인식 행사에 하프 성인식을 맞이한 아이들도 참석한다는 모양이다. 그에 비하면 조촐한 이벤트다.

성인의 날이 되기 한 달 전, 4학년 학생과 보호자를 체육관에 모아놓고 반에서 다섯 명씩 뽑은 아이들이 단상에서 작문을 읽는 게 전부니까. 작문의 공통 제목은 '장래의 꿈'이다. 뽑히지 못

한 아이들의 작문도 전부 체육관 벽에 나붙으므로 이날만은 보호자들도 어지간해서는 자리에 앉지 않는다.

자기 아이의 작문만 보면 충분하지 않나 싶기도 하지만 다른 아이의 작문과 비교하고 싶은지 그런 보호자는 좀처럼 없었다. 너무 빨리 자리에 앉아봤자 춥기만 할 뿐이다. 보호자들은 난방이 되지 않는 체육관의 차가운 접의자에 다운 코트 차림으로 앉아 있었다. 참관수업과는 조금 다른, 식전 형식의 행사라도 부모들의 복장은 변함없다.

나보다 열몇 살 나이가 많은 동료들은 자기가 어렸을 때 참관수업을 하면 엄마들은 하나같이 정장이나 원피스 차림이었고, 때로는 기모노 같은 잇초라*를 입고 왔다고 이따금 말했다. 어이없어한다기보다는 시대의 변화를 한 걸음 뒤에서 바라보는 듯한 기색이었다.

잇초라가 뭐냐고 내 동기 남자 교사가 물었지만 내게는 할머니가 자주 써서 그리운 말이었다. 할머니는 참관일만큼은 잇초라를 차려입고 가야 한다며 내게는 새 블라우스를 사주었고, 자기는 옷장 깊숙한 곳에서 원피스를 꺼내 입었다. 할머니는 할아버지가 선물했다는 대모갑 브로치까지 달고서 교실 뒤편, 복도 쪽 제일 끄트머리에 늘 서 있었다.

아, 맞다. 내가 처음으로 남을 때린 건 언제인지는 모르지만 참관수업이 끝난 후였다. 엄마가 아니라 할머니가 왔다고 놀려서 속상했는지, 방충제 냄새가 감도는 할머니를 보고 이상한 냄새

---

* 一張羅. 가지고 있는 옷 중에서 제일 좋은 옷을 가리키는 말.

가 난다고 해서 화가 났는지, 좋아하는 남학생 앞에서 그런 소리를 해서 부끄러웠는지 어느덧 힘껏 뺨을 갈겼다.

하지만 그 후에 호되게 야단맞은 기억은 없다.

"시노미야 선생님."

학년주임 센도 선생님이 안내를 맡아 체육관 입구에 서 있던 나를 불렀다. 비밀스러운 이야기인지 잠깐 오라고 손짓을 했다. 안내 담당 선생님들에게 양해를 구하고 체육관 밖으로 나갔다.

"고토 미노리 양이 작문을 아주 잘 썼던데, 왜 오늘 발표 인원에 넣지 않았죠?"

목덜미를 긁적긁적 긁으며 이야기하는 것이 본인의 의견이 아니라는 증거다. 자기 딸이 당연히 뽑힐 줄 알았던 미노리 엄마가 당일에야 딸이 작문을 읽지 않는다는 것을 알고 낯빛을 바꾸어 따지러 온 것이 틀림없다.

"미노리보다 잘 쓴 아이가 다섯 명 있었거든요."

"아까 미노리 양의 작문을 읽어보니 다른 아이들과 비교해도 훨씬 수준이 높던걸요."

"반 대표를 뽑는 건 담임의 권한일 텐데요. 애당초 무슨 용건이시죠? 미노리를 내보내라는 건가요? 이미 뽑힌 아이들 중에서 한 명을 제외하라는 말씀이세요? 제외된 아이의 부모님께 센도 선생님이 이유를 설명해 주실 건가요?"

숨도 쉬지 않고 말을 퍼부었다. 내 말과 행동을 후회해 금방 사과를 하게 된 건 극히 최근부터다. 그 무렵 나는 자신이 백 퍼센트 옳다고 믿지는 않았지만 틀렸다고 생각한 적은 전혀 없었다.

학년주임은 포기했다는 듯 건방진 애송이 교사에게 한숨을 쉬고 시계를 들여다보았다.

"곧 시작이군요. 부모님께는 시노미야 선생님이 엄선한 결과라고 알려드리죠. 지금은 화가 나셨지만 선발된 아이들의 발표를 듣고 이해해 주시면 좋으련만."

난처한 듯이 작게 웃는 센도 선생님을 보자 그제야 가슴이 살짝 아팠다. 보호자의 심부름이 아니었는지도 모른다. 선생님에게도 뭔가 생각하는 바가 있었는지도 모른다. 우리 반만 여섯 명을 발표시키는 방법도 있었을 것이다.

반의 상황은 파악하고 있었건만 당일 이렇게 될 줄 예측하지 못한 건, 사흘 전 국어 시간에 발표자 다섯 명을 뽑았을 때 미노리가 그렇게 우울해 보이지 않았기 때문이다. 뭔가 조치하고 싶었다면 미노리 엄마도 좀 더 일찍 말했을 테니, 아는 선생님을 만나 인사하는 김에 확인했을 뿐인지도 모른다고 생각하며 반 아이들이 앉아 있는 곳으로 향했지만.

눈언저리가 빨개진 채 어깨를 떨며 흑흑 우는 아이가 눈에 들어왔다. 미노리였다. 당일 행사장까지 와서 왜 이러나 싶어 곤혹감이 솟구쳤다.

"미노리, 왜 그러니?"

옆에 다가가 물어보아도 미노리는 대답이 없었다. 대신에 곁에서 미노리를 달래던 아이가 대답했다.

"미노리, 엄마한테 혼났어요. 아빠……."

"아니야!"

미노리는 도리질하듯 고개를 옆으로 흔들었다. 선생님한테 쓸데없는 소리 하지 말라는 듯이. 그리고 숨을 가다듬더니 얼굴 한복판에 힘을 주어 울음을 참고, 새것으로 보이는 유명 아동복 브랜드의 분홍색 스웨터 소매로 눈물을 쓱 닦았다.

"배가 아파서요."

미노리는 일부러 쥐어 짜낸 듯한 목소리로 그렇게 말하고 눈물에 젖은 손을 배에 댔다. 실은 아니겠지만 따져 물어서는 안 된다. 어린아이에게도 나름대로 지키고 싶은 것이 있는 법이다.

"오늘 추워서 그런가 보다. 보건실에 갈래?"

다정하게 묻자 미노리는 다시 고개를 저었다.

"그럼 선생님은 제일 뒷줄에 앉아 있을 거니까 못 참겠으면 언제든지 와서 말하렴. 발표하는 중이라도 상관없어."

작문 발표가 시작됐다. 앞 반인 1반의 발표자 다섯 명 중 네 명의 장래 희망은 '공무원'이었다. 교사도, 경찰관도, 시청 직원도, 집배원도, 소방관도 아니라 공무원. 미노리도 꿈을 '공무원'이라고 썼다.

저는 장래에 공무원이 되어 고생하는 엄마를 호강시켜 드리고 싶습니다.

그런 문장으로 시작되는 작문은 결코 완성도가 떨어지지 않았다. 오히려 센도 선생님 말마따나 문장력은 다른 아이보다 훨씬 뛰어났다. 기술 점수를 매기자면 사에키 아키코에 이어 2등이다. 그렇지만 미노리를 뽑지 않은 건 그게 작문을 위한 작문이었기 때문이다.

미노리 아빠는 의사고 가정에 경제적인 문제는 전혀 없다. 그런데 고생하는 엄마라니. 여름방학 숙제인 자유 작문으로 미노리는 가족의 하와이 여행기를 신나게 써서 제출했다. 머리가 좋은 만큼 어떻게 써야 선생님에게 칭찬받는지 미노리는 아는 것이다. 그걸 가감 없이 평가하기에는 거부감이 컸다.

세상에 정론이 넘쳐나는데도 왕따와 빈곤 문제 등 몇십 년이나 계속돼 온 문제가 해결되지 않는 건 진정한 본심을 꺼내놓지 않는 사람이 많기 때문 아닐까. 문제를 해결하려는 마음은 없고 자신에게 밀려오는 물결을 막기 위해 그럴싸한 말로 제방을 쌓는다. 또는 대세 쪽으로 흘러가려 한다.

돈이 있느냐고 물으면 생활이 곤란할 정도는 아닌데도 일단 못산다고 대답한다.

행복하냐고 물으면 그다지 큰 고민이 없는데도 일단 불행하다고 대답한다.

답답한 세상이라고 한탄한다. 살기 힘들다고 불평한다.

그럼으로써 정말로 문제가 있는 사람들이 파묻혀 버린다는 걸 알려고도 하지 않고.

이번에는 자기가 엄마를 하와이에 데려가고 싶다는 게 공무원이 되고 싶은 이유였다면, 나는 주저 없이 미노리의 작문을 선택했을 것이다.

내가 뽑은 다섯 아이의 꿈은 축구선수, 만화가, 우주비행사, 파티셰, 어부였다. 글을 잘 못 쓰는 아이도 있다. 하지만 좋아하는 것에 대한 동경과 존경하는 사람에 대한 열망을 자신의 말로 써냈다.

미노리도 발표자를 선정한 직후에는 다른 아이들과 별로 겹치지 않는 직업을 써낸 아이를 뽑은 것 아니냐고 무시하는 투였고, 자기가 뽑히지 않은 걸 수긍하는 눈치였다. 오히려 부끄러운 줄도 모르고 가능성 없는 꿈을 써낸 아이들 사이에 섞이지 않아서 다행이라는 듯한 태도였다.

그러나 그런 아이들을 뽑은 건 우리 반뿐이었고, 한 학년을 통틀어 보면 평소 성적이 우수한 데다 공무원이 되고 싶다고 쓴 아이들이 눈에 많이 띄었다. 시시하다고 느낀 보호자가 많았을 것이다. 하지만 미노리 어머니는 그중에 자기 딸이 없었던 것이 역시 불만이라 내게 뭔가 앙갚음을 하려고 기회를 엿보고 있었는지도 모른다.

그리고 상상 이상의 약점이 발견됐다. 아니, 악의가 없더라도 언젠가는 이렇게 될 운명이었다.

'공무원이 되고 싶다'는 아이들의 작문을 부정한 나야말로 공무원이다. 어린 시절 작문에 '공무원이 되고 싶다'고 썼던 것도 나다.

왜냐하면 할머니가 그러길 바랐으니까. 그렇게 쓰면 할머니가 기뻐했으니까.

최근에는 가족의 다양화가 존중되어 부모님이 두 분 다 계시는 걸 전제로 한 작문이나 그림은 학교 과제로 내지 않는다.

그런 탓에 부모에게 고마워하는 마음이 희미해지는 것 아니냐고 불만을 토로하는 보호자도 매년 몇 명은 나오는데, 그 사람들은 자기가 이혼하지 않는다고 단언할 수 있을까. 자기 부부가 불의의 사고를 당해 어린 자식을 남겨둔 채 세상을 떠날지도 모른다고 상상한 적은 없을까. 설령 그런 일이 벌어져도 우리 아이는 굳세게 살아갈 수 있으리라 믿는 걸까.

불행은 남에게나 찾아오는 법이라고 무의식중에 믿고 있는 것 아닐까. 행복하냐고 물으면 불행하다고 대답하는 주제에, 그 불행이 남들의 행복과 같은 수준임을 깨달으려고도 하지 않고서.

하나 내가 진정한 불행을 안다고 자만해서는 안 된다. 내게는 날 끔찍이 사랑하는 사람이 있었으니까.

어머니가 날 낳았을 때 아버지는 이미 다른 여자와 사귀고 있었다고 한다. 금전적인 도움을 조금 받기는 했지만 내가 돌이 됐을 무렵에 연락이 끊겨 어머니는 나를 데리고 친정으로 돌아왔다.

작은 단층집에는 어머니의 어머니, 즉 할머니가 혼자 살고 있었다. 여자 셋이서 생활한 것도 잠시, 어머니는 내가 세 살이 되기 전에 집을 나갔다. 당연히 그렇게 어린 시절은 기억나지 않으므로 태어났을 때부터 할머니와 단둘이 산 줄로만 알았다.

초등학교에 입학하기 전에는 내 처지를 아직 제대로 이해하지 못해 부모님이 없는 이유를 잘 설명하지 못했다. 근처에 사는 남자아이가 그런 나를 보고 할머니가 낳은 것 아니냐고 놀린 적이 있는데, 화가 나기 전에 그럴지도 모른다는 기분이 들었을 정도다.

그래서 할머니가 우리 엄마냐고 물어보자, 할머니는 그런 마음으로 마이코를 키워야겠다고 진지한 얼굴로 대답했을 뿐 다른 말은 하지 않았다.

할머니는 성실한 사람이었다.

동네의 소면 전문 제면소에서 30년 넘게 일했고, 집 거실에는 수타 소면 대회에서 우승했을 때 받은 상장을 몇 장 걸어두었다. 종업원이 열 명도 안 되는 제면소였지만, 그런 만큼 가족 같은 분위기였고 연말에는 언제나 송년회를 열었다. 그때는 할머니가 나도 제면소 옆에 있는 직영 식당에 데리고 가주었다.

세월이 흐르며 물갈이가 됐는지 다른 종업원은 할머니보다 열 살, 스무 살이나 어린 사람뿐이었다. 그렇지만 할머니는 뻐기기는커녕 늘 구석 자리에 앉아 맛있는 음식도 별로 입에 대지 않고 조용히 모두의 이야기만 들었다.

사장님 부부를 비롯한 대부분의 종업원이 거들먹거리지 않는 할머니를 내게 칭찬했다.

"우리 소면이 품평회에서 총리상과 상금을 탈 수 있는 건 엄청난 장인인 기미에 씨 덕분이야. 언제까지 수타 소면으로 이름을 날릴 수 있느냐는 기미에 씨의 어깨에 달려 있다고 해도 과언이 아니지. 그러니 마이코, 할머니께 열심히 효도하렴."

과자가 담긴 산타클로스 장화를 주며 그렇게 말한 사장님의 목소리와 표정은 지금도 선명하게 기억난다. 뻔한 아부가 아니라 진심 어린 말로 느껴졌기 때문이다. 할머니는 쑥스러운 듯이 웃었다. 할머니가 웃음을 보이는 건 일 년에 한 손으로 꼽을 정도인데. 집에 돌아오자 나는 할머니에게 선언했다.

"나도 할머니 같은 장인이 될래."

장인이라는 말이 멋지게 느껴진 건 확실하다. 그렇지만 내게는 다른 목적이 있었다. 그런데 할머니는 기뻐하기는커녕 눈살을 찌푸리며 난감한 표정을 지었다.

"고맙구나, 마이코. 난 손재주 덕분에 일찍 네 할아버지가 죽고도 어떻게든 먹고살 수 있었단다. 하지만 기계가 많이 발전하는 바람에 그렇게 먹고살 수 있는 시대는 지나갔어. 상장을 받아도 마이코를 데리고 여행을 가거나 장난감을 사주기는 힘들지. 이렇게밖에 못 해줘서 미안하구나."

바라지도 않는 사과를 받고 나는 단숨에 비참한 기분을 맛보았다. 맛있는 밥을 먹고 칭찬을 받아 정말 행복한 기분이었는데. 그럼 뭐가 되면 좋겠느냐고 묻고 싶었지만 눈물이 말을 방해했다. 그래도 할머니에게는 내 마음이 통한 듯했다.

"호강은 못 시켜주겠지만 열심히 일해서 대학에는 보내주마. 열심히 공부해서 공무원이 되렴. 안정된 월급을 받을 수 있으니까 여자 혼자서도 남들만큼 살아갈 수 있을 거야."

공무원이 무슨 뜻인지 머릿속에 떠올랐는가는 확실치 않다. 하지만 그걸 목표로 하면 할머니가 기뻐하리라는 건 알았다.

"마이코가 기미에 씨의 뒤를 이어주면 좋겠는데."

다음 해 송년회 때 사장님이 그렇게 말했을 때 나는 기다렸다는 듯이 고개를 들었다.

"아니요, 저는 공무원이 될 거예요."

결의를 표명하듯 대답한 후에 제면소를 무시했다고 오해하면 어쩌나 걱정됐다. 하지만 사장님도 사모님도 흐뭇하게 웃었다.

"참 야무지구나. 성과급이 나오면 할머니를 온천에라도 모시고 가렴. 기대되겠어요, 기미에 씨."

사장님의 말에 할머니는 자기가 칭찬받았을 때보다 더 기쁘게 웃었다.

"마이코는 남들 앞에서도 당당하니까 선생님이 되는 건 어떠니?"

사모님의 제안에 할머니는 선생님이라니, 하며 민망하다는 듯 양손으로 입을 가렸지만, 계속 기쁘게 웃는 모습을 보자니 쑥스러워서 그러는 것처럼 보이기도 했다.

그 후로 나는 누가 장래 희망을 물으면 '선생님'이라고 대답했다.

과연 나는 정말로 교사가 되고 싶은 건지 어리나마 스스로에게 물어보기도 했다. 공부는 싫어하지 않았지만 빼어나게 잘하는 건 아니었다. 그래도 어쩌면 내게 적합하지 않을까 생각한 건 참관수업 후에 남학생을 때려서 울렸을 때, 나뿐만 아니라 남자아이도 같이 혼낸 담임 선생님 덕분일지도 모르겠다.

사람의 수만큼 삶과 인생이 있어. 자신의 잣대로 다른 사람의 인생에 참견하는 건 아주 부끄러운 짓이야. ○○는 엄마를 아주 좋아해서 자신의 잣대로 마이코의 할머니를 엄마와 비교하려 했는지도 몰라. 그런데 만약 다른 아이가 ○○의 엄마에게 자신의 잣대를 들이대면 어떨까? 똑 부러지는 성격의 미인인 엄마를 멋대로 무섭다거나 차가워 보인다고 단정하면.

선생님은 그 남학생을 그렇게 타일렀다. 내게도 들리도록. 어쩌면 선생님은 내게 이야기하는 게 아닐까 싶기도 했다. 나는 뺨을 갈긴 게 조금도 미안하지 않았지만 말로 해결하는 방법도 있었음을 깨달았다.

나도 그 남학생도 극단적으로 짧은 잣대를 휘둘렀을 뿐이다. 그걸 선생님이 가르쳐주지 않았다면 나는 할머니를 지키는 척한 내가 상처 입지 않을 수단으로서 그 후로도 계속 짧은 잣대를 휘둘렀을지도 모른다.

그러나 그런 아이가 나뿐만이 아니라는 사실도 알고 있었다. 부모님 중 한쪽이 없는 아이, 부모님이 있어도 학대 등의 문제에 시달리는 아이. 그 밖에도 왕따를 당하거나, 본인의 노력과는 상관없이 평범한 환경을 누리지 못하는 아이는 짧은 잣대로 스스로를 죽어라 지키지 않으면 꿋꿋이 서 있지 못할 때도 있다.

담임 선생님이 어떤 환경에서 자랐는지는 모르지만, 내가 교사가 되면 나와 처지가 비슷한 아이에게 선생님이 해준 이야기를 전할 수 있지 않을까 생각하자, 마치 교사가 천직처럼 느껴졌다.

그 또한 짧은 잣대로 잰 결과임을 모르고서.

가난하지만 나는 할머니와 함께 하루하루를 평온하게 지냈다.

중학생쯤 되자 역시 내 출생이 궁금해져 할머니에게 마구 따져 물은 적이 있었다. 그 결과 내가 처음에는 아버지에게, 그리고 어머니에게도 버려졌다는 사실을 알았지만, 버려진 것보다도 그런 몹쓸 인간들의 자식이라는 점이 가슴속에 불순물로 남은 것만 같아서 음식이 목구멍을 넘어가지 않았다.

그런 나를 구해준 사람도 할머니다.

"때가 묻은 채 태어나는 사람은 없단다. 다들 깨끗한 상태로 이 세상에 나지만 주위 환경에 따라 더러워지는 사람도 있는 법이지. 네 엄마도 다정하고 정말로 착한 아이였는데 나쁜 남자에게 속아서 이상해졌을 뿐이야. 하지만 그건 이 할머니 탓일지도 몰라. 여자가 자립하는 게 얼마나 중요한지 몰랐으니 말이다. 어엿한 남자와 결혼하는 게 여자의 가장 큰 행복이라고 믿었고 네 엄마에게도 계속 그렇게 가르쳤어. 하지만 마이코에게는 살아가는 법을 제대로 가르쳐서 다행이야. 마이코는 이 할머니의 정말 자랑스러운 손녀란다."

할머니는 그렇게 말하고 화장실 앞에 쪼그려 앉은 내게 다가와, 말라서 어깨뼈가 불거진 등을 다정하게 쓸어주었다. 총리상을 받을 만큼 뛰어난 기술을 지닌 그 소중한 손으로 언제까지나.

나는 남자에게 속지 않는다. 교사가 돼서 올바른 길을 걷는 거다.

그런 마음으로 공부에 힘썼지만 이과 과목을 이해하는 데 아무래도 시간이 걸렸다. 경제적인 여유가 없으니까 국공립 대학교에 가야 하건만 워낙 좋지 못한 수학 점수가 발목을 잡았다.

고등학교 담임은 사립대학교 문과 계열을 권했다. 수학 이외의 주요 과목에 더해 음악과 체육 등의 부과목 성적은 나쁘지 않앉으므로, 지정 학교 추천*도 받을 수 있을 거라 했지만 교육부가 대상인 곳은 도쿄 소재 대학이었다. 생활비가 걱정돼서 할머니에게 상의도 하기 전에 포기했다.

그런데 할머니가 지정 학교 추천 이야기를 꺼냈다. 제면소 종업원에게 들은 모양이다. 나는 학교에서 나눠준 자료를 보여주며 할머니에게 수업료 등을 설명했다.

그러자 할머니는 옷장 서랍 깊숙한 곳에서 예금통장을 꺼냈다. 통장에는 천만 엔 가까운 금액이 찍혀 있었다. 그것도 한꺼번에 입금된 듯했다. 옛날에 할아버지가 밭조차 일굴 수 없는 산속의 땅을 속아서 샀는데, 15년쯤 전에 고속도로가 생길 때 그 땅을 나라에서 매입했다고 한다.

"마이코의 학비로 쓰려고 한 푼도 빼 쓰지 않고 놔뒀지. 비밀번호는 네 생일이야."

할머니는 내게 통장과 현금카드를 내밀었다. 가족이라고는 하나 감사 인사를 해야 마땅하지만 역시 목소리보다 먼저 눈물이 나와서 아무 말도 할 수 없었다.

"열심히 공부해서 선생님이 되렴. 그리고 성과급이 나오면 온천에 데려가 다오."

내가 알았다고 대답하듯 고개를 크게 끄덕이자 할머니는 내 머리를 다정하게 쓰다듬어주었다.

그리하여 나는 도쿄에 가서 대학을 다니기로 했다.

제면소 사람들이 조심하라고 몇 번이나 당부했지만 나는 참

---

* 대학에서 지정한 고등학교의 학생을 추천을 통해 입학시키는 제도.

야단스럽게 군다고 생각하며 그저 웃음으로 답했다.

목돈이 있다고는 하나 흥청망청 살 수는 없다. 나는 여기도 도쿄인가 싶을 만큼 변두리의 허름한 연립주택에서 학창 생활을 시작했다.

학생 전용에다 집주인 노부부의 집이 바로 옆이라, 자취는 처음이었지만 불안감은 거의 없었다. 할머니는 한 달에 한 번꼴로 제면소 박스에 소면과 제철 채소 및 과일을 담아 보내주었다. 순식간에 일 년이 지나갔다.

봄에 2학년이 된 지 얼마 되지 않아 하라다와 처음으로 말을 나눈 계기가 바로 그 택배였다. 수령인이 없을 때 택배는 집주인이 맡아놓는다. 학교에서 돌아와 우편함을 들여다보자 집주인 할머니가 메모를 남겨놓았길래 나는 즉시 옆집으로 향했다.

그때 옆집 현관 앞에 있었던 사람이 하라다다. 그도 짐을 받으러 온 모양이었다. 몇 번 얼굴은 봤지만 이름도, 몇 호실에 사는지도 몰랐다.

먼저 짐을 받은 하라다는 마치 택배 기사 같은 발걸음으로 경쾌하게 달려 자기 방으로 돌아갔다. 나도 짐을 받아 돌아오자 1층 계단 밑의 방문이 열리고 하라다가 나왔다.

"짐, 무거워 보이는데 들어줄게."

싹싹한 훈남인 척하려는 기색은 전혀 없었고, 학교 청소 시간에 자기가 당번이니 쓰레기를 버리고 오겠다고 하는 듯한 말투였다.

"아니요, 괜찮아요. 박스만 크지 무겁지는 않거든요."

할머니는 자기가 들 수 있을 만큼만 박스에 넣는다. 옛날부터 장을 보러 갔을 때도 그랬다. 남에게 의지하지 않는다. 스스로 할 수 있는 만큼만 해도 일상생활은 너끈했다.

"하지만 들어주려고 나왔는걸."

한 발짝 다가온 하라다가 박스를 당겨서 품에 안았다.

"어, 그게 미안해서……."

"몇 호실이야?"

하라다가 내 말은 귓등으로도 듣지 않아 하는 수 없이 호수를 가르쳐주었다. 하라다는 이번에는 뛰지 않고 계단을 올라갔다. 집주인 집에서 마주쳤을 때부터 이럴 생각이었구나 싶었다. 달갑지 않은 친절이라는 기분이 가슴속을 30퍼센트쯤 채웠다.

빚을 진 것 같아서 기분이 안 좋았다. 그때 하라다가 내 방문 앞에 박스를 내려놓으며 박스 옆면에 커다랗게 인쇄된 글씨를 소리 내어 읽었다.

"자투리 면?"

"수타 소면의 자투리를 모은 거예요. 굵기도 길이도 모양도 제각각이죠. 된장국 같은 데 넣으면 맛있어요.

그만 제면소 종업원처럼 설명하고 말았다.

"이야, 처음 알았어."

"괜찮으면 한 봉지 드릴게요."

"아니, 그런 생각으로 한 말이 아니야."

나는 손을 내저으며 사양하는 하라다 앞에서 박스에 붙은 접착테이프를 뜯어냈다. 생각한 대로 부서지기 쉬운 건조 자투리 면 봉지는 제일 위에 세 개가 나란히 들어 있었다. 그중 하나를 하라다에게 내밀었다.

"할머니가 만드신 거예요. 맛있게 드시면 좋겠네요."

큰 소리로 그렇게 말하자 하라다는 고맙다고 작게 중얼거리고 봉지를 받았다. 그게 어쩐지 우스워서 웃자, 하라다는 어리둥절한 표정을 지었다. 오해는 풀어야 한다.

"친절을 베풀 때와 친절을 받을 때의 태도가 180도 달라서요."

"음, 그런가. 그런데 그건 피장파장 아닌가?"

하라다의 대꾸에 갑자기 부끄러워져서 머리를 긁적이며 고개를 숙이자 이번에는 하라다가 웃음을 터뜨렸다. 우리는 서로 감사를 표하며 자기소개를 했다. 대학은 다르다고 할까, 하라다는 내 고향 출신이라면 신동이라고 불리지 않았을까 싶은 곳에 다녔지만 학년은 같았다.

그 후 자투리 면이 맛있었다는 하라다에게 이번에는 소면을 주자, 그가 답례로 영화를 보러 가자고 했다. 하라다는 고등학생 때부터 영화 감상이 취미였는데, 대학생이 된 걸 계기로 블로그에 감상을 올리다 보니 그 방면에서 약간 유명해져 가끔 시사회에 초청을 받는다고 한다.

나는 전철을 한 시간은 타야 영화관에 갈 수 있는 곳에 살았으므로 영화는 대부분 텔레비전으로 봤다. 원작을 좋아하는 판타지 영화도 집에 있는 작은 텔레비전 화면으로 감상했다. 이 사람과 이 사람은 어떤 관계냐 같은 할머니의 질문에도 그 자리에서 대답할 수 있으므로 그걸로 충분하다고 생각했다.

하라다가 보러 가자고 한 영화는 판타지나 SF처럼 큰 화면으로 보지 않으면 아까운 작품이 아니었다. 작은 영화관에 잠깐 올라올 법한 외국 배경의 수수한 작품이었다. 분명 텔레비전에 나오지도 않을 것이다. 하지만 인간의 심리를 세심하게 그린 그 작품은 마지막의 새빨간 석양과 함께 내 가슴에 깊이 스며들었다.

"전혀 모르는 세계가 있었네."

하라다는 영화를 보기 전과 후의 표정이 똑같았으니 이 작품이 별로였는지도 모르겠다. 그렇게 생각하면서도 감동을 표현하지 않을 수 없었다. 그러자 하라다의 얼굴이 확 풀어졌다.

"그러게, 정말 좋았어."

신나게 말하는 모습을 보자 그 무표정 속에 이런 감정이 숨어 있었나 싶어 또 조금 웃겼다. 뭐랄까, 이쪽이 뚜껑을 열지 않으면 내용물을 알 수가 없다.

구성원이 거의 바뀌지 않는 시골에 살면 철들 무렵에는 각자의 역할이 자신의 의사와는 관계없이 정해지는 측면이 있다. 나는 듣는 역할로 정해졌는지 바라지도 않았건만, 좋은 의미에서든 나쁜 의미에서든 관심을 갈구하는 감정 표현이 풍부한 아이가 주변에 한 명은 있었다.

흥미도 없는 상자 속을 보여주는 건 지긋지긋했는데 뚜껑을 꼭 덮은 사람의 속은 들여다보고 싶어진다.

"하라다가 추천하는 영화를 보고 싶어졌어."

내 요청에 하라다는 집에 있는 DVD를 빌려주겠다고 흔쾌히 대답했지만 나는 DVD 플레이어가 없었다. 할머니가 준 통장에는 잔고가 충분했거니와 입학한 뒤로 내내 카페에서 아르바이트를 하며 지금도 조금 했지만 할머니와 살던 집에 없는 물건을 사려니 미안했다.

이런 식으로 회상하는 건 살 붙임, 기억 보정이다. 나는 시골 사람이었을 뿐 순수한 여자는 아니었다. 할머니가 남자에게 속아 넘어가면 안 된다고 입에 침이 마르도록 말했지만 하라다는 그런 사람으로 보이지 않았다.

이것도 아니다. 나는 그저 하라다가 좋았다.

그래서 그의 방에서, 그와 함께, 그가 추천하는 영화를 보고 싶었던 것이다. 영화를 보여주는 답례라며 매번 소면을 선물로 들고 가서, 봉지에는 1분간 삶으라고 적혀 있지만 우리 집에서는 45초간 삶는다며 작은 부엌으로 들어가는 영악함도 지니고 있었다.

그게 뭐가 나쁘단 말인가.

하라다는 한 작품을 보고 나면 소면을 맛있게 먹으며 다음 작품을 추천했다. 나는 그 시간이 다른 무엇을 할 때보다 행복하게 느껴졌다. 소면을 다 먹고 내가 일하는 카페에서 받은 커피를 내려 마시기도 했다. 하라다는 영화 이야기를 시작하면 좀처럼 멈추지 않는다. 나까지 하룻밤 만에 코엔 형제에 대해 이야기할 수 있을 정도로.

날이 샐 때까지 함께 있기도 했지만 반년 넘게 우리는 손도 잡지 않았다.

그가 일부러 그런 장면이 적은 영화를 선택한 것 같은 기분이 든다. 하지만 그런 관계가 되기까지 걸리는 시간이 길든 짧든, 그게 진지함이나 순수함에 비례한다고 여기는 건 어처구니없는 생각이다.

오히려 같은 연립주택에 사는 영화 감상 친구로 지내는 편이 서로에게 상처를 주지 않았을지도 모른다.

하라다는 드림 영화 시리즈의 DVD도 가지고 있었다. 제목에 '○○공주'가 들어가는 작품은 아동용이라고만 생각했으므로, 제 나이보다 어른스러워 보이는 하라다가 실은 철없는 어린아이처럼 성가신 사람이면 어쩌나 조금 걱정이 됐다. 하지만 그것도 작품을 보기 전까지였다.

드림의 작품은 꼭 어린아이만을 대상으로 제작된 것이 아니었다. 보는 내내 나는 가슴이 두근거렸고, 감동했고, 이 작품은 할머니도 좋아하겠다 싶었다. 다 보고 나자 좋았다, 재미있었다는 말이 순순히 나왔다.

"어디가 좋았는지 구체적으로 설명할 수 없어서 미안하지만, 내가 아는 말을 총동원해도 내가 받은 감동의 절반도 표현 못 하지 않을까 싶어."

하라다에게 그렇게 말하자 자기도 마찬가지라고 했다. 그래도 블로그에는 복잡한 말을 늘어놓는다고도. 하라다는 영화에 관련된 일을 하고 싶다고 했다. 많은 사람에게 감동을 주는 작품에 참여하고 싶다고. 그런데 '감동'은 과연 뭔지 그 답을 찾고 싶다고.

나도 같이 찾고 싶다고 그 자리에서는 말하지 못했다. 남이 오랜 세월 간직해 온 꿈에 안이하게 편승하는 건 그 사람의 꿈 자체를 가벼이 여기는 것 같은 기분이라서.

내게는 내 꿈이 있다.

할머니가 보낸 택배가 도착하면 나는 그날 안에 전화를 걸었다. 할머니는 처음 한동안 선생님이 되기 위한 공부는 열심히 하고 있느냐는 말을 감기 조심하라는 말과 같은 빈도로 했지만, 2학년이 되자 열심히 공부하는 것 같구나로 바뀌었다.

지정 학교 추천으로 입학해서인지 내 대학교 성적은 모교인 기요세 고등학교에 정기적으로 통보되는 모양이었다. 그걸 봄에 기요세 고등학교에 부임한 지 얼마 안 지나, 할머니가 만드는 소면의 팬이 됐다는 선생님이 제면소에 소면을 사러 오는 김에 알려준다고 했다.

왜 남들 앞에서 마이코의 성적을 떠들고 그러는지, 원. 할머니는 불평하는 투로 그렇게 말하지만 전혀 난처해하는 것처럼 들리지 않았다. 그러면서 같은 투로 효도해 줘서 고맙다고 말했다. 속으로는 내가 대학에 다니는 건 할머니 덕분이라고 생각하지만, 그 마음을 말로 표현하려 할 때마다 눈물이 솟으면서 목이 메어 결국 열심히 공부하겠다는 대답밖에 못 한다. 그런 만큼 할머니가 또 기뻐할 만한 결과를 내려고 어떤 강의든 제일 앞자리에 앉아 죽을 둥 살 둥 필기를 했다.

할머니는 내가 4학년이 되어 모교로 교육실습을 나오는 것도 고대하고 있었다. 오랜만에 도시락을 싸줄 수 있겠다며.

하지만 할머니는 그날을 맞이하지 못했다.

할머니가 쓰러졌다고 내 휴대전화로 연락을 준 사람은 제면소 사모님이었다. 하라다와 드림에서 제작한 「잠자는 숲속의 오로라 공주」를 보고 있을 때였다. 공주님은 잠든 상태로 기다리는 게 전부인가 싶어 다른 작품만큼 집중이 안 된 탓인지 전화가 왔음을 금방 알아차렸다.

사모님의 긴박한 목소리에 할머니의 상태가 좋지 않다는 걸 깨닫고 즉시 내려가겠다고 말한 후 전화를 끊었다. 동시에 온몸이 벌벌 떨렸다. 잠긴 목소리로 하라다에게 할머니가 쓰러졌음을 알리고 사과했다.

"영화 보는 도중에 미안해."

그 순간 하라다가 리모컨으로 텔레비전을 껐다. 그리고 일어서서 앉아 있는 내 팔을 잡았다.

"택시 부를 테니까 빨리 짐 싸."

말이 끝나기가 무섭게 하라다는 전화를 걸었다. 택시? 그런 사치를. 그것보다 나 택시 타본 적 없는데. 그런 생뚱맞은 생각이 머릿속을 빙빙 돌았지만 20분이면 되느냐는 하라다의 말에 응, 하고 힘차게 대답하고 내 방으로 뛰어갔다.

택시가 도착하자 하라다가 먼저 뒷좌석에 탔다. 내 놀란 표정을 보고 하라다는 도쿄역까지 바래다주겠다더니 택시 기사에게 행선지를 설명했다. 나는 하라다의 옆에 앉았다. 차가 출발하자 또 몸이 부들부들 떨렸다.

할머니는 아직 60대 초반이었다. 죽음은 누구에게나 느닷없이 찾아온다는 생각을 전혀 해본 적이 없었던 건 아니다. 영화

속에서 이별 장면은 몇 번이고 찾아왔다. 그러나 픽션은 결국 픽션이라 아무 예행연습도 되지 않았다.

무릎 위의 가방에 얹은 손을 하라다가 잡았다. 평소 같았으면 냉큼 빼냈을지도 모르지만 그때는 그 따스함이 기분 좋았다.

"다른 가족은?"

하라다의 조심스러운 물음에 나는 고개를 살짝 한 번 저었다. 그때까지 서로의 가족에 대해 터놓고 이야기한 적은 한 번도 없었지만, 하라다의 부모님과 형 이야기는 대화를 나누다 몇 번 나왔다. 이 영화의 등장인물과 닮았다거나 성격이 비슷하다는 식으로. 그럴 때 내가 말하는 가족은 할머니뿐. 그리고 제면소 사람들이었으니 하라다도 어렴풋이 짐작했을지도 모르겠다.

"도움이 필요하면 언제든지 연락해. 바로 갈게."

하라다의 말에 나는 고개를 살짝 끄덕였다.

"필요할 때 연락 주면 기쁠 거야."

이 사람은 전부 다 안다. 분명 최악의 일이 벌어져 슬퍼 죽을 것 같아도 나는 와달라고 말하지 않을 것이다. 그러니까 신신당부한다. 그래도 나는 의지하지 않을 것 같은 기분이 들었다.

도쿄역에 도착해 지갑을 꺼내려는데 등을 세게 떠밀렸다.

"타고 돌아갈 거야. 너도 서둘러."

툭 내뱉는 듯한 말투였지만 나를 걱정한다는 건 눈을 보면 안다. 고개를 깊이 숙이며 고맙다고 인사한 후, 급히 택시에서 내려 돌아보지 않고 신칸센 승강장으로 향했다.

덕분에 나는 병원에 실려 간 할머니의 임종을 지킬 수 있었다.

할머니의 마지막 말까지 들었다.

"열심히······."

"응."

"······서······."

"걱정 마. 나 꼭 선생님이 될게."

눈물에 질세라 아랫배에 힘을 주어 목소리를 냈다. 그 후 혼수 상태가 몇 시간 이어지다 새벽에 할머니는 숨을 거두었다. 의사와 간호사, 제면소 사장님 부부 등 할머니를 돌봐준 모두가 할머니는 웃으며 먼 길을 떠났다고 말해주었다. 마이코 덕분이라고.

제면소 사람들의 도움으로 장례식도 무사히 치르고 열흘 후에 도쿄로 돌아왔다. 집 정리는 겨울방학에 돌아와서 하기로 했다.

도쿄역 플랫폼에서 하라다가 기다리고 있었다.

"고마워."

하라다가 먼저 말을 꺼냈다. 나로서는 고마워하는 이유를 알 수가 없었다.

"연락해 줘서."

하라다는 그렇게 말하고 내 가방을 들었다. 됐다고는 하지 않았다. 그보다는 미안하다가 먼저다. 택시까지 불러줬는데 나는 할머니가 돌아가셨다는 소식을 바로 전하지 않았으니까. 제일 먼저 알려야 했는데. 메일을 어떤 식으로 써도, 연락은 곧 와달라는 뜻으로 받아들여질 것 같았다. 그렇게까지 도움을 받으면 앞으로 내 두 다리만으로 서서 살아갈 자신이 없어서, 혼자 도쿄로 돌아갈 수 있다는 확신이 생길 때까지 아무것도 하지 않았다.

내가 메일을 보낼 때까지 하라다도 연락하지 않았다.

이번에는 연립주택까지 전철을 갈아타고 돌아갔다. 서두를 필요는 전혀 없다. 내릴 역에 도착하자 저녁을 먹기에는 조금 이른 시간이었지만 역 앞 우동집에서는 따스한 국물 냄새가 풍겼다.

"뭐 좀 먹고 들어갈까?"

하라다의 제안에 나는 잠시 망설였다. 하지만 마음을 있는 그대로 전달하는 게 제일 성실한 태도 아닐까.

"요전에 보다 만, 잠자는 숲속의 공주를 마저 보고 싶어. 다 보고 나면 소면을 같이 먹자."

할머니와 헤어지기 전 상태에서 재출발하고 싶었다.

하라다는 그러자고도, 알겠다고도 하지 않고 가방을 들지 않은 손으로 내 손을 잡아주었다. 빠른 걸음으로 나보다 조금 앞서 걸은 건, 눈물에 젖은 눈을 깜박이며 코를 실룩거리는 모습을 내게 들키기 싫어서였는지도 모르겠다. 나는 다른 손으로 눈물을 닦을 수 있었지만 그러지 않고 하라다가 잡은 손 쪽의 점퍼 소매를 꼭 붙잡았다.

어깨가 닿을 만큼 다가붙자 손만 잡고 있을 때보다 열 배, 백 배는 따뜻했다. 제면소 송년회를 마치고 돌아올 때도 나와 할머니는 이렇게 걸었다.

드림랜드 이야기를 꺼낸 건 나다. 「잠자는 숲속의 오로라 공주」를 처음부터 다시 봤지만 역시 기다리기만 하는 공주가 공감은 되지 않았다. 그러다 문득 생각난 일이 있었다.

"초등학생 때 친구가 드림랜드에 가서 산 거라며 오로라 공주 키홀더를 선물한 적이 있었는데……."

그 이야기를 하자 할머니는 여름방학인데 아무 데도 못 데려가서 미안하다고 했고, 나는 선생님이 되면 할머니를 드림랜드에도 데려가겠다고 대답했다. 선생님이 되면, 선생님이 되면, 이루지 못한 약속뿐이다. 콧속이 찡해지기 전에 기운찬 목소리로 말했다.

"하라다, 드림랜드에 가봤어?"

"아니, 안 가봤는데. 가족이 다 함께 가자고 했을 때는 형이 드림랜드는 여자애나 가는 곳이라고 우겨서 결국 철도 박물관에 갔어. 수학여행도 홋카이도로 갔고. 하지만 한번 가보고 싶네……. 같이 갈래?"

나는 고개를 크게 끄덕였다. 그리고 역 앞에서 맡았던 냄새가 떠올라 삶은 소면에 따뜻한 장국을 부은 뉴멘을 만들었다.

"금방 퍼질 줄 알았는데 식감이 그대로네. 굉장하다."

뉴멘을 처음 먹어본다는 하라다가 반쯤 먹고 나서 그렇게 말했다.

"맞아. 그래서 수험 공부할 때 할머니가 야식으로도 자주 만들어주셨……."

나는 젓가락을 쥔 채 숨을 멈추고 얼굴 한복판에 힘을 주었다.

"억지로 안 그래도 돼. 할머니 이야기를 들려줘. 오늘은 영화 감상 말고 우리 이야기를 하자. 추억이나 장래의…… 꿈 같은 거."

자랑할 만한 일화는 하나도 없었다. 그러나 숨기거나 부끄러워해야 할 일도 그때는 없었다. 평소에는 작은 테이블에 마주 앉았지만 그날 밤은 한 이불 속에 누워 이야기를 했다.

하라다의 입술이 처음으로 닿은 곳은 내 입이 아니라 눈이었다. 자기 딴에는 눈물을 빨아들이려고 한 모양인데, 그러다 빠진 속눈썹이 목에 걸려 콜록콜록 기침을 하는 장면은 코미디 영화에도 나오지 않을 것이다. 덕분에 나는 할머니의 추억을 웃으며 이야기할 수 있었다.

초등학교 선생님이 되고 싶다는 꿈도 밝힐 수 있었다.

드림랜드와 같이 있는 마운틴에도 가기로 했다. 기왕이면 마운틴 5주년 기념 사전 이벤트가 열리는 다음 해 3월에 가기로 결정했다. 하라다는 자기가 5주년 이야기를 꺼내서 일정이 조금 밀렸다며 미안해했지만, 내게 드림랜드에 가자는 약속은 기대는 되나 그렇게 중요한 일은 아니었다.

함께 있을 수 있다면 그걸로 충분하다.

겨울방학에 아무도 없는 본가로 돌아가 할머니의 유품을 정리했다. 그런데 연말이 얼마 남지 않은 어느 밤, 손님이 찾아왔다. 화려한 여자와 비싸 보이는 양복 차림의 회사원 같은 남자. 혹시 싶었을 때 여자가 먼저 자기소개를 했다.

"오랜만이야, 마이코. 엄마야."

엄마라는 말을 들어도 감동의 '감' 자도 밀려오지 않았다. 하지만 할머니가 돌아가셨다는 소식을 어디선가 듣고 향이라도 피우러 왔을 수도 있겠다 싶어, 반항적인 말은 하지 않고 집에 들였다.

이 사람 나름대로 슬퍼하고 있을지도 모른다. 내가 걱정돼서 왔을지도 모른다.

사람은 기대하니까 실망한다. 그러니 실망시킨 상대보다 기대한 자기가 잘못이다. 그런 내용의 책이 있었던 것도 같다. 그게 세상의 상식이라면 내가 잘못한 거겠지.

어머니는 일단 거실 안쪽 방으로 가서 불단에 향을 피웠다. 영정 사진을 가만히 노려보는 눈에는 눈물은커녕 슬픈 빛조차 없었다. 같이 온 남자는 불단에 다가가지 않고 방구석에 서서 지루한 듯이 휴대전화를 만지작거렸다.

"이쪽은 행정사 가도와키 씨야. 돌아가신 할머니 재산에 대해 상담해 주시는 분."

거실 테이블에 둘러앉자 어머니는 남자를 그렇게 소개했다. 기껏 녹차를 내놓자 커피 정도도 없느냐고 핀잔을 주면서. 나는 가도와키라는 사람에게 고개만 살짝 숙였다.

"그래서 단도직입적으로 묻겠는데, 산을 판 돈이 입금된 통장은 어디 있니?"

"그게……."

"은행에 문의해서 잔고를 알아봤어. 아직 반 넘게 남았더구나. 저승길 선물로 뭘 샀는지 다른 통장에는 푼돈밖에 없었어. 재산이라고 할 만한 건 그 통장 정도야. 도쿄 지점에서 출금했으니 네가 가지고 있다는 증거잖아."

마구 쏘아붙이는 엄마 옆에서 가도와키가 맞장구를 치듯이 묵묵히 고개를 몇 번이나 크게 끄덕였다.

"하지만 그 돈은 할머니가 제 학비로 쓰라고 주신 건데요."

"어머니가 살아 있었을 때는 그랬겠지. 뭐야, 내가 무릎을 꿇고 빌어도 땡전 한 푼 안 주더니만. 어머니가 죽으면 어머니 재산은 외동딸인 내가 물려받아. 손녀에게는 상속권이 없어."

"무슨 그런⋯⋯. 할머니와 나를 버리고 집을 나갔으면서."

"아니거든. 난 어머니한테 쫓겨난 거야. 말이 나온 김에 덧붙이자면 너한테도 물어봤어. 할머니와 엄마 중에 누가 좋으냐고. 대답은 듣지 않아도 알겠지. 난 부모와 딸에게 버림받은 거라고."

전혀 기억나지 않았다. 할머니가 쫓아냈다는 말도 믿기지 않았다.

"할머니는 당신이 못된 남자에게 속았다는 걸 아니까 돈을 안 준 거겠죠?"

"허, 당신? 자기가 무조건 옳다는 식의 그 얼굴, 어머니랑 똑같네. 나는 다 틀렸다고 단정하는 것도. 너, 그 남자를 알기는 해? 자기도 미혼이면서 남자랑 자는 주제에."

"갑자기 무슨⋯⋯."

"몸을 보면 알아. 어휴, 여우 같으니라고."

속상함과 창피함이 단숨에 솟아올라 찻잔을 집어 들었지만 간발의 차로 손을 멈췄다. 나는 이 사람의 화를 돋우어서는 안 된다.

"통장은 드릴게요. 하지만 2년 남은 등록금은 주세요."

"안 돼. 내가 네 나이 때는 부모 도움 없이 혼자 살았어. 그리고 출금해서 입 싹 닦으려고 해도 소용없어. 어머니가 죽은 날 이후로 출금한 게 확인되면 훔친 걸로 간주하고 절도죄로 고소할 거야."

어머니가 가도와키를 힐끔 보았다. 가도와키는 다시 고개를 크게 끄덕였다.

"어쩜……"

"뭐, 그래도 부모 자식 간의 정이 있으니 이 집은 쓰도록 해줄게. 소유자는 나지만 네가 얌전히 통장을 넘기면 당장 어떻게 할 마음은 없어. 이딴 낡은 집, 사려는 사람도 없겠지만."

어머니와 딸의 진흙탕 싸움은 한 시간 만에 끝났다.

이 사람에게는 어떤 말도 안 통한다. 기대하지 않아도 실망한다.

겨울방학이 시작되기 전에 정리할 거면 같이 갈까, 하고 하라다가 제안했다. 하지만 할머니가 안 계신 집에 남자를 데려가려니 남들 눈도 신경 쓰였고, 애당초 할머니에게 죄송해서 거절했다.

그때 하라다가 같이 있었다면 뭔가 달라졌을까.

여기 있어봤자 뾰족한 수가 없겠다 싶어 나는 제면소 사람들에게 인사도 하지 않고 새해가 되기 전에 도쿄의 연립주택으로 돌아왔다.

외톨이가 될 걸 각오했지만 하라다가 있었다. 그는 과외 아르바이트를 했는데, 학생의 부모에게 특별 보너스로 하루에 만 엔을 줄 테니 연말까지 와 달라고 부탁을 받았다고 했다. 하루라고 해도 실질적으로는 세 시간이라 부럽다는 생각밖에 안 들었다.

하지만 내게 생긴 돈 문제를 말할 수는 없었다. 그런 단위의 문제가 아니다. 1학기와 2학기를 합쳐 90만 엔 곱하기 나머지 2년, 180만 엔을 어떻게 마련하면 좋을까. 차라리 돈이 모일 때까지 휴학할까도 싶었지만, 지정 학교 추천으로 입학했으니까 고등학교에 피해를 입힐지도 모른다. 내가 고등학생 때도 퇴학을 문제 삼아 지정 학교를 취소한 대학교가 있었다. 그 대학교를 지망하던 아이가 낙담해서 푸념하던 것도 귓속에 남아 있었다.

"고향에서 무슨 일 있었어?"

하라다가 물어봤을 때 바로 말했으면 좋았을지도 모른다. 그러나 할머니와 어머니의 목소리가 귓속에서 동시에 메아리쳤다. 남자에게 의존하는 여자가 되면 안 돼. 너도 다를 바 없잖아.

"음, 재미있는 일은 없었어. 저기, 하라다. 불우한 처지에 있는 사람이 자신의 환경을 극복하고 성공하는 내용의 영화 없을까? 가능하면 대학생이 주인공인."

그렇게 이상한 질문으로 둘러댔는데도 하라다는 금방 제목을 꺼냈다.

"「굿 윌 헌팅」이려나."

하라다가 소장한 DVD 중에는 없어서 다음 날 하라다가 자주 가는 대여점에 빌리러 가기로 했다. 평소 별로 지나다닐 일이 없는 하천부지 옆길을 1킬로미터쯤 걷자, 국도로 이어지는 다리 건너에 가게가 있었다. 갈 때도 올 때도 우리는 손을 잡고 걸었다.

대여점 옆 양과자점에서 커다란 딸기가 얹힌 쇼트케이크를 두 개 사서 돌아왔다. 편의점에서 산 크리스마스 케이크보다 호화롭다는 이유만으로 왜 그렇게 웃음이 터졌는지.

할머니가 만든 마지막 소면을 삶아 해넘이 메밀국수가 아닌 해넘이 소면을 먹고, 케이크를 안주 삼아 캔 추하이*를 마시며 영화를 봤다. 내용은 내가 요청한 것 이상이었다. 은사와의 만남에 중점을 둔 것도 내 마음을 다잡아주었다. 지정 학교가 취소돼도 게으름을 피우다 그렇게 된 건 아니니까 할 수 없지 않냐고 휴학 쪽으로 마음이 기울었다.

"지금까지 본 영화 중에서 제일 좋아."

"다행이네."

웃는 하라다의 얼굴을 보자 더더욱 어떻게든 될 것 같은 기분이 들었다.

그런데 함께 있는 방의 불을 끄자 이번에는 어머니의 목소리만 들려왔다. 속삭이듯, 조롱하듯, 욕하듯. 너도 다를 바 없잖아. 하지만 당장이라도 도망치고 싶은 내 마음을 달래듯 어깨에 닿은 하라다의 손은 따뜻했다. 나는 저주의 목소리를 지워버리듯 먼저 그에게 다가붙었다.

나는 달라, 우리는 달라…….

둘이 함께 보낸 한 해의 마지막 밤이 서러운 일을 전부 잊게 해주었다.

---

* 소주에 약간의 탄산과 과즙을 넣은 일본의 술.

교장실로 호출을 받은 단계에서 그 정보는 거의 학교 전체에 퍼진 뒤였다. 아이들이 하교한 후, 교장실에서는 교장, 교감, 학년주임인 센도 선생님, 그리고 미노리 어머니가 나를 기다리고 있었다. 작은 테이블을 둘러싼 소파에 저마다 다른 자세로 앉아서.

교감이 진행자 역할을 맡았는지 마치 자기가 심문을 당하는 듯 위장이 아파 보이는 표정으로 입을 열었다.

"일단은 사실 확인부터 하겠습니다. 시노미야 선생님, 당신이 그, 뭐라나, 저속한 영상에 출연했다는 이야기를 여기 계신 고토 씨께 들었는데요. 사실입니까?"

"잠깐만요. 그렇게 질문하면 저한테 실례죠. 저는 증거품을 제시한 건 물론이고 부끄러움을 무릅쓰면서까지 정정당당하게 직접 고발한걸요. 시노미야 선생님이 인정하든 말든 무슨 상관이에요."

미노리 어머니는 본론에 들어가자마자 테이블에 몸을 내밀고 교감에게 따졌다. 그리고 명품 가방에서 클리어파일에 든 A4지 크기의 종이를 꺼내 테이블에 내팽개치듯이 내려놓았다.

눈을 돌린 건 나뿐이었다. 교장, 교감, 학년주임은 종이를 응시한 후 과장되게 한숨을 쉬거나, 짐짓 인상을 찌푸리거나, 머리를 긁적이며 정말 난감하다는 식의 연기를 했다. 아니, 80퍼센트 정도는 정말로 난감했는지도 모르지만 눈 속에서 각자 다른 빛이 엿보였다.

종이에는 알몸으로 남자와 엉겨 붙어 있는 여자의 얼굴을 확대한 사진이 인쇄되어 있었다. 휴대전화 카메라로 찍은 텔레비전 화면을 확대 인쇄해서 해상도는 아주 낮았지만, 나라는 건 분명했다. 머리카락 길이가 다른 정도일까.

전국에 나와 얼굴이 닮은 사람이 몇 명은 있겠지만 사진 속 여자의 오른쪽 귓불에는 피어스 같은 점도 있었다. 이것 역시 우연의 일치라고 우겨도 통하지 않을 것이다.

단단히 각오하는 수밖에 없다. 냉정하게 대처하자. 나는 켕기는 구석이 전혀 없다.

"어머님은 이걸 어디서?"

"잘도 그렇게 얼굴에 철판을 깔고 묻는군요."

미노리 어머니는 내 태도가 마음에 들지 않는 모양이었다. 사진을 발견한 경위를 씩씩대며 따발총 쏘듯이 빠르게 설명했다.

"남편이 송년회 때 동료 의사들과 노래방에 갔었어요. 난 전혀 몰랐는데 노래방 화면에 나오는 영상에는 보통 영상과 19금 영상이 있다면서요? 참석자가 전부 남자다 보니 누군가 장난삼아, 절대 우리 남편은 아니지만요. 아무튼 19금 영상이 나오도록 설정했는데 화면에 선생님과 똑 닮은 여자가 나와서 놀랐대요. 모르는 척하는 게 어른의 매너일지도 모르죠. 다만 우리는 소중한 딸을 맡겨둔 입장이라 내버려 둘 수도 없어서 하는 수 없이 사진을 찍기로 한 거예요."

"그렇군요. 분명 이건 접니다."

내가 말투를 바꾸지 않고 대답하자 옆에서 교감이 뭐라고요, 하고 목소리를 높였다. 사전에 미리 나를 불러 딱 잡아떼라고 지시했기 때문이다.

"하지만 찍은 지 5년도 넘게 지났습니다. 아직 교사가 되기 전 일이에요. 뭔가 문제가 있을까요?"

결코 궤변으로 밀고 나가려던 건 아니다. 내 딴에는 눈앞에 있는 사람들에게 정면으로 진지하게 물어본 것이다.

"이봐요, 뻔뻔한 데도 정도가 있죠. 이건 몸을 팔아서 돈을 번 거잖아요."

"사정이 있었습니다."

그렇게 되기에 이른 경위도 숨김없이 털어놓을 각오였다. 하지만 미노리 어머니는 변명은 집어치우라는 듯이 손을 내젓더니, 포개어서 끈으로 꿴 A4지 크기의 다른 종이를 가방에서 꺼냈다.

"저도 아무 조사도 안 해보고 사진 한 장만 들고 찾아온 건 아니에요. 선생님의 사정도 철저히 조사했다고요. 대학교 2학년 초 겨울에 유일한 보호자였던 할머니가 돌아가신 후, 재산을 둘러싸고 가족과 다툼이 있었다는 건 알고 동정도 해요. 그렇지만 학업을 이어가는 게 목적이었다고는 하나, 돈이 없다고 해서 성인물에 출연하는 건 너무 안일한 행동이잖아요. 학자금 대출을 신청하거나, 과외나 학원 선생님같이 시급이 괜찮은 아르바이트를 할 수도 있었을 거예요. 학교를 휴학하고 취직해서 돈을 번 후 복학하는 방법도 있었을 테고요."

미노리 어머니의 말투는 서서히 차분해졌다. 자신은 정론을 말하고 있다는 자신감이 솟아올라 당당하게, 또한 한마디씩 지

굿이 말해주겠다는 식으로 변했다. 다른 사람들이 옳으신 말씀이라고 맞장구를 쳐주는 것도 만족스러운 모양이었다.

"하지만 젊은 치기에 쉽게 돈을 벌고 싶은 마음이 생길 수도 있겠죠. 저도 그 점은 더 이상 추궁하지 않겠어요. 다만 그런 짓을 해놓고 아무렇지도 않게 교사라는 성스러운 직업을 얻은 데는 의문을 제기하지 않을 수가 없네요. 게다가 우리 딸의 담임이라니."

미노리의 어머니는 소름 끼친다는 듯이 양손을 교차시켜 자기 어깨를 끌어안고 몸을 부르르 떨었다.

"어디, 하고 싶은 말이 있으면 해보세요."

이쪽에 끼어들 여지를 전혀 주지 않고 자기가 조사한 결과는 전부 진실이라는 듯이 말하길래 잠자코 있었는데, 마치 내가 끽소리도 못 한다는 듯한 태도였다. 당초에 하려고 했던 이야기를 하는 건 포기했다. 내가 말하는 진실은 미노리 어머니의 진실을 부정한다. 그걸 미노리 어머니가 받아들일 리 없다. 진실을 알고 싶다면 우선 내게 물어보면 된다. 그러지 않았다는 건 그저 규탄하고 싶을 뿐, 처음부터 귀를 기울일 마음이 없었다는 뜻이다.

"분명 저는 성인물로 분류되는 영상에 출연했습니다. 그걸로 돈을 번 것도 사실이고요. 하지만 그건 범죄행위가 아닙니다. 그러니 제게 전과는 없습니다. 채용 시험 요강에도 과거에 무슨 아르바이트를 했는지 신고하라는 항목은 없었고, 면접 때도 물어보지 않았습니다. 저는 과거를 숨기거나 속이고 채용 시험을 치지 않았어요. 규정대로 절차를 밟아 합격했습니다. 교장 선생님, 제가 무슨 문제를 일으켜서 지금 이런 자리를 마련하신 건가요?"

"그건……."

교장은 입을 떡 벌린 채 나를 바라보았다.

"아르바이트라고요!"

미노리 어머니가 까랑까랑한 목소리로 외쳤다.

"그 밖에도 카페에서 일했습니다. 웃는 얼굴로 남자 손님을 대했어요. 그건 문제없나요?"

"어휴, 잘도 그런 헛소리를. 이거랑 그건 다르죠. 몸으로 돈을 벌었잖아요."

"그럼 만약 수영복을 입는다면요? 혼자 홀딱 벗고 있을 뿐이라면? 애당초 이건 그런 연기를 하는 것뿐이에요."

미노리 어머니는 납득이 가지 않는다는 표정을 지으면서도 마침내 입을 다물었다. 어떻게든 위기를 헤치고 나왔다고 내가 안도한 건 고작 몇 초였다.

"논리상으로는 그럴지도 모릅니다."

학년주임, 센도 선생님이 입을 열었다.

"범죄도 아닌 과거를 끄집어내 시노미야 선생님께 따지고 드는 건 잘못일지도 모르겠습니다. 하지만 우리는 아이들에게 죄다 논리로 해결할 수 있는 일만 가르치고 있을까요? 어른에게는 시노미야 선생님의 말씀이 정론일 수도 있겠죠. 그러나 우리가 매일 마주하는 건 아이들입니다. 선생님은 이 사진을 학생들에게 당당히 보여줄 수 있습니까? 인터넷이 보급된 요즘 시대에는 이쪽에서 꼭꼭 숨겨도 누군가의 눈에 띌 수도 있습니다. 존경하는 선생님이 이런 짓을 했다며 충격을 받거나, 어떤 거부 반응을 일으키는 아이가 나올지도 모릅니다. 그런 아이에게 우리 앞에서 했던 설명을 똑같이 해줄 수 있겠습니까?"

힐문하는 말투가 아닌데도 고개를 떨굴 수밖에 없었다. 반 아이들의 얼굴이 떠올랐다.

저학년과 고학년 사이에서 아직 어린 티가 남아 있는 아이도 있고, 부쩍부쩍 어른이 되려고 하는 아이도 있다. 그러나 설령 어른스러운 아이도 아직 열 살이다. 아기가 어떻게 생기는지도 모르는 아이가 많다. 부모가 그러는 모습을 봐도 혼란에 빠질지 모른다.

그 아이들에게 내가 무슨 말을 할 수 있을까. 설령 대부분의 아이들이 괜찮다고 말해준들 상처를 입는 아이가 한 명이라도 있으면 나는 교사 실격이다.

사정을 전부 털어놓으면 이해해 줄지도 모른다. 하지만 앞으로 몇 번이나 그 짓을 되풀이해야 될까. 과거를 말하는 동안 멀어졌던 과거에 따라잡혀 다시 삼켜질 것만 같았다.

그렇게 되기 전에 여기를 떠나야 할지도 모른다.

나는 천천히 일어나서 죄송합니다, 하고 머리를 깊이 숙였다.

누구에게 사과하는 건지 마지막까지 잘 이해가 되지 않았다.

새해가 밝자 하라다는 본가로 돌아갔다. 성인식까지 본가에 있을 거라 말한 후 어색하게 입을 다물길래 나도 그날은 고향에 내려갈 생각이라며 웃었다. 당연히 거짓말이다. 여름방학이 끝

나고 할머니가 보내준 성인식 안내장에는 '출석'에 동그라미를
쳐서 반송했지만 까맣게 잊어버리고 있었다. 장례식을 치르고
며칠 후에 스무 살 생일을 맞이했던 것조차. 그럴 기분이 아니
고, 교통비도 들고, 입고 갈 옷도 없다. 돌아갈 이유는 어디에도
없었다.

그것보다 아르바이트다. 카페 점장과 협의해 연일 풀타임으로
일하기로 했다. 그러나 지금까지 모은 저금을 포함해도 몇 달 치
생활비밖에 되지 않았다.

심야까지 영업하는 패밀리 레스토랑이나 술집에서 일할 생각
도 있었다. 한창 아르바이트를 하다가 문득 DVD 반납 기한이 가
까워졌음이 생각났다. 하라다에게도 내가 반납하겠다고 선뜻
자청했는데 완전히 잊고 있었다.

그날 카페 근무는 오전 7시부터 오후 3시까지였으므로 일단
연립주택으로 돌아갔다가 하천부지 옆길을 혼자 걸어서 대여점
으로 향했다. 가게가 가까워질수록 전에 왔을 때보다 더 달콤한
냄새가 풍긴다 싶었는데, 양과자점이 기간 한정 이벤트로 가게
앞에서 크레이프를 구워서 팔고 있었다.

절약해야 한다는 마음이 드는 한편으로, 설날 연휴 내내 일했
으니 300엔 정도는 나를 위해 써도 괜찮지 않냐는 마음도 들었
다. 하라다는 내가 DVD를 반납하러 간 걸 미안해할 테니, 그런
건 마음에 두지 말라고 하기보다는 크레이프를 먹었다고 자랑
하면 된다.

딸기커스터드크레이프를 주문했다. 걸으면서 먹어도 되겠지

만 할머니는 그런 걸 싫어했다. 축제를 구경하러 갔을 때 사준 사과 사탕도 앉을 곳을 찾을 때까지는 빨아먹고 싶은 기분을 억눌러야 했다.

길가에서 하천부지를 내려다보자 강을 따라 같은 간격으로 예쁜 나무 벤치가 놓여 있었다. 아직 해는 지지 않았지만 서서히 추워져서인지 어느 벤치에도 사람은 없었다.

전세 냈다 싶은 기분으로 기운차게 하천부지로 이어지는 계단을 뛰어 내려가 제일 햇빛이 잘 드는 벤치 한가운데에 앉자마자 크레이프를 베어 물었다. 맛있다는 말이 튀어나와 스스로도 놀랐다. 따뜻한 커스터드가 입 안에 스르르 녹아든 후 달콤새콤한 딸기가 머릿속의 답답한 것들을 단숨에 날려버렸다.

우리 학교는 12월에 기말고사를 치렀지만 하라다네 학교는 1월에 기말고사가 있다고 했다. 하라다가 돌아올 때까지 기한 한정 이벤트가 끝나지 않으면 힘내라고 사줄 텐데. 아니, 여기 나란히 앉아 먹고 싶다……. 멍하니 그런 생각을 하던 나는 빈틈투성이였다.

"귀엽게 생긴 아가씨네."

느닷없이 날아든 목소리에 놀라 크레이프가 목에 걸렸다.

눈물 어린 눈을 비비며 돌아보자 어머니보다 약간 나이가 많아 보이는 여자가 서 있었다. 목 부분에 진품 같은 모피가 달려 따뜻해 보이는 코트를 입었다. 약하게 웨이브를 넣은 긴 머리와 진한 화장은 '거품경제 시대'라는 말을 연상시켰다. 오른손 약지에서 빛나는 큼지막한 검은색 보석이 박힌 반지도.

사레가 들려 콜록콜록 기침을 하자 여자가 내 옆에 앉아 등을 쓸어주었다. 크게 기침을 하고 나서 괜찮다고 하니 여자는 키득키득 웃으며 코트 호주머니에서 레이스가 달린 손수건을 꺼내 내 입가를 닦아주었다. 향수 냄새가 훅 감돌자 고급스러운 물건을 더럽혀서 미안한 기분이 들었다.

하지만 여자가 먼저 사과했다.

"놀라게 해서 미안해. 실은 네가 크레이프를 들고 위쪽 길을 걸어갈 때부터 쫓아와서 보고 있었어. 표정이 아주 좋았거든. 내 배에서 진짜로 꼬르륵 소리가 날 만큼 크레이프가 맛있다는 느낌이 잘 전해져서 카메라를 돌리지 않은 걸 후회했지."

"카메라요?"

여자는 어깨에 멘 고급 명품 가방에서 명함을 꺼내 내밀었다. 이름은 도키토 사에미, 직함은 유한회사 캣테일 대표이사였다.

"영상 제작 회사야. 영상이라지만 텔레비전 방송이나 영화는 아니고 가수의 뮤직비디오나 노래방 이미지 영상이 중심이지. 좋아하는 가수 있어?"

"기타노 마키라든가."

음악을 그다지 잘 아는 건 아니지만, 동아리 활동 뒤풀이 등으로 노래방에 갔을 때 두세 곡은 부를 수 있도록 고등학교 시절에 연습한, 당시 제일 인기 있는 여자 가수 이름을 댔다.

"어머, 마키의 노래라면 우리 회사에서도 담당한 적이 있어. 「안녕이라고 말하지 마」는 알아?"

대히트한 노래였다. 내가 부르지 않아도 누군가가 반드시 불렀을 정도다.

"그런 영상에 출연해 보지 않을래?"

나는 귀를 의심했다. 사레가 들리는 바람에 흘려들었지만 애초에 이 여자는 날 보고 귀엽다며 말을 걸었다. 태어나서 지금까지 그런 칭찬을 받은 적은 없는데. 하라다도 그런 말은 해주지 않았다. 나 스스로도 가끔 내 얼굴이 기억나지 않을 만큼 평범하게 생겼다.

"아니요, 됐어요."

"아까워라. 자기 얼굴이 평범하니 조금도 예쁜 구석이 없다고 생각하는 거지? 하지만 그건 거의 화장기가 없는 자신의 얼굴과 풀메이크업을 한 남의 얼굴을 비교하니까 그런 거야. 화장도 의상도 이쪽에서 준비할 거야. 새로운 자신을 발견할 기회라고 보는데. 그런 자신의 모습을 봐줬으면 하는 사람 없어?"

"글쎄요……."

멋 부림에는 전혀 흥미가 없어 보이는 하라다가 그런 걸 원하리라 생각한 적은 없었지만, 하라다가 좋아하는 영화에 등장하는 여배우는 전부 미인뿐이었다.

"한 편에 5만 엔. 한 곡 분량의 영상이니까 촬영은 한 시간 정도면 끝나. 우리는 기본이 세 편이니까 일급 15만 엔. 어때?"

도키토가 생각지도 못한 금액을 제시했다. 한순간 저속한 영상이 아닐까 의심스러웠지만, 반대로 그런 영상에 5만 엔은 적게 느껴졌다. 게다가 눈앞에 있는 사람은 여자다. 회사 이름도 어쩐지 따스하고 편안했다.

"혹시 학생? 우리 회사에는 아르바이트로 등록한 여대생도 제법 많아. 공강 시간에 촬영하러 오는 애도 있는걸."

"그런데 어째서 저인가요?"

"이런 일에 스스로 응모하는 아이 중에는 배우나 가수 지망생이 많아. 왜, 이번에 9시 월요 드라마 주연을 맡은 와카바 유. 걔도 스마일의 「벚꽃 소식」 뮤직비디오에 출연했다가 그 미소녀는 누구냐고 화제가 돼서 데뷔한 거잖아. 하지만 우리 입장에서는 뮤직비디오나 이미지 영상에서 출연자가 너무 부각되지 않았으면 해. 가수 본인이 출연했다면 모를까, 노래가 주인공인데 출연자에게만 눈길이 가면 안 되거든. 그래서 너같이 풍경에 녹아들 법한 느낌의 아이를 찾고 있었어."

그래서 나구나, 하고 수긍이 갔다. 이야기를 막듯이 차가운 바람이 불어왔다.

"어휴, 이런 데서 계속 이야기하다가는 감기 걸리겠다. 기왕 이렇게 만났으니 우리가 실제로 만든 영상을 보면서 이야기하자."

도키토는 목 부분의 모피에 얼굴을 묻듯 어깨를 움츠리고 말했다. 역시 됐다고 거절하지 않은 건, 이미 내 머릿속에서 몇 편 출연하면 등록금을 벌 수 있는지 계산이 시작됐기 때문인지도 모른다.

"미안해. 나, 오늘은 걸어왔어. 요전에 멋진 애를 발견해서 설득하는 사이에 주차금지 딱지를 떼여서 열받았거든. 어디 가까운 곳으로 가도 괜찮을까?"

내가 고개를 끄덕이자 도키토는 웅크리고 있던 등을 쭉 펴고 빠르게 걸어갔다. 나는 허둥지둥 뒤따라갔다. 대여점 방향으로 10분쯤 걷다가 국도로 이어지는 첫 번째 다리를 건너 3분쯤 반대쪽 하천부지 옆길을 나아가자 도키토는 걸음을 멈췄다.

"여기요?"

커다란 간판에 진한 분홍색 네온사인으로 '드림'이라고 표시돼 있었다. 모텔이었다.

"응. 처음이야?"

내가 크게 고개를 끄덕이는 걸 보고 도키토는 그럴 줄 알았다는 듯이 후후 웃었다.

"미팅하기에 딱 좋아. 느긋하게 이야기할 수 있고 노래방 기기도 있거든. 여기 주인과는 친해서 회의실 대용으로 써도 불평 안해. 아참, 먼저 이 말을 해둬야지. 나, 여자한테는 흥미 없어. 아직도 걱정이야?"

이번에는 고개를 젓고 도키토를 따라 들어갔다. 모텔에 대해 전혀 몰랐던 건 아니다. 학교에서 가끔 같이 점심을 먹는 친구에게 자기도 남자친구도 부모님과 같이 살아서 정기적으로 모텔에 간다는 이야기를 들었다. 침대가 돌아가고 그러지 않느냐고 누군가 묻자 그런 곳도 있을지 모르지만 의외로 평범하다며 웃었다.

그 말대로라고 고개를 끄덕일 만큼 평범했다. 큼지막한 침대가 한복판에 있었지만 단순한 디자인이었고 협탁 위에는 관엽식물 화분이 놓여 있었다. 침대 커버와 커튼을 포함해 전체적으로 갈색 계통 인테리어로 통일된, 맨션 모델하우스 같은 방이었다. 대형 벽걸이 TV 쪽으로 테이블과 2인용 소파가 배치돼 있었다.

"코트 줘."

도키토는 익숙한 동작으로 멍하니 방을 둘러보고 있던 내 코트를 받아 들고, 다른 손으로 내 가슴, 허리, 엉덩이를 가볍게 두 번씩 두드렸다.

"앗, 뭐 하시는 거예요?"

"치수 측정. 의상은 이쪽에서 준비한다고 했잖아?"

"그 정도만으로 아신다고요?"

"충분해. 나도 프로니까."

도키토는 내 코트를 옷걸이에 걸어 방구석에 있는 나무 스탠드에 걸었다. 그리고 전기포트의 뜨거운 물로 인스턴트커피를 두 잔 타서 소파에 앉았다. 그리고 바로 시작하자는 듯 텔레비전을 켜고 노래방 기기 리모컨을 조작했다.

"기타노 마키의 「안녕이라고 말하지 마」면 되지?"

네, 하고 대답하는 것과 동시에 전주가 흘러나왔다. 나는 소파 옆에 선 채 마이크를 받아, 부끄러움은 가시지 않았지만 단단히 마음먹고 노래했다. 이 노래를 연습한 당시만 해도 실연을 주제로 한 노래는 완전히 남의 일이라고 생각했건만, 노래가 진행될수록 나와 하라다가 투영돼 서글퍼졌다.

이미지 영상의 영향도 컸던 것 같다.

나처럼 평범한 여자가 보스턴백을 들고 허름한 연립주택을 나서서 역으로 걸어간다. 도중에 서점, 카페, 공원에서 걸음을 멈추고 그리운 듯이 바라본다. 그 구슬픈 표정으로 두 사람의 추억이 깃든 장소임을 알 수 있다. 역에 도착하자 무인 개찰구를 통과해 홀로 플랫폼의 벤치에 앉는다. 코트 호주머니에서 꺼낸 사진에는 정다워 보이는 커플이 담겨 있는데 어쩐지 남자마저 하라다와 분위기가 비슷했다.

노래가 끝나자 커다란 박수 소리가 들렸다.

"좋아, 아주 좋아. 역시 너, 표정이 정말 풍부하구나. 지금 나온 아이는 5천 엔 수준, 너로 바꿔서 다시 찍고 싶을 정도야. 수락해주면 좋겠으니까 세 편에 20만 엔은 어떨까. 부탁이야!"

양손을 마주 모으고 치켜뜬 눈으로 가만히 쳐다보는 도키토에게 나는 작은 목소리로 잘 부탁드립니다, 하고 대답했다. 도키토는 손가락을 튕기며 기뻐하더니 냉큼 가방에서 계약서를 꺼냈다. 나는 계약서를 꼼꼼히 전부 읽었다.

촬영 당일에 촬영을 거부하면 배상금을 청구한다는 부분에 시선이 멈췄다.

"시작하고 나서 겁을 내는 애들이 제법 많거든. 그러니 집에 돌아가서 역시 그만두고 싶으면 사흘 전까지 망설이지 말고 명함에 있는 전화번호로 연락해서 취소해. 실은 그것도 곤란하지만 촬영 직전에 취소하는 것보다는 나으니까."

성의 있는 설명 같아서 그 말에도 알겠다고 대답한 후 계약서에 사인했다. 촬영일은 일주일 후로 그 자리에서 결정했다. 집합 장소와 시간은 나중에 휴대전화 메일로 알려주었다.

오전 7시에 DVD 대여점 앞에서.

이틀 후에 돌아온 하라다에게 새 아르바이트에 대해 말하지 않은 건 돈이 궁하다는 사실을 덮어두고 싶었던 마음이 절반, 놀라게 해주고 싶었던 마음이 절반이었다. 하라다와 노래방에 갔을 때 이미지 영상에 내가 나오면 어떤 표정을 지을지 기대되기도 했다. 하라다는 영화와 관련된 일을 하고 싶다고 했으니 촬영에 대해서도 분명 듣고 싶어 하리라는 생각에 가슴이 두근거렸다.

하라다가 아직 시험을 치기 전이라 한동안 둘이서 영화도 보지 않았고, 그간의 사정을 털어놓을 기회도 없었다. 크레이프 판매대가 아직도 있다면 촬영 후에 선물로 사서 돌아올 생각이었다.

약속 당일 지정된 시각 5분 전에 가자, 제시간에 도키토가 왜건 차량을 몰고 도착했다. 영세기업은 사장이 운전을 맡는다며 요전과는 달리 헐렁한 스웨터에 청바지라는 털털한 스타일로 그날 날씨처럼 밝게 깔깔 웃는 도키토가 멋지게 느껴졌다. 뒷좌석에는 메이크업 담당이라는 여자가 타고 있었다. 도키토보다 약간 어리고 착해 보이는 사람이었다.

도키토가 나를 데리고 간 곳은 외진 온천 여관이었다.

아르바이트를 마치고 집으로 돌아온 후 나는 세면대를 끌어안고 몇 번이고 토하면서 사흘이나 고열에 시달렸다. 내게 일어난 일을 깊이 생각하지 않도록 몸이 마음을 지키려 한 결과일지도 모른다. 그렇다면 차라리 기억이라도 상실되길 바랐지만 고열만으로 어떻게든 될 거라고 몸은 판단한 걸까.

휴대전화, 그리고 현관문 너머에서 하라다의 목소리가 들렸지만 나는 힘없이 괜찮다고 대답하는 것이 고작이었다. 약이나 먹을 걸 사 올까, 구급차를 부를까 물어도 전부 필요 없다고만 대답했다. 하라다의 목소리가 들리면 구역질이 났다. 더 이상 게울 것도 없어 노란 위액과 함께 반투명한 하얀 막 같은 것만 올라오자 이번에는 머리가 깨질 듯이 아팠다.

오지 마. 나를 내버려 둬. 욱신욱신 쑤시는 머리가 그렇게 외치는 것 같았다. 여벌 열쇠를 서로 가지고 있지 않아서 다행이었다. 하라다의 얼굴을 보는 순간 나는 혀를 깨물지 않았을까.

그래도 하라다는 내 방 앞에 와서 문손잡이에 스포츠음료가 든 비닐봉지를 걸어놓고 일어날 수 있을 때 마시라고 말했다. 문을 열었는데 하라다가 있으면 무섭다. 하지만 계속 내버려 두면 집주인에게 열쇠를 빌려 올지도 모른다.

새벽에 슬그머니 일어나 봉지를 들고 들어왔다.

문을 잠가놓지 않으면 기쁘겠어.

2리터짜리 페트병에 굵은 매직펜으로 그렇게 적혀 있었다. 몸 속에 아직 수분이 이렇게 많이 남아 있었나 싶을 만큼 눈물이 쏟아졌다. 쏟아진 눈물도 전부 씻어낼 생각으로 샤워를 했다. 창문을 열어 환기를 시키고 나서 자물쇠를 풀었다.

불을 끄고 이불 속으로 들어간 후에도 눈은 감지 않았다. 방에 흐르는 공기는 쨍, 하고 소리가 날 만큼 차갑고 맑았다. 머릿속이 식어갈수록 감정도 얼어붙는 것 같았다. 몸이 지켜주지 못하면 마음은 알아서 방어막을 친다.

하라다가 문을 열었을 때 나 스스로는 감정을 완전히 얼렸다고 생각했다. 샤워를 하고 몹시 수척해진 모습을 상상하며 거울을 보자 그렇게 달라지지 않았다. 안색이 조금 나쁜 정도였다. 하지만 하라다는 나를 보자 흠칫 놀란 얼굴로 발을 멈추더니 문득 정신을 차린 것처럼 달려왔다.

"병원은? 약은? 왜 혼자 끙끙댄 거야!"

하라다의 짜증 난 말투가 걱정의 반증임은 알지만 마음이 녹지 않도록 왜 그렇게 화를 내냐고 속으로 투덜거렸다.

"밥은? 뭐 먹고 싶은 거 있어? 맞다! 할머니의 소면. 연말에 먹은 게 마지막이라고 했지만 내 식재료 함에 자투리 면이 아직 한 봉지 남아 있어. 인스턴트 된장국도 있는데 가지고 올까."

이제 한계다 싶었다.

"하라다, 지금까지 고마웠어."

하라다는 자기 귀를 의심하는 기색으로 내 머리맡에 주저앉았다. 나는 몸을 일으켜 문이 열리기까지 머릿속으로 몇 번이고 되풀이한 말을 원고를 읽듯 담담하게 꺼냈다.

이만 헤어지자. 널 좋아하지만 내게는 그 이상으로 이루고 싶은 꿈이 있어. 초등학교 선생님이 되는 거야. 그건 할머니의 꿈이기도 해서 반드시 선생님이 되겠다고 약속했어. 단번에 합격하기는 어렵겠지만, 우리 학부에는 선생님이 되는 걸 목표로 1학년 때부터 죽어라 공부하는 학생들이 있어. 나도 열심히 해야 해. 그리고 채용 시험은 고향에서 칠 거야. 합격해서 결국 너랑 헤어질 바에야 이쯤에서 헤어지는 편이 딱 좋을지도 모르지. 이사도 갈 거야. 다음 달에 여자 기숙사에 방이 하나 빈다니까 신청해 보려고……라고.

어디에도 거짓말은 없다. 집세를 줄이기 위해 이사하려고 아르바이트를 하러 가기 전에 기숙사에 빈방이 있는지 알아봤다. 일주일에 절반은 하라다의 방에서 지내지 않을까 들뜬 기분으로 상상하며.

눈물이 마르자 말이 물 흐르듯이 나왔다.

하라다는 내내 아무 말도 없었다. 내가 말을 끝낸 후에도 5분쯤 미동도 없이 그저 나를 똑바로 바라보았다. 그를 마주 볼 수 있을 만큼 나는 마음의 각오가 되지 않았다. 준비해 둔 말을 전부 끝내자 맥도 탁 풀렸다. 무릎을 끌어안고 앉은 자세로 이불을 들추고 맨발을 만지자 전혀 감각이 없어서 나는 하라다의 눈치를 살피며 발부리를 문질렀다.

"양말을 신는 게 낫겠어."

하라다는 평상시와 다름없는 투로 그렇게 말하더니 무릎을 세우고 내게 양손을 뻗었다. 나는 한껏 몸을 움츠렸다. 하라다는 잠깐 손을 멈췄다가 한 손으로만 내 뺨을 만졌다. 그래도 나는 이를 악물었다. 하라다는 금방 손을 거두었다. 그리고 팔을 쭉 뻗어도 내게 닿지 않을 곳까지 물러나서 도로 앉았다.

"난 마이코가 무슨 생각인지 전혀 모르겠어. 하지만 처음 이야기를 나누었을 때부터 어쩐지 마이코의 말이 진심인지 아닌지

구분이 된 것 같아. 할머니가 돌아가셔서 마이코는 슬퍼했지만 조금씩 기운을 차렸지. 내가 조금은 도움이 되지 않았나 싶어 기뻤어. 하지만 설날에 본가에 돌아가 시끄러운 가족과 지낼 때 문득 거기서 모두가 사라지는 상상을 했어. 왜 마이코를 혼자 남겨두고 왔나 후회했지만 이미 늦어버린 걸까. 나와 거리를 두고 싶다는 건 진심이겠지. 하지만 이유는 따로 있는 거 아니야? 오늘이 아니더라도 좋아. 몸이 회복되고 나서가 좋을지도 모르겠다. 사실을 말해줘. 아니면 나도 다음 단계로 나아가 꿈을 좇을 수가 없으니까. 하지만 이것만은 알아둬. 내가 영화를 좋아하는 건 내 인생이 평범하고 시시하다고 포기했기 때문이야. 운동으로 활약할 수 있는 것도, 특별한 재능이 있는 것도 아니다. 생긴 것도 시원치 않다. 그런 내가 연애를 어떻게 하겠나. 날 좋아하는 여자가 어디 있겠나. 뭐, 실은 대부분의 사람에게 들어맞는 이야기니까 영화 업계는 쇠퇴하면서도 영원히 없어지지는 않겠지. 뭐, 그런 식으로. 그렇지만 난 마이코를 만났어. 영화를 보고 소면을 먹고, 이게 영화라면 더럽게 재미없는 내용이겠지만 난 하루하루가 즐거워서, 정말로 즐거워서 쭉 계속되기를 바랐어. 그 바람이 이루어진다면 영화는 평생 못 봐도 된다 싶을 정도로. 내게는 꿈보다 마이코가 더 소중해."

마음은 쉽사리 녹아내린다. 그 기세로 모든 것을 털어놓았다면 하라다는 받아들여 줬을지도 모른다. 하지만 하라다만은 아르바이트에 대해 몰랐으면 좋겠다는 것이 그때 내 제일 큰 바람이었다.

하라다는 그 자리에서 당장 대답을 요구하지 않고 묵묵히 방에서 나갔다. 얼마쯤 조용하다가 문밖에서 달그락, 소리가 났다. 잠시 후 나가보자 문손잡이에 자투리 면과 인스턴트 된장국이 든 비닐봉지가 걸려 있었다.

하지만 하라다도 성인군자는 아니다.

연립주택의 다른 입주자들이 그렇듯이 같은 건물에 산다고 해서 매일 얼굴을 마주치는 건 아니다. 서로 방문을 두드리지 않으면 억지로 피하지 않아도 보름이나 만나지 않고 지낼 수 있다는 걸 알았다. 그래도 계단을 올라오는 발소리가 들리면 역시 몸이 굳어버렸다.

기숙사에 들어가게 되어 이사 준비도 마쳤다. 이대로 잠자코 사라지면 된다. 하라다는 다음 단계로 나아갈 수 없다고 했지만 시간이 해결해 줄 것이다. 본인이 비하할 만큼 매력도, 장점도 없는 사람이 아니다. 금방 새 여자친구가 생길 것이다. 그러면 나 따위는 생각도 안 나겠지.

사실을 밝히면 하라다의 가슴속에 분노와 경멸의 감정이 싹틀 것이다. 그런 감정은 오히려 지우기 힘들다.

그런데 어느 날 밤, 카페에서 오후 아르바이트를 마치고 연립주택으로 돌아오자 방 앞에 하라다가 있었다. 집주인에게 내가 이사 간다는 말을 들었다고 했다.

"부탁이야. 제발 마지막으로 한 번만 더 내게 기회를 줘. 무슨 일에서든 반드시 마이코를 지킬게."

하라다는 그렇게 말하고 머리를 깊이 숙였다.

그딴 건 전혀 신경 안 써. 마음에 두지 않아도 돼. 전부 받아들일게.

나는 그런 말을 3퍼센트쯤 기대했는지도 모르겠다.

"같이 가줬으면 하는 곳이 있어."

나는 현관문을 열지 않고 하라다의 손을 잡았다. 하라다는 내 손을 조금 아플 만큼 꽉 쥐었다. 우리는 사이좋은 연인처럼 손을 마주 잡고 하천부지 옆길을 걷다 다리를 건너 간판 글씨가 번쩍번쩍 빛나는 꿈의 모텔로 들어갔다.

나는 당황한 하라다를 무시하고 방을 골랐다. 도키토와 갔었던 방은 사용 중이라 검지 끝에 제일 가까운 빈방의 버튼을 눌렀다. 그리고 방에 들어가자마자 후회했다. 「잠자는 숲속의 오로라 공주」를 방불케 하는 숲속의 성 같은 인테리어였기 때문이다. 조화 덩굴장미가 휘감긴 천장 달린 침대를 보고 어안이 벙벙했지만, 이렇게 이상한 곳이어야 심각해지지 않고 넘어갈 수 있지 않을까 싶기도 했다.

하라다는…… 나를 가만히 보고 있었다.

"무슨 비밀을 이야기할 것 같아?"

"다른 남자와 여기 왔다든가."

"그렇다면 용서해 줄래?"

"사정에 따라서는……."

내 기대치는 2퍼센트쯤 높아졌다.

침대에 올라가지 않고 2인용 등나무 소파에 앉자 하라다도 내 옆에 앉았다. 나는 도키토가 그랬듯이 텔레비전을 켜고 리모컨으로 노래방 기기를 조작했다. 신곡 코너에서 「겨울 동백꽃 핀 여인숙」이라는 여자 엔카 가수의 노래를 골라 시작 버튼을 눌렀다.

온천 여관의 방이 비치는 텔레비전 화면에 제목이 뜨고 전주가 흘러나오다…… 내가 나타났다. 더 이상은 볼 수가 없었다. 심판을 기다리듯 가만히 고개를 숙인 채 이따금 곁눈질로 하라다를 살폈다.

하라다의 얼굴이 단숨에 굳어지고 표정이 사라졌다. 부들부들 떨리는 손으로 소파 팔걸이를 꽉 움켜잡았고 내게 가까운 다른 쪽 손은 쥐었다 폈다를 반복했다. 팔걸이에 올린 엄지가 등나무의 매듭 사이를 파고들어 빠직, 하고 소리가 났다.

나는 노래 음량을 낮추지 않고 혼잣말을 중얼거리듯 도키토와 만나 촬영을 하기에 이른 경위를 설명했다. 하라다의 엄지 밑동에서 피가 흐르는 걸 걱정하면서.

고문을 받듯이 길게 느껴지리라 각오했던 한 곡이 끝났다. 5분도 안 되는 시간은 사정을 전부 설명하기에 너무 짧았다. 아직 모텔에도 들어가지 않았다.

"두 곡 더 있지만 이제 됐겠지."

하라다는 입술이 붙은 것처럼 입을 굳게 다문 채 아무 말도 하지 않았다. 나는 텔레비전을 끄고 나서 이야기를 계속했다. 온천 여관에 도착하기까지의 일을. 거기서부터는 어찌할 도리가 없었다고.

"그런 수상한 제안을 왜 의심하지 않은 거야."

하라다는 어딘가 한곳, 아마도 침대 커버의 산딸기 무늬 중 하나에 시선을 고정한 채 잠긴 목소리로 물었다.

"모텔에서 미팅이라니, 누구든 이상하다 싶을걸."

내가 대답이 없어도 하라다는 상관하지 않는 듯했다. 그러나 내 머릿속에 나타난 도키토가 내게 말했을 때와 똑같은 투로 하라다의 질문에 대답했다.

—차도 없었고, 조용해서 이야기하기도 편하고, 모텔 주인과 아는 사이라서. 애당초 나, 여자한테는 흥미 없거든.

"계약서는 제대로 읽었어?"

—계약금에 준하는 내용의 작품에 출연을 승낙한다고 적혀 있었잖아? 기타노 마키의 노래방 이미지 영상에 출연한 애는 5천 엔짜리라고 분명히 말했는데. 남자랑 진짜로 하지 않는데도 세 편에 20만 엔은 파격적인 가격이야.

"도착해서 이상하다 싶었으면 도망쳤어야지."

—거절할 거면 사흘 전에는 연락하라고 내가 당부했잖아.

카메라맨 등 다른 스태프의 목소리도 섞였다.

—사장님, 또 억지로 데려온 겁니까. 아이고, 골치야. 이번 달에 우리 마누라가 출산하는데 일당은 나오는 거예요? 왜 매번 이렇게 책임감 없이 제멋대로 구는 애만 데려오는지, 원. 우리가 이걸로 벌어먹고 가정을 꾸린다는 거 알아요? 목숨이 달렸다고요.

"돈은 필요 없다고 딱 잘라 말했으면 됐잖아."

—계약금, 스태프 일당, 장소 및 기재 대여료, 이것저것 합쳐서 백만 엔은 청구할 텐데 지불할 수 있겠어? 애당초 돈이 필요해

서 제안을 받아들인 거잖아? 아니면 부모한테 내달라고 할래? 뭣하면 다른 일을 소개해 줄까. 옷을 벗는 게 아니라 남들 눈에 띄는 게 싫은 거라면 할 일이야 있지.

"이런 걸 찍으면 어떻게 될지 조금쯤은 상상했어야지."

─네 생각만큼 큰 탈은 없을 거야. 우리 영상은 모델 전용이거든. 그런 부분에서는 확실히 보호장치가 되어 있는 셈이지. 만약 네 영상을 봤다는 사람이 있다면 그 사람은 모텔에 갔다는 뜻이야. 게다가 이번에는 엔카잖아. 그런 노래를 부르는 사람이 모텔에 갔다? 대개 여자와 떳떳한 관계가 아닐걸. 협박당하면 역으로 협박하면 돼.

"자존심도 없어?"

─날 경멸하지? 여자가 여자를 속이고 부끄럽지도 않냐며. 전혀 그렇지 않다는 게 내 대답이야. 무슨 사정인지는 모르지만 넌 돈이 필요해. 난 네 몸에 가치가 있다는 걸 한눈에 알아봤어. 가슴을 노출하는 건 목적을 달성하기 위한 수단이잖아. 노출했다고 닳는 것도 아닌데, 뭘. 알몸으로 먹고사는 사람은 조건 만남녀나 헐벗은 밑바닥 인생이라는, 양극단의 편견을 받기 십상이지만 양쪽 다 아니야. 알몸을 노출하는 건 일이고 그 이외의 시간은 보통 사람, 공무원 등등과 다름없이 생활해. 쉬는 날은 최신 유행하는 옷을 입고, 편의점 도시락을 먹고, 녹화해 둔 드라마를 본다고. 양심에 찔릴 만한 점은 하나도 없어.

나는 도키토의 말에 슬슬 넘어가기 시작했다.

"내 생각은 안 났어?"

생각나지 않았을 리 없다. 아무리 머릿속을 비우려고 노력해도 노력하면 할수록 머릿속이 하라다로 가득 차서 눈물이 솟았다.

—남자 배우도 잘생긴 애를 데려왔는데. 뭐, 걔한테 전부 맡기고 의사에게 진찰받으러 왔다고 속으로 염불하듯 중얼거려. 넌 무표정해도 제법 섹시해 보이니까. 귓불에 있는 점도 멋져. 이번 영상에 딱이라니까.

어머니 얼굴이 떠올랐다. 그래, 맞다. 난 원래 순수한 인간이 아니다.

"촬영 날, 나 여기에 돌아와 있었잖아."

일은 일이라고 칼같이 결론을 내렸지만 연립주택으로 돌아와 불이 켜진 하라다의 방을 보자 구역질이 치밀었다. 무슨 말로 겉바르든 나는 더러워졌다 싶어서.

"20만 엔은 내가 줬을 텐데."

내게 필요한 건 고작 20만 엔이 아니다.

"20만 엔을 벌 수 있는 아르바이트는 얼마든지 있는데."

과외나 학원 강사를 말하는 거라면, 그건 하라다가 다니는 대학교나 그와 같은 수준의 학교에 다니는 사람에게만 통하는 이야기다. 나는 입학 직후부터 양쪽에 등록했지만 연락이 온 적은 한 번도 없었다.

"하지만 따지자면 내 잘못이야. 「굿 윌 헌팅」을 추천하지 말고 집에 있는 DVD 중에 다른 걸 추천했더라면. 「굿 윌 헌팅」 DVD 집에 있더라. 도쿄에 올라올 때 마침 형이 친구에게 빌려줘서……. 역시 계속 여기 있을 걸 그랬어……."

분노로 떨리던 하라다의 목소리가 점점 눈물 어린 목소리로 바뀌었다. 주먹을 쥔 두 손으로 무릎을 퍽퍽 때리다 고개를 푹 숙였다.

나는 하라다의 손에 내 손을 포갰다. 그러자 떨쳐냈다. 머릿속에서 뭔가가 뚝 끊어지는 듯한 소리가 났다. 아차 싶었는지 하라다가 고개를 들었지만 지금 그 행동이 모든 대답이었다.

"먼저 갈게. 지금까지 고마웠어. 전부 내가 잘못한 거니까 좋아하는 영화랑 너 자신을 탓하지 마."

내가 나가도 하라다는 쫓아오지 않았다. 돌아갈 곳이 서로 정반대 방향이었다면 조금은 위안이 됐을까.

연립주택으로 돌아와 컴컴한 방에 드러누워 천장을 멍하니 쳐다보았다. 하라다와 함께 영화를 그렇게 많이 봤건만 나를 위로해 줄 장면은 천장에 하나도 비치지 않았다. 그때 전화벨이 울렸다.

하라다일지도 모른다고 이 마당에 와서도 기대를 버리지 못하는 스스로에게 화가 났다. 전화를 건 사람은 제면소 사모님이었다.

"마이코, 잘 지내니? 요전에 너희 엄마가 우리 가게에 와서 할머니 퇴직금을 달라고 하더라. 물론 우리도 회계연도가 끝날 때 줄 생각이었지만 그건 마이코가 받아야지. 어쩌면 엄마가 너한테도 뭔가 요구했을지도 모르지만 전부 거절하면 돼. 할머니는 몸이 안 좋은 걸 여름쯤부터 알고 계셨어. 하지만 마이코한테는 말하지 말라고 신신당부하셨지. 그리고 재산을 마이코에게 정당하게 남겨줄 수 있도록 유언장을 만드셨대. 우리 가게에 소면을 사러 오는 고등학교 선생님이 있는데, 모르니? 그분이 사회 선생님인 걸 알고 할머니가 이것저것 상담하신 모양이야. 하긴 벌써 가지고 있겠네. 할머니 말로는 마이코가 알 만한 곳에 넣어 뒀다고 하셨으니까. 후리소데*와 같이 있었지? 뭐, 성인식에 참석할 기분은 아니었겠지만. 다음에 돌아오면 사진 찍으러 안 갈래? 나도 보고 싶어서 그래. 아무튼 너희 엄마는 쫓아 보냈어. 너한테는 엄마지만 그 사람은 늘 피해자 행세를 하며 너희 할머니에게 돈을 뜯어 남자에게 갖다 바쳤거든. 이대로 가다가는 마이코가 똑바로 못 크겠다며 할머니가 마음을 독하게 먹고 쫓아낸 거야. 뭐, 사람은 변하지 않는다더니 너희 엄마는 이번에도 수상쩍은 남자를 데리고 왔더라. 너도 만났니? 행정사라는 남자. 시험 삼아 우리 경리 직원한테 시켜서 어려운 질문을 두세 개 했더니 하나도 대답을 못 하더라고. 무슨 장난감처럼 옆에서 고개만 끄덕이는 사기꾼이야. 뭐, 마이코가 딱 잘라 거절해도 너희 엄마는 억세게 살아갈 테니까 걱정할 것 없어. 선생님이 되는 공부, 열심히 해. 내년인가 내후년에는 교육실습을 나온다면서. 그럼 저녁은 우리 가게에서 먹으면 되겠네. 뭐든지 혼자 너무 끌어안지 말고 건강에 유의하렴."

나는 뭔가 맞장구를 쳤을까. '뭐야, 이게.' 하고 생각한 건 통화 중이었을까, 전화를 끊고 나서일까.

---

* 振り袖. 기모노 가운데 가장 화려한 것으로 성인식, 사은회, 결혼식 등에 입는 미혼 여성의 예복.

뭐야, 이게!

돈을 벌려면 이 자리에서 옷을 벗는 수밖에 없다고 스스로를 설득했는데. 대학에 계속 다니려면, 교사가 되려면, 꿈을 이루려면 모르는 남자가 몸을 주물럭거리고 가슴을 빠는 장면을 촬영하는 수밖에 없다고 머릿속으로 몇 번이고 스스로를 타일렀는데.

의사에게 진찰을 받는다고? 그런 상상은 전혀 하지 않았다. 그저 이럴 수밖에 없다고 자기암시를 했는데.

그러지 않았어도 됐다니. 유언장이 있었다는 걸 왜 이제 와서 말하는 거야. 아니, 할머니라면 잇초라를 입을 경사스러운 날에 대비해 반드시 후리소데를 준비해 줄 텐데 찾아보지 않은 내 잘못인가.

할머니가 마지막으로 말한 '서'는 '선생님'이 아니라 '성인식'의 '서'였을지도 모른다.

나는 전혀 궁지에 몰리지 않았다. 하라다든 제면소 사람이든 누군가에게 한마디 상의만 했으면 됐다. 스스로 자신을 궁지에 몰아넣었을 뿐이다.

뭐야, 뭐야, 뭐냐고.

그래야 했다고, 어쩔 수 없었다고 누가 좀 말해줘. 그래야 했다, 어쩔 수 없었다. 그래야 했다, 어쩔 수 없었다. 그래야 했다, 어쩔 수 없었다. 그래야…… 이제 틀렸다.

저기, 마이코. 마음이 죽을 것 같으면 차라리 몸도 같이 죽여버리는 게 어때? 갈기갈기 조각내서.

귓속에 울려 퍼진 그 목소리는 어머니 목소리였을까, 내 목소리였을까.

3월을 끝으로 퇴직이 결정되자 그때까지는 그렇게 큰 문제로 보지 않았던 일도 제대로 마무리를 해야겠다는 생각이 들었다.

일단은 사에키 아키코. 아키코 본인은 문제가 있는 아이가 아니다. 얌전하니 자기주장이 별로 없는 아이지만 반의 분위기에 좌우되는 일은 없다. 머리가 좋고 선악을 스스로 판단하려는 자세가 엿보인다. 가정환경도 현재는 문제가 없다고 할 수 있다. 부모님이 다 계시고 아버지는 학교 활동에도 적극적이다. 하지만 그 탓인지 어머니의 그림자가 옅다. 아키코에게 어머니가 병약하다는 말도 들었다. 그런 와중에 아버지가 입원했다고 학교에 연락이 왔다. 장기 입원이라는 말에 한번 병문안을 가기로 했다. 가능한 범위에서 이야기를 나눌 수 있으면 된다.

보통은 학년주임 등 다른 교사와 행동을 함께하는 편이 좋지만 교내에 믿을 수 있는 교사는 아무도 없다. 개중에는 진심으로 걱정하는 사람도 있었을지 모르지만, 호기심이나 경멸 어린 시선을 피하면서 그런 사람을 찾을 만한 여유가 내게는 없었다.

가능하면 아키코가 없을 때 이야기하고 싶어서 옆 동네 초등학교로 출장을 간 후에 반차를 내기로 했다. 아키코 아버지는 2인실의 안쪽 침대에 있었다. 내가 방문했을 때 다른 환자는 검사를 받으러 나가서 주변의 이목을 신경 쓰지 않고 이야기를 나눌 수 있었다. 그래서인지 아키코 아버지는 자신의 병세가 무겁다는 사실을, 딸의 담임에 불과한 데다 봄에는 학교와 동네를 떠날 예정인 내게 밝혔다.

위암으로 길어도 2개월이다. 봄까지 살아 있을지 모르겠다. 눈을 보고 있기가 괴로워서 시선을 돌리자 침대 옆 수납장에 도쿄 드림랜드의 가이드북이 세워져 있었다. 그 안쪽에는 아키코가 만든 작은 상자가 있었다. 그래서 나는 만들기 시간에 있었던 일을 이야기하기로 했다.

아키코가 나무 상자 뚜껑에 멋지게 조각한 드림 캐릭터를 보고 시샘한 아이가 드림 캐릭터를 멋대로 사용하면 미국의 드림사에서 고소한다고 해서 아키코가 몹시 걱정했다는 것. 아키코를 잘 위로했는지 자신이 없다는 것.

그러자 아키코 아버지는 퇴원하면 아키코를 드림랜드와 마운틴에 데려가기로 약속했다고 알려주었다. 나무 상자는 아버지를 위한 선물이며, 아키코는 여행 가서 찍은 사진을 거기에 넣으려는 기대에 부풀어 있다, 마지막으로 그 꿈만은 어떻게든 이루어주고 싶다고 덧붙였다.

"선생님은 가보셨습니까?"

"네."

"그거 부럽네요. 역시 꿈나라였나요?"

"글쎄요……. 제게는 꿈이라기보다 미래였다고 할까요."

"미래?"

거기에 이르기까지의 경위는 말씀 못 드리지만 죽음을 결심한 적이 있다고 서론을 깔고, 나는 절망이 찾아온 밤 이후의 이야기를 아키코 아버지에게 들려주기로 했다.

하라다에게 했던 이야기를 떠올리며, 되풀이하듯.

그날 밤으로부터 거의 하루가 지난 심야, 나는 내 방으로 이어지는 연립주택 계단을 올라갔다.

고등학교 때 취주악부의 마지막 콘서트에서 마지막 무대를 장식한 곡을 흥얼거렸다. 내가 담당한 오보에의 멜로디가 머릿속에서 다른 악기 소리와 겹쳤고, 어느 틈엔가 거기에 방금 보고 온 광경이 선명하게 곁들여졌다.

그래서 문 앞에 사람이 있는 줄은 바짝 다가갈 때까지 몰랐다. 깜짝 놀라 소리를 지르자 얼굴을 무릎에 묻은 채 어둠 속에 앉아 있던 사람이, 수업 중에 졸다가 잠이 깬 것처럼 고개를 부르르 떨고서 얼굴을 들었다. 하라다였다.

하라다는 나를 보고 후우, 하고 크게 숨을 내쉬었다. 안도의 한숨처럼 느껴졌다. 다행이라고, 잠긴 목소리로 중얼거리는 것도 들렸다. 다행이라고 다시 중얼거렸을 때는 목소리에 눈물이 섞여 있었다. 하지만 하라다는 눈물을 닦았다. 내가 울면 안 된다고 스스로를 나무라듯 말하면서.

하라다는 다리를 비틀거리며 일어섰다. 몇 시간이나 한곳에 같은 자세로 있었음이 분명했다. 그래도 허리를 쭉 펴더니 내 정면에 섰다.

"내게 한 시간만 줘."

"알았어."

아무 망설임도 없었다. 나는 하라다를 데리고 내 방으로 들어갔다. 내가 이사를 앞뒀기에 방을 정리했다고 하라다는 생각지 않는 듯했다. 물론 나도 그럴 작정으로 정리한 건 아니었다. 아무튼 하라다는 그 점에 대해서는 내게 묻지 않았다. 몸이 식었지만 따끈한 차를 끓일 생각도 않고 우리는 벽에 기대어 나란히 앉았다. 손을 뻗어도 닿지 않을 거리를 두고서.

시간을 달라고 한 건 하라다다. 나는 잠자코 하라다가 입을 열기를 기다렸다. 쓸데없는 이야기를 생략하고 본론부터 들어가는 하라다답게 나와 눈을 마주치지 않고 똑바로 앞을 본 채 말을 꺼냈다.

"나, 어제 그 일이 있고 나서 그 방에 묵었어. 노래방 기기로 계속 노래를 틀었지. 「겨울 동백꽃 핀 여인숙」뿐만 아니라 다른 두 곡도. 신곡을 닥치는 대로 틀어서 전주 부분만 들었는데 의외로 금방 찾았어. 그 희한한 침대에 드러누워 그 세 곡을 몇 번이나 틀어놓고 계속 영상을 봤어. 최악이지? 정신이 이상해질 것 같더라. 대체 이게 뭐냐고 몇 번이나 고함을 지르다가 얼마나 지났을까. 너야말로 뭐냐는 목소리가 들렸어. 몸이 분열돼서 또 다른 내가 생긴 것 같은 기분이었지. 이거, 너 아니잖아. 마이코잖아. 꾹 참고 있다는 걸 척 보면 알잖아. 그런데 왜 네가 피해자처럼 구는 거야. 온갖 짜증을 부리며 마이코에게 이유를 말하라고 다그친 끝에 비난하고 울부짖고 거부하고. 최악은 도키토라는 여자도, 영상에 나오는 남자 배우도 아니야. 너잖아. 기대라, 도와주겠다, 구해주겠다, 지켜주겠다는 개뿔. 넌 몰아붙였을 뿐이잖

아. 야, 네가 다시 일어서려는 마이코를 방해하기까지 했다는 거 알아? ……그래서 서둘러 돌아와 문을 두드렸지만 아무 반응도 없더라고. 이 마당까지 왔으니 스토커 취급당할 각오를 하고 집주인 할머니에게 가스 냄새가 난다는 핑계로 문을 열어달라고 했어. 들어가 보니 방이 아주 깨끗하게 정리돼 있고 책상 위에 편지가 있더라. 내게 쓴 게 아니라서 뜯어보지는 않았지만 제면소 이름에 들어간 것과 똑같은 성씨라는 게 생각났어. 널 찾아야겠다 싶어 뛰쳐나갔지만 어디로 가야 할지 모르겠더라고. 그제야 우리에게는 추억의 장소가 없다는 생각이 들더라. 하지만 어쩌면 전부 내 지나친 걱정이고 평일이라 학교에 갔을지도 모른다는 생각에 네가 다니는 학교로 갔어. 교육학부 건물 앞에서 사람들한테 말을 걸다가 친구라는 사람들을 만났는데 혹시 소문으로만 듣던 남자친구냐고 묻더군.”

하라다는 거기서 한번 말을 끊었다. 자기 입으로 꺼내기가 부끄러운 소리를 내 친구들이 한 것이리라. 나는 하라다를 친구들에게 어떤 식으로 설명했더라. 그렇게 많이는 말하지 않았다. 남을 몹시 챙기면서 남이 자기를 챙기는 건 어색해하는 사람. 착하고 평소 좋아하는 영화를 보며 태평하게 지내지만, 여차할 때는 행동력이 있는 사람. 힘들 때 손을 잡아주는 사람. 내가 유일하게 괜찮다 말고 고맙다고 말할 수 있는 사람.

“학교에서 어떻게 생활하는지도 알려줬지. 마이코는 채용 시험공부도 1학년 때부터 했고 성실해서 자기들도 본받아야 한다나. 연초부터 3월 말까지는 다양한 강의를 들을 수 있는 특별 기간인데 오늘 왔는지는 모르겠다기에, 아르바이트를 하는 카페에 가보기로 했지. 최근에 기운이 없더라고 다들 걱정하더라. 오늘은 출근하는 날이 아니라고 했지만 설날 연휴 내내 일했다더군. 점장이 무슨 일 있느냐고 묻길래 그제야 내가 엄청난 실수를 저질렀다는 걸 깨달았어. 이래서는 내가 마이코에게 무슨 일이 있었다고 광고하는 꼴이잖아. 결국 집에 돌아와 들락날락하다가 해가 진 뒤로는 계속 밖에 있었어. 마이코가 극단적인 선택을 하면 어쩌나, 하고 최악의 상상만 했지. 만나면 반드시 말하려고 했어."

하라다는 무릎을 모으고 이쪽으로 몸을 돌렸다.

"잠깐만."

나는 옆에 놓아둔 가방에서 꺼낸 물건을 머리에 썼다. 드림캣 머리띠다. 마운틴 5주년 사전 이벤트용은 아직 팔지 않았다.

"예뻐? 하라다의 상상은 틀리지 않았어. 나, 극단적인 선택을 하려고 했거든. 전철 앞에 뛰어들어 산산조각이 날 작정으로 집을 나섰어. 하지만 남에게 너무 폐를 끼치지 않는 시간이 좋지 않을까, 중대한 볼일이나 즐거운 행사가 있는 사람을 방해해서는 안 되겠다 싶어서 밤까지 기다리기로 했지. 이왕 기다리는 김에 마지막으로 즐겁게 놀기로 하고 드림랜드에 다녀왔어. 마운틴에도. 수많은 사람들에 섞여 웃고, 소리치고, 악수하고. 팝콘도 먹었어. 드림베어랑 드림캣과 악수도 하고. 지금 여기 있는 나는 나이면서 내가 아니다. 내가 어디서 왔고 어떤 사람인지는 상관없다. 이 세계에 있는 동안은 그저 이곳을 즐기는 사람이 될 수 있다. 그런 마음으로 퍼레이드와 불꽃놀이를 보며 내가 무슨 생각을 했게?"

하라다는 잠자코 고개를 살짝 기울였다.

"드림랜드에 가서 놀면 아무 여한도 없을 거라고 가기 전에는 상상했는데 전혀 아니었어. 또 오고 싶더라. 또라니 무슨 소리? 마운틴의 이벤트도 아직 시작되지 않은 데다 오늘 못 탄 놀이 기구도 타고 싶고, 퍼레이드도 더 앞에서 보고 싶다는 뜻? 아니, 그 거랑은 뭔가 달라. 하지만 말로는 잘 표현을 못하겠네. 그렇지만 또 오고 싶었어. 좋아, 또 오자. 그렇게 결심하니까 내일부터도 어떻게든 되지 않을까 싶더라. 아마 거기에는 그런 사람들이 나 말고도 많이 오는 거 아닐까. 그렇게 생각하니 모두가 친구처럼 느껴졌어. 아침에 전철을 탔을 때는 이 사람도 저 사람도 그 영상을 본 게 아닐까 싶어 무서워 죽을 것 같았는데. 돌아올 때는 아무렇지도 않았어. 마법이지. 그러니까⋯⋯."

나는 머리띠를 벗어 하라다의 머리에 씌웠다.

"작별 선물이야. 난 이제 괜찮아. 찾아다녀 줘서 고맙다고는 안 할게. 하라다도 알아차렸듯이 살아 돌아온 입장에서는 꽤 민폐거든. 그렇지만 덕분에 지금까지 기뻤던 일이 아주 많았어. 고마워. 부디 건강히 잘 지내길 바랄게."

기세 넘치는 투로 말했지만 내민 손은 떨렸던 것 같다. 하라다는 내 손을 망설임 없이 꼭 쥐었다.

"그래, 너도 잘 지내."

강아지 상인 하라다에게 드림캣 머리띠는 의외일 만큼 잘 어울렸다.

"또 오자고 생각하셨다고요?"

아키코 아버지는 곰곰이 음미하듯 그렇게 말하더니 잠시 생각에 잠겼다. 이윽고 결심한 듯 나를 똑바로 쳐다보았다.

"선생님께 부탁이 있습니다. 제가 죽으면 아키코에게 미래에서 온 편지를 써주시지 않겠습니까? 네게는 행복한 미래가 기다리고 있다는 내용의 편지를."

"그건 아버님이 쓰시는 편이 좋지 않을까요?"

"아니요, 제가 쓰면 아키코에게 금방 들킬 겁니다. 아키코의 물건에 제가 전부 이름을 써줬거든요. 그리고 지금 이야기를 들으니 선생님이 써주시면 좋을 것 같습니다."

아키코 아버지는 고개를 깊이 숙였다. 거절할 이유는 없었다. 교사로서 마지막으로 받은 부탁이 이거라면 영광스러운 일 아닐까. 나는 그 자리에서 알겠다고 대답하고 편지에 신빙성을 부여하고 싶으니 가족 사이에서 있었던 일화를 몇 가지 알려달라고 했다. 아키코라는 이름의 유래도.

아키코 아버지도 아키코 어머니가 병약하다고는 했지만 위중한 병은 아닌 것 같았다. 여차할 때는 온 힘을 다해 딸을 지켜줄 수 있는 마음 강한 사람이라고 했다.

그 말을 듣자 아키코가 앞으로 제일 먼저 극복해야 할 일은 아버지의 죽음이니, 그 슬픔에서 조금이라도 빨리 일어설 수 있는 내용을 쓰기로 결정했다.

초고가 완성되면 보여주려 했지만 아키코 아버지를 만난 건 그날이 마지막이었다.

편지 내용은 나 혼자 생각해야 한다.

아키코의 장래 희망이 몇 달 만에 바뀌지 않았다면 나는 아키코의 꿈을 알고 있는 셈이다. 약간 막연해서 발표자로는 뽑지 않았지만 미래의 자신이 그 직업을 가진 것을 알면 아키코는 기뻐할지도 모른다.

하지만 어린 시절 꿈에 집착하는 건 과연 행복한 일일까. 열 살짜리 아이에게 알고 있는 직업을 쓰라고 시키면 열 개 넘게 적을 수 있는 아이가 몇 명이나 될까. 나이를 먹어 시야가 넓어지면 어릴 적에는 보이지 않았던 점들이 서서히 보일 것이다. 자신이 잘한다고 생각했던 일에 그다지 재능이 없다는 사실을 알아차릴지도 모르고, 반대로 뭔가 엄청난 재능이 잠들어 있었다는 사실을 깨달을 수도 있다.

병을 극복하면 의사나 간호사에, 재난을 당했을 때 구조되면 자위대원이나 소방관, 구조대에 존경심을 품고 자신도 그 길로 나아가려 할지도 모른다.

남들과 만나면서 목표로 하는 길이 달라질 수도 있다.

따라서 편지에 직업에 대해서는 깊이 언급하지 않는 한편으로 미래에 희망을 품을 수 있는 뭔가를 넣고 싶었다.

자기가 미래에 무엇이 될지 다양한 모습을 그려본 후에 역시 처음에 품었던 꿈을 목표로 삼는 건 좋다. 하나의 꿈만 바라보다 그걸 잃은 나는 역시 또 그곳으로 향했다.

"휴우, 시제품 단계에서 발견해서 다행이야."

일을 마치고 돌아온 하라다가 숨을 크게 내쉬며 가방에서 꺼낸 물건을 테이블 위에 늘어놓았다. 얇은 금속판이 다섯 장. 각각 자세와 의상이 다른 드림캣을 뚫어서 새긴 책갈피다. 어디에 문제가 있나 싶어 나는 하나를 집어서 찬찬히 살펴보았다.

"드림마운틴, 30주년?"

"그러게 말이야. 드림마운틴은 작년 9월부터 일 년 동안이 10주년. 이건 내후년 30주년을 맞이하는 드림랜드 기념품인데."

하라다도 책갈피를 하나 집어 손끝으로 빙글빙글 돌렸다.

"마운틴 30주년이라. 20년 후에 종이책이 남아 있으려나."

그렇게 투덜대는 하라다의 손에서 책갈피를 빼냈다.

"남아 있을걸. 책과 관련된 일을 하고 싶다는 아이도 있으니 꿈을 망가뜨리는 소리는 하지 마."

문득 전류처럼 짜릿한 감각이 등줄기를 내달렸다.

"저기, 이 책갈피. 나 주면 안 돼?"

이런 물건이 밖에 나돌면 큰 문제라는 건 안다. 그래서 나는 가지고 싶은 이유를 설명했다. 하라다에게는 더 이상 아무것도 감추지 않기로 했다. 부탁받은 건 한 명이지만 그 밖에도 비슷한 일을 해주고 싶은 아이가 있다는 사실도 밝혔다.

스야마 아리사다. 어머니가 병으로 돌아가신 후 아버지, 남동생과 함께 산다.

말투와 태도가 톡톡 쏘아붙이는 듯해서 걱정되지만 자기 마음을 지키려고 무장했을 뿐, 실은 반의 누구보다 주변을 잘 살피는 게 아닐까 싶을 만큼 괴롭힘을 당할 법한 아이를 은근슬쩍 챙기거나 안전한 곳으로 대피시키는 착한 아이다.

문제가 있어 보이는 건 세 학년 아래의 동생이다. 팔과 다리에 가끔 멍 자국이 보여서 아버지에게 폭력을 당하는 게 아닐까 중년의 여자 담임에게 상담했지만, 1학년 남학생은 하루 종일 심하게 장난치고 날뛰니까 멍이 있는 게 당연하다고 일축했다. 요전에도 이마를 다쳤길래 이번에는 1학년 학년주임에게 상담했지만 본인은 넘어졌다고 했다면서 무시했다.

동생이 폭력을 당하고 있다면 아리사는 당연히 알아차리고 속을 태우지 않을까. 그러나 아리사는 내가 물어보려고 하면 늘 달아난다.

내 의견에 귀를 기울여 줄 교사는 이제 없다. 과거의 단 하루 때문에 신용을 잃었다. 그렇다면 하다못해 아리사를 조금이라도 격려해 주고 싶었다.

그러고는…… 반 아이들을 걱정하기 시작하면 한도 끝도 없다.

교장실로 불려간 뒤에 미노리의 작문을 고를 걸 그랬다고 후회했다. 아첨을 해둘 걸 그랬다는 의미가 아니다. 미노리가 쓴 '고생하는 엄마'는 경제적으로는 여유가 있다. 그러나 내가 돈 때문에 엄청 고생한 탓인지 그런 쪽으로밖에 눈길이 가지 않았다.

미노리 아버지는 노래방 영상에 내가 나온 걸 보고 사진을 찍어 아내에게 보여주었다. 아내는 어느 노래방에서 봤느냐고 물었을까. 아니면 남편이 먼저 변명을 하기 위해 거짓말을 했을까. 어쨌거나 노래방 영상은 어디나 똑같다고 믿는 게 틀림없다.

그러나 그건 모텔 전용이다. 부부끼리 갔다면 문제없다. 하지만 그렇다면 미노리 어머니는 남편과 같이 봤다고 말했으리라. 모텔은 덮어놓더라도 송년회에서 동료 의사들과 봤다는 거짓말까지 할 필요는 없다.

아내는 남편이 바람피우는 걸 알고 가슴 아파하고 있다. 아버지 때문에 어머니가 괴로워한다는 걸 미노리는 안다. 그렇지만 아버지에게 버림받으면 어머니와 딸은 지금 같은 생활을 할 수 없다. 즐거운 하와이 여행도 못 간다. 그래서 자기가 안정된 직업을 얻어 어머니의 '마음'을 편하게 해주고 싶었던 것 아닐까.

발표회 날, 미노리가 발표자가 아니라는 사실에 제일 먼저 불평한 건 아버지였을지도 모른다. 처음에는 갈 예정이 없었는데 시간이 생겨서 참석하기로 했다. 어머니도 딸도 당황스러웠을 것이다.

미노리는 아키코를 싫어한다. 처음에는 성적 때문에 질투하는 줄 알았다. 하지만 실은 아버지와 사이가 좋다고 아키코가 자랑했는지도 모른다. 아리사가 아키코에게 좋은 감정이 없는 이유는 금세 그쪽과 연결했으면서.

차라리 반 아이들 전체에게 주고 싶지만 그러면 미래에서 온 편지를 내가 보냈다는 게 들통난다. 하라다에게는 그보다 더 민폐다. 역시 두 개로 하자. 준다면 말이지만.

"미래에서 온 편지라. 알았어, 선생님. 누구에게도 보여주지 말라는 약속을 지키는 아이라고 네가 보증한다면야. 어차피 폐기할 운명이야. 원하는 걸 골라."

책갈피를 받을 수 있는 것보다도 호칭이 마음에 걸렸다. 하라다는 이런 식으로 남을 놀리는 사람이 아니다.

"곧 퇴직인걸."

"그 애들에게 마이코는 영원히 선생님이야. 지금 다니는 학교를 그만둘 뿐, 평생 선생님을 하지 않을 건 아니잖아. 조만간 또 교단에 설 날이 올 거야. 시노미야 선생님이라고 불릴지는 모르겠지만."

"마이코 선생님이면 돼."

나는 선물로 가져온 소면을 삶으려고 부엌으로 갔다. 카운터에 있는 귀여운 상자에서 티슈를 한 장 뽑아 근질거리는 코와 이미 눈물이 글썽한 눈시울을 닦고 발치의 쓰레기통에 버렸다.

부엌은 옛날 그 시절처럼 싱크대와 가스레인지 한 대뿐인 좁은 공간이 아니다. 독신용치고는 큼지막한 찬장에는 도둑이 들면 여자가 사는 집이라고 착각할 만한 그릇이 들어 있었다. 티슈 케이스도, 쓰레기통도, 그릇도 드림 캐릭터가 들어간 것뿐이다.

대학교를 졸업한 봄, 나는 공립초등학교 교원 채용 시험에 합격해 고향으로 돌아갔다.

제면소에 내 앞으로 보낸 편지가 배달된 건 4월 중순이었던가. 봉투를 뒤집어보지 않아도 글씨체로 보낸 사람이 누구인지 알았다. 반듯하니 여성적인 글씨다. 봉투를 뜯자 접힌 편지지와 작은 봉투가 하나 나왔다. 작은 봉투에는 드림랜드 입장권이 한 장들어 있었다. 유효 기간은 일 년.

편지를 펼치자 무심코 어, 하고 목소리가 나왔다. 영화 회사가 아니었나. 하라다는 드림랜드와 마운틴을 비롯해 국내 드림 리조트 전반을 운영하는 회사인 드림월드에 취직했다고 적혀 있었다.

난 누군가를 구할 수 있는 사람은 아니지만, 누군가를 구할 수 있는 곳에서 또 오고 싶어지도록 기획하는 일을 맡았어.

같이 가자든가, 연락 달라는 글은 없었다. 추천 영화가 한 편, 그러고는 잘 지내라는 말로 마무리됐다.

하라다가 꿈을 포기했다고는 생각지 않았다. 그는 현시점의 자신과 똑바로 마주 보고 미래를 결정했다고 느꼈다.

나는 새 주소로 소면을 한 상자 보냈다. 채용 시험에 붙었으며 1학년 담임이 됐다는 내용과 추천 영화의 감상을 적고 잘 지내라는 말로 마무리했다.

입장권을 쓸 일은 없을 줄 알았다.

꿈꾸던 직업은 정말로 이걸 하고 싶었느냐고 과거의 자신에게 몇 번이나 물어보고 싶을 만큼 만만치 않았다. 학교를 나설 때는 이미 녹초라, 일주일에 세 번 제면소에 들르지 않았다면 식사도 만족스레 할 수 없어 쓰러졌을지도 모른다.

사모님에게 불평도 늘어놓았다. 그렇게 빠르지도 않은데 아들을 계주 주자로 뽑으라고 강요한다, 문화 발표회 합주 때 딸에게 피아노 연주를 맡기라고 압박을 넣는다, 우리 애가 도쿄 대학교에 들어갈 수 있을까요? 내가 어떻게 알아! 사모님은 고생이 많구나, 하고 웃으면서 따뜻한 차를 내준다.

그다지 심각하지 않은 문제가 끊임없이 발생하지만 불평할 수 있는 동안은 그나마 평온한 나날임을 깨달은 건 일 년이 끝나갈 무렵이었을까.

유치원생 티를 벗지 못한 아이들이 저마다 확고한 개성을 띠었고, 처음에는 못했던 일을 점점 해내게 되었다. 내가 얼마나 곁에서 도와주었는지는 모르겠다. 하지만 아이들은 내게 고맙다고 말해준다. 선생님이 정말 좋다고 말해준다. 내년에도 선생님 반이면 좋겠다고 말해준다.

행복에 흠뻑 젖었던 그때, 문득 귓가에서 발소리가 들렸다. 뭔가가 쫓아온다. 잡히면 삼켜진다. 나는 제일 가까운 휴일에 입장권을 움켜쥐고 역 앞에서 드림랜드로 직행하는 야간 버스를 탔다.

그로부터 한 달 후, 일 년 전과 똑같은 시기에 또 새 입장권이 배달됐다. 지난번 입장권을 내가 사용한 줄 하라다는 아는 걸까. 그런 생각을 하며 편지를 펼치자 무심코 업무 보고서냐고 핀잔을 주고 싶을 만한 내용이 적혀 있었다. 작년 한 해 동안은 드림랜드에 있는 판타지 극장에서 프린세스 쇼를 기획했다고 한다. 그거라면 나도 봤다.

제목에 '○○공주'가 붙는 동화 속 주인공인 공주님들이 마법에 걸려 흉포해진 드림베어를 구하기 위해 힘을 합쳐 마녀를 퇴치한다는 내용인데, 오로라 공주도 거기서는 용감하게 싸웠다.

편지 끄트머리에는 휴대전화 번호와 메일 주소도 변하지 않았다는 내용이 역시 업무 연락의 추가 사항처럼 덧붙여져 있었다. 다음에 갈 때는 설령 과거의 발소리에서 도망칠 때라 해도 연락을 해볼까.

이듬해 봄, 야간 버스에 타기 전에 짧은 메일을 보내자 이른 아침인데도 드림랜드 정문 앞에 하라다가 서 있었다. 눈에 익은 드림캣 머리띠를 쓰고서.

또 오고 싶다는 마음이 또 만나고 싶다는 마음으로 바뀌어갔다.

발소리가 들린다는 것도 털어놓았다. 하라다는 나를 동정하는 눈으로 보지 않았다. 주저 없는 어조로 내게 똑똑히 말했다.

"과거가 삼킬 수 없는 미래가 여기 있잖아."

저 멀리 창밖으로 보이는 하늘에 불꽃이 솟아올랐다. 이제 테이블로 옮기기만 하면 되는 요리를 내버려 둔 채 베란다로 나갔다. 하라다도 나왔다. 드림랜드의 불꽃놀이다.

"요전에 미뤄둔 일, 지금 해도 돼?"

"설마 여기서? 뭐, 똑같은 상황인가…… 응."

나는 불꽃놀이에서 눈을 돌려 하라다와 마주 섰다. 이제 불꽃놀이는 실컷 봤다.

작년 마지막 날에도 저 불꽃놀이를 봤다. 이런 곳에서 봐도 되느냐고 꿈나라에서도 미안해서 안절부절못할 듯한 곳. 특별한 표를 가진 사람만이 들어갈 수 있는 드림랜드의 성 발코니에서.

곁에 있던 하라다는 중대한 고백을 할 작정이었지만 내가 중얼거리는 소리를 듣고 미루기로 한 모양이었다.

아, 아이들 모두에게 보여주고 싶다.

불꽃놀이가 아니라, 그 너머에 있는 미래를······.

에
피
소
드
Ⅲ

未來

무덤까지 가지고 가야 할 비밀. 그런 걸 끌어안고 있는 건 픽션 속 등장인물뿐이라고 생각했다. 가령 현실에서 그런 일이 일어나더라도 나와는 무관하다고도.

　남자라서 다행이라고 부모님이 먼저 말했을까, 철들었을 무렵에 스스로 그걸 깨달았을까. 그 정도로 나는 얼굴이 못생겼다. 각진 모서리가 깎여 나간 불그죽죽한 정사각형 돌에 가느다란 매직펜으로 짧은 선을 네 개 그으면 내 얼굴이 완성된다. 잠들었는지 깨어 있는지, 화난 건지 웃는 건지 표정을 읽을 수 없다. 주변 사람들은 분명 그래서 나를 못마땅하게 여기는 것이다.

　안심은 이해에서 비롯된다. 사람은 원인을 추구하고 싶어 한다.

　이 아이는 왜 이렇게 못생겼을까. 외모가 평균적인 부모님은 어린 나를 항상 외면했다. 결혼하고 10년 만에 얻은 외동아들인데도. 아버지는 아내가 친척들의 압력에 못 이겨 다른 남자의 씨를 받은 것 아니냐고 의심하지 않았을까. 그리고 터무니없는 의심을 받은 어머니는 아버지에게 마음을 닫았다.

그 원인인 아들에게도 애정을 쏟지 못했다.

그러나 어느 날을 경계로 상황이 달라졌다. 친가 쪽 친척이 돌아가셔서 가족이 다 함께 장례식에 참석했을 때, 큰고모가 벽장에서 이런 게 나왔다며 낡은 앨범을 모두의 앞에 펼쳤다.

사진 속의 아이, 내 증조할아버지에 해당하는 사람은 나와 얼굴이 똑같았다. 친척들이 숨을 삼켰다가 잠시 후에야 웃음을 터뜨릴 만큼 판박이였다.

증조할아버지는 좋은 머리를 잘 활용해 이 지역에서 부를 쌓아 올린 사람으로, 지금도 히구치 집안이 부동산 회사와 수도공사 회사, 주유소를 경영하며 남부럽지 않게 살 수 있는 건 증조할아버지 덕분이라고 큰아버지가 모두의 앞에서 내게 가르쳐주었다. 아버지는 관련 회사 중 하나인 수도공사 회사를 맡고 있었다.

"료타는 내년에 초등학생인데 벌써 다자이 오사무며 나쓰메 소세키 같은 어른들 책을 읽는다며? 할아버지도 그랬다나 봐. 우리 집은 딸만 셋이라 앞으로 어떻게 될지 모를 일이지만 료타가 있으니 우리 집안은 걱정 없겠어."

큰아버지의 그 말도 기뻤지만 그보다 더 안심됐던 건, 스무 살이 넘었을 무렵부터 증조할아버지도 얼굴 색깔이 옅어지고 뺨과 코언저리에 입체감이 생겨 서서히 평범하게 변했다는 점이다. 만년이 되자 "어머, 멋있잖아." 하고 어떤 친척 아주머니가 목소리를 높일 만큼 분위기 있는 미남으로 변했다.

그러한 변화를 부모님도 기껍게 받아들인 모양이다. 어머니가 나를 데리고 외출하는 횟수도 늘었고, 아버지는 얼굴 모양이 자기랑 똑같다는 둥 자기와 닮은 부분을 주변에 떠들고 다녔다.

그러나 가족만 그럴 뿐, 남들은 나를 그 시점의 얼굴로 판단한다. 아니, 못 한다. 그래서 피하고 싶어 한다. 특히 여자아이는 나와 손을 잡거나 옆자리에 앉아야 하면 대개 울음을 터뜨렸다. 그래도 나는 화를 내거나 울지 않았다. 그저 잠자코 그 상황이 어떻게든 수습되길 기다렸다. 그야말로 돌이 되는 시간이었다.

남자아이도 나를 별로 가까이하려 들지 않았다. 겉모습보다는 내가 무뚝뚝하고 재미없는 인간이었기 때문 아닐까. 그리고 자기가 이해하지 못하는 책을 읽는 것도 나를 못마땅하게 여기는 원인 중 하나였을지 모른다.

그래도 괴롭힘을 당하지 않고(무시는 당했을지도 모르지만) 하루하루 평온하게 보낼 수 있었던 건 유도를 배운 덕분이리라.

장례식 때 증조할아버지가 유도로 이름을 날렸다는 이야기를 듣고 나도 초등학교에 입학하자마자 동네 유도 교실에 다니기 시작했다. 키는 중간쯤이었지만 반에서 세 손가락 안에 들어가는 몸통은 얼굴과 마찬가지로 바위처럼 투박해서 유도에 적합했는지도 모르겠다. 발이 느려서 운동회에서는 전혀 활약하지 못했지만 유도 대회에서는 늘 상장을 받았다.

못마땅하다고 해서 나를 떠밀거나 넘어뜨리려고 덤비는 아이는 없었다. 그저 멀찍이 둘러서서 바라본다. 아니, 바라보지도 않는다. 나는 그저 거기에 있을 뿐. 그야말로 돌멩이 같은 존재였다.

재미없는 나날. 그래서 나는 자극을 찾아 소설의 세계에 빠졌다. 그리고 스스로도 소설을 써보고 싶어졌다. 내 소설 속에서는 내가 되고 싶은 내가 될 수 있다. 좋아하는 일을 할 수 있다. 빨리 달리고, 높이 뛰고, 농담을 하고, 예쁜 여자아이와 사랑도 할 수 있다. 하지만 실제로 쓴 건 그다지 유쾌한 내용이 아니었다. 내게 소설을 쓴다는 건 마음을 의탁할 곳을 찾는 행위였는지도 모르겠다.

처음으로 소설을 쓴 건 중학교 2학년 때였다. 학교 쉬는 시간과 방과 후 내 방에서 숙제와 예습을 마치고 한밤중에 대학 노트에 썼다. 모두에게 미움받는 소년이 의지를 가진 돌을 주웠는데, 매일 밤 소년의 마음속 목소리를 들으며 갈리고 닦이다 보니 다이아몬드가 됐다는 동화 같은 내용이다.

두 번째 소설은 고등학교 1학년 때 썼다. 길에 쓰러진 노파를 구한 못생긴 소년이 아름답게 변해 눈부신 학창 생활을 누린다. 노파는 신의 화신이었을까. 그렇지 않다. 그는 아름다운 마음과 바꾸어 외모를 손에 넣은 것이다. 소년은 날마다 냉정해지는 자신의 마음을 처음에는 외면하지만 서서히 고뇌하다가 달이 아름다운 어느 밤 스스로 목숨을 끊는다. 내 딴에는 문학작품을 쓴다고 썼지만 지금 돌이켜 보면 자의식을 주체하지 못한 삼류 판타지에 지나지 않는다.

그리고 세 번째 소설. 지금부터 쓰는 이야기는 정말로 있었던 일이다. 무덤까지 가져가야 하는 비밀을 가슴속에 담아두면 언젠가 그 시커먼 덩어리가 내 몸을 안쪽에서부터 갉아먹을 듯한 예감에 시달리다 나는 소설 형식으로 글을 쓰기로 했다. 얼마 전에 산 노트북으로. 전부 다 쓰고 나서 삭제할지도 모른다. 그래야 한다.

하지만 마음속 제일 깊은 곳에는 누군가가 읽어줬으면 하는 바람도 있다.

가능하다면 나와 그녀의 아이가…….

나는 가미쿠라 학원 고등학교라는 사립 남고에 진학했다. 이웃한 시에 있는 그 학교에 다니려면 아침 7시에 전철을 타야 했지만 도시락을 싸주는 어머니가 불평한 적은 없다. 지역에서 손꼽히는 진학교*에 합격한 걸 친척들 모두 칭찬했기 때문이다.

나도 가미쿠라 학원을 선택한 것에 만족했다. 일찍 일어나는 건 그렇게 힘들지 않다. 교실에서 지금까지처럼 책을 읽어도 다들 내가 읽는 책을 어렵게 느끼지 않았고, 당시 철학서에 빠져 있던 내게 다음은 이게 좋지 않겠느냐고 책을 빌려주는 녀석까지 있었다. 성적도 상위이기는 했지만 아주 빼어났던 건 아니다. 나와 눈이 마주쳤다고 토하는 척하는 여학생도 없었으므로 외모를 신경 쓰며 돌로 변할 필요도 없었다.

개중에는 하늘의 은총을 받아 그럭저럭 잘생긴 녀석도 있었

---

* 명문 대학교에 입학하는 학생이 많은 고등학교를 가리킨다.

지만, 대부분은 연애와 인연이 없을 법하게 생겼기에 나도 중학교 때까지 쌓이고 쌓인 열등감이 싹 흩어지는 것 같았다. 그러자 내 의견을 자신 있게 내놓을 수 있었고, 문화제 실행위원 등의 큰일을 맡아도 더는 괴롭지 않았다.

남고에서도 여고처럼 바자회를 열자고 제안했다. 지원자들이 구운 마들렌은 호평을 얻었고, 여세를 몰아 자원봉사 동아리를 만들었다. 운동 학과가 있으므로 내 수준으로는 따라가지 못할 것 같아 유도부에는 들지 않았다.

한 달에 한 번, 마들렌과 쿠키 등을 구워 근처 복지시설에 가져다주는 활동을 벌였다. 지역신문과 인터뷰를 하자 어머니는 그 기사가 실린 신문을 친척들에게 나누어주었다.

나는 그런 어머니를 싱숭생숭한 마음으로 바라보았다. 나도 이렇게 부모님에게 기쁨을 안겨줄 수 있구나 싶어서.

모리모토 세이치로와는 2학년 때 만났다.

봄방학에 이쯤에서 또 소설에나 도전해 볼까 싶어 400자 원고지로 80매 분량의 단편소설을 썼는데, 시업식 날 반 배정표에 따라 교실에 갔을 때 나는 두 눈을 의심했다.

주인공이 손에 넣은 아름다운 외모. 내가 머릿속에 그렸던 그대로의 남자가 거기 있었기 때문이다.

잘생겼다, 멋지다 등 외모를 칭찬하는 말이 몇 가지 있지만 역시 아름답다는 표현이 제일 잘 어울리는, 서양의 조각상 같은 얼굴이었다. 키도 크고 다리도 길었다. 한 학년이 열 반이라고는 하나 일 년이나 모르고 지냈다는 게 믿기지 않았다. 어쩌면 힐끗 본 적이 있을지도 모른다. 그래서 내가 무의식중에 그 모습을 떠올리며 소설을 썼을 가능성은 있다.

하지만 꼭 좋은 만남이었다고는 할 수 없었다.

출석 번호순으로 앉자 내 뒷자리는 1학년 때 함께 문화제 실행위원을 맡았던 녀석이었다. 하지만 그의 성씨는 이토 아니었나. 내가 그런 생각을 하고 있자니 방금 넋 놓고 바라보았던 미소년이 내 쪽으로 걸어왔다. 가슴이 철렁한 것도 잠깐, 그 녀석은 내 뒷자리에서 걸음을 멈췄다.

"어? 이토, 왜 거기 앉았어? 이토라면 복도 쪽 끝자리 아닌가? 아니면 이제 이토가 아닌가. 아, 맞다. 미안, 미안. 그러고 보니 너희 아버지, 작년 여름에 속옷을 도둑질하다 체포됐지. 시청 직원이랬나? 세금으로 월급을 받는 사람이 그럼 못쓰지. 혹시 성씨가 바뀐 것도 그래서? 가족 모두가 아버지를 버렸다니 현명한 판단이로군."

나는 막힘없이 말을 늘어놓는 미소년을 얼떨떨한 기분으로 쳐다보다가, 아무리 그래도 말이 너무 심했다 싶어 정신이 번쩍 들었다. 이토는 새파랗게 질린 얼굴을 숙이고 있었다. 안간힘을 다해 굴욕감을 견디고 있는지 아랫입술을 꽉 깨물었다. 주먹 쥔 두 손은 책상 위에서 부들부들 떨렸다.

"그만해."

일어선 게 먼저일까, 말을 꺼낸 게 먼저일까. 둘 다 금방 후회했다. 섬뜩할 만큼 차가운 눈이 나를 내려다보았기 때문이다.

"너한테 한 말 아닌데."

나지막한 목소리까지 냉기를 띤 것 같았다. 하지만 나는 기죽지 않았다. 선과 악. 나쁜 것은 누가 봐도 분명 이 녀석이다.

"내, 내게 한 말이 아니라도 들리는걸. 전부 실례되는 말이잖아."

"사실인데."

"그래도 네, 네가 꺼낼 말은 아니야. 사, 사과해."

눈을 돌리면 내 행동은 모조리 허사로 돌아간다. 목소리가 떨렸지만 시선만은 그 녀석의 눈에 똑바로 고정했다.

"그만 됐어, 히구치. 모리모토의 말이 맞아."

이토가 힘없이 말했다.

"편들어 주는 사람이 나왔는데도 패배 선언이냐. 올해도 시시한 반이로군."

미소년 모리모토는 내뱉듯이 그렇게 말하고 근처의 빈 책상을 걷어차더니 가장자리 줄에 있는 창가의 자기 자리로 향했다. 받아들일 수 없는 태도였지만 이토가 고개를 살짝 흔들며 됐다는 듯이 나를 봤으므로 쫓아가지는 않았다.

"저 자식, 나랑 같은 중학교였는데 행실이 나쁜 녀석들과 어울려 다녔어. 엮이지 않는 편이 좋을 거야."

이토, 그 당시 성씨는 후세가 작게 말하고 모리모토에게 경멸하는 눈빛을 던졌다. 보답을 바란 행동은 아니었지만 내게 고맙다는 말은 그때도, 그 후로도 한마디도 하지 않았다. 나와 친하게 지내고 싶어 하는 낌새도 없었다. 오히려 다음 날부터는 나와 눈도 마주치지 않았다.

모리모토가 나를 장난칠 대상으로 삼으리라는 걸 예상했기 때문이리라.

모리모토는 그게 녀석의 공격 방법인지, 아니면 키는 녀석이 크지만 몸집을 비교해 보고 힘으로 승부를 내기는 포기했는지, 후세에게 그런 것처럼 내게 툭하면 이죽거렸다. 하지만 그 정도는 초중등학교 시절에 당했던 수준이었다. 돌로 변하면 된다. 오히려 용케 질리지도 않고 부끄럼도 없이 매일 이렇게 쓸데없는 소리를 할 수 있는지 감탄스러웠다. 따로 할 일은 없나. 친구는 없나.

친구는 없는 것 같았다.

그러나 마침내 참을성에 한계가 왔다. 어느 점심시간이었다.

"히구치는 대단하구나. 그 낯짝으로 17년으로 살아왔으니. 나 같으면 다섯 살에 자살했을지도 몰라. 아니면 집에 거울이 없었나. 내 아이가 이렇게 생겼다면 분명…… 그러려면 어떤 추녀랑 자야 하는 거야? 벌칙인가? 뭐, 가령 그렇다면 아이가 못 보도록 집 안의 거울을 감추겠지. 유리창에도 시트를 붙이고 말이야. 그리고 귀엽다고 계속 말하는 거야. 아이는 부모의 얼굴을 보고 자기도 비슷하게 생겼을 거라 생각할 테니 그 말을 믿겠지. 잠깐, 히구치는 부모님 중 누구를 닮았어? 아들은 어머니를 닮는다는데 설마 그래? 그렇다면 너보다 어머니가 더 강심장이로군. 용케도 결혼을 하셨어. 아참, 히구치네 집은 회사를 여럿 경영하는 모양이던데 아버지가 데릴사위인가? 결혼 상대를 돈으로 산 거야?"

나는 양 손바닥으로 책상을 힘껏 내리쳤다. 쾅, 하고 상상 이상으로 큰 소리가 나서 한순간 당황했지만 냉정해진 건 아니었다. 모리모토도 큰 소리가 나든 말든 전혀 개의치 않는지 휘파람을 휙 불고 히죽히죽 웃었다.

그 얼굴은 눈곱만큼도 아름다워 보이지 않았다.

"잘도 그런 헛소리를 자신만만하게 늘어놓는군. 자기가 관찰력이 날카롭다거나 진실을 꿰뚫어 보는 눈을 가졌다고 생각하는 건 아니겠지. 아쉽게도 다 틀렸어. 우리 집 현관에는 온몸이 다 비치는 거울이 있고, 내 얼굴은 부모님 중 누구도 닮지 않았어. 아버지도 데릴사위가 아니야. 애당초 왜 이런 걸 너한테 알려줘야 하나. 정말이지 시간 낭비야. 이런 헛수고를 덜기 위해 내친김에 가르쳐주자면, 나는 내 얼굴에 콤플렉스가 없어. 물론 옛날에는 있었지. 하지만 이미 극복했다고, 유치한 놈들에게 단련된 덕분에. 설마 그런 녀석이 고등학교에도 있을 줄이야. 대체 언제쯤 철들래?"

나도 상당히 무례하게 받아쳤다. 유치함으로 따지자면 똑같을 정도로. 모리모토는 약간 놀란 표정을 지었다. 하지만 그것도 금방 웃음으로 바뀌었다.

"우와, '참을 인' 자를 새긴 돌부처인 줄 알았더니 전혀 아니잖아. 뭐, 날 상상력이 없는 유치한 인간으로 판단한다면 착각도 이만저만 아니로군. 히구치, 네가 착각한 게 하나 더 있어. 넌 콤플렉스를 극복하지 못했어. 만약 내일 일어났더니 내가 됐다면 어쩔래?"

모리모토는 혹시 내 소설을 훔쳐 읽은 게 아닐까 의심하고 싶을 만한 질문을 던졌다. 예행연습은 한 셈이다.

"처음에는 분명 기쁘겠지. 하지만 내면도 네가 차지하면 인생에 절망해서 자살할 거야."

나는 절대로 일어나지 않을 일을 전제로 한 질문에 진지하게 대답했다. 모리모토는 마침내 웃음을 빵 터뜨리더니 손뼉을 짝짝 치면서 크게 웃었다.

"상상력이 대단하네. 그런데……."

모리모토의 얼굴에서 표정이 사라졌다.

"네가 내 내면이 어떤지 알아?"

냉랭한 목소리였다. 그러나 나는 겁먹지 않았다.

"많이는 몰라. 하지만 후세와 내게 하는 말과 행동이 네가 비정한 놈이라는 걸 증명하잖아."

우리는 잠시 눈싸움을 벌였다. 그런데 갑자기 모리모토가 표정을 풀고 항복했다는 자세를 취했다.

"히구치 너, 재미있는 녀석이로구나. 게다가 정의감도 강해. 자기를 해코지하는 건 참아도 남을 해코지하는 건 용서하지 못하다니. 나한테 없는 것뿐이야. 야, 우리 한동안 같이 행동하지 않을래? 친하게 지내지 않아도 돼. 난 네 마음속에 콤플렉스가 남아 있다는 걸 증명하고 싶어. 넌 내 내면을 좀 더 알고 싶어지지 않았어? 네 상상이 옳다고 증명할 수 있을지도 모르지."

나는 모리모토가 왜 그런 제안을 했는지 가늠하기 힘들었다. 그럼 잘 부탁한다며 악수할 수는 없다. 잠시 입 다물고 있자 모리모토는 내 어깨에 팔을 두르고 지금까지와는 달리 상쾌한 웃음을 지었다.

"뭐, 나랑 하루 종일 붙어 있기는 어렵겠지. 중학교 때까지는 외톨이였지만 이 학교에 들어와서 친구가 생겼다는 인상이니까. 나와 있으면 모처럼 생긴 친구가 멀어질 거야. 뭐, 그러니 적당한 거리를 두고 지내기로 하자. 그러면서 넌 친구들과 사이좋게 지내면 돼. 감싸줬는데 손바닥 뒤집는 듯한 태도를 취한 이토랑. 아. 후세였지, 참."

가슴에 칼이 콱 박힌 듯한 기분이었다. 나는 돌인데. 처음부터 이럴 목적이었던 게 아닐까 싶어 노려보았지만 모리모토는 씩 웃더니 등을 돌려 교실에서 나갔다.

화가 치미는데도 내 눈에 비친 모리모토의 잔상이 아주 아름답게 느껴진 건 왜일까. 그건 지금도 모르겠다.

모리모토는 그날 오후 수업에 들어오지 않았다. 내 탓인가 싶어 걱정됐지만, 네 행동에 전혀 개의치 않는다는 태도로 후세에게 물어보자 모리모토는 중학생 때부터 상습적으로 수업을 땡땡이쳤다고 알려주었다. 후세 또한 마치 아무 일도 없었다는 것처럼.

그 후로도 모리모토는 3교시부터 없어지거나 오후에 등교할 때가 많았다. 연이어 사흘 결석도 드물지 않았다. 과연, 이래서는 1학년 때 모리모토의 존재를 인식하지 못했어도 이상할 것 없다.

그러자 이번에는 출석일수와 등급이 걱정됐다. 중학교는 어찌어찌 사정을 봐주더라도 고등학교는 아주 엄격하다. 하지만 후세는 이 점에 대해서도 담담하게 대답해 주었다. 모리모토의 아버지는 현 의원이라고. 그래서 학교에 말발이 선다. 특히 우리 같은 사립에는. 운동장을 증축하려 했을 때 근처 주민들이 반대 서명을 받아 제출했지만, 모리모토 아버지가 아들의 입학과 교환하는 조건으로 주민들의 요구를 묵살해 주었다고 천연덕스럽게 가르쳐주었다.

어디까지 믿어도 될지 몰랐지만 모리모토는 성적이 안 좋았다. 왜 그렇게 단정하느냐면 일주일에 한 번 치르는 영어와 수학 시험 결과를 모리모토가 내게 일일이 보여주기 때문이다. 거의 매번 점수가 한 자릿수였다.

"나와 달리 히구치는 대단하구나. 나도 정기 고사 정도는 점수를 잘 받지 않으면 위험하니까 노트 좀 베끼자."

뻔뻔하게 그런 소리를 하는 모리모토에게 나는 노트를 빌려주었다. 중학생 때 어려운 숙제가 나오면 평소엔 나를 무시하던 녀석들이 갑자기 내게 우르르 몰려왔다. 내가 승낙도 하지 않았는데 멋대로 노트를 빼앗아 내가 한 문제씩 꼼꼼히 푼 문제를 이해도 하지 않고 베낀다. 주스를 엎지른 적도 있었다.

내가 승낙하기를 기다린 모리모토는 그나마 조금 나은 것 같았다.

어느 밤, 집에서 어머니에게 모리모토라는 현 의원을 아느냐고 물어보았다. 집에서 거의 입을 열지 않는 아들이 저녁을 믹다 말을 걸자 어머니는 놀랐다. 그 이상으로 내가 놀란 건 어머니가 그 현 의원을 아는 수준을 넘어 후원회에도 가입했기 때문이다.

세련되고 멋진 사람이라며 회보까지 보여주었다. 사진을 보자 어머니는 정치가의 후원회라기보다 배우 팬클럽에 가입한 기분이 아닐까 싶었다.

모리모토의 아버지답게 단정한 밑바탕에 카리스마와 박력을 더한 얼굴이었다.

"3년 전에 사고로 부인을 잃었어."

어머니는 마치 후처가 될 기회라도 생겼다는 듯 황홀한 표정을 지은 후 의아하다는 듯 눈썹을 모았다.

"그런데 왜 그런 걸 묻니?"

"같은 반…… 친구가 그 사람 아들이래."

친구라는 말을 하기가 망설여졌지만 어머니에게 자세한 이야기를 할 필요는 없다. 어머니는 어머나, 하고 기쁜 듯이 표정을 누그러뜨렸다.

1학기 내내 나는 모리모토에게 노트를 빌려줬다. 서로를 좀 더 알아보자고 했지만 실은 노트가 목적 아니었을까 의심하면서도 기분이 그렇게 나쁘지는 않았다. 일단 중간고사에서 모리모토는 평소 시험 성적만 보고서는 믿을 수 없는 결과를 냈다. 전 과목이 평균 점수보다 10점 높았다.

"히구치가 노트를 빌려준 덕분이야. 정리를 엄청 잘했더라. 교사가 되면 좋을 텐데. 아차, 교사 정도로는 아깝지."

그런 말로 나를 치켜세웠다. 그리고 기말고사에서는 나와 거의 다름없는 점수를 받았다. 노트는 상관없다. 인정하고 싶지는 않지만 이 녀석은 하늘의 은총을 받았다고 체념하는 기분이 샘

솟았다. 뒷구멍으로 입학했다는 의혹도 찌질이들이 날조한 이야기가 틀림없다.

그래도 모리모토는 내게 감사의 뜻을 전했다.

"히구치 덕분에 여름방학에 보충수업을 안 받겠네. 꼭 답례할게. 괜찮으면 우리 집에 놀러 안 올래? 최고로 대접할게."

답례를 받으려고 노트를 빌려준 게 아니었기에 괜히 신경 쓸 필요 없다고 말했지만 모리모토는 사양 마라, 언제 시간이 나느냐며 끈질기게 물고 늘어졌다. 그러다 어쩌면 이 녀석도 고독해서 친구가 필요한 게 아닐까 싶어 동정심마저 솟았다.

나는 여름방학 사흘째 되던 날, 모리모토의 집에 갔다. 고등학교에 입학해 친구가 생겼다지만 집까지 간 적은 없었다. 태어나서 처음으로 친구네 집을 가는 터라 뭘 어째야 예의범절에 어긋나지 않는지 몰랐다. 그래서 어머니에게 도움을 요청했다.

어머니는 약간 흥분한 기색으로 놀랐다. 아들이 자기가 응원하는 현 의원의 집에 간다니 말이다. 여름방학이면 언제나 부근 슈퍼에서 산 싸구려 티셔츠와 헐렁한 반바지 차림으로 지냈지만, 어머니가 백화점에서 유명 브랜드의 폴로셔츠와 치노 팬츠를 사 왔다. 유명한 가게의 수제 과자 세트도 함께.

역까지 마중 나온 모리모토는 내 모습을 보더니 배를 끌어안고 웃었다.

"그렇게 꾸미고 오지 않아도 되는데."

대번에 부끄러워졌지만 집에 도착하자 이 행색으로 선물까지 들려 보낸 어머니가 고마웠다.

가사 도우미도 있지 않을까 싶었지만 우리를 맞이해 주는 사람은 없었다. 나는 과자가 든 쇼핑백을 든 채 2층 안쪽에 있는 모리모토의 방으로 갔다. 모리모토는 마실 것을 가져오겠다며 바로 방에서 나갔다.

내 방과는 달리 책장이 없었다. 대신에 최신형 CD 플레이어가 있었고, 내가 가진 책과 비슷한 숫자의 CD가 수납장에 꽂혀 있었다. 벽에는 포스터를 붙여놓았다. 서양의 록 그룹······.

"본 조비, 히구치도 좋아해?"

모리모토가 콜라병을 두 개 들고 돌아오자마자 물었다. 내가 음악, 특히 서양음악은 전혀 모른다고 대답하자 추천한다며 최신 CD를 틀어주었다. 텔레비전 광고에서 들어본 노래가 흘러나왔다. 근사하다고 감상을 곧이곧대로 표현하자 모리모토는 후렴구가 좋다며 음악에 맞추어 노래를 흥얼거렸다. 유창한 영어 발음에 역시 세상은 불공평하다고 생각하며 나는 콜라를 홀짝홀짝 마셨다.

친구와 지내는 여름방학은 이 정도로 충분했다.

"그럼 슬슬 접대를 해볼까."

책상다리를 하고 앉은 모리모토가 무릎을 탁 두드리며 웃음을 지었다.

"히구치, 너 아직 여자랑 안 자봤지?"

"가, 갑자기 무슨 소리야?"

방에 냉방 기기를 틀어놓았는데도 얼굴에 땀이 왈칵 솟았다.

"옆방에 여자가 홀딱 벗고 기다리고 있어. 한 시간 줄 테니까 맘대로 해."

"어, 뭐야, 그게……."

"깊이 생각할 것 없어. 네 이야기는 이미 해뒀어. 평소엔 만 엔을 받지만 이건 노트를 빌려준 답례니까 실컷 즐기고 와."

모리모토는 팔을 잡아 나를 일으켜 세우더니 등을 밀며 옆방 문 앞까지 데려갔다. 살다 살다 그렇게 당혹스러운 일은 처음이었지만 전혀 흥미가 없었느냐고 물으면 부정은 할 수 없다. 열일곱 살 나름대로 여자의 알몸을 직접 보고 싶은 욕구는 있었다. 행위 자체를 할 수 있을지는 전혀 자신이 없었지만 여자의 살결을 만져보고 싶다는 마음도 있었다.

문 너머에는, 논다니라는 말은 너무 낡았을지도 모르지만, 성관계를 그저 놀이 정도로 생각하는 데다 돈벌이가 목적인 날라리 같은 여자가 기다리고 있지 않을까.

나는 그런 생각을 하면서 문손잡이를 잡고 안쪽으로 열리는 문을 천천히 밀었다. 그런데 모리모토가 등을 확 밀어서 쓰러지듯 방 한복판으로 들어갔다. 뒤에서 문이 닫히는 소리가 들렸다. 방 안쪽, 창문을 낸 벽 옆에 침대가 있었다.

고개를 들자 속옷도 입지 않고 편한 자세로 침대 위에 앉은 여자와 눈이 마주쳤다. 여자는 큰 눈을 깜박이지도 않고 나를 바라보았다. 콧날이 곧고 이목구비가 뚜렷하니 인형 같은 얼굴이었다. 여름인데도 뼈가 비쳐 보일 것처럼 피부가 하얬다. 매끄러운 도자기라기보다는 유리 세공품 같았다. 가느다란 목 아래에 도드라진 쇄골에는 고운 흑발이 폭포수처럼 걸쳐 있었다. 그리고…… 시야에 들어오는데도 나는 일부러 목 아래쪽에는 시선을 주지 않기로 했다.

보면 지는 거다. 속으로 그렇게 되풀이하며 다시 시선을 들어 여자와 눈을 마주쳤다. 그러자 여자가 내게 미소를 지었다. 그 순간 불꽃이 튀며 누전된 것처럼 내 머릿속에 섬광이 새하얗게 번쩍이는가 싶더니 암흑이 단숨에 번지고 의식이 휙 날아갔다.

그 전에 마지막으로 잡은 여자의 두 어깨가 몹시 차갑다는 것을 느꼈다.

초등학교에 올라가기 전 부모님이 나를 외면한다고 느꼈을 무렵, 여름에 친척들과 함께 해수욕을 하러 간 적이 있다. 수영 교실에 다니던 나는 헤엄을 칠 수 있다는 사실이 자랑스러웠다. 일단 아이들에게는 튜브를 주었지만, 둥실둥실 떠 있기만 하는 사촌 누나들을 본체만체 나는 튜브를 킥보드처럼 양손으로 잡고 물장구를 쳐서 앞바다로 나아갔다. 중학생들이 노는 다이빙 대까지 가서 소리치며 손을 흔들어 모래밭에 있는 어른들을 놀라게 할 생각이었다.

고개를 든 채 신나게 물장구를 치고 있으니 따뜻했던 물이 갑자기 서늘해졌다. 발치가 보일 정도로 투명했던 물이 어느덧 녹색으로 바뀌어 발아래 어떤 세상이 펼쳐져 있는지 상상이 가지 않았다. 나는 무서워져서 저 멀리를 바라보았다. 앞바다 저편을 나아가는 커다란 어선이 보였다. 큰 물결이 느릿느릿 이쪽으로 다가왔다.

앗, 하고 놀랐을 때는 이미 물결에 삼켜져 튜브를 놓치고 바닷

속으로 가라앉았다. 빛이 멀어지고 암흑으로 떨어졌다. 괴로워서 계속 몸부림치는데 갑자기 괴로움에서 해방됐다. 그대로 흔들흔들 몸이 떠올라 빛과 공기를 느끼고……

나는 눈을 떴다. 그러자 짐승과 눈이 마주쳤다. 얼굴이 시뻘겋게 상기된 채 추하게 네발로 엎드린 모습. 나였다. 침대 머리맡쪽의 벽에 걸린 커다란 거울에 내 온몸이 비치고 있었다.

너무 추악해서 견디지 못하고 고개를 내리자 아름다운 얼굴이 나를 올려다보고 있었다. 나를 애처로워하는 듯한 눈이 서서히 젖어가는 듯 보인 건, 그녀가 울고 있었기 때문이 아니다. 몸을 뒤로 물렸지만 이미 늦었다. 눈물방울이 그녀의 깊은 쇄골에 떨어졌다.

그 밑에 있는 두 가슴은 손가락 자국이 보일 만큼 빨갛게 부어 있었다.

"미안, 미안합니다. 죄송해요."

뒷걸음치듯 침대에서 뛰어내린 나는 어질러진 내 옷을 긁어 모아 방에서 나갔다. 혼자 있고 싶었지만 처음 온 집이라 세면실도 화장실도 어디 있는지 모른다. 복도에서 서둘러 옷을 입은 후, 털이 수북한 팔로 눈물을 닦고 모리모토의 방에 들어갔다.

모리모토는 음악을 틀어놓은 채 공부 책상 앞에 앉아 있었다. 모리모토가 시원스러운 표정으로 돌아보았다.

"어? 빨리 끝났네. 하지만 마침 잘됐어. 모르는 문제가 있거든."

웬걸, 그는 여름방학 숙제를 펼쳐놓았다. 모리모토를 나무라고 싶기는 했지만 아무 말도 나오지 않았다.

"히구치, 혹시 우는 거야? 쫄아서 못 했다든가. 아니면 마쥬가 너무 예뻐서 주눅이 들었어? 앗, 하지만 콤플렉스는 극복했다고 했는데."

모리모토는 껄껄 웃었다. 노트를 빌려준 답례가 아니다. 나를 골탕 먹이기 위한 함정이었다. 분명 그런 예고는 있었다. 하지만 나는 모리모토와 친구가 됐다고 생각했는데.

"마쥬라니, 그 애 이름?"

그러나 내 입에서는 분노에 찬 말이 아니라 그녀에 대한 질문이 나왔다.

"자기소개도 안 했어? 혹시 방에 들어가자마자 정신이라도 잃은 거야? 걔 이름은 한자로 진주(真珠)라고 쓰고 마쥬라고 읽어."

머릿속에 그녀의 하얀 살결이 떠올랐다. 진주라니 그야말로 그녀 그 자체 아닌가.

"네 여자친구?"

물어본 후에 그럴 리는 없겠지 싶었다. 모리모토가 아무리 천생 나쁜 놈이라도 자기 연인을 남에게 내어주고 아무렇지도 않을 리 없다. 하지만 여자친구인 편이 차라리 나았다.

"아니, 동생이야."

잘못 들었나 싶었다.

"동갑이라고 다들 착각하지만 중학교 2학년이야. 뭐, 학교엔 별로 안 가지만. 처음에 말하면 쫄아서 못 하는 녀석도 있어. 그러니 히구치도 그렇게 신경 쓸……."

모리모토의 목소리가 서서히 멀어졌다. 동생, 중학교 2학년...... 저 아이는 아직 중학생. 그런데 내가 무슨 짓을 한 거람. 몸속에서 뜨거운 뭔가가 치밀어 올랐다. 구역질인가, 분노인가. 주먹을 움켜쥐고 벽을 힘껏 후려갈겼다. 그래도 배 속에서 끓어오르는 뭔가는 출구를 찾아 헤맸다.

"악마 같은 새끼!"

야수의 포효 같은 목소리에 내 고막도 떨렸다. 나는 온 힘을 다해 달려서 모리모토의 집을 빠져나왔다. 전철을 타고 크게 숨을 쉬자 가까이에서 킥킥 웃는 소리가 들렸다. 승객들이 나를 훔쳐보며 웃고 있었다.

다들 내가 뭘 하고 왔는지 꿰뚫어 본 것처럼. 나는 그만하라고 소리치고 싶은 마음을 꾹 참고 돌이 된 채 간신히 집에 돌아왔다. 현관에 걸린 거울을 보고서야 폴로셔츠를 뒤집어 입었다는 걸 알았지만, 사람들은 역시 내 추한 얼굴을 보고 웃은 게 아닐까.

저길 봐라, 짐승이 울고 있다며.

모리모토의 집에서 뭘 했는지 궁금해하는 어머니를 무시하고 방에 틀어박혔다.

모리모토는 자기 동생을 파는 악마 같은 놈이다.

그렇지만 충동에 휩싸여 그녀를 덮친 나 또한 악마가 아닐까. 냉정을 유지했다면, 평소처럼 마음을 돌로 바꾸었다면 의연한 태도로 그녀의 방에서 물러나 모리모토에게 다시는 이런 짓을 하면 안 된다고 타이를 수 있었을 것이다.

애당초 가족이라고는 하나 모리모토가 하고 있는 짓은 범죄 아닌가. 그녀…… 마쥬가 저항하지 않았다고 해서 그러한 짓거리를 기꺼이 받아들이고 있다고 볼 수는 없다. 거부하면 모리모토가 악독하게 벌을 주는지도 모른다.

현 의원인 아버지는 알고 있을까. 아니다, 알면 즉각 중단시킬 것이다. 두 사람을 한 지붕 아래 살게 놔둘 리 없다. 마쥬는 학교에 별로 안 간다고 했다. 그것도 모리모토가 시키는 짓 때문 아닐까. 마쥬도 마음을 돌로 만들어 하루하루 간신히 버티고 있는지도 모른다.

마쥬를 구하고 싶었다. 어디에 가면, 누구에게 상담하면 마쥬를 구할 수 있을까. 학교? 경찰? 시청? 그런데 뭐라고 호소하지. 마쥬를 범한 내가 대체 무슨 말을 할 수 있겠는가.

스스로 벌을 받을 각오로 고발할 만큼 나는 강한 인간이 아니었다. 내가 다치지 않을 범위에서 마쥬를 위해 뭘 할 수 있을까, 그런 얍삽한 생각을 했다. 자신이 비겁자인 줄도 모르고서.

구한다, 돕는다, 그런 말을 내세우며 나는 그저 마쥬를 만나고 싶을 뿐이었다.

자유롭게 참가하는 여름 특강에 모리모토가 올 거라고는 기대하지 않았지만, 내가 교실에 들어가자 그는 이미 자기 자리에 앉아 있었다. 모리모토네 집에 다녀온 지 사흘이 지났다.

"히구치, 안녕. 네가 가르쳐줬으면 하는 문제가 있었는데 휙 가버리다니 너무하잖아."

모리모토는 아무 일도 없었다는 듯이 웃으며 문제집을 들고 내 자리로 다가왔다. 나도 어떤 문제냐고만 묻고 내 문제집을 펼쳐 책상에 내려놓았다. 그리고 그 자리에서 해답을 베껴 적는 모리모토의 귓가에 얼굴을 가까이 댔다.

"긴히 상의할 일이 있는데. 특강 끝나고 잠깐 괜찮을까."

"알았어. 사이좋게 햄버거를 먹으며 할 이야기는 아닌 것 같으니 옥상에라도 갈까. 싸운대도 얻어맞는 건 나일 테니 누가 보더라도 방해는 하지 않겠지."

모리모토는 재미있다는 듯이 웃었다. 다른 사람 눈에는 둘이 숨어서 노모자이크판 에로 잡지라도 보자고 하는 것처럼 보였을지도 모르겠다. 모리모토의 얼굴만 본다면.

한여름 옥상은 지붕 없는 한증막 같았다. 바람도 불지 않는 데다 급수탱크 그늘에 들어가도 찐득한 공기가 들러붙어 온몸에서 땀이 났다. 같은 곳에 있는데도 모리모토는 시원한 듯한 기색으로 능글맞게 웃으며 내가 무슨 말을 꺼낼지 기다리고 있었다. 화를 내거나 질책할 거라고는 털끝만큼도 상상치 않는 듯했다.

나는 입을 열기 전에 교복 바지 주머니에서 봉투를 꺼내 모리모토의 얼굴 앞에 들이밀었다. 모리모토는 파리를 쫓는 듯한 손놀림으로 봉투를 낚아채 속을 확인했다. 휘익, 하고 휘파람 소리가 들렸다. 3만 엔이 든 봉투다.

"그걸 줄 테니 마쥬를 또 만나게 해줘. 그리고 돈이 필요하면 내가 낼 테니까 다른 놈한테는 마쥬를 팔지 마."

입술에 부드러운 감촉이 느껴졌다. 모리모토가 검지를 내 입술에 댄 것이다. 기억이 분명하지 않은데도 마쥬가 손가락으로 어루만지는 감촉이 생각나는 것 같아서 가슴이 쿵 뛰었다.

"판다는 말은 금지야. 뭐, 그런 용건일 줄 예상은 했지만. 선과 악 사이에서 갈등했지만 역시 쾌감을 잊어버릴 수 없었던 거겠지. 내가 착각했는데 너, 끝까지 한 거지? 그거 감동의 눈물이었구나."

모리모토의 가벼운 말투에 다시 화가 치밀었지만 꾹 참았다. 자칫 잘못하면 마쥬를 못 만난다.

"알았어. 3만 엔이니까 일단 세 번. 친구니까 서비스로 한 번 더 시켜줄게. 다른 놈이 부탁해도 거절하고. 뭐, 돈이 모자라서 이런 일을 하는 건 아니니까."

"그럼 왜?"

"음. 그걸 밝힐 만큼 너랑 친한 건 아니라서. 그런데 언제가 좋아?"

내가 최대한 빠른 게 좋다고 하자 모리모토는 이틀 후 오후를 지정했다.

"그리고 마쥬한테 옷을 입혀놔."

"왜? 벗기는 것부터 시작하고 싶어? 혹시 찢으려고? 생긴 대로 야수지만 적당히 할 줄 알아야지. 어제 같은 멍이 더 늘어나면 아빠한테 혼나."

마쥬의 빨개진 가슴이 떠올라 뺨이 달아올랐다. 더 이상 모리모토와 같이 있으면 주체가 안 될 만큼 마음이 어지러워질 것 같아서 나는 한 손을 들며 가보겠다고 말하고 서둘러 옥상을 뒤로 했다. 호흡이 흐트러졌지만 내 발걸음은 그렇게 무겁지 않았을 것이다.

마쥬를 만날 수 있다. 단지 그것만으로 가슴이 설렜다.

오전 중에 학교에 볼일이 있었으므로 일단 집에 왔지만 교복 차림으로 다시 집을 나섰다. 교복을 입어야 스스로를 통제할 수 있을 것 같았다. 현관에서 마주친 어머니는 내가 서점에라도 가는 줄 알았는지 아무 말도 하지 않았다. 고등학생 아들이 외출한다고 해서 걱정할 부모는 없으리라.

집이 어딘지 알기에 역에서 혼자 찾아가 도어 폰을 눌렀다. 모리모토가 나와서 바로 가도 괜찮지, 하며 나를 마쥬의 방 앞에 남겨두고 옆에 있는 자기 방으로 들어갔다.

천천히 문을 두드렸지만 대답은 없었다. 머뭇머뭇 문을 열고 들어가자 마쥬는 지난번과 마찬가지로 침대 위에 편한 자세로 앉아 있었다. 하지만 이번에는 하늘색 원피스 차림이었다. 가슴께에 달린 하얀 리본이 예쁘장하니 마쥬에게 잘 어울렸다.

"아, 안녕."

나는 최대한 웃음을 지으며 침대 옆에 책상다리를 하고 앉았다. 무슨 말부터 해야 할까. 잠시 침묵이 이어졌다. 그러자 스르륵, 하고 소리가 났다. 마쥬가 원피스의 리본을 풀었다.

"아, 됐어. 그만."

나는 양손을 앞으로 뻗어 마쥬를 말렸다. 마쥬는 리본에 손을 댄 채 어리둥절해하는 눈으로 나를 보았다.

"요전에는 난폭한 짓을 해서 미안해. 오늘은 마쥬와 이야기를 하고 싶어."

간신히 말을 꺼내서 안도한 것도 잠시, 갑자기 심장이 두방망이질 쳤다. 내민 내 손을 마쥬가 부드럽게 잡은 것이다. 게다가 얼굴까지 손에 가져다 댔다. 귓속에서 심장소리가 점점 커졌다. 혈관이 터져서 쓰러지는 게 아닐까 싶을 정도로. 돌이 되라, 돌이 되라고 속으로 빌었다.

"……가 나."

마쥬의 입에서 한숨 같은 소리가 새어 나왔다.

"응? 뭐라고?"

나는 일부러 큰 소리로 물었다.

"조리 실습 냄새가 나."

나는 바로 납득이 갔다. 아쉬웠지만 마쥬의 손이 얹힌 내 손을 천천히 빼내 코끝에 댔다. 아니나 다를까, 버터 냄새가 남아 있었다.

"오전에 동아리 활동을 했거든."

"동아리 활동?"

이렇게 비열한 내가 자원봉사 동아리라고는 입이 찢어져도 말할 수 없었다.

"이래 보여도 나, 요리 동아리거든. 오늘은 마들렌을 구웠어."

"마들렌 좋아해."

마쥬의 뺨이 누그러졌다. 아, 중학생이구나 싶어 안심될 만큼 천진난만한 웃음이었다. 넉넉히 만들었으니 하나 가져올 걸 그랬다고 후회했다. 그러나 금방 생각났다.

"요전에 가져온…… 과자 중에 마들렌도 있었을 텐데."

말하면서 생각하기도 싫은 일을 저질렀던 날에 가져왔다는 게 떠올라 목소리가 시들해졌다. 그러나 마쥬는 전혀 아랑곳없이 그거구나, 하고 생각난 듯한 표정을 지었다.

"오렌지랑 레몬이 들어간 건 별로야."

마쥬는 입술을 삐죽 내밀며 그렇게 말했다. 내 마음속에서 따뜻한 뭔가가 팝콘을 만드는 것처럼 살짝 터졌다.

"나랑 똑같네! 밀가루, 설탕, 버터만 가지고 만든 게 제일 맛있어. 하지만 아몬드 슬라이스는 허용 범위랄까."

"그리고 초콜릿 알갱이."

"응, 그것도 좋지. 하지만 역시 플레인이야. 바닐라에센스를 넣은 거."

"나, 그거 핥아본 적 있어. 엄청 썼어."

마쥬는 인상을 찌푸리며 말했다.

"그것도 똑같네. 바나나 맛이라도 날 줄 알았는데."

"맞아, 맞아. 바나나에센스랑 착각했어."

마쥬가 킥킥 웃었다. 나도 웃었다. 눈물이 뺨을 타고 흘렀다. 왜 오늘이 처음이 아닌 걸까. 하지만 이 시간을 멈추고 싶지 않았다. 나는 너무 웃어서 눈물이 난다는 듯이 배를 끌어안고 낄낄대며 손등으로 눈가를 쓱 닦았다.

"과자 만드는 거 좋아해?"

나는 자세를 바로 하고 물었다.

"좋아해. 조리 실습 때 딱 한 번 만들어본 게 전부지만. 학교에 있는 오래된 오븐은 온도를 조절하기가 어려워서 태운 조가 많았는데 난 잘 구웠어. 같은 조 아이들이 맛있다고 좋아했어."

"또 조리 실습 하고 싶어?"

"응."

크게 고개를 끄덕인 후 마쥬의 얼굴이 흐려졌다. 내가 생각 없이 물어봤다. 조리 실습을 하려면 학교에 가야 한다.

"마쥬네 집 부엌에는 오븐 있어?"

"있을 거야."

"그럼 다음에 같이 마들렌 만들자. 동아리 활동 때 사용한 레시피가 있으니까 그걸 보고. 재료도 가지고 올게."

"정말로 괜찮아? 하지만 오빠가……."

"모리모토에게는 내가 부탁할게."

마쥬는 안심한 듯 고개를 끄덕였다. 우에노 씨에게 오븐 청소를 부탁해야겠다는 말을 듣고 이 집에 일주일에 세 번 가사 도우미가 온다는 사실을 알았다. 모리모토는 가사 도우미가 오지 않는 날을 내게 지정한다는 것도. 당연하다면 당연하다.

한 시간이 지났으므로 모리모토의 방으로 가서 이만 돌아가겠다고 알렸다. 그리고 다음에는 부엌을 쓰게 해달라고 부탁했다.

"알몸에 앞치마 플레이? 히구치도 여러 가지에 눈을 뜨는구나. 마음대로 해."

모리모토는 껄껄 웃으면서 선선히 허락했다.

한 시간 내내 사과할 각오였는데 마쥬는 나를 책망하지도, 경멸의 눈빛을 던지지도 않았다. 뜻밖에 즐거운 약속까지 해서 나는 마음이 들떴다. 여름방학에 그런 기분이 든 적은 한 번도 없었다.

올해 여름은 평생 잊지 못할 추억이 될 거라고 몽상했다.

밀가루, 설탕, 버터 등의 마들렌 재료, 틀, 종이 깔개에 더해 학교 매점에서 제일 작은 크기의 흰 가운을 샀다. 매점에 앞치마와 요리복은 없으므로 동아리 활동 시간에는 모두 흰 가운을 입는다.

마쥬에게 귀여운 앞치마라도 사줄까 싶었지만 모리모토가 놀리는 소리가 되살아나 포기했다.

학교가 생각나서 괴롭지는 않을까. 나로 말할 것 같으면 그런 걱정은 대개 일이 닥치기 직전에야 고개를 쳐든다. 도어 폰을 누른 후에 거기에 생각이 미쳐도 이미 늦었다. 놀랍게도 문은 마쥬가 열어주었다. 모리모토는 CD를 사러 갔다고 했다.

부엌 한가운데 있는 넓은 테이블에 가져온 물건을 내려놓고 일단 흰 가운을 건넨다.

"데기라도 하면 큰일이니까 소매가 있는 편이 좋을 것 같아서."

냉큼 생각해 낸 핑계였다. 하지만 마쥬는 전혀 의심하는 낌새 없이 가운을 펼치더니 와, 하고 목소리를 높였다.

"박사님 같아. 내가 입어도 돼?"

내가 대답할 틈도 없이 마쥬는 분홍색 원피스 위에 가운을 입었다. 하기야 중학교에서 흰 가운을 입을 일은 없다. 그런 단순한 사실을 떠올리며 나도 가운을 걸쳤다.

부엌에는 오븐이 준비된 건 물론이고 저울, 체, 볼, 나무 주걱 등 마들렌을 만드는 데 필요한 물건이 전부 조리대 위에 놓여 있었다. 우에노 씨는 센스 있는 사람이라고 생각하며 나는 갱지에 인쇄한 레시피를 마쥬에게 건넸다.

"그럼 시작할까. 오늘은 마쥬가 중심이야. 난 보조를 맡을게."

폼 잡으며 그렇게 말했지만 내가 주도권을 쥐지 않을까 예상했다.

지난번에 마쥬는 상상한 것보다 훨씬 적극적으로 말을 걸어왔지만, 마들렌 이야기가 끝난 뒤로는 초점이 약간 명확지 않은 눈으로 멍하니 있는 시간이 더 길었다. 발달이 조금 늦는지도 모른다. 그 탓에 학교에서 괴롭힘을 당해 등교를 못 하는 것 아닐까. 그 탓에 모리모토에게 이용당하는 것 아닐까.

마쥬는 자신이 무슨 짓을 당하고 있는지 이해하지 못하는 것 아닐까.

그러나 마쥬는 레시피를 한 항목씩 소리 내어 읽고 느릿하게나마 착실하게 작업을 수행해 나갔다. 흠이라면 계량이 엉성하다는 것이지만 맛과 완성도에 지장이 있을 범위는 아니었다. 나는 처음에 밀가루도 제대로 체를 치지 못해 교복이 새하얘지는 바람에 흰 가운을 입었지만, 마쥬에게는 흰 가운이 필요 없을 정도였다.

놀라움을 감추지 못하고 마쥬의 옆얼굴을 응시하고 있자니 갑자기 뭔가가 코끝으로 다가왔다. 바닐라에센스 병이었다.

"핥아볼래?"

장난꾸러기처럼 웃는 얼굴을 보자 가슴이 꽉 조이는 것 같았다. 나는 병 가장자리에 댄 손가락을 날름 핥았다. 약간 쓴맛만 났지만 과장되게 웩, 하고 혀를 내밀었다. 마쥬는 소리 내어 깔깔 웃었다.

철판에 틀을 놓고 종이를 깐 후 반죽을 부었다. 처음에는 초콜릿을 넣지 않았다.

예열한 오븐의 위 칸과 아래 칸에 철판을 넣었다. 무거우니까 넣어달라고 마쥬가 부탁해서 그것만 내가 했다. 마쥬가 기뻐했으면 해서 내가 제안한 일인데 마쥬 덕분에 내가 기쁘다. 아니, 둘 다 즐거워하고 있다.

그 증거로 다 구워지기까지 15분간 둘이 붙어 앉아 오븐 속을 들여다보았다. 서서히 퍼져나가는 구수한 버터 냄새는 행복의 상징 아니었을까.

마들렌을 전부 만들었을 무렵 모리모토가 돌아왔다.

"뭐 하는 거야?"

약간 날 선 목소리와 함께 부엌문이 쾅 열리자 마쥬의 몸이 굳어버렸다. 나는 마쥬를 감싸듯 한 발짝 앞으로 나서서 태연하게 대답했다.

"조리 실습 중."

모리모토는 한순간 입을 떡 벌리고 시선을 테이블로 옮겼다.

마들렌은 가장자리를 금으로 장식한 납작한 흰색 접시에 마쥬가 예쁘게 담았다. 모리모토는 마들렌을 하나 집어 쓰레기를 치우듯 종이를 벗기고 덥석 먹었다. 모리모토답지 않게 우악스럽게 먹는 모습에 성미를 건드렸나 싶어 내 등줄기도 약간 긴장됐지만……

모리모토는 손에 남은 마들렌을 입에 넣고 우물거리다 꿀꺽 삼켰다.

"맛있다, 이거. 둘이서 만든 거야?"

"아니, 마쥬가 거의 다 만들었어."

"이야, 굉장한걸. 히구치가 가져온 고급 과자보다 맛있어."

모리모토의 말이 끝나자마자 마쥬의 표정이 풀어졌다. 같이 먹자고 모리모토에게 의자를 권했지만 방해하지 않겠다며 마들렌을 두 개 가지고 나갔다.

"히구치, 재미있는 플레이로구나."

쓸데없는 말을 남기고서. 하지만 그 후의 다과 시간은 최고의 한때로 남았다. 갓 구운 마들렌의 달콤한 냄새를 한껏 들이마시려는 마쥬의 얼굴. 입을 크게 벌리고 마들렌을 베어 먹는 마쥬의 얼굴. 맛있다고 만족스럽게 중얼거리는 얼굴. 각각의 표정이 내 머릿속에 새겨졌다.

다음에는 쿠키를 만들기로 약속하고 나는 모리모토네 집을 뒤로했다.

그 후, 일주일에 두 번꼴로 모리모토네 집에 가서 마쥬와 과자를 만들었다.

플레인 생지와 코코아 생지를 사용해 만드는 체크무늬와 소용돌이무늬 쿠키는 마쥬에게는 조금 어려웠는지 내가 70퍼센트 정도 도와주었다. 마쥬가 내게 의지하기를 바라고서 그런 과자를 만들자고 제안한 거지만 마쥬는 또 마들렌을 만들자고 했다. 두 번째로 마들렌을 만들 때는 오븐에 철판을 넣는 작업도 자기가 하겠다고 했다. 아쉽기는 했지만 만족감 넘치는 마쥬의 얼굴을 보자 나도 뿌듯했다.

어쩐지 눈에 생기가 돌고 더 빛나는 것처럼 보이기도 했다.

네 번째, 정확하게는 다섯 번째 방문을 마친 후, 나는 모리모토에게 추가금으로 3만 엔이 든 봉투를 건넸다. 고등학생에게는 큰돈이지만 지금까지 쓸 곳이 없어 차곡차곡 모아둔 용돈을 올 여름을 위해, 아니 앞날을 위해 쓴다고 생각하자 전혀 아깝지 않았다.

하지만 모리모토는 봉투를 되밀어 냈다.

"돈은 됐어. 재료비가 꽤 많이 들 테고 나도 매번 먹잖아. 그리고 여름방학 숙제도 보여주면 좋겠고."

마지막 말은 쑥스러움을 감추기 위해 덧붙인 것 같았다. 나는 순순히 봉투를 바지 주머니에 쑤셔 넣었다. 그다음부터는 재료를 조금 넉넉히 사 갔다. 마침내 엄마가 대체 뭘 하고 다니는 거냐고 물었지만 모리모토와 과자를 만든다고 대답했다. 그러자 요즘 남자애들은 별나다며 이해가 안 간다는 기색을 보였지만, 못 가게 하지는 않았다. 정리 잘하고 돌아오라고 당부만 했을 뿐이다.

"모리모토 선생님께는 인사드렸니?"

그렇게도 물었지만 그 집에서 두 사람의 아버지를 본 적은 없었다. 애당초 나는 아무리 늦어도 5시 전에는 모리모토네 집을 나섰지만 어머니의 호기심을 자극할 소식을 전하기 위해 한번 만나보고 싶기도 했다.

오본도 지나 여름방학이 2주일도 채 남지 않았을 무렵이었다. 학교 도서실에서 모리모토에게 숙제를 보여주고 있는데 갑자기 오늘 저녁에 집에 오지 않겠느냐고 제안했다. 가사 도우미 우에노 씨가 아파서 이틀간 도시락을 구입해 끼니를 때웠다고 한다.

"나더러 저녁을 만들라는 거야?"

"아니, 조리 실습이지. 마쥬도 과자 말고 간단한 요리라도 만들 줄 알면 앞으로 쓸모가 있지 않을까 싶어서."

쓸모가 있다는 말이 걸렸지만 기분이 나쁘지는 않았다.

"그럼 상관없지만 나도 과자밖에 안 만들어봤어."

"과학 실험이다 생각해. 네 실력 정도면 간단하겠지? 오늘은 나도 도울게. 나, 의외로 손재주가 있거든. 맞다, 내친김에 자고 가지 않을래? 내 방에 이부자리 깔아줄게. 가끔은 나하고도 이야기 좀 하자."

모리모토는 여전히 믿을 수 없었지만 지금의 나라면 옷을 벗은 마쥬와 단둘이 있어도 이성을 잃지 않을 자신이 있었다. 자고 가려면 부모님께 허락을 받아야 한다고 말하고, 일단 함께 요리책 코너로 가서 조리 실습에 적합할 듯한 햄버그스테이크 페이지를 복사했다.

이번에는 장도 모리모토네 집 근처 슈퍼에서 함께 보기로 했다.

"히구치네 집에서 우리 집까지 자전거로는 못 오나?"

"20킬로미터쯤 되니까 열심히 달리면 갈 수 있을 것 같기도 한데. 장도 봐야 하니 오늘은 자전거로 시도해 볼게."

"꼭 그렇게 해. 너, 과자만 먹어서 그런지 올여름에 살이 많이 쪘어."

모리모토는 껄껄 웃었다. 나는 내 배를 봤다. 오본이 지난 후 동아리 활동 때문에 오랜만에 교복을 입고 허리띠를 매자 핀이 원래 구멍에 닿지 않아 한 칸 늘였지만, 남이 알아볼 만큼 살이 쪘다는 자각은 없었다.

그리고 깨달았다. 못생겼다는 콤플렉스가 있을 때조차 현관 거울 앞에 한번 멈춰 서서 이상한 곳이 없는지 확인했는데, 모리모토네 집에 처음 방문한 날 폴로셔츠를 뒤집어 입은 볼썽사나운 모습을 본 후로 나는 거울에서 눈을 돌리고 그 앞을 뛰어서 지나간다는 것을.

내 용모가 마쥬와 어울리지 않는다는 사실에서 눈을 돌리려 하는 건지도 모른다.

모리모토네 집에서 자고 오겠다고 하자 어머니는 난색을 보였지만, 가사 도우미가 못 온다는 이야기를 하자 마지못해 허락해 주었다.

"그쪽은 모리모토 선생님의 아들이고 너도 믿지만, 도가 지나

친 행동은 하면 안 돼."

어머니는 현관에서 내게 선물받은 복숭아와 포도를 들려주며 그렇게 못을 박았다. 그러나 내가 무성의한 대답을 끝내기도 전에 아참, 하고 집 안으로 들어갔다. 들려줄 선물이 더 남았나. 나는 지긋지긋한 기분으로 거울에 비친 나를 보았다.

그날과 똑같은 옷이다. 어머니가 꼭 이걸 입으라고 성화를 해서…… 아니, 이제 괜찮다. 그날의 내가 아니다. 나는 자신을 노려보며 폴로셔츠 칼라를 바로잡았다. 젊은 사람 사이에서는 칼라를 세워서 입는 게 유행이라고 아침 정보 방송에서 들었지만 내게는 안 어울린다. 그럴 필요도 없다.

어머니는 일회용 카메라를 들고 돌아왔다.

"이거 아직 세 장 남았어. 기왕이면 모리모토랑 찍지 그러니?"

겸사겸사 하라는 듯한 말투였지만 눈빛으로는 찍어 오라고 명령했다.

"모리모토가 괜찮다고 하면."

나는 하는 수 없이 카메라를 받았지만 마쥬의 사진을 찍을 평계가 생겨 기분이 나쁘지만은 않았다.

마쥬는 마들렌을 만들 때 정도는 아니었지만 첫 햄버그스테이크 만들기를 재미있어하는 것처럼 보였다. 마쥬는 평소 모리모토와 함께 있으면 긴장하는 눈치를 보이기도 한다. 하지만 이날 모리모토는 가시 돋친 말도 하지 않았고, 눈물을 흘리면서 양파를 썰거나 햄버그스테이크를 하트 모양으로 만드는 등 아주 재미있어했으므로 마쥬도 마음이 편하지 않았을까 싶다.

"여자애들은 수업 시간에 이렇게 재미있는 짓을 하는구나."

마쥬는 모리모토가 그렇게 말했을 때만 표정이 약간 흐려졌지만, 햄버그스테이크가 탈 뻔했다는 걸 알자 딴눈을 팔 상황이 아니라고 생각했는지 야무진 표정으로 돌아와 작업을 진행했다.

곁들이로 당근글라세와 까치콩소테, 고나후키이모*를 만들고 내가 가져온 과일도 유리 접시에 담아 식사 준비를 끝냈다.

나는 마침 지금 생각났다는 듯 부엌 한구석에 놓아둔 배낭에서 카메라를 꺼냈다.

"어머니가 세 장 남았다며 떠맡겼는데⋯⋯ 너희가 싫으면 햄버그스테이크라도 찍을게."

"그렇구나. 그럼 다 함께 찍자. 세 장이니 한 사람씩 차례대로 찍어주면 되겠네."

모리모토는 재미있다는 듯이 카메라를 들고 나와 마쥬를 나란히 세웠다. 그는 무슨 꿍꿍이속인지 훤히 보인다는 듯 속눈썹이 긴 눈으로 내게 윙크했다. 다음으로 내가 사진을 찍어주었다. 아름다운 남매를 보고 어머니가 아주 기뻐하지 않을까 생각하며. 마지막으로 나와 모리모토가 나란히 섰다. 모리모토가 어깨에 팔을 두르기에 나도 똑같이 했다.

사이좋은 친구처럼 우리는 한 프레임에 담겼다.

햄버그스테이크는 약간 탔지만 맛은 제법 괜찮았다. 모리모토가 빈 접시를 보며 칭찬하는 걸 듣고 마쥬가 당근을 싫어한다는

---

* 粉ふきいも. 감자를 소금물에 삶은 후 볶아서 수분을 뺀 요리.

사실을 알았다.

"버터 맛이었거든."

마쥬의 대답을 듣고 나는 다음에 당근쿠키를 만들자고 제안했다. 마쥬는 그렇게까지 애써 먹고 싶지는 않다며 뺨을 부풀린 후 농담이라며 웃음을 터뜨렸다.

웃었다, 그때까지는.

"히구치, 정리 좀 부탁할게. 그동안 마쥬는 목욕물 받아놔. 나는 히구치의 이부자리를 준비할게."

모두가 다 먹었을 때쯤 모리모토가 말했다. 그 말에 마쥬의 얼굴이 굳어진 걸 나는 놓치지 않았다. 내가 자고 간다는 걸 알았기 때문이다. 아니야, 마쥬. 다시는 그날 같은 짓 안 해. 속으로는 그렇게 외쳤지만 소리 내어 말하지는 못했다.

친해진 줄 알았지만 아직 경계하고 있다. 하지만 아무 일도 없이 날이 새면 오히려 믿음을 줄 수 있지 않을까. 이건 오명을 씻을 기회다. 나 스스로를 그렇게 타이르고 여전히 표정이 딱딱한 마쥬를 최대한 보지 않으려 애쓰며 설거지를 시작했다.

아무 일도 없이 날이 새면······.

그 후로는 마쥬를 보지 못했다. 목욕을 마친 나는 모리모토의 방에 들어갔다. 침대 밑에 청결해 보이는 이불이 깔려 있었다. 나는 그 위에 책상다리를 하고 앉아 마쥬의 방 쪽을 멍하니 바라보았다. 아무 소리도 안 들리는 건 모리모토네 집이 우리 집 같은 목조가 아니라 방음벽을 설치한 철근 주택이기 때문일까, 마쥬가 이미 잠들었기 때문일까.

고요함을 견디지 못해 뭔가 음악이라도 틀려고 했다. CD 플레이어 정도는 멋대로 건드려도 화내지 않으리라. 그렇게 생각하고 일어섰을 때 모리모토가 목욕을 마치고 돌아왔다. 나는 놀라서 으헉, 하고 소리를 질렀다.

"뭐야, 히구치. 마쥬가 뭐 하는지 엿들으려고 한 거야?"

"그런 짓은……."

"방 안에서는 안 들려. 복도에 나가야지."

모리모토는 껄껄 웃고 테이블에 캔을 두 개 내려놓았다. 확실히 복도에서는 모리모토의 방에 틀어놓은 음악이 잘 들렸다는 게 생각났다.

"그나저나 그거 맥주잖아."

모리모토가 또 나를 나쁜 길로 끌어들이려 한다. 한숨이 나왔다.

"히구치는 참 착실하구나. 맥주는 대부분 중학생 때부터 마신다고. 맛 정도는 보지 그래? 주스랑 다를 거 없어."

모리모토는 캔을 하나 따서 내게 내밀었다. 캔 표면에 물방울이 맺혀 있어 아주 차갑다는 걸 한눈에 알 수 있었다. 목은 말랐다. 혀 안쪽에 침이 고였다. 이 정도는 괜찮지 않을까. 동아리 아이들과 이야기할 때 아버지와 맥주를 마셨다고 했던 녀석이 있지 않았나.

한 모금만. 그렇게 생각하며 캔을 입에 댔지만 차가운 액체가 목구멍을 넘어간 순간 온몸이 그걸 원했다. 꿀꺽꿀꺽 마시다 입을 때자 반이나 비운 뒤였다.

"와, 잘 마시네. 나보다 세겠어. 남에게 권해놓고 미안하지만 난 한 캔 마시면 얼굴이 시뻘게져서 곯아떨어지거든."

모리모토는 유쾌하게 말하며 다른 캔을 따서 맥주를 꿀꺽 마신 후 기분 좋은 듯이 캬, 하고 소리를 냈다.

"음악 틀고 싶었지?"

능글맞게 웃으며 CD를 고르는 모리모토의 뒷모습을 보고 나는 또 놀림당한 걸 알았다. 그러자 오히려 부정하고 싶어졌다.

"아니, 마쥬가 걱정돼서. 내가 자고 간다니까 갑자기 침울해지더라고."

"그래? 네 착각이겠지. 말이 없어진 건 그냥 피곤해서 아닐까? 걔, 오늘 여러모로 의욕이 넘쳤잖아."

모리모토는 등을 돌린 채 그렇게 대답하고 CD를 틀었다. 알고 그런 건지 모르고 그런 건지 방에 처음 왔을 때와 똑같은 노래였다. 본 조비의 노래를 들으며 얼른 자자 싶어 맥주를 쭉 들이켜자 모리모토는 말없이 방을 나서서 맥주를 한 캔 더 가져왔다.

될 대로 되라는 기분으로 그것도 다 마신 후 나는 모리모토에게 등을 돌리고 누워 이불을 뒤집어쓰고 눈을 감았다.

잠에서 깬 건 아침이 왔기 때문이 아니라 화장실에 가고 싶었기 때문이다. 350밀리리터짜리 맥주를 두 캔이나 마셨으니 그럴 만도 하다. 다행히 방에 취침 등이 켜져 있어 모리모토가 깨지 않도록 소리 없이 조심스레 방을 나섰다. 2층 화장실은 복도 끝에 있다는 것도 이미 알고 있었다.

마쥬의 방 앞에서 문득 발을 멈췄다. 그러자 방 안에서 소리가 났다. 깜짝 놀라 숨이 멎을 뻔했다.

침대가 삐걱대는 소리. 마쥬의 숨죽인 신음 소리. 남자의 거친 숨소리…….

빨라진 심장박동을 호흡이 따라가지 못하고 구역질이 올라왔다. 그때 어둠 속에서 시선이 느껴졌다. 내가 앗, 하고 소리를 내려 하자 바로 옆에 서 있던 모리모토가 내 입을 막고 다른 손으로 내 팔을 잡았다.

나는 그 상태로 모리모토의 방에 끌려 들어갔다.

"대체 무슨 일이야……."

모리모토는 언젠가 그랬듯이 내 입술에 검지를 댔다. 그리고 내 귓가에 입을 대고 속삭였다.

"저건 우리 아빠야."

무슨 말인지 당장은 이해가 되지 않았다. 긴 도화선에 불을 붙인 폭탄이 터지기 직전에 모리모토가 내 입을 베개로 눌렀다. 소리 없이 몸속에서 폭발한 놀라움과 분노 때문에 현기증이 나서 무릎을 꿇자, 이번에는 망치로 머리를 쾅쾅 때리는 듯한 통증이 덮쳐왔다.

"너한테 하고 싶은 이야기가 있어. 저 인간은 네가 집에 온 줄 몰라. 발소리 내지 말고 같이 밖으로 나가자."

안 그래도 당장 거기를 뜨고 싶은 기분이었다. 머리맡에 개어 둔 옷을 배낭에 넣고, 잠옷으로 입은 티셔츠와 반바지 차림으로 모리모토를 따라 방을 나섰다.

마쥬의 방에서는 방금 전과 다름없는 소리가 여전히 새어 나왔다. 나는 귀를 막고 계단을 내려가 밖으로 나갔다. 자전거를 밀고 집 앞길로 나가자 모리모토가 당연하다는 듯한 표정으로 짐받이에 걸터앉았다.

"역에라도 갈까. 아직 소변 못 봤잖아."

모리모토는 희미하게 웃는 것처럼 보였지만 나는 내가 보고 들은 것이 꿈인지 현실인지 판단이 되지 않았다. 꿈이라면 좋겠다. 현실이라면 전신주라도 들이받고 기억을 상실하고 싶었다.

모리모토를 자전거 뒤에 태운 채 역까지 이어지는 비탈길을 브레이크를 잡지 않고 내려갔다. 아쉽게도 신호등은 전부 점멸등이었고 지나가는 자동차도 없어 금방 도착했다. 로터리에 있는 시계를 보니 오전 1시 5분이었다.

이 촌 동네에서는 한밤중에 해당하는 시간이지만 대합실에는 불이 밝게 켜져 있었다. 안에는 아무도 없었지만 빈 캔과 빈 과자 봉지가 놓여 있는 벤치에는 방금 전까지 사람이 있었던 듯한 기척이 감돌았다.

"밝을 때 소변보고 와."

모리모토의 말에 나는 대합실 안쪽 화장실로 갔다. 볼일을 본 후 세면실에서 세수도 했다. 그리고 거울에 비친 내 얼굴을 보자 몸이 부르르 떨렸다. 흰자위가 이렇게 시뻘겋게 충혈된 건 생전 처음 봤다. 돌부처의 얼굴을 칼로 두 번 찔렀더니 붉은 피가 스며 나왔다. 그런 얼굴이었다.

모리모토는 대합실이 아니라 바깥 벤치에 앉아 있었다. 조금 떨어져서 옆에 앉자 모리모토가 스포츠음료 캔을 내밀었다. 내가 배낭을 가지고 나오는 그 짧은 시간에 모리모토도 지갑을 챙긴 건가.

아니다, 일이 이렇게 진행되도록 계획한 것이다.

"일부러 나한테 알려주려고 한 거야? 그, 마쥬가 아버지에게……."

말하면서도 여전히 믿기지가 않았다.

"히구치, 예전에 날 보고 악마 같다고 했지. 그 논리에 대입하면 우리 집에는 악마가 하나 더 있는 셈이야. 돈을 받고 여동생을 파는 악마. 딸을 범하는 악마. 어느 악마가 더 잔인할까?"

나는 아무 대답도 못 하고 머릿속을 정리하기 위해 캔을 땄다. 그때 대합실의 불이 꺼졌다. 화장실에 갔을 때는 몰랐는데 안쪽 사무실에 역무원이 있었는지 대합실 문은 닫혔고 하얀 커튼도 쳐져 있었다.

시간은 1시 반이었다.

"이 역에서 마지막으로 출발하는 공공 교통수단은 오전 1시에 드림랜드로 가는 야간 버스야."

모리모토도 시계를 보며 말했다. 밝은 시계 판에 나방이 모여 있었다.

"왜 그런 시간에?"

"여기가 기점이 아니고, 드림랜드의 개장 시각에서 역산해서 그런 것 아닐까. 이상하지. 전철 상하행선은 11시 막차를 놓치면 집에 못 가는데 저 멀리 꿈나라에는 갈 수 있다니. 히구치, 가본 적 있어?"

"아니, 없는데."

집 근처 공립고등학교에 진학했다면 올해 5월 수학여행 때 갔겠지만 가미쿠라 학원에는 수학여행이 없다.

"가보고 싶어?"

"글쎄."

롤러코스터같이 짜릿한 놀이 기구가 많은 곳이라면 몰라도 성이 있는 동화적인 유원지에서 노는 자신의 모습은 상상이 가지 않았다.

"그렇겠지. 애당초 사람마다 상상하는 꿈나라가 다를 텐데, 누군가 눈에 보이는 형태로 만든 유원지를 꿈나라랍시고 당당하게 내놓는 게 아니꼬워."

일리 있어서 나는 고개를 끄덕였다.

"하지만 데려가 주기를 고대하던 시절도 있었어. 그것도 중학교 2학년 때. 남들보다 훨씬 순진했던 거겠지. 집에서 무슨 일이 일어나고 있었는지 나 혼자 일 년쯤 몰랐을 정도로 순진한 천치."

모리모토는 자학적으로 웃고 스포츠음료를 몇 모금 마셨다. 분명 단 한 번. 되물어서는 안 될 이야기가 시작될 낌새에 나도 목을 축였다. 나는 모리모토의 얼굴을 똑바로 바라보았지만 모리모토는 뻗은 다리 조금 앞쪽, 누군가 한 번 밟았고 아직 완전히 굳지는 않은 껌을 보며 입을 열었다.

"아빠…… 아니, 아버지가 마쥬를 처음 건드린 건 초등학교 5

학년 때야. 생리가 시작되자 이제 거리낄 게 없다고 생각한 건지 그 인간의 머릿속만은 모르겠어. 그럭저럭 유복한 집에 태어나 세상에서 출세 가도라 칭하는 길을 달려온 인생에서 정신이 이상해질 요소는 없는데 말이야. 하기야 친딸을 범하고도 용서받을 만한 사정은 없겠지만. 뭐, 원래 정신이 이상했던 거겠지. 그 외모에다 주변에서 알아서 좋은 사람이라고 떠받들어 주니까, 지금까지 뭔가 징후가 있었어도 아무도 눈치채지 못했을 거야."

어머니가 보여준 모리모토 의원의 회보 사진과, 신나서 떠드는 어머니가 떠올랐다. 모리모토 의원이 나처럼 생겼다면 어머니는 후원회에 가입했을까.

"마쥬는 아무에게도 도움을 요청하지 못하고 마음을 닫아버렸어. 혼이 빠져나가 인형이 된 것처럼. 하지만 난 학교에서 왕따라도 당한 줄만 알았지. 걔의 얼굴은 무슨 화학반응이라도 일어난 것처럼 우리 가족 중에서 최고 걸작이잖아. 여자는 질투심이 강하니까."

나는 모리모토와 마쥬의 어머니가 어떻게 생겼는지 모른다. 어른이 된 마쥬의 얼굴을 내 나름대로 상상하고, 그림으로 그린 듯이 아름다운 가족이겠거니 했지만 아무래도 그렇지는 않은 모양이었다.

"히구치, 지금 우리 어머니가 못생겼다고 생각했지? 평범하게 예쁜 사람이었어. 밝고 웃음이 매력적이고…… 마쥬의 내면은 어머니에게 물려받은 건지도 몰라. 마음이 아주 연약한 사람이었거든. 남편이 딸에게 무슨 짓을 하는지 비교적 빨리 알아차렸겠지. 점점 상태가 안 좋아지더니 비쩍 마른 몸에 눈만 이상하게 번쩍거렸어. 그것도 난 가까워진 선거 때문에 바빠서 그런 거라 생각했지."

짝, 하는 소리와 함께 위팔에 충격을 받았다. 깜짝 놀라 고개를 들자 모리모토가 손바닥을 내 눈앞에 들이댔다. 찌부러진 모기 주변이 빨갛게 물들어 있었다. 내 시선은 어느 틈엔가 모리모토를 떠나 허공을 헤매고 있었던 듯하다.

"아직 본론에 안 들어갔어. 커피라도 사 올까."

모리모토는 양손을 비벼서 찌부러진 모기를 떨어뜨리고 반쯤 일어섰다.

"미안, 괜찮아. 이래 보여도 정신은 말짱하고 이야기도 전부 들었어. 다만 내용을 현실로 받아들이려고 너무 애를 쓰다 보니 맞장구를 못 치겠네."

"그런 건 필요 없어."

모리모토는 기분 상한 내색 없이 다시 벤치에 앉아 긴 다리를 꼬았다. 나는 간지러운 위팔을 두세 번 긁었다. 진지하지 않아 보였나 싶어 미안하다고 작게 사과했다.

"모기도 왜 히구치를 물었을까. 털이 수북한 팔에 앉아서 말이야. 의외로 내면을 꿰뚫어 봤는지도 모르겠군."

여기에도 나는 대답을 못 하고 침묵을 지켰다. 내려간 시선은 역시 껌에 멈췄다. 누군가가 뱉고 누군가가 밟은, 오물의 상징 같은 것인데도.

"저기, 히구치. 나랑 드림랜드에 안 갈래?"

"뭐?"

"그런 반응이 나올 줄 알았지. 아까 그만큼 씹었으니. ⋯⋯여름 방학 직전에 어머니가 나랑 마쥬에게 똑같이 제안했어. 늘 멍한 마쥬도 그때는 기뻐했지. 예전부터 가고 싶어 했거든. 난 떨떠름 한 표정을 지으면서도 두말없이 승낙했어."

"그럼 가본 적이⋯⋯."

"없어. 여름방학 끝자락인 8월 29일부터 31일까지 사흘간, 아버지 빼고 셋이서 가기로 하고 입장권이랑 호텔을 예약했어. 어머니 몸 상태로 야간 버스는 힘들 테니 비행기로 가자고 내가 말했지만, 이 동네 사람들은 모두 그 버스로 가지 않느냐기에 갈 때만 버스를 타기로 했지. 일찌감치 저녁을 먹은 후 어머니가 조금 쉴 테니 10시에 깨워달라더라고. 시간이 되어 마쥬와 함께 어머니 방에 갔더니⋯⋯ 죽었더라. 수면제를 왕창 먹고."

"그런⋯⋯."

"가족이 동반자살하기 전에 드림랜드에 갔다는 이야기는 가끔 들리잖아. 하지만 출발 직전에 자살하는 건 뭐야? 안 그래?"

"마지막 순간에 기력이 다 떨어진 걸까. 유서는?"

"없었어. 그래서 나도 처음에는 그렇게 생각했지. 엄마는 정치가의 아내로 살아갈 만큼 심지가 굳지 않았는데 아빠가 그걸 몰라줬어. 엄마가 죽은 건 아빠 탓이야. 아버지도 그딴 식으로 말했거든. 후원회 사람들 앞에서도 그렇게 말하며 엉엉 울었고. 그러자 주변 사람들이 위로해 줬어. 선생님은 잘못이 없다고. 사모님은 실수로 약을 너무 많이 드셔서 사고로 돌아가신 거라고."

그래서 어머니가 사고라고 했구나. 나는 납득이 갔다.

"하지만 그로부터 반년쯤 뒤였나. 기말고사 공부를 하다가 목이 말랐지. 춥고 배도 좀 출출해서 컵라면이라도 먹으려고 방을 나섰는데, 히구치가 아까 들었던 것과 똑같은 소리가 들리더라고. 오히려 왜 지금까지 몰랐을까 싶었을 만큼 무방비하게 하고 있었어. 뭐, 나쁜 짓을 한다는 자각이 없었기 때문이겠지만. 그래도 설마 싶잖아. 그래서 마쥬가 가위에라도 눌렸나 걱정돼서 문을 힘껏 열었지."

나는 모리모토의 눈에 비쳤을 광경을 상상하고 그걸 지워버리듯 눈을 꼭 감았다. 심장이 한 시간 전과 비슷하게 빨리 뛰었다. 문을 열지 않아도 가슴이 찢어지는 심정이었는데 모리모토는 직접 보고 말았다.

게다가 남이 아니다. 자기 아버지와 여동생이다.

"자, 문제입니다. 악마는 내게 뭐라고 했을까요?"

가벼운 어조로 물어도 나는 마음이 가라앉지 않았다. 또 몰려온 두통을 떨쳐내듯 고개를 내젓자 모리모토는 모르겠다는 신호로 받아들인 모양이었다.

"정답은, 너도 할래?"

의심스러운 이야기가 계속되는 가운데 두 귀를 망치로 한 방 때린 듯한 충격을 받았다. 정말로 맞은 것도 아닌데 양쪽 귓속에 끼잉, 하고 듣기 싫은 쇳소리가 울려 퍼졌다. 더 이상 아무 말도 듣기 싫다. 내 마음이 그런 경고를 내린 건지도 모른다.

"순진한 소년은 과호흡을 일으켜서 병원에 실려 갔답니다."

장난스러운 표정으로 껄껄 웃는 모리모토가 딱했다. 손을 잡아주면 될까, 안아주면 될까, 등을 쓰다듬어주면 될까. 친구가 없었던 나는 어떻게 위로해야 할지 몰랐다. 그저 눈물이 났다. 내가 울어도 별수 없다는 건 알지만 그저 우는 것이 고작이었다.

"하지만 인간은 원래 살아남기 위해 스스로를 변화시키는 법이야. 실패하면 어머니처럼 자살하고 말지. 자, 이 집에서 살아가려면 어떻게 해야 할까? 뭐, 히구치라면 학교나 행정기관에 상담하겠다고 할 것 같지만 연약한 내게 이 집을 나갈 각오는 없었어. 아버지의 비호 아래 살아가야 하는데 세상에 아버지의 정체를 폭로하면 다 끝장이거든."

모리모토는 더욱 장난스러운 표정으로 손날로 목을 긋는 시늉을 하며 혀를 내밀었다. 이제 그만두라고, 괴로우면 더 이상 말하지 말라고 제지하고 싶었다. 네가 그렇게 됐다는 걸 나는 이미 알고 있으니까. 모리모토는 내 표정을 읽었는지 입가만 끌어올려 살짝 웃더니 진지한 표정으로 돌아왔다.

"그래서 나도 네가 말하는 악마가 되기로 했지. 그렇지만 마쥬를 상처 입히는 데는 거부감이 들었어. 그런데 걔는 정말로 피해자일까. 의외로 기꺼이 아버지를 받아들이는 거 아닐까. 둘이서 어머니를 배신했는지도 모르지. 그래서 어머니는 마지막에 마쥬에게 복수를 하고 죽기로 한 건지도."

"복수?"

느닷없이 어머니 이야기로 되돌아간 데다 예상치도 못한 말이 나와서 당황스러웠다.

"드림랜드야. 드림랜드에 가기로 하자 마쥬는 조금씩 예전의 모습을 되찾았어. 숙제를 하고 라디오 체조까지 하러 갔다니까. 출발하기 전에 시업식 준비까지 마치고, 2학기에는 학교를 쉬지 않도록 노력하겠다고 했지. 어머니라는 사람이 보통 그런 타이밍에 자살할까?"

나는 모리모토 어머니가 어떤 상태였는지 잘 몰랐고, 우울증 같은 병의 증상에도 해박하지 못했으므로 뭐라고도 대답할 수 없었다. 무사히 드림랜드에 갈 수 있는 체력을 비축하기 위해 잠을 충분히 자두려고 평소보다 약을 많이 먹은 것 아닐까. 그런 경솔한 상상을 입 밖에 꺼낼 수는 없었다.

하지만 말할 걸 그랬다. 입발림 소리를 뭐든지, 얼마든지. 이미 늦은 줄 알았던 일이 그렇지 않을 가능성도 있으니까.

모리모토는 일어서서 기지개를 켠 후 다시 앉았다.

"우리 가족은 모두 망가졌다. 마음속에 양심이나 이성이 남아 있다면 부숴버려라. 어려운 일이 아니다. 마쥬를 범하면 아버지와 똑같은 곳까지 떨어질 수 있다."

나는 두 손으로 얼굴을 덮었다. 가능하면 귀를 막고 싶었다.

"하지만 그러지 못했지."

"어?"

얼굴에서 손을 뗐다. 모리모토의 옆얼굴을 응시했다. 이 녀석은 언제부터 이렇게 웃음과 울음이 섞인 얼굴로 이야기하고 있었을까.

"반응하지 않더라고, 여기가. 어쩌면 양심이나 이성의 잔해가 여기에 모여서 마지막 저항을 시도했는지도 모르지."

모리모토는 한 손으로 사타구니를 탁 두드리고 이를 보이며 씩 웃었다.

"뭐, 나중에 다른 여자로 시험해 봤을 때도 무리였으니까 이성 운운할 문제가 아니겠지만. 마쥬는 애처로워하는 눈으로 날 봤어. 비참하더군. 그때 문득 이런 생각이 들었어. 마쥬는 어머니도 이런 눈으로 본 게 아닐까. 죽고 싶어지더라. 그런데 그거 알아? 겁쟁이는 자살도 못 해. 그래서 그 후로는 자포자기했지. 내가 못 하면 남을 시키면 된다. 그렇게 마쥬를 팔기 시작했어. 화나면 때려도 돼."

도발하는 말투는 아니었다. 오히려 때려주기를 바라는 것처럼 보였다. 하지만 못 때린다. 나는 그저 모리모토가 가여웠다.

"그렇게 나락까지 떨어지다가 히구치와 만난 거야."

'나락까지 떨어지다가'가 아니다. '마쥬를 무참히 더럽히다가'다. 모리모토가 딱하면서도 동정할 수 없는 건 그 때문이었다.

"이토, 아니 후세처럼 날 싫어하는 녀석은 많았지만 노골적으로 부정하고 드는 녀석은 아무도 없었어. 그런데 넌 거의 초면에 내 내면을 부정했지. 자기가 나였다면 자살할 거라고 딱 잘라 말하기까지 했어. 그 얼굴로 말이야. 얼마나 열받던지. 히구치, 나 같이 비정한 놈은 무슨 말을 들어도 상처 입지 않을 거라 생각하지? 특히 자기가 정론을 말하고 있다는 자신이 있을 때는."

"그때는…… 미안."

그 후의 행동은 제쳐놓고, 그 정도의 말에 너는 살아 있을 가치가 없는 인간이라는 것이나 다름없는 폭언을 한 건 반성해야 한다.

"괜찮아. 넌 솔직하구나. 하지만 네 상상대로야. 정말로 비정한 놈은 그런 지적을 받든, 욕을 먹든, 경멸을 당하든 상처 입지 않아. 우리 아버지처럼 말이야. 실은 나도 그 인간을 속으로 악마라고 불렀어. 나도 악마가 되기로 마음먹었고 이미 됐다고 믿었지. 그런데 네게 화를 냈어. 내가 완전히 악마가 되지 못했다는 증거야. 하지만 그런 줄은 모르고 네게 한껏 상처를 주기로 했지. 넌 외모를 비하해도 긁힌 상처 정도로 느껴. 그래서 네가 살아가기 위한 보루인 내면을, 정의와 이성을 부숴버리고 싶었어."

"대성공이었잖아. 게다가 난 너를 악마로 부르기까지 했어."

분노는 솟지 않았다. 나야 어떻든 상관없었다.

"기분 좋더라…… 잠깐이었지만. 그렇잖아, 그 후에 네가 뭘 어떻게 했지? 마쥬와 사이좋게 조리 실습을 했어. 너희들이 과자 만드는 모습을 볼 때마다 내 마음속에 있는 감정이 점점 부풀어 오르더군. 자, 그 감정은 과연 뭘까요?"

마지막에만 어색하게 장난기를 더한들 나는 장단을 맞추어줄 수 없다. 짧은 목을 살짝 기울였을 뿐이다.

"죄악감이야. 내 마음속에도 그런 감정이 남아 있었다는 걸 알아줬으면 했어. 뭐, 무리인가. 나 스스로도 당혹스러웠을 정도니까. 아까 한 말과 좀 겹칠지도 모르지만 내가 악마가 되기로 결심한 건 제정신으로는 그 집에서 못 살 거라 생각했기 때문이야. 요컨대 난 내가 그 집에서 유일하게 정상적인 인간이라고 믿었던 거지. 아버지는 악마. 마쥬는 무슨 짓을 당해도 희미한 웃음밖에 지을 줄 모르는 망가진 인형이라 생각했어. 그래서 너도 경험한 일을 시킬 수 있었지. 걔한테 아픔이나 슬픔 같은 감정은 안 남아 있는 줄 알았거든. 아버지가 고칠 수 없도록 전부 때려 부숴서."

"그건……."

"아니었지. 나 스스로 깨달은 걸로 해주라. 마쥬는 과자를 만들라고 명령받은 게 아니야. 걔는 자신의 의지로 움직였고, 말했고, 과자가 맛있다고 칭찬하면 기쁘게 웃어. 평소의 이상한 웃음 말고. 망가지기 전의 웃음이야. 시간이 걸릴지도 모르지만 마쥬는 원래대로 돌아갈 수 있어. 학교에 갈 수 있을지도 모르고, 자기 적성을 찾아서 관련된 일을 할 수 있을지도 몰라."

"맞아. 마쥬는 손재주가 있고 머리도 좋아. 내가 준비하는 레시피는 8인분이 많은데 요즘 마쥬는 그 자리에서 3인분을 계산해서 만들더라고. 그리고 직접 옷을 사러 가고 싶대. 요전에 과자 만들기 말고 하고 싶은 게 없느냐고 물어봤거든."

"걔가 그런 소리까지……."

모리모토는 곰곰이 음미하듯 그렇게 말하더니 킥킥 웃었다. 계속 웃다가 근처에 민폐라고 생각했는지 목소리를 억누르듯 양손으로 얼굴을 덮고 더 웃더니 손을 내렸다. 한순간 눈물을 닦은 것처럼 보였지만 얼굴에 운 흔적은 없었다.

"대단하다, 히구치. 역시 너밖에 없어. 마쥬는 어엿한 인간으로 돌아갈 수 있어. 하지만 네가 아무리 노력해도 그 악마가 있는

한 무리야. 그래서 악마를 이 세상에서 퇴장시키려고 해. 너도 협
조해 주지 않을래?"

'퇴장시킨다'가 구체적으로 무슨 의미인지 예측했음에도 빨려
들어가듯 고개를 크게 끄덕인 건, 외등에 비친 모리모토의 하얀
얼굴이 성스러울 만큼 아름답게 빛났기 때문이다.

찌는 듯한 더위에 눈을 뜨자 방은 이미 밝았다. 시계는 오후 2
시를 가리키고 있었다. 아무리 늦게 자도 오후가 되기 전에 일어
나건만 이런 일은 처음이었다. 등이 축축해서 오줌이라도 쌌나
싶어 부리나케 상반신을 일으켰지만 젖은 건 땀 때문이었다.

용케 이런 방에서 잤구나 생각하며 에어컨을 켰다. 땀을 너무
흘려서 몸이 무거웠지만 머리는 개운했다. 어젯밤에 있었던 일
이 선명하게 기억났다. 하지만 생각하면 할수록 전부 꿈이 아니
었을까 하는 기분이 들었다.

여하튼 나는 난생처음으로 술을 마셨으니까.

모리모토, 마쥬와 같이 햄버그스테이크를 만들고 모리모토의
방에서 맥주를 두 캔 마셨다. 취해서 의식이 몽롱해지자 소변을
보고 싶다는 자연스러운 욕구가 우리 집 화장실과 연결돼 그대
로 돌아온 것 아닐까. 지금쯤 모리모토와 마쥬는 어이없어하며
둘이서 웃고 있을지도 모른다······.

스스로 생각하기에도 허무맹랑해서 고개를 저었다. 네 형편없
는 소설처럼 불리한 진실이 죄다 꿈으로 마무리되지는 않는 법
이다.

안타깝게도 나는 술에 약한 체질이었다. 물을 마시려고 부엌에 가자 어머니가 한심하다는 표정으로 소면이라도 먹겠느냐며 준비를 시작했다. 그러다 카메라를 달라고 하길래 방으로 돌아가 배낭을 확인했지만 없었던 것이 유일한 실수였다.

그래도 역에서 들은 모리모토의 그 계획만큼은 꿈이 아니었겠느냐고 스스로를 설득하고자 헛된 발버둥을 쳤다.

—아버지를 죽일 거야.

모리모토는 웃음을 지우고 차분한 목소리로 그렇게 말했다.

모리모토가 정상적인 환경에서 자랐다면 학생회장이라도 됐을지 모른다. 나는 회계나 서기로 학생회에 들어가 처음에는 인생의 불공평함을 느끼고 모리모토를 질투할지도 모르지만, 이윽고 그의 인품에 반해 믿음직한 학생회장을 보조하는 입장임을 자랑스럽게 여기게 된다. 그리고 그의 말과 행동 하나하나에 고개를 깊이 끄덕일 것이 틀림없다.

그 상황에서 그런 생각을 했으니 머리가 어떻게 됐다고밖에 할 말이 없다. 그렇지만 나는 그런 마음으로 그의 말을 들었다.

—하지만 그렇다고 내 인생을 빼앗기고 싶지는 않아.

살인을 말려야 마땅한데도 그건 그렇다고 나는 고개를 끄덕였다.

—그래서 히구치에게 부탁이 있어.

모리모토는 계획을 설명했다. 그 자리에서 즉흥적으로 떠올린 것이 아니다. 꽤 오래전부터 다듬어온 느낌이었다. 그래서 나를 저녁 식사에 불렀다. 자고 가라고 했다. 아버지가 마쥬에게 무슨 짓을 하고 있는지 말로만 설명해서는 믿지 않을 테니 증거를 보여주기로, 아니 들려주기로 했다. 내가 도망칠 걸 전제로 자전거를 타고 오라고 제안했고, 함께 나와서 계획을 털어놓았다.

처음 만난 날부터 나는 모리모토의 손바닥 위에서 놀아나며 감쪽같이 유도당한 셈이다.

—독살하려고 해.

모리모토는 외국산 액체 니코틴을 입수했다고 말했다. 니코틴은 담배에 포함된 유해 물질이지만 그런 걸로 사람을 죽일 수 있을까 의문이었다. 물어보기도 전에 모리모토는 청산가리보다 효과가 높다고 알려주었다. 마쥬를 판 돈으로 샀다는 것도.

—자살로 위장하고 싶으니 불을 질러주지 않을래?

몇 초 후에야 "뭐?!" 하고 되물었다. 나는 영락없이 알리바이 만들기, 범행 시각에 모리모토와 집에서 떨어진 곳에 함께 있었다고 증언하는 정도일 거라 생각했는데.

—불?

어디에, 무엇에, 누구에게. 머릿속이 대번에 혼란스러워졌다.

—우리 집에 불을 질러줘.

—마쥬는?

—나랑 드림랜드에.

이번에는 "엥?" 하고 말이 튀어나왔다. 얼떨떨한 표정을 지은 내게 모리모토는 수학 서술형 문제를 풀듯 설명을 시작했다.

일단 자정 무렵에 모리모토가 아버지를 살해한다. 아버지는 자기 전에 브랜디를 마시므로 독은 거기 타놓는다. 그리고 마쥬를 데리고 오전 1시에 드림랜드로 출발하는 야간 버스를 타기 위해 집을 나선다.

그리고 오전 1시가 지나 버스가 출발한 후, 내가 미리 모리모토에게 받은 집 열쇠로 뒷문을 열고 들어가 부엌에 불을 지르고 나온다.

—누가 보면?

—그렇게 늦은 시간에 집 근처를 돌아다니는 사람은 없겠지만, 만약 그런 상황이 생기면 내 부탁으로 드림랜드 가이드북을 주러 역에 갔더니 내친김에 문단속도 확인해 달라더라고 하면 돼. 뒷문을 잠그는 걸 깜박했을지도 모른다며 부탁했다고 하자. 그러면 최악의 경우에 열쇠를 가지고 있는 걸 들켜도 문제없어.

모리모토는 자신만만하게 말했지만 과연 그렇게 잘 풀리겠냐는 불안을 지울 수 없었다.

—애당초 너희 아버지는 자살할 만한 사람이 아니잖아.

—8월 29일에 결행할 거야. 어머니 기일이지. 아버지는 어머니가 자기 때문에 죽었다고 후회하고 있어. 어머니의 죽음에 영향을 받아 불량해진 아들과 학교에 가지 않는 딸에게도 책임감을 느끼고 있고. 이미 자기 입으로 떠들고 다닌 이야기야. 그걸 내가 보강하는 거지. 아버지는 어머니가 돌아가신 후 집에서는 스스로를 챙기지 않을 때가 많았다. 뭐, 이건 큰 거짓말이 아니야. 그리고 느닷없이 우리 남매에게 드림랜드에 다녀오라며 돈을 줬다. 나와 동생은 돌아가신 어머니와 했던 약속을 지킬 수 있어 기뻤지만, 아버지는 자식들에게 마지막 선물을 주려고 했던 건

지도 모른다. 아버지의 심정을 알아차리지 못한 게 원통할 따름입니다…….

모리모토는 실제로 인터뷰라도 하는 것처럼 목소리를 떨며 눈머리를 눌렀다. 그 모습을 보자 우리 어머니가 코를 훌쩍이는 모습도 상상됐다.

하지만 알았다고 대답할 수는 없었다. 방화는 중대한 범죄다. 내가 잠자코 있자 모리모토는 말을 이었다.

─뭐, 결국 들통나면 사실대로 말하면 돼. 내가 협박했다고 해도 상관없어. 난 아버지를 죽일 수만 있으면 벌을 받더라도 목적은 달성한 셈이니까. 뭐, 나는 미성년자니까 어찌어찌 인생도 다시 시작할 수 있을 거야. 히구치가 내게 의리를 지킬 이유는 전혀 없어.

모리모토와 아주 절친한 친구라는 착각에 빠져들고 있었는데 그가 직접 정신을 차리게 해주었다. 맞다, 이 녀석은 나를 속이고, 상처를 주었고, 지금도 이용하려 하고 있다. 그렇다면 즉시 거절하면 되지 않느냐.

─난 마쥬를 해방해 주고 싶어. 마쥬를 위해서가 아니라, 속죄했다는 명목으로 내가 죄악감에서 해방되기 위해서라고 해도 말이야. 범행이 들통나든 들통나지 않든 이것만은 변함없어. 마쥬를 히구치에게 맡기고 싶어. 마들렌이랬나? 둘이서 만든 그걸 한 입 먹었을 때 내 마음에 꽂힌 가시가 빠진 것 같더라. 동화는 아니지만 마법의 과자야. 그걸 둘이서 계속 만들도록 해. 마쥬에게 행복을 줄 수 있는 건 너뿐이야.

―알았어.

그건 마쥬를 지켜내겠다는 결의였지만 범행에 협조하겠다는 대답이기도 했다.

꿈이길 바랐지만 꿈이 아니었다. 그러나 실은 꿈이 아니었을까 싶을 만큼 그 후로 평소 같은 생활이 계속됐다. 다만 모리모토와 마쥬와는 접촉이 없었다.

8월 23일부터 후반기 여름 특강이 시작돼 나는 매일 학교에 나갔다. 모리모토도 쉬지 않고 등교해 수업이 시작될 때부터 끝날 때까지 성실하게 자리에 앉아 있었다. 그는 내게 말을 걸지 않았고 나도 마찬가지였다.

무심코 그 계획 말인데, 하고 말을 걸면 무슨 소리냐고 차갑게 대꾸하지 않을까. 그래도 용기를 내서 캐물으면 혹시 진심으로 받아들였냐며 깔보듯 비웃지 않을까. 그런 분위기를 풍겼다.

이번 여름방학에 모리모토네 집에서 일어난 일 자체가 꿈이 아니었을까 싶을 정도로.

하지만 딱 한 번 섬뜩했던 적이 있다.

"히구치, 근처 슈퍼에서 모리모토랑 같이 있는 걸 봤는데 설마 정말로 친구가 된 거야?"

쉬는 시간에 별안간 후세가 그런 소리를 해서 나는 어떻게 대답해야 할지 난처해 입을 다물었다. 그러자 모리모토가 후세 뒤로 다가와 어깨에 팔을 둘렀다.

"뭐야, 날 두고 쟁탈전? 여름방학 숙제를 보여준다면 이토, 아참, 후세인가. 너라도 딱히 상관없는데. 보답으로 퀸 버거 사줄게."

슈퍼 옆의 패스트푸드점이다. 후세는 얼어붙었다. 모리모토는 심술궂은 웃음을 띠며 후세의 뺨에 살짝 입을 맞추더니 나하고 는 눈도 마주치지 않고 자기 자리로 돌아갔다.

이대로 평온하게 2학기가 시작되지 않을까. 그러길 바란 반면, 긴장을 풀면 마쥬의 얼굴이 떠올라서 가슴이 술렁였다. 돈을 주 며 마쥬를 보고 싶다고 해볼까. 내일…… 27일에.

먼저 말을 건 건 모리모토였다. 오전 수업이 끝나자 모리모토 는 내 자리로 와서 CD 매장의 노란 비닐봉지를 책상 위에 놓았 다.

"히구치, 네 덕분에 여름방학 숙제를 무사히 끝냈어. 2학기에 도 잘 부탁해."

머뭇머뭇 봉지 속을 들여다보자 영어 문제집과 CD, 작은 종이 꾸러미가 보였다. 문제집은 내 것이 아니다. 위장하려고 모리모 토가 자기 걸 넣어둔 것 같았다. 종이 꾸러미는 열쇠임을 알아차 렸다. CD는 몇 번 들어본 본 조비였다. 이것은 왜 여기에 넣었는 지 모르겠다.

"답례품이야. 마음에 안 들면 버려도 돼."

"아니, 고마워……."

당황한 기색으로 감사를 표한 건 주변 사람들이 특별한 사이 로 여기지 않도록 연기를 하기 위해서가 아니었다. 이 CD를 틀 어놓고 내가 마쥬에게 한 짓, 마쥬가 아버지에게 당한 짓을 똑똑 히 기억하라고 모리모토가 압박을 가한 듯한 기분이 들었기 때 문이다.

그래서 떨떠름한 표정을 지었는지도 모른다. 하지만 모리모토는 내 표정에는 아랑곳없이 하얀 이를 보이며 상쾌하게 웃는 얼굴로 한 손을 들었다.

"아듀, 료타."

그리고 등을 돌려 걸어갔다. 초연한 걸음걸이로.

내가 본, 모리모토의 마지막 모습이었다…….

집에 돌아와 비닐봉지에 든 물건을 다시 확인했다. 만약을 위해 새 목장갑을 꼈다. 종이 꾸러미에는 열쇠뿐만 아니라 라이터도 하나 들어 있었다. 은색 금속 라이터에는 날개를 편 공작 문양이 새겨져 있었다. 모리모토의 아버지 것인지도 모른다. 불을 붙인 후 현장에 남겨두고 가면 되는 건가.

편지 같은 것은 없는지 찾아보자 역시 모리모토의 것이었던 문제집에 접힌 하얀색 편지지가 끼워져 있었다.

각오를 굳혔어. 나머지는 부탁할게.

친애하는 친구 히구치 료타에게, 모리모토 세이치로가.

아, 모리모토의 이름은 이거였다. 오늘 녀석은 나를 료타라고 불렀다. 다음에 만날 때는 나도 세이치로라고 불러볼까. 자연스레 솟아오른 웃음을 풋 내뱉으며 나는 검지로 예쁘고 단정한 글씨로 쓴 친구의 이름을 어루만졌다.

28일 특강에 모리모토의 모습은 보이지 않았다.

자전거를 꺼내는 소리에 가족들이 깰세라 자전거는 낮에 전철역 자전거 주차장에 놓아두고 왔다.

어둠에 숨어들 수 있도록 검은 옷을 입기로 했다. 하지만 내가 가지고 있는 검은 옷은 모리모토네 집에 갈 때 입으라고 어머니가 사준 폴로셔츠뿐이었다. 이걸 입은 날은 변변한 일이 없었다. 한순간 망설였지만 바로 그렇기에 오늘 밤에 입는 의미가 있지 않겠느냐는 생각으로 기운차게 머리부터 집어넣었다. 바지는 움직이기 편하도록 검은 운동복을 선택했다.

자정에 부모님이 잠든 걸 확인한 후 발소리를 죽여 집을 나섰다.

역으로 향했다. 비가 내렸다면 계획은 중지됐을지도 모른다. 하늘은 반짝이는 별로 가득했다. 한낮의 더위는 누그러졌고 도롯가의 빈터에서는 가을벌레의 울음소리가 들려왔다.

자전거를 타고 선로 옆길을 달렸다. 여름방학을 맞은 고등학교 2학년 주인공이 한밤중에 자전거를 타고 달리는 장면이 나오는 소설은 그리 드물지 않다. 그렇지만 방화가 목적인 소설은 있었을까. 좋아하는 여자아이를 구하는 이야기라면 있었을지도 모른다.

모리모토네 집 근처 역이 보였다. 시각은 오전 12시 45분. 대합실 한구석 벤치에 마쥬가 앉아 있었다. 사람이 많아서 불안한지 무릎에 올려놓은 배낭을 꼭 끌어안고 턱을 얹은 자세였다. 옆에 모리모토가 있는지 없는지는 보이지 않았다. 역에 들러 확인하고 싶었지만, 자칫 잘못하면 사건이 드러난 후 공범이라는 사실이 탄로 난다. 목격자들로 넘치는 곳에 들어가서는 안 된다.

그대로 역을 지나쳤다. 어쩌면 모리모토와 마주칠지도 모른다. 주변을 약간 두리번거리며 모리모토네 집으로 이어지는 비탈길을 올라갔지만 누구와도, 들개 한 마리와도 마주치지 않았다.

올라가는 도중에 있는 공원에 들러 자전거에서 내렸다. 집 앞에 세워놓는 건 위험하다. 남은 약 200미터는 걸어가기로 했다. 밤의 주택가에 소리가 울리는 게 아닐까 식은땀이 날 만큼 심장이 쿵쿵 뜀뛰기를 하는 게 느껴졌다.

다행히 우리 집 주변보다 요 부근에 나무와 풀숲이 많은지 요란한 벌레 울음소리가 내 숨소리와 발소리를 지워주었다. 그러나 서서히 이건 벌레 울음소리가 아니라 내 귀울림이 아닐까 불안해져서 걸음이 빨라졌다. 마지막에는 달려서 30센티미터쯤 열린 대문 틈으로 몸을 밀어 넣고 몸을 구부린 채 뒷문으로 향했다.

만약을 위해 호주머니에 들어가는 크기의 손전등을 가져왔지만, 밖에 오래 있었기 때문인지 눈이 어둠에 적응돼 불을 켜지 않고도 목장갑을 낀 손으로 뒷문 자물쇠를 풀 수 있었다. 신발을 신은 채 들어갔다.

계절에 맞지 않게 등유 냄새가 코를 찔렀다. 바닥에 뿌린 걸까. 모리모토가 그랬나. 그렇다면 모리모토 아버지는 이 집 어딘가에서 이미 죽었다는 건가.

눈에 익은 부엌 한가운데 테이블에는 희뿌연 물건이 쌓여 있었다. 다가가서 확인하자 모리모토 의원의 회보 책자였다. 여기에 불을 붙이라는 건가.

집에서 본 것과 달리 표지 사진은 선거에 당선됐을 때의 모습을 찍은 것으로, 만세를 하는 모리모토 의원 옆에 흰색 계열 옷을 입은 여자가 서 있었다. 어둠 속이라 얼굴까지는 확실히 보이지 않았다. 마쥬의 어머니를 한번 보고 싶었다. 호주머니에 손을 넣었지만 마음을 바꾸었다.

이런 곳에 오래 머물면 안 된다. 반대쪽 호주머니에 손을 넣어 라이터를 꺼냈다. 부싯돌이 두세 번 헛돈 후 불이 켜졌다. 그대로 책자에 가져갔다.

예쁘고 착해 보이는 사람이잖아. 불이 그 얼굴을 삼켰다. 순식간에 불기둥이 천장에 닿을 것처럼 치솟았다. 얇은 책자로 쌓은 탑은 불길에 휩싸인 채 무너져 바닥으로 떨어졌다. 내 발치 주변에서 불길이 일렁거렸다.

밖으로 나가야 한다.

덜컹, 소리가 났다. 저녁 식사 때 평소의 절반만 겨우 먹은 카레가 올라오는 걸 꾹 참고 숨을 멈췄다. 복도로 이어지는 부엌문이 천천히 열렸다.

들어온 건 마쥬였다. 나는 숨을 멈춘 채 마쥬를 응시했다.

"오빠가 오늘부터 난 자유라고 했어. 거실 소파에서 아빠가 자고 있던데. 불…… 히구치가 그런 거야?"

느릿느릿 확인하듯 중얼거리는 마쥬에게 나는 고개를 끄덕였다.

"너야말로 왜 여기에……?"

"혼자 버스를 타기가 무서워서……. 대합실에서 히구치를 봤어."

"혼자라니, 모리모토는?"

"같이 역에 갔는데 볼일이 생각났다면서 내일 비행기로 오겠다고 했어. 낮 12시에 잠자는 숲속의 공주 성 앞에서 만나자며 돌아갔는데."

모리모토는 이 부근에 있다는 건가. 내가 정말로 불을 지를지 믿지 못해 어디 숨어서 보고 있는지도 모른다.

불길이 등유를 뿌리지 않은 바닥 부분도 잠식해 면적을 넓혀갔다. 더 이상 연기와 열기를 참을 수 없어 나는 마쥬의 어깨를 끌어안고 복도로 나가 문을 닫았다.

"아무튼 밖으로 달아나자."

연기가 문틈으로 새어 나왔다. 사레가 들려 콜록콜록 기침이 났다.

"히구치는 먼저 달아나."

"왜? 위험하잖아."

"불타지 말았으면 하는 게 있거든."

"그럼 같이……."

"필요 없어."

"널 두고 가라니."

"걱정 마. 히구치는 날 인형처럼 여기는지도 모르지만 그건 내가 일부러 스위치를 꺼놓는 거야. 지금은 스위치를 켰고. 그러니까 빨리 나가. 오빠랑 무슨 일을 꾸몄는지 모르지만 더 이상 나한테 간섭하지 마."

"하지만……."

"빨리 꺼져, 이 못생긴 놈아! 다시는 내 앞에 나타나지 마. 난
너 몰라. 오빠 친구도 아니야. 우리 집에 온 적도 없어. 썩 나가,
이 더러운 들개야!"

마쥬는 지금까지와는 다른 사람이 된 것같이 날카로운 목소
리로 내게 험한 말을 내뱉었다. 심장이 푹 파여 나간 기분이었다.
말이 날아왔을 뿐인데 가슴이 아팠다. 마쥬 방의 거울에 비친 내
못생긴 얼굴과 알몸뚱이가 어둠 속에 수없이 떠올라 덮쳐왔다.

"너랑 했을 때가 제일 역겨웠어!"

내 마음속에서 뭔가가 뚝 끊어졌다. 마비된 것처럼 힘이 들어
가지 않는 다리를 간신히 휘청휘청하며 복도를 더듬더듬 나아
가 현관으로 나왔다. 주변 상황을 확인할 여유도 없이 굴러가듯
비탈길을 내려갔다.

어디선가 모리모토의 웃음소리가 들리는 것 같았다.

숨어서 나를 비웃고 있는 건가. 어디까지 계산한 거지. 마쥬에
게 품은 내 본심을 알고 있었나. 그렇게 내가 밉나.

자전거를 어떻게 탔는지 전혀 기억에 남아 있지 않았다.

희미한 빛 속에서 눈을 떴다. 벗은 옷을 방의 쓰레기통에 처박
고 알몸뚱이로 누워 있었다. 이대로 해가 뜨면 또 어젯밤 일은
꿈이 아니었을까 싶을지도 모른다. 이부자리에 누운 채 커튼이
쳐진 창문을 빤히 쳐다보았다. 하지만 밖은 점점 어두워졌다.

어떻게 된 거지? 왜 해가 안 뜨는 거야. 혼란에 빠져 빨래해 놓
은 옷을, 소매에 머리를 집어넣었다가 뺐다가 하면서 간신히 입
고 복도를 내려가 거실에 들어서자, 어머니가 나보다 더 혼란에

빠진 상태로 울면서 누군가와 통화하고 있었다.

켜져 있는 텔레비전 화면을 보고서야 지금이 아침이 아니라 저녁임을 알았다. 이윽고 영상이 바뀌고 화면에 불탄 집이 비쳤다. 이 화재로 두 명이 사망했다는 여자 아나운서의 목소리와 함께 사망자의 이름이 자막으로 떴다.

모리모토 소이치로(47) 모리모토 세이치로(17)

세이치로? 모리모토가 죽었다고? 어디서? 집 안에 있었다?

뒤이은 남자 아나운서의 목소리가 내 생각을 막았다.

"한편 경찰이 어젯밤부터 행방이 묘연했던 딸을 보호했다는 소식이 조금 전에 들어왔습니다. 딸에게 큰 외상은 없었지만 정신상태가 불안정해 안정되는 대로 진술을 청취한다고 합니다……."

마쥬가 경찰에. 그 후에 무슨 일이 일어난 걸까. 나는 그 자리에 풀썩 주저앉았다.

아마도 스위치를 끈 상태로 마쥬가 경찰에 진술한 사건의 전모는 내가 아는 바와 전혀 달랐다.

세상 사람들이 아는 '모리모토 소이치로 현 의원 및 아들 사망 사건'의 진상은 이렇다.

8월 29일 오전 1시 반경, 모리모토 씨 집에서 불길이 치솟고 있다고 근처 주민이 신고했다. 진화 작업이 종료된 건 오전 5시경. 화재 현장에서 시신이 두 구 발견된다. 한 구는 이 집의 가장인 모리모토 소이치로 현 의원, 다른 한 구는 고등학교 2학년인 아들 모리모토 세이치로로 밝혀진다. 중학교 2학년인 딸은 행방이 묘연했지만 같은 날 오전 11시경, 공항 로비의 벤치에 혼자 앉아 있다가 보호된다.

딸은 정신상태가 불안정해 보이는 가운데 자기가 집에 불을 질렀다고 되풀이해 진술했다. 동기에 대해서는 초등학생 때부터 아버지에게 성적 학대를 당했고, 어머니는 그 사실을 알고 자살했으며, 중학생이 된 후로는 오빠에게도 아버지에게 당한 것과 같은 학대를 당해서 인생을 다시 시작하고 싶었다고 진술했다.

한편 29일은 어머니의 3주기이기도 했다.

마쥬는 왜 그런 거짓말을 했을까.

그게 아니야. 그게 아니란 말이야. 그렇게 소리치고 싶은 기분을 간신히 억누르며 나는 얼마 안 남은 여름방학을 거실 테이블에 신문을 펼쳐놓은 채 텔레비전 앞에 붙어서 보냈다. 그러나 진상을 밝히기 위해 경찰서에 갈 각오는 없었다.

내 인생을 망치고 싶지 않았다. 인생을 희생해 봤자 마쥬가 내 것이 되는 것도 아닌데. 모든 것을 잃고서라도 마쥬를 지키려 하지 않는 자신을 비겁자라고 자책했지만, 나를 욕하는 마쥬의 목소리가 지워지지 않으면 나서지 않으리라는 것도 잘 알고 있었다.

믿을 수 없다고 외친 건 어머니였다.

"모리모토 선생님이 딸에게 그런 더러운 짓을 하다니. 사모님이 데려온 의붓자식이라면 또 모를까, 친딸에게 그런 짐승 같은 짓을 하는 부모가 어디 있어. 정신이 이상해진 딸이 음란한 만화에서 본 내용을 무슨 뜻인지도 모르고 떠벌리고 있는 게 분명해."

사실이 그렇다고는 말할 수 없었다. 나도 무슨 일이 일어났는지 완벽하게 파악하지 못한 부분이 너무 많았다. 그 집에 있었는데. 내가 불을 질렀는데.

9월 1일은 나른한 몸을 채찍질해 등교했다. 남학교였지만 모리모토네 집에서 일어난 사건의 소문 이야기로 떠들썩했다. 귀를 막고 싶었지만, 너무나 많은 목소리가 뒤섞인 잡음에서 핵심을 짚는 내용이 들리지 않은 건 불행 중 다행이었는지도 모른다.

누구와도 말을 하지 않고 집에 돌아오자 우편함에 내 앞으로 온 편지가 들어 있었다. 평소에는 우편함을 열어보지 않지만, 돌아오는 길에 집배원과 마주쳤을 때 문득 어떤 예감이 들었던 것 같다.

보낸 사람의 이름은 같은 반 후세였다. 내 가슴이 두방망이질 치기 시작한 건 글씨체가 낯익었기 때문이다. 이건 후세가 보낸 편지가 아니다.

내 방으로 뛰어와 가위로 조심스레 편지를 개봉했다. 가로쓰기용 흰색 편지지도 눈에 익었다.

히구치 료타에게.
이 편지가 배달될 때쯤 내가 이 세상에 없다는 걸 넌 이미 알고 있겠지.

넌 내 죽음에 놀랐을까. 네게 계획을 말하기 전부터 이러기로 결정했어. 거짓말해서 미안해.

나는 겁쟁이라서 아버지에게 독을 먹일 수가 없어. 자살도 못 해. 사용할 수 있는 건 기껏해야 어머니가 남긴 수면제 정도지. 어머니도 이 방법을 선택했어. 하지만 죽을 마음이 없는 아버지에게 치사량의 수면제를 먹이기는 어려워. 나도 잔뜩 먹을 자신이 없고. 그래서 둘 다 잠든 사이에 죽을 수 있도록 네게 불을 질러달라고 부탁하기로 했어.

하지만 그런 계획을 네게 말한들 찬성하지 않겠지. 내가 잠들어 있는 집에 너는 불을 못 지를 거야. 하물며 아버지도 살아 있으니 말이야. 그래서 거짓말을 하기로 했어.

이런 사실은 알리지 않는 편이 나을지도 몰라. 아니면 아버지에게 독을 먹인 후 나도 독을 먹고 자살하기로 했다는 식으로 쓰는 게 나았을까. 하지만 진화 작업이 빨리 진행돼 시신에서 니코틴이 아니라 치사량에 미치지 못하는 수면제가 검출됐음을 네가 알면, 자기가 나랑 아버지를 죽인 셈 아니냐며 충격을 받을 것 같아 이 편지를 쓰기로 했어.

과연 어떨까? 너만은 진실을 알아주기를 바랐을 뿐인지도 모르지.

여기에 단언할게. 나는 자살했어. 그리고 아버지를 죽인 건 나야.

세상에 진상을 밝힐 필요는 없어. 난 불쌍하게도 아버지의 자살에 휘말린 아들이 되고 싶지만, 그걸 뒷받침할 증언자는 없으니 아버지와 아들이 죽은 원인은 흐지부지되지 않을까.

내 자살에 아버지가 휘말렸다, 둘이서 동반자살했다는 가설도 나올 수 있겠지.

결과가 어찌 되든 넌 모르는 척하면 돼. 그리고 정말로 불을 지른 건 잊어버려. 넌 마쮸를 아버지로부터 해방했고, 날 자유로운 세상으로 보내줬으니까.

가슴을 펴고 앞으로 다가올 인생을 살아가.

마쥬는 드림랜드에서 경찰에 보호될까. 드림랜드가 마쥬에게 슬픈 곳이 되지 않도록 언젠가 둘이 함께 가도록 해. 마쥬를 평생 지켜줘.

료타, 난 네게 마지막까지 몹쓸 짓을 했고 지금도 널 괴롭히고 있지만, 내 인생의 유일한 친구는 너였어.

고마워. 그리고 안녕.

모리모토 세이치로가.

나는 다 읽은 편지를 힘껏 구겼다.

"이런 바보 같으니라고."

소리 내어 중얼거렸다.

"바보는 나야!"

목이 찢어져라 소리쳤다.

마쥬가 불이 난 부엌에 들어와서 뭐라고 했지? 거실 소파에서 아빠가 자고 있던데, 라고 하지 않았나. 자고 있다, 마쥬는 분명 그렇게 말했다. 불을 지른 건 나라는 사실도 확인했다.

그럼 마쥬의 머릿속에서는 어떤 공식이 성립할까?

이대로 아빠가 불타 죽으면 히구치가 아빠를 죽인 셈이다.

모리모토가 관련됐음은 눈치챘지만 내가 남매의 아버지가 죽었다고 믿는 줄은 몰랐을 것이다. 그래서 마쥬는 내가 모리모토에게 부탁을 받거나 꾐에 빠져 아버지를 죽이고자 집에 와서 불을 질렀다고 해석했다.

동기는? 자신을 위해서다. 히구치는 나를 위해 아빠를 죽이려

한다.

마쥬는 그런 나를 보호하려 한 것 아닐까. 수면제에 대해 뉴스에서는 언급하지 않았다. 모리모토의 계획을 전혀 모르는 마쥬는 그저 자신이 불을 질렀다고 되풀이해 주장했다.

나를 지키기 위해, 그 자리에서 쫓아내기 위해, 그리고 내가 터덜터덜 경찰에 출두하지 않도록 하기 위해 그렇게 험한 말을 던진 것 아닐까.

만약 조금이라도 불이 켜져 있어서 마쥬의 표정이 보였다면 나는 오기로라도 그 자리에서 움직이지 않았을지 모른다. 또는 마쥬의 손을 억지로라도 잡고 함께 밖으로 나왔을지도 모른다. 차라리 돌부처처럼 불길 속에 있을 걸 그랬다.

그러나 나는 마쥬를 놓아두고 달아났다. 거짓말을 참말로 받아들이고.

마쥬가 화재 신고를 하지 않았다는 건 아버지를 죽도록 내버려 뒀다는 뜻이다. 모리모토가 집에 있었던 건 알고 있었을까. 마쥬가 오빠를 어떻게 생각했는지는 모르지만 죽이고 싶을 만큼 미워하지 않았다면 상심하지 않기를 바랄 뿐이다.

하다못해 모리모토의 마음만이라도 마쥬에게 전할 수 있다면…….

하지만 결국 나는 모리모토의 편지와 내가 저지른 잘못을 공개할 용기를 내지 못했다. 모든 죄를 덮어쓴 마쥬는 정신감정 결과 의료 소년원에 송치됐다.

야, 세이치로. 내가 마쥬를 지킨 게 아니라 마쥬가 날 지켜줬어. 어떻게 생각해?

하늘에 물어봐도 대답은 없다. 그저 약해빠진 내가 한심할 뿐
이었다. 강한 사람이 되고 싶었다. 마음이 강한 사람이. 만약 다
시 만날 수 있다면 그때야말로 내가 마쥬를 지킬 수 있도록.

그로부터 5년 후, 나는 고등학교 동창회에서 철도 마니아가 된
후세에게 마쥬의 소식을 듣는다. 새 이름을 얻은 마쥬와 무슨 일
이 있었는지 여기에 적는 건 사족이리라. 무덤까지 가지고 갈 필
요가 없는 행복한 이야기를 풀어놓는 건 내가 아니라도 될 터다.

종
장

버스는 지금 어디쯤을 달리고 있을까. 커튼 너머에는 아직 어둠의 기척이 감돌고 있다. 아리사는 새근새근 잠들었다. 하지만 그 숨소리는 조금 거칠고 미간에는 깊은 주름이 잡혔다.

　지금쯤 연립주택은 어떻게 됐을까. 그리고 엄마는…….

　엄마와 하야사카는 목요일 밤은 늘 그렇듯 10시 넘어서 돌아왔다. 나는 벽장에 숨든지 밖에 나가지만, 그때는 현관에서 신발을 벗으려 하는 엄마에게 가서 갑자기 시작됐으니 편의점에서 생리용품을 사다 달라고 부탁했다.

　―돌부처, 너 여자였냐.

　놀리는 하야사카를 무시하고 벽장 위 칸으로 도망쳤다. 장지문은 3센티미터쯤 열어두었다. 물론 상황을 살피기 위해서였지만 에어컨 바람이 흘러 들어와서 한결 나았다. 생리는 교실에서 그 일이 있었던 후로 딱 멈췄다.

하야사카도 내게 더는 집적거리지 않고, 평소처럼 부엌 싱크대 위에 놓아둔 글라스걸이에서 위스키를 살 때 덤으로 받은 자기 전용 글라스를 꺼내 냉장고를 열었다. 그리고 혀를 쯧, 찼다.

—얼음 정도는 좀 얼려놔라.

얼음을 많이 넣으면 독이 옅어질 것 같았고, 그렇다고 아예 없으면 나한테 얼음을 사 오라고 할지도 모르므로 얼음통은 비우고 작은 흰색 플라스틱 얼음 틀에 얼음을 하나만 남겨놓았다.

하야사카는 얼음 틀을 비틀어 얼음을 글라스에 넣고 냉장고 위에 놓아둔 위스키 병을 집었다. 그리고 글라스가 80퍼센트쯤 차도록 위스키를 따른 후 방 한가운데로 돌아와 글라스를 들지 않은 손으로 테이블 위의 리모컨을 집어 텔레비전을 켰다. 하야사카는 자기가 늘 보는 버라이어티 방송이 나오는 걸 확인하고 털썩 앉아 위스키를 단숨에 들이켰다.

뱉어내지는 않았지만 맛과 향이 이상하다는 건 알았는지 눈살을 찌푸리고 글라스를 코에 갖다 댔다.

들켰을지도 모른다. 하야사카가 커피의 미묘한 맛을 식별해 프랑스의 유명한 레스토랑 '가르니에'에 취직했다는 일화가 새삼 떠올랐다. 온몸에서 땀이 배어났다. 나는 칼이 든 반바지 호주머니에 손을 넣었다. 하야사카가 벽장 쪽을 보고 일어섰다.

죽는다!

하지만 하야사카는 금방 무릎을 꿇었다. 괴로운 듯 목을 쥐어뜯으며 다다미 위에서 뒹굴었다. 신음하며 물을 달라고 말하는 것 같았지만 당연히 나는 안 준다.

엄마가 돌아오기 전에 불을 질러야 한다.

나는 장지문을 닫은 상태로 벽장 구석에 빨간 리본으로 묶어둔 편지 다발에 라이터로 불을 붙였다. 불길은 단숨에 4년 반 분량의 나를 감쌌다.

장지문을 열고 방으로 나왔다. 하야사카는 여전히 신음하는 중이었다. 아까보다 몸부림은 약해졌다. 나는 벽장 아래 칸에서 백팩을 꺼내 멨다.

그때 현관문이 열렸다. 엄마가 돌아온 것이다.

엄마는 신음하는 하야사카를 보고 놀라더니 열린 벽장을 보고 뭔가 알아차린 듯 내게 고개를 돌렸다. 뭐라 말해야 한다고 생각했지만 말이 나오지 않았다.

―빨리 안 가면 버스 시간에 늦겠어.

엄마는 다정하게 미소 지었다.

―엄마…….

나는 엄마에게 달려갔다. 나는 하야사카가 엄마에게 무슨 짓을 하는지 알아차렸다. 그래서 엄마를 구하고 싶었다. 그렇게 말하고 싶은데 눈물밖에 안 나왔다. 그 눈물을 엄마는 손끝으로 살짝 닦아주었다.

―아키코는 파파를 똑 닮았구나. 얼굴도, 성격도, 이렇게 날 도와주려 하는 것도. 나와 전혀 상의하지 않는 것도.

―엄마…… 나 전부 알아. 파파가 내게 남겨줬어. 엄마의 진짜 이름은…….

—아야노야. 아야노(文乃)와 아키코(章子)를 합쳐 문장(文章)이
되지.

엄마는 손에 들고 있던 비닐봉지를 발치에 내려놓고 양손으
로 감싸듯이 내 머리를 쓰다듬었다. 귀한 것을 소중하게 다루듯
이. 그리고 양손 엄지와 검지로 내 귀를 잡았다.

—귀는 나랑 똑같이 생겼어.

그건 지금까지 몰랐다. 엄마의 귀를 확인하고 싶었지만 댐이
무너진 것처럼 눈물이 쏟아지는 내 눈에는 희미한 윤곽밖에 보
이지 않았다.

—자, 빨리. 뒷일은 맡기고. 파파도 적어놓지 않았던? 엄마는
의외로 힘이 된다고.

엄마는 나를 두 팔로 꼭 끌어안았다.

—다녀오렴.

하고 싶은 말은 산더미였지만 나는 엄마에게 등을 떠밀려 말
없이, 물방울무늬 리본을 끼운 운동화를 신고 밖으로 나갔다.

—돌아오면 같이 나무를 심으러 가자.

어디선가 찬송가가 들려올 것같이 자애로운 얼굴로 엄마는
문을 닫았다.

엄마, 엄마, 엄마……

문을 열고 방으로 뛰어들고 싶었다. 하지만 그러면 분명 엄마
는 험한 말로 내게 욕할 게 틀림없다. 마음속으로 눈물을 흘리며.
연립주택에서 등을 돌린 나는 운동화의 리본을 꼭 묶고 역으로
향하는 길을 달렸다.

전력 질주했다.

엄마, 엄마, 묻고 싶은 것은 많았다.

엄마, 하야사카가 시키는 대로 한 건 하야사카의 얼굴이 죽은 오빠와 똑 닮았기 때문이지?

엄마, 아버지를 죽도록 놔둔 건 자기 뜻이었지만 오빠가 집에 있는 줄은 몰랐던 거 아니야? 하지만 파파와 오빠 사이에 무슨 이야기가 오갔는지 몰라서 오빠를 흠집 내는 진술을 한 거고. 친구에게 팔았다고 말하지 않은 건 파파에게 의혹의 시선이 향하지 않도록 감싸기 위해.

아니면 가령 그때 오빠도 죽이고 싶을 만큼 미워서 정말 아무 죄책감이 없었더라도, 파파와 다시 만나 오빠의 본심을 알고 죄책감이 싹텄는지도 몰라.

오빠에게 속죄하고 싶은 마음으로 하야사카를 대했다면 그건 엄마의 실수야. 하야사카는 하야사카니까.

그래도 엄마는 하야사카에게서 날 구해줬지? 이제 와서 생각해 보니 하야사카의 레스토랑에 불을 지른 건 엄마가 아닐까 싶어.

엄마, 나 돌아오면 자수할래. 그게 엄마가 바라는 바가 아니더라도 내 결심은 변하지 않아. 엄마가 파파를 지켰듯이 이번에는 내가 엄마를 지킬게.

그야 귀가 똑같이 생겼잖아?

하지만 그 전에 용기를 충전할게.

발을 멈추고 뒤를 한 번 돌아보았다. 내 과거도, 파파와 엄마의 과거도 이제 사라졌을까. 눈물을 닦고 크게 심호흡을 한 후 다시 아리사와 만나기로 한 역으로 향했다······.

창밖이 희붐해진 듯한 기분이었다. 같은 느낌이었는지 앞자리 창가 좌석에 앉은 사람이 커튼을 3센티미터쯤 살짝 걷었다. 나는 부드러운 빛이 눈썹 사이에 비쳐 눈을 꼭 감은 후, 찾아온 아침을 음미하듯 크게 하품을 했다.

이윽고 안내 방송이 흘러나와 앞으로 30분이면 드림랜드에 도착한다고 알렸다. 아리사도 잠에서 깼다. 양 팔꿈치를 구부린 채 기지개를 켜고 커튼을 걷더니 눈 부신 듯이 눈을 깜박였다.

좋은 아침, 하고 내가 말했다.

좋은 아침, 하고 아리사가 대답했다.

잘 잤느냐고는 서로 묻지 않았다. 날씨 좋다고 한마디씩 했다.

버스가 드넓은 주차장으로 들어가자 긴 여행이 끝났다. 숨어서 우리를 기다리고 있는 어른은 없었다. 안도의 한숨을 푹 내쉬었다.

주차장을 걸어 정문 앞으로 향했다. 버스와 승용차가 몇십, 몇백 대 서 있었다. 번호판에는 북쪽에서 남쪽까지 전국 각지의 지명이 표시돼 있었다. 대도시 이름일 텐데도 어느 지역에 있는지 모를, 처음 보는 지명도 몇 개 있었다.

정문 앞에서는 성 등의 주된 건물과 놀이 기구는 아직 보이지 않았다. 그래도 드디어 왔다는 기분이 샘솟았다.

개찰구 같은 곳에는 긴 행렬이 세 줄이나 있었다. 사람들은 모두 땅바닥에 앉아 있었다. 아직 입장권이 없는 사람인가 싶었는데, 그것과는 또 다른 줄을 지어 개장하기만을 기다리는 사람들이라는 걸 알았다. 우리도 한가운데 줄에 가서 앉았다. 우리 뒤쪽에 바로 긴 줄이 생겼다.

아직 개장까지 한 시간쯤 남았는데. 하지만 늦게 도착하기보다 일찍 와서 설렘을 맛보는 편이 낫다. 햇살도 아직 부드럽고 바람도 기분 좋았다. 주변에서는 제일 먼저 저걸 타자는 둥, 여름 한정 군옥수수 맛 팝콘이 있다는 둥 즐거운 목소리가 들려왔다.

나도 아리사에게 뭔가 물어보자. 아리사는 개미라도 관찰하듯 땅바닥 한곳을 응시하고 있었다. 한 손은 파카 호주머니에 넣고 한 손은 무릎 위에 얹었다.

"아리사, 오후에는 마운틴에 가자."

아리사는 깜짝 놀란 듯이 고개를 들고 호주머니에 넣은 손도 꺼내 양손으로 야구 모자에서 삐져나온 앞머리를 정리하며 '엇'과 '응'이 섞인 대답을 했다.

문득 아리사가 손에 번쩍 빛나는 물건을 쥐고 있는 걸 알아차렸다.

"아리사, 그거!"

무슨 말인지 잘 모르는 듯한 아리사를 보고 나는 백팩에 넣어둔 봉투에서 똑같은 물건을 꺼냈다.

금색 판, 드림캣 책갈피다.

도쿄 드림마운틴 30주년 기념이라고 새겨진…….

"아리사도 가지고 있었구나."

"초등학교 4학년이 끝날 무렵이었나. 집 우편함에 들어 있었어. 미래의 내가 보낸 편지 같은 거랑. 누군가의 장난, 아마도 시노미야 선생님 아닐까 싶었는데 겐토한테 보여주니까 분명히 진짜라며 난리를 떨더라고. 자기가 나를 데려가서 사준 거라나. 뭐, 가짜 드림 굿즈를 시노미야 선생님이 가지고 있는 것도 이상하니까 나도 겐토에게 장단을 맞춰서 그런 셈 쳤어."

동생을 데려오겠다. 그건 이 책갈피를 뜻한 건지도 모르겠다. 그런 생각이 들 만큼 책갈피를 향하는 아리사의 눈빛은 다정했다. 그러나 아리사는 다시 시선을 발치로 떨어뜨렸다.

"앗코의 신발…… 제대로 말해야지. 실은 나, 불은 못 질렀어."

아리사는 쥐어 짜낸 듯한 목소리로 말했다. 주변의 귀는 신경쓰지 않는 듯했다. 쉿, 하고 주의를 주려 했지만, 다들 앞으로 뭘할지에 정신이 팔려 우리는 안중에도 없는 것 같았기에 아리사의 말을 막지 않기로 했다.

"공공주택 사람들에게 피해가 갈 거라서…… 하지만 독은 먹였어. 카레에 타면 열어질지도 모르니까 아이스커피에 타서 카레랑 같이 줬지. 그 인간, 괜찮은 카페에 온 것 같다면서 커피를 기쁘게 벌컥벌컥 들이켜더니 괴로워하기 시작했어. 그것만으로도 얼마나 무섭던지. 좀 더 빨리 꽥, 하고 죽을 줄 알았거든. 나한테 물을 달라는데 어째야 할지 모르겠어서 그대로 도망쳐 나왔어."

나도 괴로워하는 하야사카의 모습을 떠올렸다.

"저기, 아키코. 그 인간 안 죽으면 어쩌지? 난 그게 제일 무서워. 버스를 기다리는 동안에도 그 인간이 쫓아오면 어쩌나 걱정됐어. 간신히 여기까지 왔지만 이제는 집에 돌아가기가 겁나. 그 인간은 내가 죽이려 했다는 걸 아니까 이번에는 날 인정사정없이 죽이려 들겠지. 아니면 변태 영감탱이들한테 팔아넘기든가."

아리사는 등을 떨었다. 고인 눈물이 떨림을 이기지 못하고 흘러 떨어졌다. 아리사는 책갈피를 움켜쥔 채 손에 얼굴을 묻고 울었다. 주변 사람들의 시선이 느껴졌다. 놀이 기구를 뭐부터 탈지 정하다가 다툰 거라고 생각하면 좋겠는데.

나는 아리사의 등에 손바닥을 댔다. 엄마가 안아주었을 때의 감촉이 문득 내 등에 되살아났다.

아리사는 지켜줄 사람이 없다. 나를 구해준 소중한 친구.

이대로 드림랜드에 입장한들 우리는 진심으로 재미있게 즐길 수 있을까. 소중한 사람들의 마음을 품고 꿈나라에 왔다고 당당하게 가슴을 펴고 돌아다닐 수 있을까. 웃을 수 있을까. 오늘 만든 추억이 살아갈 희망이 될까.

나는 아리사의 등에서 손을 떼고 두 손으로 내 귓불을 잡았다. 그리고 아리사에게 고개를 돌렸다.

"아리사, 우리가 드림랜드에 오는 건 오늘이 아니야."

뭐? 하며 아리사가 얼굴에서 손을 떼고 나를 보았다.

"둘 다 이 책갈피를 가지고 있으니까 우리가 서른 살 때 함께 왔다는 뜻 아니겠어? 분명 둘 중 하나가 과거의 자신에게 이걸 보내자고 제안한 거야. 그러니까 오늘은 그만두자."

"돌아가려고?"

"아니, 도움을 요청할 거야. 세상에는 우리 이야기를 진지하게 들어줄 어른도 있겠지? 전국에서 사람들이 이만큼이나 모였잖아. 아이들이 많지만 어엿한 어른도 있어. 진심으로 호소하면 누군가 귀를 기울여 주지 않을까?"

"어떻게 하려고?"

"소리치자. 큰 소리로. 부끄러우면 내가 할게."

나는 책갈피를 움켜쥔 채 힘차게 일어섰다. 시간이 흐를수록 창피함과 두려움이 솟아올라 못 할 것이 뻔했다. 그러기 전에 한 번만이라도, 작은 목소리라도 상관없으니까 도움을 청하자.

"유쾌 발랄."

그렇게 중얼거리는 소리가 들리는가 싶더니 아리사도 벌떡 일어섰다. 키가 큰 아리사가 한쪽을 가려준 것 같아서 긴장이 풀렸다. 아리사가 책갈피를 쥐지 않은 손으로 내 손을 잡았다. 나도 힘을 주어 꼭 잡았다.

둘이 얼굴을 마주 보았다. 아리사가 오른쪽 입가를 끌어 올리며 씩 웃었다. 나도 눈이 없어진 게 아닐까 싶을 만큼 실눈을 뜨고 웃음으로 답했다.

하나둘, 하고 박자를 맞출 필요는 없다. 둘이 동시에 숨을 크게 들이마셨다.

자, 소리치자. 언젠가 웃는 얼굴로 꿈나라의 정문을 통과할 미래를 위해—.

미래

2021년 2월 24일 1판 1쇄 발행
2021년 3월 10일 1판 2쇄 발행

저　　　자 미나토 가나에
옮 긴 이 김은모
발 행 인 유재옥
본 부 장 조병권
담 당 편 집 정현희
편 집 1 팀 이준환 정현희
편 집 2 팀 정영길 김민지 조찬희
편 집 3 팀 오준영 곽혜민 김혜주
편 집 4 팀 성명신
디 자 인 김보라 서정원
라 이 츠 김슬비 한주원
디 지 털 박상섭 이성호 최서윤
발 행 처 (주)소미미디어
발 행 등 록 제2015-000008호
주　　　소 서울시 마포구 토정로 222, 403호(신수동, 한국출판콘텐츠센터)
판　　　매 (주)소미미디어
제 작 처 코리아피앤피
마 케 팅 한민지 이주희
물　　　류 허석용 백철기
전　　　화 편집부 (070)4260-1393, (070)4405-6528 기획실 (02)567-3388
　　　　　　판매 및 마케팅 (070)4165-6888, Fax (02)322-7665

ISBN 979-11-6611-481-6 (03830)